CHRIS LANDOW

PARCEVAL

Spiel mit dem Feuer

CHRIS LANDOW

PARCEVAL

Spiel mit dem Feuer

Thriller

blanvalet

MIX
Papier aus verantwortungsvollen Quellen
FSC® C014496

Penguin Random House Verlagsgruppe FSC® N001967

2. Auflage

Dieses Werk wurde vermittelt durch die Literarische Agentur
Thomas Schlück GmbH, 30161 Hannover.
Redaktion: René Stein
Umschlaggestaltung: © Johannes Wiebel | punchdesign
Umschlagmotive: Shutterstock.com
(JohannesS; Jaromir Chalabala)
WR · Herstellung: sam
Satz: Uhl+Massopust, Aalen
Druck und Bindung: GGP Media GmbH, Pößneck
Printed in Germany
ISBN 978-3-7341-0959-1

www.blanvalet.de

Für C. – in Erinnerung an Jazz und Bier aus
Plastikbechern und eine Nacht voll Musik

1

Donnerstag, 10. Dezember
07:18 Uhr

Störungen beim wichtigsten Arbeitsschritt im Krematorium Hamburg-Öjendorf waren äußerst selten. Der wichtigste Arbeitsschritt bestand in der Kremation des Verstorbenen: maximal eineinhalb Stunden im Verbrennungsofen bei 1200 Grad Celsius, bis nur noch Asche, Reste von Zähnen und Implantate übrig waren.

Der Störungsalarm, der bei dieser ersten Verbrennung des Tages plötzlich anschlug, verursachte daher bei allen Mitarbeitern eine mehrere Sekunden währende Überraschungspause. Dann fand sich das gesamte Team vor Einäscherungsanlage 3 ein, zusammen mit Teamleiter Henry Schuback. Der Sarg des Verstorbenen stand auf der Zuführeinrichtung vor den noch verschlossenen Türen des Ofens. Er war leicht schräg, als hätte der Krematoriumsmitarbeiter, der ihn dort abgestellt hatte, es eilig gehabt; oder als sei die Zuführeinrichtung angefahren und hätte dann mit einem Ruck wieder angehalten. Auf dem kleinen Instrumentenpanel blinkte eine rote Lampe. Der akustische Teil des Alarms war ein melodisches Pingen ähnlich dem, das ein Auto von sich gab, wenn man den Anschnallgurt vergessen hatte. Melodisch, aber nervig, wenn es sich in Sekundenabständen wiederholte.

»Schalt mal den Lärm ab«, befahl Schuback, ohne die Augen vom Sarg zu nehmen. Einer seiner Mitarbeiter stellte den Alarm aus. Die blinkende rote Lampe erlosch.

»Das Förderband streikt«, sagte einer der Mitarbeiter.

»Sicherung rausgeflogen?«, fragte Schuback.

Eine kurze Untersuchung ergab, dass die Sicherung noch intakt war und dass die Automatik der Zuführeinrichtung das Band ohne äußerlich erkennbaren Grund abgeschaltet hatte. Henry Schuback betrachtete das Instrumentenpanel, das außer den Schaltern für die Bewegung des Bandes, einem Ziffernfeld wie auf einem Tastentelefon, einem Not-Aus-Knopf und einem kleinen LCD-Monitor keine Bedienungselemente aufwies. Er bückte sich, um den Fehlercode auf dem Monitor ablesen zu können.

»Code 47«, sagte er, als er sich wieder aufrichtete.

»Und was bedeutet das?«, fragte einer der Mitarbeiter. Ein anderer kicherte nervös und sagte: »Code 47? Was sind dann die anderen sechsundvierzig Fehler, die das Ding haben kann? Das muss doch nur vorwärts- und rückwärtsfahren!«

Schuback dachte angestrengt nach. Ihm war peinlich, dass seine Mitarbeiter ihn so ratlos sahen, aber tatsächlich hatte er keine Ahnung, was mit der Zuführeinrichtung los war. Er leitete das Krematoriumsteam in Öjendorf seit vielen Jahren, zuvor war er im Krematorium Ohlsdorf angestellt gewesen, und in all den Jahren war es stets wichtiger gewesen, den Hinterbliebenen mitfühlend und den Verstorbenen respektvoll zu begegnen, als die technischen Eigenheiten der hochmodernen Verbrennungsanlagen im Kopf zu behalten. Verärgert stellte er fest, dass er anscheinend den Biss verloren hatte.

Sein Handy klingelte. Er fischte es aus der Tasche. Der Betriebsleiter war dran. Schuback seufzte innerlich.

»Was ist bei euch da drüben los?«, fragte der Betriebsleiter.

»Zuführeinrichtung 3 streikt«, erwiderte Schuback. »Wir haben's schon im Griff.«

»Weswegen streikt das Ding denn?« Schuback wollte gerade etwas technisch Klingendes von sich geben, als der Betriebsleiter fortfuhr: »Habt ihr aus Versehen einen zweiten Schamottestein auf den Sarg gelegt?« Man konnte hören, dass er grinste.

»Haha«, machte Schuback. Der Schamottestein, rund und handtellergroß, wurde auf den Sarg gelegt, damit die Asche des Verstorbenen identifiziert werden konnte. Er trug eine eindeutige Identifikationsnummer und verbrannte nicht mit. Selbst wenn man fünfzig Stück davon auf den Sarg gelegt hätte, hätten sie das Gewicht von Sarg und Leichnam nicht so stark erhöht, dass die Zuführanlage ein Problem bekam.

»Dann schaut mal nach, was da los ist«, sagte der Betriebsleiter. »Zum Glück ist zurzeit ja nicht viel los.«

Schuback nickte. Bis Weihnachten waren es noch drei Wochen. Erfahrungsgemäß würde dann ziemlich viel los sein. Depressive, die Selbstmord begingen. Ganz gewöhnliche Menschen, die nach einer Weihnachtsfeier betrunken mit dem Auto gegen einen Baum fuhren. Frauen in prekären Situationen, die von ihrem Ehepartner totgeschlagen wurden, weil der Weihnachtsbaum schief stand. Jetzt jedoch herrschte noch eine Art adventliche Stille in den Hamburger Krematorien.

»Ich gebe Bescheid«, sagte Schuback und steckte das Handy weg. Er blickte sich um. Die Bemerkung des Betriebsleiters hatte ihn auf etwas aufmerksam gemacht, was ihm vorher nicht aufgefallen war. Der Schamottestein fehlte tatsächlich. Schuback fand ihn an einer der Wände, wohin er gerollt sein musste. Wenn der Ruck, mit dem das Band zum Stillstand gekommen war, so heftig ausgefallen war, dass das Teil herunterfiel, hätte der Sarg viel schräger auf dem Band stehen müssen. Schuback legte den Stein nachdenklich auf den Sarg zurück.

»Na gut«, sagte er. »Wo ist das Manual?«

Die Bedienungsanleitung lag in einem in der Wand eingelassenen Kästchen, zusammen mit einem Wartungsheft, einem Kugelschreiber, einer Taschenlampe, Ersatzbatterien und einer Telefonliste mit den Nummern der Führungskräfte und der Notrufnummern. Schuback blätterte in der Bedienungsanleitung, die ihn unangenehm an das unübersichtliche Manual seiner heimischen Fußbodenheizung erinnerte.

»Fehlercode 47«, sagte er und las vor: »›Abweichung zu den eingegebenen Gewichtsparametern‹.« Er blickte auf.

Einer seiner Mitarbeiter checkte bereits ein Datenblatt auf einem Clipboard, das er mit sich herumtrug. »105 Kilogramm – fünfunddreißig der Sarg, siebzig der Leichnam. Ist einfachste Machart, der Sarg.«

Schuback spähte auf den LCD-Monitor. »Ist richtig eingegeben«, sagte er. »Das heißt, entweder ist die Anlage einfach nur kaputt und gibt irgendeinen Fehlercode aus, oder der Sarg ist deutlich schwerer.«

»Ich habe den Sarg gestern Abend selbst hierhergefahren und gewogen«, sagte der Mann mit dem Clipboard. »Er ist *nicht* schwerer.«

Schuback merkte, wie seine in jahrelanger Routine eingerosteten Denkprozesse langsam wieder anliefen. »Ist keiner dabei gewesen, als der Sarg hätte reinfahren sollen?«, fragte er.

Der Mann mit dem Clipboard zuckte mit den Schultern. »Die Anlage war auf Timer gestellt. Braucht ja keiner von uns dabei zu sein; das geht doch alles automatisch. Ich wäre benachrichtigt worden, wenn der Ofen sich abschaltet, dann wäre ich gekommen.« Der Mann klopfte auf den Funkmeldeempfänger an seinem Gürtel.

Schuback pflichtete ihm bei. Die Arbeit eines Krematoriumsangestellten setzte erst wieder ein, wenn sich der Ofen ausreichend abgekühlt hatte. Dann wurden die Überreste der Aschenwanne entnommen, Implantate entfernt und der Rest in die Knochenmühle verbracht.

Er klopfte sanft auf den Sarg.

»Wer ist das überhaupt?«, fragte er.

»Anlieferung aus der Krankenstube in der Seewartenstraße. Ein Obdachloser. Name wurde mit Karl Ort angegeben. Alter 49 Jahre. Todesursache Unterkühlung und mehrere Infektionen. Der Arzt hat das bei der zweiten Leichenschau bestätigt.«

»Wann war die?«

»Gestern Abend, die letzte Schau vor Betriebsschluss. Ich hab den Sarg danach wieder ordnungsgemäß verschlossen und bin gegangen. Willst du damit irgendwas andeuten, Henry? Ich mach meine Arbeit sorgfältig!«

»Brauchst nicht gleich 'n Brass zu kriegen«, brummte Schuback. »Ich frag ja nur.«

»Ich denke, die Anlage spinnt«, sagte der Mann mit dem Clipboard.

»Und ich denke«, sagte Schuback, »dass wir mal bei Karl Ort reinschauen sollten.«

Die Männer verdrehten die Augen. Schuback ignorierte es. Seit der Betriebsleiter seine ironische Bemerkung mit dem zweiten Schamottestein gemacht hatte, war die Ahnung in ihm gewachsen, dass der Sarg mit dem Verstorbenen tatsächlich viel schwerer war als eingegeben und dass die Anlage keineswegs einen Defekt hatte, sondern auf eine tatsächliche Unregelmäßigkeit reagierte. Aber um das zu prüfen, musste er den Sarg öffnen lassen.

Zwei Mann rückten mit Akkuschraubern an. An den Gesichtern der Männer konnte man erkennen, dass sie

sie mit aller Kraft nach unten drücken mussten, damit die Bits nicht abrutschten und die Schraubenköpfe ausfransten. Die anderen Teammitglieder wechselten erstaunte Blicke: Normalerweise waren die Schrauben in einem Sarg leichtgängig. Schuback beobachtete die Arbeit. Er hatte nicht den Eindruck, dass sich die Schrauben im Holz festgefressen hatten. Es wirkte eher so, als übe etwas im Inneren des Sargs starken Druck auf den Deckel aus, sodass die Schrauben verkanteten.

»Macht mal langsamer«, sagte er. Er erinnerte sich plötzlich an die Geschichten, die altgediente Kollegen zum Besten gegeben hatten – von früheren Zeiten, als es noch keine zuverlässigen Kühleinrichtungen gegeben hatte und in heißen Sommern die Verwesungsprozesse im Inneren des Sargs zu Gasen geführt hatten, die die Körper aufblähten, bis sie Sargdeckel absprengten. Aber in der kurzen Zeit konnte das hier nicht der Fall sein, oder?

»Drückt den Deckel runter«, sagte er trotzdem und lehnte sich selbst mit dem Oberkörper mit auf den Sarg.

Die letzten Schrauben wurden herausgedreht. Schuback spürte den Druck, der von innen gegen den Sargdeckel wirkte. Vorsichtig ließen die Männer ab, bis der Deckel plötzlich verrutschte und herunterpolterte. Sie sprangen alle zurück.

Ein Arm mit einer blassen Hand klappte herunter und baumelte neben dem Sarg. Die Fingernägel waren manikürt, die Haut matt vom Puder. Der Tote war ordnungsgemäß gesäubert und danach dezent geschminkt worden, sodass die Angehörigen die Auswirkungen des Verwesungsprozesses nicht zu Gesicht bekamen. Er war im Leben ziemlich dick gewesen, Schuback schätzte ihn auf mindestens hundertdreißig Kilo. Er trug einen dunklen Anzug sowie polierte Schuhe. Sein Haar war zerzaust, seine Nase zur Seite gedrückt, das ganze Gesicht aufgrund des Drucks vom Sargdeckel verformt. Trotz dieser Entstellung war er auf keinen Fall ein von Gott und der Welt verlassener Obdachloser gewesen, sondern jemand, von dem seine Familie respektvoll Abschied genommen hatte.

Das alles nahm Henry Schuback innerhalb eines Herzschlags wahr. Die zweite Erkenntnis folgte auf dem Fuß. Hier lag keine Verwechslung vor. Der Sarg auf der Zuführeinrichtung war tatsächlich der von Karl Ort. Der Leichnam des Obdachlosen lag auch noch darin. Er befand sich unter dem Dicken im schwarzen Anzug. Dessen zusätzliches Gewicht hatte den Alarm ausgelöst.

Die Männer starrten den Sarg mit den beiden Leichen an. Henry Schuback war der Erste, der seine Sprache wiederfand. »Wer um alles in der Welt ist das?«, stieß er hervor.

Es dauerte nur wenige Minuten, bis die Identität des zweiten Toten in Karl Orts Sarg mithilfe der vorhandenen Fotokartei geklärt war: Jan Heelmann, Ende fünfzig, Taxiunternehmer, Übergewicht, Herzinfarkt – der klassische deutsche Kleinunternehmertod. Mittlerweile war das ganze Team in Schubacks kleinem Büro versammelt und drängelte sich hinter ihm, um einen Blick auf seinen PC-Monitor zu erhaschen. Schuback scrollte durch die Karteikarte Jan Heelmanns und lehnte sich schließlich zurück. Er fühlte eine große Beklommenheit in sich aufsteigen.

»Heelmann war gestern Mittag dran«, sagte er dumpf. »Wer war für ihn zuständig?« Er scrollte in der Karteikarte, um den Namen herauszufinden.

»Ich war das«, sagte einer der Männer. Er beugte sich nach vorn und tippte auf seinen Namen in der elektronischen Dateikarte. Er schnaubte. »Ich hab's mir schon gedacht, als du sagtest, der Termin wäre gestern Mittag gewesen.«

»Hat dir denn der Name nichts gesagt, Martin?«, fragte Schuback.

»Ich schau mir die Namen nie an. Dann ist es leichter, den Gedanken zu verdrängen, dass man einen Menschen in einen Verbrennungsofen schiebt.«

»Meine Güte, Martin«, seufzte einer der Kollegen ungeduldig. »Ist ja nicht so, dass die Leute sich nicht selbst gewünscht hätten, dass sie verbrannt werden. Seit du deine neue Freundin hast, kommst du mit den krausesten Gedanken daher.«

»Ich denke halt einfach nach, im Gegensatz zu gewissen anderen Leuten hier!«

»Schluss mit dem Gekabbel«, sagte Schuback. »Jeder geht anders damit um.« Er dachte erneut an die Veteranen von damals mit ihren Krematoriumsanekdoten. Fast alle von ihnen waren schwere Alkoholiker gewesen. Er drehte seinen Bürostuhl herum und musterte die Männer, die sich jetzt vor ihm drängten. »In der Karte steht, dass die Leichenschau morgens stattfand.

Da war Heelmann offensichtlich noch in seinem Sarg. Aber dann …«

»Das Wiegen!«, sagte einer der Männer.

Martin breitete die Arme aus. »Ich hab den Sarg gewogen, wie es sich gehört. Ich hab doch die Daten eingetragen, oder etwa nicht? Das Gewicht passte für einen Sarg mit einer Leiche drin.«

»Ja, hast du«, sagte Schuback, der die Karteikarte erneut nach oben und unten scrollte, obwohl er das Gefühl hatte, dass er mittlerweile alle Daten auswendig konnte. »Wir wissen alle, was das bedeutet, stimmt's?«

Die Männer antworteten nicht.

»Wenn Jan Heelmann jetzt im Sarg von Karl Ort liegt«, sagte Schuback langsam, »und Martin gestern beim Wiegen von Heelmanns Sarg vor dessen Einfahrt in den Ofen festgestellt hat, dass der Sarg nicht leer war …«

»… und wenn Martin nach der Kremation von Heelmann die Aschenwanne vorschriftsmäßig geleert hat …«, unterbrach der Mitarbeiter mit dem Clipboard.

Martin nickte heftig. »Da war nichts Besonderes«, sagte er. »Knochen, Zahnreste … keine Implantate und so.«

Schuback schwieg. Es war so ungeheuerlich, dass er sich scheute, seine Schlussfolgerung auszusprechen. Der Mitarbeiter mit dem Clipboard fühlte sich schließlich bemüßigt, das Schweigen zu brechen.

»Wen zum Teufel haben wir gestern in Heelmanns Sarg verbrannt?«, fragte er.

Schuback schwang mit seinem Stuhl herum und griff zum Festnetztelefon auf seinem Schreibtisch.

»Wen rufst du an?«, fragte der Mitarbeiter mit dem Clipboard.

»Die Betriebsleitung«, sagte Schuback. »Und danach die Kriminalpolizei.«

2

Flashback
Mittwoch, 9. Dezember
22:30 Uhr

Der Containerterminal am Waltershofer Hafen war schon tagsüber eine fremdartige Welt. Die Plätze für die abgestellten Container sahen aus wie rostig bunte, seltsam geometrische Städte, in denen die Häuser die in bis zu zwanzig Reihen in jeder Achse übereinandergestapelten Container bildeten. Die hoch aufragenden Stahlwände der Außenhüllen ließen das Licht nur in schmalen Streifen bis zum Boden dringen und machten den Aufenthalt zwischen ihnen zu einem klaustrophobischen Erlebnis. Der Duft dieser Welt war der von nassem Asphalt, Wasser, rostigem Metall, Benzin, Öl und Abfall.

Bei Nacht war das Terminal ein Albtraum aus völlig undurchdringlichen Schattenflächen, gleißenden Scheinwerferbündeln, Lichtreflexen und stockfinsteren Winkeln, ohrenbetäubend beschallt vom Dröhnen der Be- und Entladearbeiten, die rund um die Uhr vor sich gingen und die man bei Tag irgendwie nicht wahrnahm, in der Nacht jedoch nicht mehr überhören konnte. Die Ladekräne ragten, blinkend und grell beschienen, aus der Finsternis, die Laufkatzen, die sich hoch oben an ihren Auslegern hin- und herbewegten, tauchten scheinbar lautlos aus der Dunkelheit auf und glitten wieder in sie hinein, wie riesige Vögel ohne Schwingen.

Ralf Parceval stand abseits der Hektik im Schatten am Rand einer der Containerinseln und wartete. Er war von den Empfindungen, die ein Besuch des Containerhafens bei den meisten Menschen auslöste, nur mäßig berührt. Tatsächlich fühlte er sich hier sogar wohler als tagsüber auf einem sonnigen Platz inmitten einer weltoffenen Stadt.

Er war Deutschlands meistgesuchter entflohener Strafgefangener. Die Polizei hatte zwar weiterhin nur sechs Jahre alte Fahndungsfotos von ihm und ansonsten die Phantomzeichnungen, die nach den Aussagen der wenigen Menschen angefertigt worden waren, denen er begegnet war und die seine Identität erfahren hatten. Aber dennoch war die Gefahr, dass jemand ihn erkannte, allgegenwärtig.

Auf den Phantomzeichnungen trug er alle möglichen Haar- und Barttrachten sowie Brillenmodelle. In der Realität sah sein Gesicht nicht viel anders aus als an dem Tag, an dem er aus dem Gefängnis entkommen war, nur schmaler und härter. Dass er auf einen Bart und eine besondere Haartracht verzichtete, war angesichts des Overkills an Gesichtsbehaarung, den die Identi-Kits geliefert hatten, die beste Tarnung. Nur die Narbe, die seine rechte Braue durchschnitt und die auf den Fahndungsfotos noch nicht abgebildet war, auf den Phantomzeichnungen jedoch schon, war unverwechselbar. Parceval war dazu übergegangen, sie mit Augenbrauenstift wegzuschminken. Wer nicht direkt vor ihm stand und ihm ins Gesicht sah, konnte die Narbe nicht erkennen.

Das Entdeckungsrisiko gering zu halten war eines von Parcevals obersten Geboten. Manchmal musste er dagegen verstoßen, aber wenn es sich vermeiden ließ, hielt er sich in den Schatten auf, abseits von Menschenmengen, immer nur kurz an einem Ort, ein Geist, der sich verflüchtigte, bevor er sich materialisieren konnte. Parceval war nicht einfach nur auf der Flucht. Er hatte eine Mission, die er sich selbst auferlegt hatte. Heute war er hier, weil er einen großen Schritt weiterzukommen hoffte.

Die Verabredung, die ihn hierhergeführt hatte, sah ein Treffen an der Stelle vor, wo der Waltershofer Hafen hinaus zur Elbe führte. Der Hafenkanal öffnete sich hier zu einem riesigen rechteckigen Becken, von dem der engere Kanal des Petroleumhafens als Sackgasse nach Westen führte. Dort, wo der Waltershofer Kai einen Knick vollzog und als Kai des Petroleumhafens weiterlief, war der Treffpunkt. Parceval konnte ihn von seinem Versteck aus gut überblicken. Er war seit einer Stunde hier und trotz der langen Wartezeit hellwach. Es lohnte sich immer, zu einer solchen Verabredung zu früh zu kommen. Die klügere von den beiden Parteien war schon vor Ort und prüfte das Gelände, bevor die andere eintraf. Falls die andere Partei eine Falle stellte, konnte man so ihre Absichten durchkreuzen. Parceval rechnete zwar nicht damit, dass er hier gelinkt werden sollte. Den Mann, den er zu treffen hoffte, konnte man wahrscheinlich so etwas wie einen Freund nennen in der Welt, in der Parceval lebte und in der man Freunde an einer Hand abzählen konnte – wenn an der Hand vier Finger fehlten. Dennoch waren Gewohnheit und Vorsicht stärker als die Hoffnung gewesen und hatten Parceval dazu gebracht, sich hier seit einer Stunde die Beine in den Bauch zu stehen. Einen Hinterhalt hatte er nicht entdeckt; und es war auch niemand verfrüht zum Treffpunkt gekommen, um die Situation seinerseits zu checken. Es sah ganz danach aus, als würde endlich einmal ein Plan funktionieren.

Der Verladekran, der sich hier in den Nachthimmel erhob, ruhte – ein kompliziert aussehender Schatten vor dem ungewissen Schimmer, den die Hafenbeleuchtung auf die Unterseite der tief hängenden Dezemberwolken warf. Ein Schiff lag hier am Kai, dessen Deck noch zu zwei Dritteln mit Containern beladen war, aber aus irgendwelchen Gründen nicht weiter gelöscht wurde.

Der Gesprächspartner war pünktlich. Parcevals billige Kaufhaus-Armbanduhr zeigte wenige Minuten nach 22:30 Uhr, als eine einsame Gestalt sichtbar wurde, die zielstrebig den Kai entlangschritt und schließlich am vereinbarten Treffpunkt stehenblieb. Parceval blieb abwartend in seinem Versteck. Der Ankömmling, ein

Mann in einem kurzen Wintermantel und mit einer Wollmütze auf dem Kopf, sah sich suchend um. Er wirkte ungeduldig und befremdet, niemanden vorzufinden. Parceval sah, wie er die Uhrzeit auf seinem Handy überprüfte – ein kurzer, schwacher Lichtschimmer vom Display des Smartphones, der die Gesichtszüge des Mannes nicht enthüllen konnte. Er räusperte sich, zog die Nase hoch, schüttelte den Kopf und murmelte leise, vermutlich eine abfällige Bemerkung wegen Parcevals scheinbarer Verspätung. Als der Mann sich einmal im Kreis gedreht hatte und dann aufs Wasser hinausstarrte, huschte Parceval aus seiner Deckung und näherte sich ihm, bis er wusste, dass das Geräusch seiner Schritte ihn verraten musste. Dann blieb er stehen.

»*Maakhaam mo pa kheyr, per Ustada*«, sagte er halblaut.

Der Mann zuckte zusammen und drehte sich hastig um. Aus der Nähe konnte Parceval sein Gesicht erkennen. Es war ihm fremd. Der Mann war nicht der, den er erwartet hatte. Einen Moment lang dachte Parceval, dass er in eine Falle getappt war, und musste den Impuls unterdrücken, sein Gegenüber sofort anzugreifen. Wenn es wirklich so war, dann war der Mann nicht allein gekommen, und ihn attackieren nützte in dieser Lage nichts, weil er ohnehin nur der Lockvogel war.

Wenn es eine Falle war, würde sie auf eine Weise zuschnappen, die Parceval nicht erkennen konnte, und das bedeutete, er musste mehr über die Situation in Erfahrung bringen, bevor er handeln konnte. Er blieb abwartend stehen.

Der Mann musterte Parceval einen langen Augenblick, dann lächelte er plötzlich. »Auch Ihnen einen guten Abend, mein Freund«, sagte er in akzentfreiem, aber langsamem Deutsch, als müsse er über manche Wörter nachdenken. »Tut mir leid, aber ich bin nicht Ustad Lahauri.«

»Ich weiß«, sagte Parceval.

»Herr Lahauri hat mich gebeten, Sie zu ihm zu bringen«, erklärte der Mann.

»Hat er das?«

Das Lächeln des Mannes veränderte sich nicht. »Natürlich misstrauen Sie mir. Ich kann das verstehen.«

Parceval schwieg.

Der Mann seufzte. »*Sie* wollen Herrn Lahauri sprechen, nicht ich.«

Parceval schwieg weiter.

Der Mann zuckte mit den Schultern. »Na gut. Ustad Lahauri ist der Chef der Leibwache von Gouverneur Baz Djamil Majib – aber das wissen Sie sicher, da Sie es ja auch geschafft haben, Herrn Lahauris Mobilnummer herauszufinden. Provinzgouverneur Majib ist ein Mann mit mehr Feinden als Freunden ... aber das wissen Sie auch, da Sie die Verhältnisse in Afghanistan kennen. Immerhin waren Sie lange genug als Polizeiausbilder dort. Was Sie auch wissen dürften – oder Ihnen zumindest klar sein müsste –, ist, dass Herr Lahauri sich nicht einfach so exponieren kann, auch wenn sein ehemaliger Ausbilder ihn um ein Treffen bittet. Er muss auf die Sicherheit des Provinzgouverneurs achten. Grundlegende Vorsichtsmaßnahmen können Ihnen nicht fremd sein – nicht in Ihrem ehemaligen Beruf und schon gar nicht in Ihrer derzeitigen Lage. Deshalb hat Herr Lahauri mich erst einmal vorgeschickt. Können Sie das verstehen, Herr Parceval?«

Parceval schwieg eisern.

»Habe ich Sie wirklich immer noch nicht überzeugt?«

»Ustads ältester Bruder hat eine Bar in Kunduz«, sagte Parceval.

Der Mann lächelte noch breiter. »Herr Lahauris ältester Bruder war Aufseher über eine Straßenbaukolonne. Elf Chinesen. Und er der einzige Einheimische. Die Gruppe wurde von Talibankriegern überfallen, gefangen genommen und an Ort und Stelle hingerichtet – zwei Kilometer außerhalb von Kunduz, neben einer Hauptstraße.«

»Stimmt«, sagte Parceval.

Der Mann zuckte erneut mit den Schultern.

»Wer sind Sie?«, fragte Parceval.

»Ich bin Nihad.«

»Nur Nihad?«

»Nihad genügt, finde ich. Sie wollen ja nicht mit mir sprechen, sondern mit Herrn Lahauri.«

»Sind Sie sein Stellvertreter?«

»Ich bin nur einer von seinen Männern.«

»Derjenige, der am besten Deutsch spricht.«

Nihad nickte. »Deshalb hat er mich ausgewählt.«

»Sie sprechen tatsächlich hervorragend Deutsch.«

»Ich bin hier aufgewachsen. Als ich achtzehn war, hat man uns alle abgeschoben. Meine Familie war illegal in

Deutschland. Ich hege keinen Groll, ich habe meinen Weg in Afghanistan gemacht.«

»So sieht es aus.«

»Wenn Sie mir nun folgen wollen?«

Nihad ging voran, ohne sich zu vergewissern, dass Parceval ihm folgte. Parceval gab sich einen Ruck. Nihads Worte hatten sein Misstrauen fast vollständig beseitigt. Ein Rest von Zweifel war allerdings noch vorhanden. Parceval hütete sich, ihn zu verdrängen. Der Restzweifel war Bestandteil seines Charakters, und er hatte ihm bislang stets gute Dienste geleistet. Vorsichtig und die Umgebung ständig musternd, schloss er zu Nihad auf.

Nihad steuerte auf das einsam daliegende Containerschiff zu. Eine Gestalt erschien an der Reling und rief Nihad halblaut etwas zu. Parceval verstand, dass es mehrere Fragen waren, aber übersetzen konnte er sie nicht. Es bedeutete nicht viel; in Afghanistan gab es so viele regionale Dialekte und Sprachen, wie es Täler gab. Parceval hatte sich einige Sprachkenntnisse auf Paschtu angeeignet, einer der beiden offiziellen Amtssprachen in Afghanistan. Mit jemandem, der Dari, Belutschisch, Nuristani oder etwas anderes sprach, konnte er sich nicht verständigen.

»*Szama da*«, sagte Nihad, was Parceval verstand. Es bedeutete auf Paschtu so viel wie: Alles ist gut.

Eine behelfsmäßige Gangway wurde herübergeschoben, nicht mehr als ein Metallrahmen mit Trittgitter und Handlauf. Nihad machte eine einladende Handbewegung.

»Wieso treffen wir uns auf dem Schiff?«, fragte Parceval.

»Reine Sicherheitsmaßnahme, Herr Parceval. Hier kann uns niemand überraschen.«

»Und wie kommt es, dass Ustad Lahauri Zugang zu diesem Schiff hat?«

»Weil der wachhabende Offizier Paschtune ist und die Gelegenheit gerne ergriff, dem obersten Leibwächter eines Provinzgouverneurs einen Gefallen zu tun.«

»Ein Paschtune, der Ihnen zufällig über den Weg gelaufen ist …«

»Nicht mir, sondern Herrn Lahauri. Und auch nicht zufällig. Bitte unterstellen Sie Herrn Lahauri, dass er in seinem Metier einer der Besten ist … und dass er einen guten Ausbilder hatte.«

»Bin ich Ihnen für dieses Kompliment jetzt auch einen Gegengefallen schuldig?«

»Nein, das war gratis. Wollen wir?«

Die Behelfsgangway bog sich und wackelte, als Nihad sie betrat. Parceval wartete ab, bis Nihad auf dem Schiff war, dann folgte er ihm, ständig erwartend, dass Nihad und der andere Mann die Gangway plötzlich wegziehen und ihn zwischen Schiffsrumpf und Kaimauer ins Wasser fallen lassen würden – und aufgrund des Sogs, der ihn unter den Rumpf ziehen würde, in den sicheren Tod. Aber er kam unversehrt an Bord.

Nihad wies auf eine der Containerinseln auf dem Deck. »Hier entlang bitte.«

Parceval setzte sich in Bewegung, begleitet von Nihad und dem anderen Mann. Drüben bei der Containerinsel trat ein weiterer Mann aus einer schwarzen Schattenfläche. Auch er war nicht Ustad Lahauri.

Parcevals erster Gedanke: *Jede Menge Sicherheitsmaßnahmen.*

Sein zweiter Gedanke: *Außer der einen essenziellen Maßnahme – mich nach Waffen zu durchsuchen.*

Sein dritter Gedanke: *Es wäre äußerst unhöflich, Lahauris Besucher zu filzen.*

Sein vierter Gedanke: *Die ganze Art und Weise, wie dieses Treffen stattfindet, ist für afghanische Verhältnisse äußerst unhöflich, Nihads Freundlichkeit zum Trotz.*

Der dritte Mann war herangekommen und hob grüßend die linke Hand. Die rechte Hand hing locker an seiner Seite.

Dann war sie auf einmal nicht mehr dort, sondern zuckte auf Parceval zu. Die Klinge eines Schnappmessers sprang aus ihrem Griff und leuchtete matt auf. Das Messer zielte direkt auf Parcevals Kehle.

Es erreichte sein Ziel nicht. Der Gruß mit der linken Hand war das letzte Indiz für Parceval gewesen, dass etwas nicht stimmte. Ein Afghane grüßte bei einem Treffen immer mit der rechten Hand, um seinem Gesprächspartner zu zeigen, dass er unbewaffnet war.

Parceval blockte den Stoß mit beiden Unterarmen ab und überkreuzte sie mit einem Ruck. Sein Gegner war gut. Er passte sich der Bewegung an und verhinderte so, dass der Ruck ihm das Ellbogengelenk aushebelte. Aber er verlor sein Messer. Er stieß einen wütenden und überraschten Schrei aus. Parceval kickte das Messer mit dem Fuß davon, griff dem Mann in die Haare und drückte seinen Kopf nach unten, während gleichzeitig sein Knie nach oben schnellte und den Kerl im Gesicht erwischte. Er taumelte zurück. Parceval stieß ihn noch weiter von sich, aber statt ihm nachzusetzen, fuhr er sofort zu Nihad und seinem Begleiter herum. Er unterdrückte alle Gefühle von Überraschung, Empörung und Zorn, dass er ihnen auf den Leim gegangen war. Er konzentrierte sich nur darauf, seine Gegner auszuschalten und der Falle zu entkommen.

Nihad stand ein paar Schritte abseits, die Arme in einer überraschten Geste halb erhoben. Der Mann, der die Gangway herübergeschoben hatte, hielt hingegen ebenfalls ein Messer in der Hand und war drauf und dran, es Parceval in den Rücken zu stoßen. Parcevals Gegenwehr überraschte auch ihn. Er hielt lang genug inne, dass Parceval ihm die Faust in die Magengrube hämmern konnte. Sein Gegner krümmte sich. Parceval packte sein Handgelenk, um ihm das Messer zu entwinden, doch sein Gegner hielt es fest.

Parceval wurde klar, dass er zu viel Zeit mit diesem Versuch verschwendete. Er packte seinen Gegner mit der anderen Hand am Kragen und schwang ihn herum, genau in den Angriff des ersten Messerstechers hinein, der mit erhobenen Fäusten heranstürmte, Blut aus seinen aufgeplatzten Lippen im Gesicht. Beide Männer stolperten und stürzten zu Boden.

Parceval sah das Messer, das der erste Angreifer verloren hatte, an der Stelle liegen, wo er es hingekickt hatte. Sein Blick begegnete Nihads. Beide starrten das

Messer an und sich dann wieder in die Augen. Nihad griff in eine Tasche seines Mantels und holte sein eigenes Schnappmesser hervor. Die Klinge sprang mit einem hässlichen Klicken heraus. Nihad nahm eine martialische Kampfpose ein …

… die nur dazu gedacht war, Parcevals Aufmerksamkeit noch einen Moment länger zu beanspruchen. Parceval durchschaute den Trick: Er sprang schnell zur Seite und fühlte den Windstoß von dem Messerhieb, der knapp an ihm vorbei ins Leere ging. Sein Ellbogen kam in einem Halbkreis herum, auf den Kehlkopf des Messerstechers, doch der sah es irgendwie kommen und riss den Kopf herum. Der Ellbogen traf sein Ohr, schmerzhaft, aber nicht kampfentscheidend, wie es der Kehlkopfstoß gewesen wäre. Der Messerstecher taumelte zur Seite, mit der freien Hand unwillkürlich sein schmerzendes Ohr schützend.

Parceval griff den ersten Messerstecher, der nun unbewaffnet war, sofort an. Er versuchte, ihm das Knie zu brechen, doch der Mann konnte den Tritt kontern. Er zielte mit dem Handballen von unten gegen das Kinn, doch er traf nur Parcevals Unterarm. Sein Gegner war nicht irgendwer; er war ein Mann, der im Nahkampf geübt war – vor allem in der dreckigen Art und Weise, in der Parceval kämpfte. Er sah den Handkantenschlag, der ihm die Nase brechen sollte, voraus und wehrte ihn ab; sein Gegner ahnte, wohin Parceval sein Knie stoßen wollte, und drehte sich weg. Parceval überraschte ihn, indem er sich bückte, mit beiden Händen in die Kniekehle seines Standbeins griff und es ruckartig anhob;

der Mann verlor das Gleichgewicht, prallte hart auf den Rücken und brachte sich hastig vor Parcevals Fußtritt in Sicherheit.

Nihad und der noch bewaffnete Messerstecher kamen gemeinsam heran. Parceval traf Nihads Kumpan erneut an seinem verletzten Ohr. Nihad konnte Parcevals Schlag ausweichen, aber nicht seinem tief angesetzten Roundhouse-Kick, der die Beine unter ihm wegfegte und ihn zu Boden schickte.

Parceval sprang zurück, um sich Raum zu verschaffen und zur Reling zu gelangen, über die er entweder seinen Gegner befördern oder selbst auf der dem Kai abgewandten Seite ins Wasser springen konnte, sollte der Kampf aussichtslos werden.

Alle drei Gegner waren nun wieder bewaffnet. Sie hatten aus ihren Fehlern gelernt. Die beiden Kumpane Nihads griffen Parceval mit einer Zangenbewegung an, während Nihad die Reserve bildete. Der linke der beiden hob das Messer, dann machte er eine ruckartige Bewegung mit dem Kopf. Parceval hörte ein entferntes Geräusch, das wie das pfeifende Husten eines alten Mannes klang. Der linke Messerstecher sackte zusammen wie eine Marionette, deren Fäden man gekappt hatte. Sein Kumpan starrte ihn überrascht an. Plötzlich schnappte auch sein Kopf zur Seite. Diesmal sah Parceval die Wolke aus Blut, Fleisch und Gehirnmasse, die seitlich aus seinem Schädel austrat, untermalt von dem entfernten, schwächlichen Hustengeräusch. Der Mann sackte ebenfalls zusammen.

Parceval fuhr herum und sah sich nach einer Deckung

um. Aus dem Augenwinkel konnte er Nihad sehen, der hakenschlagend über das Deck rannte und in die Containerinsel eintauchte. Funken sprangen an zwei Stellen von den Containern auf, zwischen denen er in die Gasse hineingerannt war, begleitet von metallischen Klängen wie Hammerschlägen auf einem Amboss. Dann war Stille. Von den beiden Männern, die auf dem Deck lagen, kam kein Laut mehr. Dunkle Lachen breiteten sich unter ihnen aus.

Parceval richtete sich langsam auf. Das Adrenalin tobte noch immer in ihm. Er musste sich zwingen, die geballten Fäuste zu öffnen und die Kiefermuskulatur zu lockern. Er räusperte sich.

Bei der behelfsmäßigen Gangway trat eine Gestalt aus dem Schatten. Sie trug eine gedrungene Waffe mit einem klobigen, matt schimmernden Lauf. Die Waffe war eine Steyr AUG A3 mit Schalldämpferaufsatz, der auch das Mündungsfeuer unterdrückte. Die Gestalt nahm die Waffe in Anschlag und lief auf die Containerinsel zu, ständig feuerbereit. Sie rief Parceval zu, ohne ihn anzusehen: »Bist du in Ordnung?«

Parceval atmete aus und ein. »Ja, Ksenia«, sagte er. »Lass den Kerl. Er hat keine Schusswaffe, aber in diesem Containerlabyrinth können wir ihn nicht ausräuchern. Wer weiß, wie viele Verbündete er noch hier hat. Machen wir, dass wir hier wegkommen.«

Ksenia Orian blieb stehen. Sie senkte langsam die Waffe, dann kam sie auf ihn zu und musterte ihn. Sie trug eine Skimaske und war dunkel gekleidet. Ihre Augen glitzerten. »Unverschämtheit«, sagte sie. »Du hast dich mit drei Typen angelegt und nicht mal ’nen Kratzer.«

»Die Kratzer wären schon noch gekommen, wenn du nicht eingegriffen hättest.«

»Ja, danke schön dafür, dass ich mitkommen durfte«, sagte Ksenia sarkastisch.

»Danke, dass du dich durchgesetzt hast und mitgekommen bist«, sagte Parceval und meinte es ehrlich.

Ksenia nickte zu den beiden toten Messerstechern. »Was denkst du, wieso wollten Ustads Leute dich fertigmachen? Ich war genauso überzeugt wie du, dass Ustad ein Freund sei.«

Parceval spürte, wie das Adrenalin abklang. Seine Hände begannen zu zittern. Er steckte sie in die Jackentasche und atmete noch einmal tief ein und aus. Er verdrängte den Gedanken, dass hinter ihm zwei getötete Menschen auf dem Deck lagen. Er verdrängte auch den Gedanken daran, dass er vielleicht schon wieder das Ende einer Spur zu seiner entführten Schwester und seiner Nichte vor sich sah, noch bevor er sie richtig aufgenommen hatte. »Ich habe keine Ahnung«, sagte er. »Lass uns gehen.«

Sie verließen das Schiff über die Behelfsgangway und stießen sie danach ins Wasser. Ksenia trug die Steyr schussbereit vor dem Körper und drehte sich immer wieder zu dem Schiff um, bis sie außer Sichtweite waren und sie sich dem belebten Teil des Containerhafens näherten. Dann schraubte sie den Schalldämpfer ab und verstaute die Waffenteile und ihre Skimaske in einem Rucksack. Sie fuhr sich mit den

Händen durchs Haar und schüttelte es aus. Ihr Blick und der Parcevals begegneten sich. Hier, wo das Licht von den beleuchteten Ladekränen heller war, konnte er das Muster aus feinen Narben sehen, das eine Gesichtshälfte bedeckte. Sie sagte nichts, und er sagte nichts. Schweigend marschierten sie zu dem Leihwagen, mit dem sie beide hierhergekommen waren, und fuhren zurück in die Stadt.

3

Donnerstag, 10. Dezember
08:03 Uhr

Den Mann, der sich Parceval mit dem Namen Nihad vorgestellt hatte, kannten seine Untergebenen, Geschäftspartner und die Fahndungsbehörden auf der ganzen Welt als Abu Nihad al-Almani. Er hatte eine steile Karriere beim IS hinter sich. Von einem Kämpfer war er zu einem Kommandeur und schließlich zu einem Mitglied des Strategischen Rats der Terrororganisation aufgestiegen.

Für die meisten Menschen im freien Teil der Welt war der IS besiegt, seit seine letzte Bastion in Syrien gefallen war. Tatsächlich waren viele hochrangige Führer des Terrorstaats westlichen Anschlägen zum Opfer gefallen oder in internen Machtkämpfen eliminiert worden. Viele Kämpfer waren bei der Rückeroberung der vom IS besetzten Regionen getötet worden, andere waren desertiert und in ihre ehemalige Heimat zurückgekehrt, wo sie nun darauf hofften, dass niemals jemand von den unmenschlichen Taten erfuhr, die sie und ihre Kumpane im Namen des sogenannten Kalifats begangen hatten. Die Welt ließ sie notgedrungen in Ruhe, während sie nach den bekannten Führungspersönlichkeiten fahndete. Wie immer blieben die kleinen Fische unbehelligt, weil niemand ihre Namen kannte oder ein Interesse daran hatte, sie zur Rechenschaft zu ziehen.

Was vom IS übrig geblieben war, hatte seine Basis verlagert und versuchte seit einiger Zeit, anderswo Fuß zu fassen – vor allem in Afghanistan, von dem die Strategen des IS wohl gedacht hatten, man habe es mit geistigen Verbündeten zu tun. Tatsächlich aber betrachteten die in Afghanistan heimischen Taliban die IS-Kämpfer nicht als Freunde, sondern als weitere Möchtegerneroberer, die es zu bekämpfen galt. Die Zivilbevölkerung, gefangen zwischen den Mörderbanden, die ins Land eindrangen, und den Mörderbanden, die ihre Pfründe dort verteidigten, floh ziellos zu Zehntausenden von einem Chaos ins nächste.

Die wackelige, ratlose afghanische Regierung unterstützte die Taliban in ihrem Abwehrkampf mit Truppen, aus der Maßgabe heraus, dass man sich von zwei Feinden am besten dem anschloss, den man wenigstens kannte. Was sich die Regierungssoldaten dachten, die nun Seite an Seite mit den Terroristen kämpften, die vor Kurzem noch ihre Kameraden mit Bombenanschlägen in Stücke gerissen hatten, interessierte niemanden. Vereint war es den Taliban und den Regierungstruppen gelungen, den IS in der Provinz Jawzjan zu vernichten, dem Brückenkopf des Terrorstaates in

Afghanistan. Dem Vormarsch des IS war damit erst einmal ein Ende gesetzt, auch wenn die meisten Anführer sich rechtzeitig hatten absetzen können.

Abu Nihad al-Almani war einer davon. Jetzt saß er im Wohnraum der Executive Suite eines Hotels in der Hamburger Altstadt und diskutierte mit einem Mann namens Baran Merzani, einem Iraner, den er zu seinem Stellvertreter ernannt hatte. Die Diskussion lief so ab, dass Nihad an einem Stück redete und dabei auf den Tisch schlug, während Baran nervös mit einem billigen Smartphone herumspielte, ab und zu eine demütige Frage einwarf, ansonsten aber aussah wie jemand, der seit einiger Zeit darüber nachdenkt, wie er eine schlechte Nachricht an den Mann bringen soll. Beide Männer trugen dunkelgraue Anzüge und Hemden ohne Krawatten. Barans Hemd war bis oben zugeknöpft, Nihads Anzug zerknittert, weil er darin geschlafen hatte. Nihads kurzer Mantel, den er bei der Begegnung mit Parceval getragen hatte, lag zusammengeknüllt auf dem Sofa; zwei Knöpfe waren abgerissen.

»Wieso konnten wir den Mistkerl nicht fertigmachen?«, tobte Nihad. »Wir waren zu dritt! Ich hätte mir von dir die Schusswaffen nicht ausreden lassen dürfen, dann hätten wir ihn einfach abknallen können! Die Arbeiter am Dock hätten doch ohnehin nichts mitgekriegt – sind doch lauter dämliche ungläubige Hunde! Wir können ihm nicht mal die Polizei auf den Hals hetzen. Wenn ich anonym anrufe und denen den Tipp gebe, dass Parceval in der Stadt ist, tun sie auch nicht mehr als vorher. Der Kerl ist auf allen Fahndungslisten, die sind sowieso schon aufmerksam. Ich müsste schon genauere Angaben machen ...«, Nihad redete sich erneut in Rage. »Aber soll ich denen vielleicht sagen, sie sollen in der Nähe der MELINA nach Spuren suchen oder was!?«

Baran seufzte. »Abu«, sagte er vorsichtig, »die Polizei ist schon auf die MELINA aufmerksam geworden. Jemand vom Schiff hat mich informiert, dass die Kriminalpolizei noch in der Nacht dort aufgetaucht ist.«

»Was? Wie kommt das?«

»Ich weiß es nicht. Sie müssen einen Tipp bekommen haben.«

Abu Nihad stierte seinen Stellvertreter an. Sein Gesicht wurde immer röter. »Soll ich vielleicht glauben, dass der Mistkerl die Frechheit besessen hat, seinerseits den Bullen einen Tipp zu geben!?«

»Ich halte es für wahrscheinlich, Abu. Sie haben selbst gesagt, er hatte einen Helfer. Vielleicht hat der ...?«

»Warum erfahre ich erst jetzt davon?«, brüllte Abu Nihad.

Baran, der hätte erwidern können, dass Nihad ohne Unterlass geschimpft und gewütet hatte, während er kaum zu Wort gekommen war, sagte stattdessen: »Bitte verzeihen Sie, Abu.«

»Haben die Bullen schon was gefunden?«

»Bis jetzt nicht. Die Schiffsbesatzung hat die Leichen unserer Kameraden verschwinden lassen. Aber die Polizisten haben versucht, Spuren zu sichern, und werden bestimmt Überreste von Blut finden. Die Besatzung konnte das Deck nur notdürftig säubern.«

»Die Untersuchungsergebnisse bekommen sie allerfrühestens in vierundzwanzig Stunden – aber auch nur, wenn ein dringender Tatverdacht besteht«, sagte Nihad langsam. »In so einem Fall, in dem es nur eine anonyme Anzeige gibt und keinen Augenscheinsbeweis, dauert es wahrscheinlich mehrere Tage. Unsere Mission ist also nicht in Gefahr.«

»Es sei denn, Parceval versucht uns dazwischenzufunken.«

Nihad war jetzt ganz ruhig. »Er hat keine Ahnung von unserer Mission. Sonst hätte er sich gar nicht erst mit Ustad in Verbindung gesetzt. Sein Ziel ist ein anderes. Ustad hat gesagt, er sucht nach seiner Schwester und seiner Nichte. Fast jeder, der in Afghanistan mal mit der Polizei zu tun hatte in der Zeit, in der Parceval da unten Ausbilder war, kennt die Geschichte. Die verlausten Hunde von Taliban haben sie entführt. Mit uns hat das Ganze nichts zu tun.«

»Aber er wird sicher weiter versuchen, Ustad zu kontaktieren.«

»Warum sollte er? Nach dem feindseligen Treffen gestern? Wenn überhaupt, wird er höchstens versuchen, Ustad zu erledigen, aber das wird ihm nicht gelingen. Er sitzt auf dem Trockenen. Wahrscheinlich hat er Hamburg schon verlassen.« Nihad stand ruckartig auf. »Was ist mit dem Gouverneur?«

»Wir haben ihn vor einer Stunde geweckt.«

»Ist er noch kooperativ?«

»Wir haben ihm Videos von ein paar Schlachtungen vorgespielt und ihm erklärt, dass in den nächsten derartigen Videos, die er sehen wird, seine Familie die Hauptdarsteller sind. Er wurde dann ganz friedlich.«

Nihad lächelte. »Er wird sicher noch mal Widerstand leisten, bevor es morgen losgeht. Ruf unsere Kameraden in Fayzabad an. Sie sollen ein Video mit einem seiner Söhne drehen. Am besten dem jüngsten. Für alle Fälle – damit wir es ihm vorspielen können.«

»Sollen sie wirklich …?«

»Nein, sie sollen nur so tun. Aber der Junge soll es glauben, damit seine Todesangst richtig rüberkommt. Eine echte Schlachtung können wir immer noch aufnehmen, wenn der Gouverneur nicht mitzieht.« Nihad nahm seinen Mantel und schüttelte ihn aus.

»Wohin gehen Sie, wenn ich fragen darf, Abu?«

»Zu Ustad und den anderen. Es ist wichtig, dass wir uns alle abstimmen.«

Baran stand ehrerbietig auf. Er lächelte vorsichtig. »Ihre Gründlichkeit ist legendär, Abu.«

Nihad lächelte spöttisch zurück. »Muss wohl in den Genen liegen.« Er verließ den Raum und ließ einen Stellvertreter zurück, der wieder eine besorgte Miene aufsetzte.

Abu Nihads Bemerkung über seine Gene war nicht nur spöttisch gemeint gewesen. Tatsächlich war Nihad weder Iraker noch Syrer und schon gar kein Afghane, sondern vor fünfunddreißig Jahren in Niedersachsen geboren worden und hieß mit Geburts- und Taufnamen Nils Walau. Er hatte sich als junger Mann radikalisiert, war vor den polizeilichen Untersuchungen bezüglich des Doppelmordes an seiner vermögenden Tante und seinem Onkel aus Deutschland geflohen und hatte sich dem damaligen Islamischen Staat im Irak angeschlossen, dessen Nachnachfolgeorganisation noch immer seine ideologische Heimat war.

Ralf Parceval stand auf den deutschen Fahndungslisten ganz oben. Nils Walau stand auf den Listen der internationalen Terrorfahnder ganz oben. Seinem Kommando gegenüber hatte er zu Beginn dieser Mission gewitzelt, dass er nach ihrem erfolgreichen Ende auch in Deutschland die Spitzenposition einnehmen würde. Die Männer hatten gelacht, »Allahu Akbar« gerufen und dass sie ihrem exotischen Kommandeur überall hin folgen würden.

Zwei von ihnen hatte diese loyale Einstellung schon das Leben gekostet. Es wäre nicht so schlimm gewesen, weil sie als Kämpfer für ihre Sache sofort nach ihrem Tod ins Paradies eingezogen waren. Schlimm war nur, dass Baran nicht sicher war, ob Abu Nihad al-Almani, der »väterliche Anführer aus Deutschland«, mit dieser Mission nicht seine ganz eigenen Ziele verfolgte.

4

Donnerstag, 10. Dezember
09:21 Uhr

Die Ironie war geradezu bitter: Die vergangene Nacht war eine der wenigen seit Parcevals Flucht aus dem Gefängnis gewesen, in der er nicht illegal in irgendeinem Unterschlupf genächtigt hatte – und er hatte kaum schlafen können.

»Du siehst zerknittert aus«, sagte Ksenia. Sie saß ihm am Frühstückstisch gegenüber.

»Das strafft sich im Lauf des Tages wieder«, sagte Parceval. Er gab Ksenias Blick über den Rand seiner Kaffeetasse zurück. Er erinnerte sich an viele Male, an denen sie gemeinsam am Frühstückstisch gesessen hatten; allerdings umgeben von den Kameradinnen und Kameraden, den anderen Polizeiausbildern, den afghanischen Polizeischülern und dem einen oder anderen Angehörigen der internationalen Streitkräfte aus der benachbarten Militärbasis, wo sich die Qualität der deutschen Polizeikantine herumgesprochen hatte. Allein mit Ksenia beim Frühstück war Parceval bisher nur ein einziges Mal gewesen: am ersten Morgen nach seiner Flucht, als sie ihn in seinem Unterschlupf aufgesucht und Essen mitgebracht hatte. Im Nachhinein kam Parceval diese Situation geradezu surreal vor.

Die ganze Nacht über war Parceval sich Ksenias Anwesenheit im anderen Schlafzimmer nur zu bewusst gewesen. Sie war zwar nicht der Grund für seine Schlaflosigkeit gewesen, aber sie hatte dazu beigetragen.

»Wir brauchen einen neuen Plan«, sagte Ksenia. »Einen, bei dem ich dich nicht wieder aus einer Messerstecherei retten muss.«

»Es ist ungewohnt, dich das sagen zu hören, während wir uns gegenübersitzen«, sagte Parceval. »Bis jetzt hab ich mich immer nur am Telefon von dir zusammenstauchen lassen.«

»Mir ist klar geworden, dass man dich nicht allein lassen kann. Das führt immer nur zu einem Massaker.«

»Daran sind die anderen schuld, nicht ich.« Parceval dachte an Berlin und Mannheim. Ksenia hatte recht, was die beiden Fälle betraf. Parceval hatte jedoch ebenso recht mit seinen Argumenten zur Verteidigung. Er hatte nur ein Ziel – seine Schwester Birgit und seine Nichte Miray zu retten. Es war nur so, dass andere Menschen ihn ständig daran zu hindern versuchten.

»Ich hab nachgedacht«, sagte Ksenia. »Über Ustad. Und je länger ich nachdachte …«

»… desto mehr ist dir klar geworden, dass es nicht sein kann, dass er mir eine Falle gestellt hat«, vollendete Parceval ihren Satz. »Zu dem Schluss bin ich auch gekommen.«

»Selbst wenn man unterstellen würde, dass Ustad alle Loyalität und Kameradschaft vergessen hat, passt es nicht zusammen.«

»Ich hab ihm noch nicht mal eine schlechte Note verpasst damals«, sagte Parceval halb im Scherz. Im Gegenteil, dachte er. Keiner von den Polizeischülern, die er damals in seinem ersten Ausbildungskurs geschult hatte, hatte eine schlechte Note von ihm erhalten. Keiner hatte eine verdient. Sie waren alle unfassbar fleißig und strebsam gewesen. Ustad Lahauri hatte zu den besten Schülern gehört.

»Es hätte ihm nichts gebracht außer Scherereien, wenn er dich beseitigt hätte – selbst wenn er seit damals einen Hass gegen dich entwickelt hat. Er hätte sich einfach nur nicht auf ein Treffen einlassen müssen, und uns wären die Hände gebunden gewesen. Er wäre uns ohne irgendeinen Aufwand los gewesen.«

»Ustad hatte keinen Grund, Hass zu entwickeln.«

»Ich weiß.«

Sie schauten sich eine Weile lang schweigend an. »Nein«, sagte Ksenia dann. Sie schüttelte den Kopf. »Ganz entschieden: Nein.«

»Du glaubst doch genauso wie ich, dass das von letzter Nacht nur eines bedeuten kann: Ustad ist in Schwierigkeiten. Jemand wollte eine Kontaktaufnahme mit ihm verhindern. Jemand, der wusste, wer ich bin, und der sich daher sicher dabei fühlte, mich zu beseitigen, weil niemand mein Verschwinden bei der Polizei anzeigen würde.«

Ksenia öffnete den Mund, um etwas zu sagen, doch

Parceval kam ihr zuvor. »Ich weiß, was du sagen willst: Auch unter diesen Umständen ist der Plan, mich auf einem Containerschiff abzumurksen, ziemlich drastisch. Ein weiterer Grund zur Annahme, dass Ustad Probleme hat.«

»Ich wollte sagen: Ustads Probleme gehören nicht zu unserem Plan. Konzentrier dich darauf, was wir hier vorhatten: an Gouverneur Majib herankommen, ihm erklären, dass Birgit und Miray in seine Provinz verschleppt worden sind, und ihn um Hilfe bitten. Oder ihm die Pistole auf die Brust setzen, wenn er darin verwickelt sein sollte.«

»Ich kenne unseren Plan, Ksenia. Aber leider ist Ustad ein wichtiger Teil davon. Ohne ihn haben wir keine Chance, mit dem Gouverneur ein Gespräch zu führen!«

Ksenia schnaubte. »Du musst den Aberglauben ablegen, dass du der Welt was schuldig bist. Der alten Dame von gegenüber gestern die Einkäufe sechs Stockwerke hochzutragen war schon überflüssig. Jetzt willst du auch noch Ustad retten. Du hast selbst genug Probleme!«

»Die alte Dame hat sich gefreut. Sie hat uns sogar ihre Visitenkarte gegeben ...«

»Ja, eine selbstgemachte! Ich hoffe, du hast den freundlichen Hinweis nicht vergessen, der die Karte begleitete!«

»Dass wir sie anrufen sollen, wenn wir Hamburg besichtigen wollen, weil sie dann gerne mitkommt und für uns den Fremdenführer macht? Das ist doch sehr zuvorkommend.« Parceval grinste.

»Du exponierst dich ohne Not. Irgendwann wirst du geschnappt, weil du für einen Fußlahmen den Hund Gassi führst! Was nützt es, dass ich dir ständig einen neuen Unterschlupf besorge, wenn du gleich darauf irgendeinem Unbeteiligten etwas Gutes tust und dein Gesicht in der Öffentlichkeit präsentierst!«

Parceval wusste, dass Ksenias Temperamentausbrüche so schnell verloschen, wie sie aufflammten. Dennoch war es ihm wie immer ein Anliegen, die Deutschrussin zu besänftigen. Er sah sich demonstrativ bewundernd um. »Mit diesem Unterschlupf hast du dich jedenfalls selbst übertroffen.«

»Das war einfach«, stieß Ksenia hervor. »Ich hab die Wohnung ganz simpel auf meinen Namen gemietet, über Airbnb. Ksenia Orian leistet sich ein paar Tage Urlaub in Hamburg. Unverdächtiger geht's nicht.«

»Gut ausgesucht«, sagte Parceval.

»Trotzdem geht man nicht her und fragt eine alte Dame, ob man ihr die Einkaufstaschen hochtragen kann, wenn man gerade zum ersten Mal zur Haustür reingekommen ist!«, explodierte Ksenia. »Als Deutschlands meistgesuchter Krimineller!«

»Ksenia – ohne Ustad funktioniert der Plan nicht. Ich will nicht umsonst drei Monate lang wie ein Nomade von einem Ort zum anderen geflohen sein, während du versucht hast, einen neuen Ansatz zu finden, Birgit und Miray zu retten.«

Ksenia erwiderte nichts.

»Hab ich mich schon bedankt dafür, dass du diese Möglichkeit hier aufgetan hast?«, fragte Parceval.

»Ja. Mach's aber ruhig noch mal. War nicht einfach.«

»Danke«, sagte Parceval.

Ksenia lächelte plötzlich. »Gern geschehen. Isst du dein zweites Croissant noch?«

Parceval zog seinen Teller näher an sich heran. »Ja!«, rief er.

»Weil du schon zwei Brötchen hattest.«

»Kontrollierst du etwa, was ich esse?«

»Nein, ich hab nur Appetit auf ein Croissant.«

»Du hattest doch schon eins.«

»Du auch.«

»Wir teilen mein zweites Croissant«, beschloss Parceval mit einem Unterton von demonstrativem Fatalismus.

»Damit bin ich einverstanden«, erklärte Ksenia. »Aber teil ja gerecht, sonst nehm ich die größere Hälfte.«

Nach Parcevals Flucht aus Mannheim im Frühherbst hatte es so ausgesehen, als seien alle Spuren zu Birgit und Miray erkaltet. Drei Monate war er ziellos von Versteck zu Versteck gezogen, von Ksenia mithilfe immer wieder neuer Billighandys geführt, die ihm die passenden Möglichkeiten zum Untertauchen besorgte: Häuser, Wohnungen oder Gartenlauben, die wegen Erbstreitigkeiten oder anderer juristischer Scharmützel unbewohnt waren. Ksenia, die nach ihrem Abschied von der Bundespolizei Partnerin in einem Berliner Security-Unternehmen geworden war, hatte sich in Polizei- und Gerichtsdatenbanken gehackt und alle Adressen von leer stehenden Immobilien herausgezogen, bei denen die Besitzer auf irgendeine Weise mit dem Gesetz in Konflikt geraten waren. Die Informationen über diese Immobilien waren meistens erschöpfend, sodass Ksenia genau sagen konnte, in welchem Haus oder welcher Wohnung es am sichersten war, untertauchen zu können, und für wie lange.

Mit dem wenigen Bargeld, das ihm aus Mannheim geblieben war, musste Parceval so sparsam wie möglich umgehen. Um sich Geld zu beschaffen, musste er es sich entweder von Ksenia leihen (was er nach Kräften vermied) oder es stehlen. Bisher hatte Parceval erst einmal zu dieser Lösung greifen müssen und zwei Drogendealer überfallen, die vor einer Schule mit Pillen handelten.

Parcevals Verzweiflung war während dieser Zeit immer größer geworden. Nichts schien zum Ziel zu führen – seine Mission war undurchführbar, sein Leben auf der Flucht sinnlos. Doch dann hatte Ksenia herausgefunden, dass in der Hamburger Elbphilharmonie ein Weihnachtskonzert stattfinden sollte, zu dem sich hochrangige afghanische Politiker angekündigt hatten: fünf der insgesamt vierunddreißig afghanischen Provinzgouverneure.

Das Konzert war zugleich ein politisches und gesellschaftliches Ereignis. Als Musiker sollten ausschließlich junge Afghanen auftreten, der Dirigent stammte ebenfalls aus Afghanistan, und das Konzert an sich bestand aus Stücken berühmter klassischer persischer und afghanischer Komponisten, die während der Talibanherrschaft alle verboten gewesen waren. Natürlich hatten auch einige deutsche Politiker ihr Kommen zugesagt – und das übliche sensationslüsterne Premierenpublikum. Der Termin für das Konzert war heute Abend: Donnerstag, 10. Dezember.

Die einzige Personalie in der Gästeliste, die Ksenia und Parceval interessierte, war der Provinzgouverneur von Badakhshan, ein Tadschike namens Baz Djamil Majib. Und Ksenia hatte herausgefunden, dass Majibs oberster Leibwächter einer von Parcevals und ihren früheren Polizeischülern war: Ustad Lahauri.

Ustad war ein Mitglied der ersten Gruppe, die Parceval und seine deutschen Kollegen ausgebildet hatten. Der Jahrgang vor jenem, der durch den Talibanangriff auf Parcevals Polizeistation umgekommen war, das Ereignis, das aus Parceval in den Augen der deutschen Gerichtsbarkeit einen fünfzehnfachen Mörder gemacht hatte. In den Augen der Hinterbliebenen und Freunde der ermordeten Polizisten sowie der verschleppten Frauen und Kinder war Parceval jedoch ein Held. Er selbst fühlte sich hauptsächlich als Versager, weil es ihm nicht gelungen war, die Entführten zu retten, darunter auch seine Schwester und seine Nichte. Er hatte im Alleingang fünfzehn Taliban bekämpft und ausgeschaltet, während die eigentlichen Drahtzieher des Überfalls mit den Entführten entkommen waren.

Ustad jedenfalls hatte offenbar die afghanische Polizei verlassen und war zurück in seine Heimat Badakhshan gegangen, wo er eine außergewöhnliche Karriere gemacht hatte. Chefleibwächter eines Provinzgouverneurs wurde man nicht alle Tage.

Ksenia hatte Parceval geraten, Ustad zu kontaktieren, kaum dass der Provinzgouverneur und seine Entourage in Deutschland angekommen waren. Ustad hatte einem Treffen zugestimmt, um zu sondieren, wie er Parceval und den Gouverneur zusammenbringen konnte. Das Gespräch war ein wenig holprig gewesen, als hätte Ustad Mühe gehabt, sich an Parceval zu erinnern, oder als wäre er ziemlich im Stress gewesen. Parceval hatte es ignoriert. Er hatte mit dem letzten Geld ein Ticket an einem Automaten gelöst und sich in den nächsten Zug nach Hamburg gesetzt, wo Ksenia schon auf ihn wartete. Parceval hatte sie zunächst abweisen wollen. Dann allerdings hatte er dem Gefühl der Erleichterung nachgegeben, dass er diesmal nicht wieder allein agieren musste.

»Eigentlich sehe ich nur eine Möglichkeit«, sagte Ksenia, während sie mit einem angefeuchteten Finger die letzten Croissantreste von ihrem Teller pickte. »Wir müssen versuchen, während des Konzerts mit Majib Kontakt aufzunehmen. Wenn Ustad auch dort ist, finden wir heraus, was schiefgelaufen ist und inwieweit er für den Anschlag auf dein Leben verantwortlich ist. Wenn er nicht dort ist, finden wir über den Gouverneur heraus, was mit ihm los ist, und können ihm vielleicht helfen. Auf jeden Fall aber kannst du dem Gouverneur deine Bitte vortragen, sich um Birgits und Mirays Befreiung zu kümmern.«

»Wenn wir an ihn rankommen«, sagte Parceval.

»Du kommst auf keinen Fall an ihn ran. Du kommst schon nicht mal in das Konzert rein – bei den Sicherheitsmaßnahmen, die man da erwarten kann! Die werden jeden filzen und mit Gesichtserkennungssoftware scannen, der in der Schlange steht. Du könntest dir genauso gut ein Schild mit deinem Namen auf die Stirn kleben.«

»Das heißt…«

»…dass ich diejenige bin, die ganz offiziell als Konzertbesucherin auftritt und den Kontakt mit Majib oder Ustad sucht. Nach mir fahndet kein Mensch.«

Parceval musste nicht lange nachdenken. »Während ich schon untertags in die Elbphilharmonie gehe und mich dort irgendwo verstecke, bis das Konzert beginnt.«

»Richtig. Als normaler Besucher wirst du zwar durch eine Sicherheitsschleuse gehen müssen, aber es wird keine Gesichtserkennungssoftware eingesetzt, und das Sicherheitspersonal besteht in der Regel auch nicht aus den Allerhellsten; die guten Leute werden erst am Abend für das Konzert eingesetzt. Es besteht ein Restrisiko, aber das ist auch nicht größer, als…«

»…einer alten Dame die Einkäufe hochzutragen, ich weiß«, bestätigte Parceval seufzend.

»Wenn ich Majib dazu bringe, sich für deine Sache zu interessieren, begleite ich ihn aus dem Konzertsaal und führe ihn zu dir. Einen Treffpunkt müssen wir noch vereinbaren.«

»Hast du Lagepläne der Elbphilharmonie?«

»Nein«, sagte Ksenia grinsend und hob ihr Handy hoch. »Aber ich hab 'ne App.«

»Das Konzert ist sicher seit Wochen ausverkauft. Hast du eine Eintrittskarte?«

»Nein«, sagte Ksenia.

»Lass mich raten: Dafür gibt's auch 'ne App.«

»Nein«, sagte Ksenia und strahlte ihn an. »Dafür gibt's den Schwarzmarkt.«

5

Donnerstag, 10. Dezember
10:03 Uhr

Als Ksenia und Parceval die Wohnung verließen und auf den Treppenabsatz hinaustraten, der im obersten Stock so breit wie eine Galerie ausfiel (das Haus war ein Altbau aus der Gründerzeit, mit einem Treppenhaus, aus dem moderne Architekten auf jedem Stockwerk eine weitere Wohnung herausgeholt hätten), öffnete sich in der gegenüberliegenden Wohnung die Tür. Die alte Dame trat heraus, der Parceval gestern die Einkaufstüten hochgetragen hatte. Sie lächelte erfreut.

»Ach, das ist ja ein netter Zufall. Sie sind ja so nette Leute. Und so ein nettes Paar!«

Parceval glaubte keine Sekunde an einen Zufall. Er war sicher, dass die Frau schon eine Ewigkeit mit dem Ohr an ihrer Eingangstür gestanden hatte, um ja nicht zu verpassen, wann Ksenia und Parceval die Wohnung verließen.

»Guten Morgen. Wie geht es Ihnen?«, fragte er und gab Ksenia einen Schubs mit dem Ellbogen.

»Sie strahlen heute so«, sagte Ksenia und lächelte viel zu breit, was der alten Dame offensichtlich nicht auffiel.

»Ich freue mich auch«, sagte ihre Nachbarin. »Stellen Sie sich vor – heute Morgen hat mein Enkel angerufen! Ich habe schon so lange nichts mehr von ihm gehört. Er studiert im Ausland, müssen Sie wissen. In Amerika!« Sie sagte es, als wäre ein Studium in den USA gleichzusetzen mit einem Studium in einem anderen Sonnensystem.

»Tatsächlich«, sagte Ksenia.

»Ja. Und heute Morgen hat er angerufen. Ich hätte ihn beinahe nicht erkannt! Er hat mich raten lassen, wer dran ist! Der Schelm.«

In Parceval klingelten alle Alarmglocken auf einmal. »Braucht Ihr Enkel Hilfe?«, fragte er.

Die alte Dame riss die Augen auf. »Aber ja. Woher wissen Sie das?«

»Einfach nur geraten«, sagte Ksenia. »Schön für Sie, dass sich Ihr Enkel gemeldet hat. Hat er seine Eltern auch angerufen?«

»Man hat ihn bestohlen. Er hat seine Geldbörse im Auto eines Freundes liegen lassen, und jemand hat das Auto aufgebrochen. In Amerika! Stellen Sie sich das vor!« Die alte Dame sah von einem zum anderen.

»Hat Ihr Enkel sich deswegen schon bei seinen Eltern gemeldet?«, fragte Ksenia, nun mit deutlich hörbarer Ungeduld.

»Er hatte gerade alles Geld abgehoben, das er für das nächste Semester bei der Universität einzahlen muss!«, sagte die Nachbarin. »In Amerika kostet doch alles Geld. Auch das Studium. Das ist nicht billig.«

»Man bezahlt die Studiengebühren nicht in bar«, bemerkte Ksenia. »Auch nicht in Amerika.«

»Das war nicht mal eine schlechte Gegend, wo sie das Auto abgestellt hatten. Aber trotzdem wurde es aufgebrochen. Wahrscheinlich ein Drogensüchtiger, meint mein Enkel. Ach, es gibt ja so viele schlechte Menschen, auch …«

»… in Amerika«, sagte Ksenia sarkastisch.

Die alte Dame holte tief Luft. »Aber ja – genau das sage ich auch!«

»Das ist eine Betrugsmasche«, sagte Ksenia.

»Fünftausend Euro, sagt mein Enkel. Er braucht das Geld natürlich sofort. Ich habe ihm gesagt, ich kann es in einen Umschlag tun und ihm senden, aber ich weiß doch nicht, wie lange das dauert mit der Post. Nach Amerika!«

»Das ist ein Betrugsmasche!«, wiederholte Ksenia nun lauter. »Rufen Sie die Eltern Ihres Enkels an und vergewissern Sie sich, ob das alles stimmt.«

»Mein Enkel hat gemeint, ich solle mich nicht aufregen und mir keine Mühe machen; es sei ihm ohnehin schon so peinlich, dass er mich um Hilfe bitten muss. Ich habe ihm gesagt, dass ich immer für ihn da bin. Sein Vater – mein Sohn! – regt sich immer so auf, wenn er etwas falsch macht, hat er gesagt. Ich soll ihm besser nicht Bescheid geben, sonst muss er sich da wieder was anhören. Und damit ich mir keine zusätzliche Mühe mache, hat er gesagt, schickt er einen Freund vorbei, der das Geld abholt und es ihm dann mit dem Internet überweist oder so ähnlich.«

Die alte Dame musterte Ksenia und Parceval eindringlich. Sie zögerte, dann platzte sie heraus: »Ich weiß gar nicht, ob das nicht vielleicht ein Trick ist! Er hat sich eigentlich gar nicht wie mein Enkel angehört.« Sie tippte sich an die Stirn. »Man hört doch immer wieder, dass alte Leute betrogen werden.«

Parceval beschloss einzugreifen. Die letzten Minuten hatte er sich das Lachen verbeißen müssen. »Das ist mit Sicherheit ein Trick«, sagte er. »Haben Sie versucht, die Eltern Ihres Enkels zu erreichen?«

»Ja, aber keiner geht ans Telefon. Sie arbeiten beide um diese Zeit.«

»Und jetzt?«

»Dieser angebliche Freund kommt doch gleich vorbei und will das Geld abholen!«, stöhnte die alte Dame. »Ich habe ja zuerst alles geglaubt, ich bin erst nachher misstrauisch geworden.«

»Machen Sie nicht auf, wenn er klingelt«, sagte Ksenia. »Und rufen Sie die Polizei.«

Die alte Dame rang die Hände. »Aber wenn es doch stimmt? Und wenn mein Enkel deshalb Schwierigkeiten bekommt? Am Ende wird er noch verhaftet. Man hört so viel Schlimmes über die Polizei in Amerika.«

»Wir sind hier in Deutschland. Die Polizei wird Ihnen helfen«, sagte Ksenia.

»*Wir* werden Ihnen helfen«, sagte Parceval.

»O Gott«, sagte Ksenia.

»Danke«, sagte die alte Dame. »Das habe ich gehofft.«

6

Donnerstag, 10. Dezember
10:21 Uhr

Kriminaloberkommissar Felix Straack vom Landeskriminalamt 41 telefonierte mit einer Mitarbeiterin der Hamburger Polizeipressestelle, um die Meldungen des Tages zu aktualisieren. Er war müde und hatte den schalen Geschmack von zu viel Kaffee im Mund. Außerdem war er genervt, dass er wegen seiner eigenen, wahrscheinlich belanglosen Meldung dieses Telefonat führen musste. Er fand, ein Polizeibeamter sollte seine Zeit der Aufklärung von aktuellen Verbrechen widmen und nicht der Bereitstellung von »Content« im Presseportal. Sowieso ging so eine Sache nur die Opfer und ihre Angehörigen etwas an, und auf seine ganz eigene Art auch den Täter … aber nicht irgendwelche Journalisten auf der Suche nach einem Fall, den sie aufblasen konnten, oder wer sonst noch auf den Seiten des Presseportals unterwegs war. Selbst ernannte Grundrechtsverteidiger, die hofften, die Polizei bei einem Übergriff zu ertappen. Aasgeier-Anwälte auf der Suche nach Klienten. Klatschonkels und -tanten, die Stoff für ein Treppenhausgespräch mit den benachbarten Klatschonkels und -tanten brauchten …

»Wir haben eine anonyme Anzeige, dass auf einem Containerschiff im Waltershofer Hafen zwei Männerleichen zu finden wären, beide mit Kopfschüssen zu Tode gekommen«, leierte er herunter. »Eingegangen über den allgemeinen Polizeinotruf gestern Nacht, 23:29 Uhr. Der anonyme Anrufer war eine Frau, der Anruf erfolgte von einem öffentlichen Telefon beim Harburger Rathaus, über zehn Kilometer vom angeblichen Tatort entfernt. Kollegen vom Polizeikommissariat 46 sind noch dorthin gefahren, aber da war schon niemand mehr. Vom Polizeiposten Finkenwerder fuhr ein Streifenwagen bei dem Schiff vorbei …«

»Hast du den Namen des Schiffs?«, fragte die Pressemitarbeiterin am anderen Ende.

Felix Straack suchte auf dem Notizzettel, den er vorbereitet hatte. »MELINA. Fährt unter maltesischer Flagge.«

»Welche Reederei?«

»Meine Güte, ist das wichtig? Ihr lasst doch in den Pressemitteilungen sowieso zwei Drittel von dem weg, was man euch sagt.«

»Wir würden aber gern selbst aussuchen, was wir weglassen«, bemerkte die Pressemitarbeiterin spitz.

Felix Straack rollte mit den Augen und suchte wieder auf seinem Notizzettel. »Maritime Cargo Solutions. Eine hiesige Reederei.«

»Lukas Uhl«, sagte die Pressemitarbeiterin.

Straack zuckte mit den Schultern. »Sagt mir nichts.«

»Frag mal bei den Kollegen vom LKA 53 nach. Bei denen taucht der Name öfter in den Pressemitteilungen auf.«

»Wirtschaftskriminalität?«

»Uhl ist 'n Aal.« Die Pressemitarbeiterin kicherte über ihr lahmes Wortspiel. »Hat sich bisher noch immer rauswinden können.«

»Soll ich jetzt weitermachen mit meiner Meldung?«, fragte Straack.

»Ich bin ganz Ohr.«

»Es wurden keine Leichen gefunden. Die Schiffswache reagierte erstaunt auf die anonyme Anzeige. Die Finkenwerder Kollegen haben sich umgesehen. Nichts Verdächtiges. Sicherheitshalber haben sie ein paar Proben von dunklen Flecken auf dem Schiffsdeck genommen, die jemand offenbar abzuwaschen versuchte. Die Schiffswache reagierte darauf unwirsch, die Kollegen ließen sich aber nicht aus der Ruhe bringen. Wahrscheinlich irgendwelche Rückstände von illegalem Müll oder Substanzen, die die Schiffsbesatzung in der Nacht klammheimlich im Hafen verklappt hat.«

»Was ist mit den Proben geschehen?«

»Sind im Labor. Was immer dabei rauskommt, ich wette, es wird kein Blut sein. Oder Hirnmasse. Wegen der angeblichen Kopfschüsse und so.« Er machte eine Pause, um festzustellen, ob die Pressemitarbeiterin bei dieser Bemerkung schlucken musste, aber er hörte nichts. Gleich darauf schämte er sich für sein chauvinistisches Verhalten. Es war unprofessionell. Er räusperte sich. Man musste so aufpassen, um nicht in irgendwelche blöden Verhaltensmuster zu verfallen! »Also jedenfalls … wahrscheinlich war der Anruf nur ein blöder Scherz, um der Polizei einen Haufen Arbeit zu machen. Das Schiff liegt anscheinend total abseits im Waltershofer Hafen.«

»Wenn Lukas Uhl im Spiel ist, würde ich alles für möglich halten«, sagte die Pressemitarbeiterin.

»Wenn es wirklich zwei Mordfälle gibt, wird er sich da nicht rauswinden können«, sagte Straack entschlossen.

»Dann viel Glück. Ich hab von dem Kerl so viel Schlechtes zu hören gekriegt … Ich würde euch die Daumen drücken, dass es sich tatsächlich um einen Doppelmord handelt, wenn es nicht bedeuten würde, dass dann zwei Menschen umgekommen sind. Was die Pressemeldung betrifft …«

»Jetzt sag nicht, ihr wollt sie gar nicht bringen.«

»Ich weiß nicht. So, wie die Situation jetzt ist, weiß ich nicht, wie ich sie formulieren sollte, ohne dass wir dabei irgendwie doof dastehen. Anonymem Anruf hinterher gelaufen, Schiffsbesatzung belästigt, nix gefunden … also, ich weiß wirklich nicht.«

»Na toll«, sagte Straack.

»Ich frag die Chefin.«

»Mir egal. Schönen Tag noch«, sagte Straack. Nachdem er aufgelegt hatte, betrachtete er nachdenklich das Telefon auf seinem Tisch. Es war ihm nicht egal, dass die Pressestelle den Eindruck hatte, eine Sache, mit der er betraut war, würde die Hamburger Polizei als

Trottel dastehen lassen. Er hob den Hörer wieder ab und drückte die Kurzwahltaste für das kriminaltechnische Labor. »Die Proben von der MELINA«, sagte er, nachdem er sich zum zuständigen Bearbeiter durchgefragt hatte. »Könnt ihr das ein bisschen beschleunigen?«

7

Donnerstag, 10. Dezember
11:03 Uhr

Der angebliche Freund des angeblichen Enkels der alten Dame – ihr Name war Evelyn Niehoff – war ein Profi. Parceval hatte nichts anderes erwartet. So, wie Evelyn Niehoff ihr Telefonat mit ihm geschildert hatte, konnte er kein Amateur sein. Er hatte der alten Dame innerhalb weniger Augenblicke genügend Informationen entlockt, um sich glaubwürdig als ihr Enkel in Amerika zu präsentieren. Ein potenzielles Opfer, das weniger schlau und umsichtig als Evelyn Niehoff agiert hätte, wäre auf ihn hereingefallen.

Der junge Mann bewies seine Erfahrung auch dadurch, dass er eine Viertelstunde vor dem vereinbarten Termin eintraf und die Situation checkte. Seine besondere Aufmerksamkeit galt den am Straßenrand stehenden Fahrzeugen; eine Tätigkeit, mit der er Parcevals Vermutung bezüglich seiner Identität letztlich bestätigte.

Parceval wusste, wonach er Ausschau hielt – nach einem unauffällig geparkten Wagen, in dem zwei Personen auf den Vordersitzen saßen. Das wären dann Zivilfahnder gewesen, und ihre Anwesenheit hätte bewiesen, dass sein potenzielles Opfer die Polizei benachrichtigt hatte. Parceval hatte aus alter Gewohnheit selbst die Fahrzeuge gecheckt, bevor er sich mit dem Besen aus Evelyn Niehoffs Keller darangemacht hatte, den Gehsteig vor dem Haus zu säubern. Er trug sogar einen alten grauen Arbeitsmantel, den Evelyn Niehoff ihm gegeben hatte (»Der ist noch von meinem Mann, er hat ihn sogar angezogen, wenn er eine Glühbirne reingeschraubt hat.«), und zusammen mit seiner bedächtigen Kehrweise gab er das perfekte Bild eines behäbigen Hauswarts ab.

Der Trickbetrüger fiel jedenfalls darauf herein. Er gönnte Parceval nur einen kurzen Blick unter der Kapuze seines Hoodies heraus, die er tief ins Gesicht gezogen hatte, dann suchte er auf dem Klingelschild nach Evelyn Niehoffs Namen. Er klingelte. Die Sprechanlage quäkte leise; der Trickbetrüger antwortete, wobei er vorgab, außer Atem zu sein: »Dürfte ich kurz reinkommen und bei Ihnen auf die Toilette gehen? Ich müsste ganz dringend!«

Man konnte Parceval die Überraschung nicht ansehen; rein äußerlich kehrte er ganz ruhig und ohne zu stocken weiter, ein Mann, ganz in seine Arbeit vertieft – oder von ihrer Eintönigkeit eingelullt. Ihm wurde klar, dass er den Trickbetrüger offensichtlich unterschätzt hatte. Hier ging es um das nächste Level des Enkeltricks. Der junge Mann wollte nicht nur die fünftausend Euro. Er wollte alles.

Aus dem Augenwinkel betrachtete Parceval, wie der junge Mann in die Bauchtasche seines Hoodies griff und etwas herauszog. Parceval hörte das leise ratschende Geräusch. Der junge Mann trug ein Teppichmesser bei sich und fuhr die Klinge probehalber ein und aus. Mit einem Teppichmesser konnte man nur schwer jemanden töten; selbst um einem Gegner die Kehle durchzuschneiden, waren die Klingenbestandteile zu brüchig. Der Gegner hätte schon stillhalten müssen, damit man seine Pulsadern aufschneiden konnte. Aber das Werkzeug war rasiermesserscharf, und als Schlagwaffe eingesetzt rief es schmerzhafte, tiefe Wunden hervor. Ein Teppichmesser war eine ernst zu nehmende Waffe. Nicht umsonst war es schon Terroristen gelungen, Flugzeuge mit Cuttern zu entführen.

Die Sprechanlage blieb einige Augenblicke lang still, dann summte der Türöffner, und der junge Mann schlüpfte hinein.

Ksenia war bei Evelyn Hoffmann in der Wohnung; sie hatte die Entscheidung getroffen, das Spiel mitzuspielen. Mit Sicherheit hatte sie die gleichen Schlüsse wie Parceval gezogen, auch ohne den Cutter gesehen zu haben. Sie war überzeugt, dass der Trickbetrüger heute sein blaues Wunder erleben würde. Das war Parceval auch, dennoch machte er sich Sorgen. Dass der Betrüger bewaffnet war, würde Ksenia nur einen Sekundenbruchteil überraschen, wenn überhaupt, und ihre Reaktion auf keinen Fall verlangsamen. Dennoch blieb eine Tatsache bestehen: Der Betrüger besaß eine

Waffe, und Ksenia besaß keine. Selbst wenn er ihr nur eine Schnittwunde beibrachte, war das schon inakzeptabel.

Parceval ließ sich mit Evelyn Hoffmanns Schlüssel ins Haus, schloss die Tür vorsichtig hinter sich und stieg die Treppe hoch. Das Treppenhaus war aus altem Holz und knarrte bei jeder Stufe, aber es knarrte auch unter den Schritten des Betrügers eineinhalb Stockwerke über Parceval, daher machte er sich keine Sorgen, entdeckt zu werden. Er folgte ihm, vorsichtig aufschließend. Sein Plan war, auf dem obersten Treppenabsatz anzukommen, wenn der junge Mann an Evelyn Niehoffs Tür klingelte. Zwei lange Schritte würden dann genügen, um ihm in den Rücken zu fallen und ihn auszuschalten.

Im zweiten Stock kniete ein Mann mittleren Alters vor seiner halb geöffneten Tür, einen Eimer mit allem möglichen Kleinwerkzeug vor sich. Er hatte die Abdeckung der Türklingel abgeschraubt und stocherte mit einem Schraubenzieher in den Drähten herum. Als er Parceval sah, leuchtete sein Gesicht auf. »Moin!«, sagte er freudig überrascht. »Das ging aber schnell. Ich hab grade erst bei euch angerufen.«

Parceval konnte nicht einfach weitergehen. Der Mann mit dem Schraubenzieher hatte offenbar wegen eines Problems mit seiner Klingel die Hausverwaltung angerufen. Jetzt hielt er Parceval dank seiner Verkleidung für den Handwerker, der die Reparatur für ihn durchführte.

Eineinhalb Stockwerke über sich hörte Parceval, wie

der Betrüger weiter die Treppe hochstieg. Er musste sich etwas einfallen lassen. Er deutete nach oben. »Ich muss zuerst noch zu einem anderen Kunden«, sagte er. »Sie sind der nächste auf der Liste.«

»Vergessen Sie mich bloß nicht!«

»Keine Sorge«, sagte Parceval. Er horchte nach oben. Der Trickbetrüger musste jetzt mindestens zwei Stockwerke Vorsprung haben.

Der Mann mit der kaputten Türklingel ging in seine Wohnung und schloss die Tür hinter sich. Parceval wollte sich abwenden und die Treppe hinauflaufen, da öffnete sich die Tür wieder.

»Sie könnten doch meine Klingel zuerst reparieren«, schlug der Mann vor. »Sie kriegen auch ’nen Kaffee.«

»Immer schön der Reihe nach«, sagte Parceval. Der Betrüger hatte jetzt das vierte Stockwerk hinter sich gelassen und betrat die Stufen zum fünften.

»Na gut. Hoffe, Sie sind bei der Reparatur auch so gründlich.« Der Mann schloss die Tür. Parceval warf sich herum und eilte die Treppe hoch, zwei Stufen auf einmal nehmend.

Als er das fünfte Stockwerk in Angriff nahm, hörte er von oben ganz leise die Türklingel in einer Wohnung anschlagen: Evelyn Niehoffs Wohnung. Er beschleunigte noch stärker, hörte, wie sich eine Tür öffnete.

Dann erklang die Stimme des Betrügers, die heiser zischte: »Keinen Mucks, Alte…« Parceval wusste, dass der Betrüger die Hand mit dem gezückten Messer sofort durch den Türschlitz geschoben haben musste. Er raste den Treppenabsatz des fünften Stockwerks entlang und hielt sich am Treppengeländer fest, um den Schwung für die Stufen ins sechste Stockwerk zu nutzen.

Von oben kam ein undefinierbares Geräusch, dann ein Keuchen, dann hörte es sich so an, als würde jemand ein Kissen aufschütteln und gleichzeitig einen Stepptanz einüben. Parceval konnte die Geräusche übersetzen: ein Kampf, Schläge, schnelle Schritte, Tritte. Wie üblich gab es außer dem Keuchen, mit dem ein Körpertreffer die Luft aus der Lunge trieb, keine menschlichen Laute. Kämpfe, bei denen Kombattanten wild herumbrüllten, gehörten in das Reich der Martial-Arts-Gürtelprüfungen.

Jeden Treppenlauf verband ein großzügiges Zwischenpodest. Parceval prallte trotzdem in der Kehre mit der Schulter gegen die Wand, weil er zu viel Schwung genommen hatte.

Jemand kam ihm entgegengerollt. Es war der Trickbetrüger. Parceval sprang zur Seite. Der Betrüger prallte von der untersten Stufe ab, knallte auf dem Zwischenpodest gegen die Wand und blieb dort liegen. Er starrte mit weit offenen Augen ins Leere und stöhnte. Aus einer Platzwunde an der Stirn sickerte Blut, und so, wie sein rechter Arm am Ellbogen abgewinkelt war, sollte kein gesunder Arm abstehen. Parceval blickte von dem stöhnenden, halb besinnungslosen Mann die Treppe hoch nach oben. Ksenia stand auf dem Geschosspodest des sechsten Stocks und schaute herunter. Sie erwiderte Parcevals Blick.

»Der Hausmeister«, sagte sie. »Wie üblich erst da, wenn alles schon geregelt ist.«

Parceval sah einen Kopf über dem Treppengeländer erscheinen: Evelyn Niehoff. Die alte Dame blickte herunter, betrachtete den verkrümmt daliegenden Betrüger und nickte dann. Parceval erwartete, dass sie entsetzt sein würde, doch sie sagte nur zu Ksenia: »Junge Dame – alle Achtung, das muss ich schon sagen.«

»Ich brauche den Balsamico«, sagte Ksenia. Sie streckte die Hand aus. Evelyn Hoffmann drückte ihr eine kleine Pumpsprühflasche hinein. Ksenia schritt die Treppe herunter. »Rufen Sie schon mal die Polizei und erzählen Sie denen, was wir vereinbart haben«, sagte sie über die Schulter. Die alte Dame verschwand in ihrer Wohnung.

Sie kauerte sich neben den Betrüger und drückte ihm zwei Finger gegen die Halsschlagader. »Keine Lebensgefahr«, sagte sie. Sie drückte ihm die Augen zu, und bevor er sie wieder öffnen konnte, pumpte sie ihm ein paar Sprühstöße Balsamicoessig ins Gesicht. Er zuckte und stöhnte, als der Essig in seine Augen lief, aber Ksenias Maßnahme hatte ihn vor Erblindung oder schweren Augenschäden bewahrt. »Verdient hast du's nicht, du Mistkerl«, murmelte sie.

»Was soll Frau Niehoff der Polizei erzählen?«, fragte Parceval.

»Dass der Betrüger sie an der Tür bedroht hat, dass sie als Vorsichtsmaßnahme den Essig in der Hand hielt und ihm ins Gesicht sprühte, dass er, geblendet von der Säure, floh und die Treppe runterfiel ...«

»Und sich das Ellbogengelenk brach«, sagte Parceval.

»Und hoffentlich noch so einiges anderes«, sagte Ksenia. Sie stand auf.

»Wie hat er sich den Ellbogen wirklich gebrochen?«, fragte Parceval.

»Er war so dumm, den Arm durch die Türöffnung zu strecken, während ich die Tür in der Hand hielt.«

»Was ist mit seinem Teppichmesser?«

»Liegt in Frau Niehoffs Wohnung. Seine Fingerabdrücke dürften überall drauf sein. Ich glaube nicht, dass die Polizei lange fragen wird, ob sich das Ganze wirklich so zugetragen hat. Wahrscheinlich ist der Kerl schon lange aktenkundig, und sie freuen sich, dass ihm jemand endlich mal alles heimgezahlt hat.«

»Hat sie sich nicht gewundert, dass sie uns gegenüber der Polizei nicht erwähnen soll?«

»Ich habe ihr erklärt, dass sie auf diese Weise als gutes Beispiel für andere ältere Menschen dienen kann, nicht zu leichtgläubig zu sein und sich gegen solche Mistkerle zu wehren. Dass sie stolz sein kann, weil sie damit ihren Altersgenossen hilft.«

»Das hat sie dir abgekauft?«

Ksenia zuckte mit den Schultern. »Mehr konnte ich nicht tun.«

»Wir müssen uns also darauf verlassen, dass Frau Niehoff sich nicht verplappert und für den Betrüger alles sowieso viel zu schnell ging.«

»So wie ich die Dame einschätze, verplappert sie sich nur, wenn sie es selber will. Die ist ’n harter Brocken. Abgesehen davon war es deine Idee, den Schutzengel zu spielen, nicht meine.«

»Dafür hast du dich aber ganz schön reingehängt.« Parceval wies auf den stöhnenden Trickbetrüger.

»Wenn ich was mache, mache ich es richtig.«

Parceval nickte. Er wusste, dass Ksenia auch noch eine weitere Motivation für ihren Einsatz hatte: Es nagte immer noch an ihr, dass sie sich damals von Parceval hatte wegschicken lassen, als dieser in die Berge aufgebrochen war, um die entführten Frauen und Kinder zu finden und den Tod seiner Polizeischüler zu rächen. Sie war der Meinung, dass alles gut ausgegangen wäre, wenn sie dabei gewesen wäre. Parceval und sie wären gemeinsam als Retter nach Kunduz zurückgekehrt, und nicht Parceval allein als fünfzehnfacher Mörder.

Weil Ksenia sich ihre Nachgiebigkeit von damals nicht verzeihen konnte, tat sie jetzt alles, um Parcevals Mission zu unterstützen, auch wenn sie damit ihre Freiheit, ihre Firma und zuweilen sogar ihr Leben riskierte.

»Wir müssen trotzdem das Quartier wechseln«, sagte Parceval. »Sicher ist sicher.«

»Ich weiß. Schade. Dein Schnarchen im anderen Zimmer zu hören hat mich eingeschläfert.«

»Ich schnarche nicht«, sagte Parceval.

»Ich finde was anderes für uns. Ich habe ja den Nachmittag über Zeit, danach zu suchen. Wenn es klappt und wir spätestens nach dem Konzert mit dem Gouverneur sprechen können, können wir Hamburg noch heute Nacht verlassen. Wohin die Reise geht, ergibt sich aus dem, was der Gouverneur uns erzählt, oder?«

Parceval nickte. Was würde der Gouverneur erzählen, wenn alles gut ging? Dass er verlässliche Leute ausschicken würde, um Birgit und Miray zu finden, zu befreien und nach Hause zu senden? Und was dann? In welche Richtung konnte ein Zug – oder ein Auto, ein Flugzeug oder ein Eselskarren – Parceval bringen, in der es für ihn dann ein Leben gab? Er hatte nur seine Mission; für sie war er aus der Haftanstalt entflohen.

Wahrscheinlich würde er sich stellen, sobald er Birgit und Miray in Sicherheit wusste. Er hütete sich, Ksenia von seinen Absichten zu erzählen. Sie würde ihn mit Gewalt daran hindern und nötigenfalls irgendwohin verschleppen und ihr ganzes erfolgreiches, zufriedenes Leben in Freiheit drangeben für eine ziellose Existenz auf der Flucht. Schon allein aus diesem Grund musste er solche Gedanken für sich behalten.

»Gehen wir ein Ticket auf dem Schwarzmarkt kaufen«, sagte Parceval.

Ksenia grinste schief und gab dem stöhnenden Betrüger noch einen unsanften Tritt gegen die Fußsohlen. »Richtig. Für heute waren es gute Taten genug.«

8

Donnerstag, 10. Dezember
12:08 Uhr

Parceval hätte sich denken können, dass Ksenia, wenn sie bezüglich eines Tickets für das Konzert heute Abend von »Schwarzmarkt« sprach, natürlich die virtuelle Form gemeint hatte. In diesem Fall war es eine Facebook-Gruppe, die sie aufgetan hatte. Der Anbieter verlangte nur einen geringen Aufschlag zum Originalpreis. Anscheinend gehörte er zu der Sorte Entrepreneur, die von allen Veranstaltungen in der Elbphilharmonie Tickets auf gut Glück kaufte, um sie dann später mit Gewinn weiterzuverkaufen. Konzerte in der Elbphilharmonie waren in aller Regel schnell ausgebucht, weil viele Besucher gar nicht wegen der Musik kamen, sondern um das Erlebnis Elbphilharmonie zu genießen. Je nach Beliebtheit des auftretenden Künstlers stieg der Wiederverkaufspreis in die Höhe.

Der Austausch Geld gegen Ticket fand bei den Sankt-Pauli-Landungsbrücken statt, wo sich trotz des windigen, kalten Dezemberwetters jede Menge Passanten befanden. Parceval hielt sich am Rand der Menschenmenge, mit Schal und Mütze ausreichend getarnt. Er wusste, wie man sich bewegen musste, um niemandem aufzufallen, aber sicherheitshalber blieb er an keiner Stelle länger als ein paar Augenblicke stehen und vermittelte ständig den Anschein, als wäre er zielbewusst von einem Ort zum anderen unterwegs. Jemand, der scheinbar ein Ziel verfolgte, fiel keinem Menschen auf. Die Herumlungerer waren es, auf die irgendwann jemand aufmerksam wurde.

Ab und zu musterte er die Elbphilharmonie, die hoch über der HafenCity aufragte: die mehrstöckige Basis aus Klinkersteinen und den Aufbau aus Glas. Für die einen symbolisierte das Gebäude einen Kristall, die anderen sahen in seiner wellenförmigen Dachkonstruktion ein aufgewühltes Meer oder ansteigende Kadenzen eines Musikstücks. Für Parceval wirkte der Bau wie ein Schiff, das mit gesetzten Segeln aus dem Hafen hinaussegeln wollte. Er fragte sich, ob es ein Symbol war. Würde er diesmal die nötige Unterstützung erhalten, um die Befreiung Birgits und Mirays in Angriff nehmen zu können? Gut angefangen hatte das Ganze jedenfalls nicht: Ustads Lahauris Rolle in dem unerwarteten Überfall gestern Nacht blieb rätselhaft. Parceval war klar, dass seine und Ksenias Annahme, der Leibwächter und ehemalige Polizeischüler stecke in Schwierigkeiten, mehr auf Wunschdenken beruhte als auf allem anderen. Genauso gut konnte er einfach ein falsches Spiel spielen und irgendwelche illegalen Ziele verfolgen, bei denen Parceval ihm in die

Quere gekommen wäre. Oder er handelte im Auftrag seines Chefs, des Provinzgouverneurs. Himmelschreiende Korruption und unbedingte Aufrichtigkeit lagen in Afghanistan nahe beieinander, und Jahrzehnte von Krieg und Terror hatten die Hemmschwelle, einen Menschen zu töten, stark herabgesetzt.

Parceval erinnerte sich, dass eine ähnliche Bemerkung auch während seines Prozesses gefallen war; es war sogar sein Verteidiger gewesen, der sie ausgesprochen hatte. Dass man einen Mann, der wie Parceval zwei Jahre lang in Afghanistan alle möglichen Grausamkeiten gesehen und dessen Familie in einem Terroranschlag umgekommen war (Birgit und Miray waren für tot erklärt worden), nicht mehr mit dem moralischen Kompass eines normalen Mitteleuropäers messen konnte. Sein Versuch, damit auf so etwas wie mildernde Umstände zu plädieren, scheiterte, und erreicht hatte er nur, dass Parceval danach in der Presse als unberechenbares Tier dargestellt wurde, dem jede zivilisatorische Hemmung aus der Seele gebombt worden war.

Ksenia kam nach einiger Zeit wieder. Sie begrüßten sich wie zwei Bekannte, die sich hier zufällig über den Weg liefen, und schlenderten dann weder langsam noch schnell am Kai entlang in Richtung Überseebrücke.

Das Konzert fand im sogenannten Kleinen Saal statt, der zwischen vierhundert und sechshundert Besucher fasste. »Die Veranstalter haben offenbar einen Riesenspagat gemacht«, sagte Ksenia. »Der Ticketverkauf wurde auf zweihundert Plätze begrenzt, alle übrigen Stühle wurden abgebaut. Damit hofft man, die Gefahr eines Anschlags zu minimieren, schließlich lassen sich zweihundert Leute besser kontrollieren als sechshundert.«

»Und zu kaschieren, dass sich nicht sehr viel mehr als zweihundert Leute für ein Konzert mit zeitgenössischen afghanischen Komponisten interessieren«, sagte Parceval.

»Das schließt die Zwangsverpflichteten wie Politiker, Journalisten, Botschaftsangehörige und Familienmitglieder mit ein«, ergänzte Ksenia. »Das Kaistudio hätte für das Konzert locker gereicht, aber das wäre natürlich ein gesellschaftlicher Affront gewesen.«

Parceval verstand nichts von Musik, hatte während seiner Zeit in Afghanistan aber so viele Darbietungen wie möglich besucht, um sich besser in das Land einfühlen zu können. Er hatte die langen, hektischen Passagen, in denen entweder eine Flöte, eine Sitar oder eine Handtrommel fast unbegleitet von anderen Instrumenten spielten, als anstrengend empfunden. Sein Schwager Saïf hatte über seine Bemühungen immer gelacht und gesagt: »Lass uns lieber zu Ed Sheeran gehen, wenn er mal nach Afghanistan kommt.« Saïf sprach Ed Sheeran wie einen arabischen Namen aus: El-Schihen. Aber er hatte auch Probleme mit Parcevals Namen gehabt. Er war das letzte Wort gewesen, das er in seinem Leben gesprochen hatte, ein Hilferuf während des Überfalls auf Parcevals Polizeistation: *Passewah*… Saïf war mit den anderen afghanischen Polizisten und ihren Söhnen hingerichtet worden; deren Frauen und Töchter hatten die Taliban verschleppt.

Parceval musste sich zwingen, die Bilder zu verdrängen. Die Erinnerung an diese Tat bekam er sowieso nie mehr aus dem Kopf. Er dachte an die zwei Männer, die Ksenia gestern erschossen hatte. Nachdem der erste Adrenalinschock abgeklungen war, hatte er eine gewisse Betroffenheit verspürt – zwei Menschen waren zu Tode gekommen. Wäre er nicht zu jener Stunde an jenem Ort gewesen, würden sie noch leben. Doch dann hatte sich seine Gefühlslage geändert. Was damals in Kunduz geschehen war, was er danach getan hatte und was zu seiner Mission geworden war, nämlich seine Schwester und seine Nichte zu retten, Saïfs Frau und sein Kind, hatte ihn nachhaltig verändert. Nach der Betroffenheit hatte er grimmige Befriedigung empfunden. Nihad – wenn er wirklich so hieß – und seine beiden Kumpane hatten versucht, Parceval umzubringen. Er hatte ihnen nichts zuleide getan, sie hatten ihm keine Wahl gelassen. Ksenia hatte umgekehrt dafür gesorgt, dass die beiden keine Chance hatten. Sie hatten Krieg gewollt. Der Krieg hatte sie verschluckt. Es war ihnen recht geschehen.

»Soweit ich weiß, gibt es für die Elbphilharmonie keinen Dresscode«, sagte Ksenia und riss Parceval damit aus der düsteren Stimmung. »Aber bei so einem politischen Anlass werden alle Frauen ihre Abendkleider und die Männer ihre Smokings aus dem Schrank holen. Ich brauche eine Abendgarderobe. Mit den Klamotten, die ich dabeihabe, kann ich nicht hingehen.«

»Ein Hoch auf alle Gelegenheiten, sich neu einzukleiden«, sagte Parceval.

Ksenia ignoriere ihn. »Ich werde mir außerdem noch ein paar Kosmetika kaufen und mich dabei beraten lassen – die Verkäuferinnen werden mich dann schminken. So, wie ich jetzt aussehe, hilft mir auch ein Abendkleid nichts.«

Parceval bereute seine sarkastische Bemerkung bereits. »Ksenia, irgendwann zahle dir alles zurück, was du jetzt an Ausgaben hast …«

»Klar wirst du das«, sagte Ksenia. »Und jetzt stör mich nicht – ich muss herausfinden, wo ich mein Geld am besten unter die Leute bringe.« Sie begann auf ihrem Smartphone herumzuwischen. »Deine Klamotten sind übrigens auch nicht gerade salonfähig. Wenn du als Besucher in die Elbphilharmonie willst, kannst du nicht aussehen, als hättest du dir die Sachen aus dem Altkleidercontainer gefischt. Ich bring dir was mit.« Sie betrachtete ihn abschätzig. »Größe 50?«

»48«, sagte Parceval. »Ich komme bulliger rüber.«

»Schade, dass wir nicht in die Wohnung zurückkönnen. Aber es ist zu gefährlich. Möglicherweise beobachtet die Polizei das Haus noch. Ein Glück, dass wir die Waffe im Bahnhofsschließfach deponiert haben, statt sie in der Wohnung zu verstecken. Du wirst ein bisschen spazieren gehen müssen, am besten irgendwo, wo es etwas ruhiger ist. Mütze in die Stirn, Kragen hochklappen, Kinn im Schal vergraben …«

»Ksenia, ich hab es bis jetzt geschafft, nicht geschnappt zu werden.«

»Das soll auch so bleiben. Wir treffen uns um fünfzehn Uhr wieder hier. Hm.« Sie wischte einige Seiten auf ihrem Smartphone weg. »Ich habe die Presseseite der Hamburger Polizei aufgerufen. Bis jetzt noch nichts über das Schiff und die zwei Typen, die wir dort zurückgelassen haben. Jemand muss hinter uns aufgeräumt haben.«

»Oder die Polizei hält den Bericht zurück.«

»Wie auch immer. Ich hatte gehofft, wir würden durch die Anzeige unfreiwillig von der Polizei mit informiert werden. Aber fehlende Presseberichte über zwei Erschossene auf einem Containerschiff... das ist eine offene Flanke. Die ganze Geschichte mit Ustad ist eine einzige offene Flanke.«

Parceval nickte. »Und wir haben niemanden, den wir zurücksenden könnten, um sie zu schließen.«

»Manchmal wünschte ich, wir wären wieder in Afghanistan. Da war alles klarer und gradliniger.«

»Nein«, sagte Parceval. »War es nicht.«

»Stimmt«, sagte Ksenia. »War es nicht. Welche Schuhgröße hast du?«

»43.«

»Also gut. Ich nehme die U-Bahn dort. Bis später.«

Ksenia ging davon. Parceval sah ihr hinterher. Er wusste nicht warum, aber er hoffte, sie würde sich noch einmal umdrehen und ihm zuwinken.

Doch sie lief die Treppe des U-Bahn-Eingangs hinunter und war verschwunden.

9

Donnerstag, 10. Dezember
15:45 Uhr

Ksenia war bepackt, als hätte sie für den nächsten Urlaub eingekauft. Sie kramte in den Tüten und zog das eine oder andere Kleidungsstück halb heraus.

»Ich hab für dich eine schwarze Stoffhose, ein langärmeliges T-Shirt für drunter, einen Kapuzenpullover ohne Aufdruck, einen Lederblouson, einen schicken Schal, unauffällige, feste Sneakers … und eine Kopfbedeckung, für alle Fälle.« Sie zog eine Hanseatenmütze heraus, wie Helmut Schmidt sie seinerzeit populär gemacht hatte, und setzte sie Parceval grinsend auf.

»Hast du den Kassenzettel noch?«, fragte Parceval und gab ihr die Mütze zurück. »Die setz ich erst auf, wenn ich Bundeskanzler bin.«

Ksenia lachte. »Ich konnte nicht widerstehen. War außerdem ein Schnäppchen in einem Souvenirladen.« Sie verstaute die Mütze in einer anderen Tüte. »Ich hab dir 'ne Basecap gekauft, die kannst du ins Gesicht ziehen. Heutzutage ist es ja kein Fauxpas mehr, solche

Kappen auch im Inneren von Gebäuden zu tragen.« Ksenia hielt Parceval zwei Tüten hin. »Für dich.«

»Ich stelle ein Ungleichgewicht in der Tütenanzahl fest«, sagte Parceval. »Du hast mehr als ich.«

»Ich bin auch schöner als du. Jetzt geh und mach dich fein. Ich habe noch einen Termin im nächsten Parfümladen.«

Parceval musste einen Impuls unterdrücken, Ksenia auf die Wange zu küssen. Stattdessen sagte er nur: »Danke.«

»Wir treffen uns wie geplant.«

Auf dem Weg von ihrem ehemaligen Unterschlupf zu den Sankt-Pauli-Landungsbrücken hatten sie beratschlagt, wo sie sich treffen sollten, wenn es Ksenia gelang, den Gouverneur zu einem Gespräch zu bewegen. Ksenia hatte mittlerweile eine App über die Elbphilharmonie auf ihr Smartphone geladen, sodass sie über den inneren Aufbau des Gebäudes grob Bescheid wussten.

Als Treffpunkt hatten sie das Take-away-Bistro in der Plaza vereinbart. Die Plaza lag im siebten Obergeschoss der Elbphilharmonie und bildete den Übergang zwischen dem alten Speichergebäude und dem gläsernen Neubau, der auf den Speicher aufgesetzt war. Von dort aus gelangten die Gäste zu den beiden großen Konzertsälen, es gab einen Infoshop und die Lobby des Westin Hotels, das wegen Umbauarbeiten noch bis zum kommenden Wochenende geschlossen war und seine adventszeitliche Wiedereröffnung auf Werbeplakaten überall im Hafen hinausposaunte. Ein Stockwerk tiefer konkurrierten Gastronomieangebote auf mehreren Ebenen.

Das Bistro würde kurz vor dem Konzert noch jede Menge Betrieb verzeichnen, aber in der Regel niemanden, der in aller Ruhe dort stehen blieb und sich umschaute. Eher würden Hektik herrschen und Unruhe in den Schlangen der Leute, die um ein letztes Getränk vor Beginn des Konzerts anstanden, sodass Parceval, Ksenia und Gouverneur Majib hoffentlich bei allem Trubel ungestört sein würden.

Was zum wiederholten Mal die Frage nach Ustad Lahauri aufwarf. Nicht zuletzt war auch wegen dieser unklaren Personalie das Bistro ein guter Treffpunkt. Selbst wenn Ustad unerklärlicherweise nach seinem Leben trachtete, würde er Parceval dort kaum erledigen können. Aber weder Ksenia noch Parceval konnten glauben, dass der ehemalige Polizeischüler für den Hinterhalt verantwortlich war. Doch wie stellte sich die Lage dann dar?

Eine Weile hatten Parceval und Ksenia die Möglichkeit diskutiert, ihr Vorhaben abzubrechen und sofort aus Hamburg zu verschwinden. Sie hatten sich erneut dagegen entschieden. Es ging um Birgit, es ging um Miray – und möglicherweise auch um Ustad. Weder Parceval noch Ksenia neigten dazu, bei einer unklaren Situation abzuwarten, bis sie sich von allein auflöste. Etwas zu unternehmen, auch wenn es sich als falsch herausstellte, war immer noch besser, als nichts zu tun. Aktion bedeutete immer Veränderung, und ob zum Guten oder Schlechten war egal, weil Veränderung Bewegung in die Sache brachte und sie so stets eine Möglichkeit finden konnten, die Dinge zu beeinflussen. Man musste nur schnell, klug und entschlossen handeln.

Und was das betraf, konnte selbst Parceval von Ksenia noch etwas lernen. Besser flankiert als mit ihr an seiner Seite konnte er nicht in die Schlacht ziehen. Er hoffte nur, dass es nicht tatsächlich in eine Schlacht ausartete.

Ksenia hatte Parceval ein Kaufhaus in der Mönckebergstraße empfohlen, in dem sie die Kleidung für ihn gekauft hatte. Dort gab es eine Kundentoilette, in der er sich umziehen konnte. Aber Parceval fand, dass er sich hier in Hamburg ohnehin mehr als genug in der Öffentlichkeit exponierte; in der Vorweihnachtszeit in einem Kaufhaus herumzulaufen war ihm zu viel des Guten. Er fand eine öffentliche Toilette in der Nähe des Störtebeker-Ufers, in der er erstaunlicherweise der Einzige war, und trat nach wenigen Minuten, optisch völlig verändert, wieder daraus hervor. In den Einkaufstüten steckte jetzt seine alte Kleidung. Da er auf die Schnelle keinen Altkleidercontainer entdeckte, in den er die Tüten stopfen konnte, blieb ihm nichts anderes übrig, als sie in zwei verschiedenen Mülleimern zu entsorgen.

Vor dem Eingang zur Elbphilharmonie wanderten mehrere, von offizieller Seite befähigte, Verkäufer herum, die Tickets für den Eintritt ins Gebäude und für Führungen anboten. Parceval erfuhr, dass der Besuch der Plaza kostenlos war, zur Beschränkung der

Besucherzahl aber dennoch Tickets ausgegeben wurden, die es am Infopoint gab. Er müsse sich auf eine Wartezeit einstellen, teilte ihm einer der Verkäufer mit, wenn er nicht vorab gebucht hatte, aber tatsächlich ließ man ihn sofort ins Innere des Gebäudes. Er dachte, das Schwierigste wäre geschafft, als er auch die Sicherheitsschleuse hinter sich gebracht hatte. Niemand hatte ihn genauer angesehen oder irgendetwas gefragt. Manchmal hatte er in den vergangenen Monaten sein Gesicht auf Fahndungsplakaten gesehen, zum Teil in Geschäften, doch selbst dort hatte ihn niemand erkannt. Hier, im Infopoint, hingen selbstverständlich keine Fahndungsplakate aus. Parceval fühlte sich relativ sicher.

Er hatte die Basecap abgenommen, als er die Sicherheitsschleuse durchschritten hatte, und nicht wieder aufgesetzt; er wusste, dass die Wachleute an den Monitoren in der Gebäudeleitstelle sofort auf Menschen aufmerksam wurden, die versuchten, ihr Gesicht – auffällig oder unauffällig – zu verstecken. Draußen hatte die Cap ihm gute Dienste geleistet; hier bedeutete sie, Ksenias Meinung zum Trotz, eher ein Risiko. Parceval bewegte sich im selben Tempo wie der Großteil der Menschen um ihn herum und ließ sich treiben.

Er fuhr mit den Rolltreppen nach oben und verweilte eine Weile im Bereich der Plaza, bis er sich die Lage eingeprägt hatte; dann folgte er den anderen Besuchern auf die Aussichtsterrassen hinaus und blieb lange genug dort, dass man ihn für einen Bewunderer der Hafenansicht halten konnte. In einer der Toiletten, die er unauffällig untersuchte, fand er schließlich eine kleine verschlossene Kammer, in der Reinigungsutensilien aufbewahrt wurden. Er stellte fest, dass er das Schloss ohne Schwierigkeiten knacken konnte, und so schlug Parceval die Zeit tot, bis die Besucher immer weniger wurden und die vorabendliche Dunkelheit draußen die HafenCity in einem Lichtermeer erstrahlen ließ. Dann betrat er die Toilette, wartete, bis er allein war, brach die Reinigungskammer auf, zwängte sich hinein und verschloss die Tür wieder von innen.

Der Geruch in der Kammer war unangenehm, eine Mischung aus feuchten Lappen, scharfen Putzmitteln, Desinfektion und einem Hauch von Fäkalien. Normalerweise war es ihm egal, aber jetzt brachte es noch einen weiteren, unerwarteten Vorteil mit sich.

Kurz bevor er die Toilette aufgesucht hatte, waren mehrere Polizisten mit Spürhunden durch das Gebäude patrouilliert. Er hatte nicht befürchtet, nun doch aufgeflogen zu sein und dass die Beamten nach ihm suchten. Ihm war klar, dass es sich hier um allgemeines Sicherheitsprotokoll für das abendliche Konzert handelte: Die Hunde suchten nach Sprengstoff. Es war immer ratsam, nach Bomben zu suchen an Orten, an denen sich afghanische Würdenträger versammelten. Wenn drei von ihnen zusammen waren, war mindestens einer dabei, dem jemand aktiv nach dem Leben trachtete. Wenn hier in Deutschland afghanische Politiker in die Luft gesprengt würden, käme es einem sicherheitspolitischen und diplomatischen Desaster gleich; abgesehen vom Verlust an Menschenleben. Daher würden die Beamten recht gründlich vorgehen; und daher konnte Parceval an keinem besseren Ort sein als in einer Kammer, in der kein Hund ihn erschnuppern konnte, Bombe hin oder her.

Er hörte die Durchsagen, dass der öffentliche Teil des Gebäudes nun geschlossen und die Besucher gebeten wurden, die Elbphilharmonie zu verlassen. Wer Plätze in der Gastronomie gebucht hatte, sollte diese nun aufsuchen oder wenigstens den siebten Stock verlassen. Kurze Zeit später kam jemand in die Toilette, ging dort herum, öffnete alle Kabinentüren und rüttelte auch an der verschlossenen Tür zum Reinigungskabuff. Parceval vernahm das Hecheln des Hundes und hörte, wie seine Krallen über den Fliesenboden tapsten. Hund und Polizeibeamter verschwanden wieder. Parceval wartete die unvermeidliche Kontrollprüfung ab, die eine Viertelstunde später stattfand. Als auch diese vorüber war, entspannte er sich. Die Hamburger Polizei leistete einwandfreie Arbeit – und dass der Hund auf der Suche nach Sprengstoff bei Parceval nicht anschlug, konnte man ihnen nicht zum Vorwurf machen.

Die Wartezeit hatte ihm Gelegenheit zum Nachdenken gegeben, und er hatte einen Fehler in ihrem eilig ausgeheckten Plan gefunden. Sie hatten beide angenommen, dass es gelingen würde, Majib genau zum vereinbarten Zeitpunkt zum Treffpunkt zu lotsen. Es brauchte jedoch nur eine ganz geringe Abweichung vom vorgesehenen Ablauf – zum Beispiel, dass jemand plötzlich das Gespräch mit dem Gouverneur suchte oder eines der sicherlich bis zum Beginn des Konzerts im Gebäude befindlichen Journalistenteams die Gelegenheit ergriff, einen von der Herde abgesonderten afghanischen Politiker zu interviewen –, und es war um den Zeitplan geschehen. Parceval würde machtlos beim Bistro herumstehen, vergeblich warten und schließlich jemandem auffallen. Er durfte daher nicht bis zur vereinbarten Uhrzeit hier im Versteck bleiben. Er musste draußen unter den Konzertbesuchern sein, damit er auf solche Veränderungen reagieren konnte. Er hätte eine zweite Kleidergarnitur gebraucht, eine Abendgarderobe, so wie Ksenia. Er hätte zwar immer noch kein Ticket für das Konzert gehabt, wäre aber wenigstens in der Plaza nicht aufgefallen mit seinen Straßenklamotten.

Parceval fühlte keine Frustration in sich aufkommen. Er hatte noch keinen Plan erlebt, der den Kontakt mit der Realität lange überlebt hatte. Er musste improvisieren, das war alles. Und er hatte auch schon eine Idee. Gut, dass er sich am Nachmittag lange genug hier umgesehen hatte.

Das Problem war nur: Um seine Idee in die Tat umzusetzen, war es eigentlich schon zu spät. Er sah sich in der Hoffnung um, dass die dunkle, enge Kammer ihm eine Lösung präsentierte.

10

Donnerstag, 10. Dezember
18:01 Uhr

Rasmus Kleuker liebte sein Philosophiestudium an der Uni Hamburg, seine Siebener-WG in Langenhorn, seinen Studentenjob in der Elbphilharmonie und die Menschen im Allgemeinen. Sein fröhlicher, leichtherziger Charakter hatte dazu geführt, dass er noch nie mit irgendeinem Mitmenschen ein ernsthaftes Zerwürfnis hatte, dass seine Mitbewohner ihn liebevoll »Papa« nannten und dass er sich mit neunundzwanzig Jahren immer noch über einen Studentenausweis identifizierte. Sein Vater in Flensburg nannte ihn den »blauroten Methusalem«, in Anlehnung an eine Romanfigur Karl Mays, ebenfalls ein ewiger Student. Aber da Rasmus und seine Freunde weder Abenteuerromane im Allgemeinen noch Karl May im Besonderen irgendwie interessierten, ging der Spott ins Leere. Außerdem war Rasmus es gewöhnt, von seinem Vater verspottet zu werden, und hatte sich über die Jahre eine dicke Schale und ein taubes Ohr zugelegt.

Das Konzert heute Abend fand Rasmus toll, weil

es Menschen friedlich miteinander vereinte. Für die Musik, die gespielt würde, interessierte er sich nicht; ihm kam es auf den Event an, nicht auf seinen Inhalt. Er räumte die letzten Prospekte zurück in ihre Fächer, die Hamburg-Souvenirs zurück in ihre Schalen und die Postkarten auf ihren Ständer; dann wollte er den Souvenirladen schließen, seine Schicht waren die vier Stunden vor Geschäftsschluss. Er hätte auch tagsüber Zeit gehabt, aber er hatte nicht widersprochen, als man ihn eingeteilt hatte. Er nahm es, wie es kam, und außerdem war es egal, zu welcher Tageszeit man im Bett lag und döste.

Aufgrund seiner Einstellung war er weder überrascht noch genervt, als plötzlich jemand vor ihm stand und ihn bittend ansah. Dem Geruch nach war der Mann Mitglied der Putztruppe und wahrscheinlich daher der deutschen Sprache nicht mächtig. Er trug einen der Putzkolonnen-Kittel und deutete mit schüchternem Lächeln auf den Ausweis, den er am Revers des Kittels befestigt hatte. Der Ausweis war verkehrt herum in die Plastikhülle geschoben, mit der Rückseite nach vorn. Egal, wer war Rasmus schon, dem Mann einen Vorwurf zu machen?

»Ja?«, fragte Rasmus und bemühte sich um eine deutliche Aussprache. Er beugte sich freundlich nach vorn, um Zuwendung zu signalisieren, und stellte fest, dass der Mann gar nicht so klein war, wie er angenommen hatte. Nach vorn gebückt, fand Rasmus sich in Augenhöhe mit dem Kragenausschnitt seines Gegenübers wieder. Er richtete sich auf.

»Für … Kind«, sagte der Mann in einem Rasmus unbekannten Akzent und deutete auf einen Stapel mit blau-weiß geringelten Sweatshirts. Die Sweatshirts waren den fröhlichen Matrosenhemden nachempfunden, die die Mitarbeiter der hiesigen Gastronomie trugen, und ein Verkaufsschlager bei den amerikanischen, russischen und asiatischen Besuchern.

Der Mann hielt einen Zwanzig-Euro-Schein in die Höhe und lächelte sein scheues Lächeln. »Für Kind«, wiederholte er.

»Herrje, *compadre*«, sagte Rasmus. »Leider reicht das nicht, und eigentlich ist die Kasse schon abgerechnet.«

»Für Kind.«

»Nee, *amigo*, wie ich schon sagte. Das reicht ja noch nicht mal. Neununddreißigneunzig kosten die Dinger.«

»Für Kind.« Ein weiterer Zwanzig-Euro-Schein gesellte sich zu dem ersten in der Hand des Mannes. Sein Lächeln war ein wenig starr geworden, und Rasmus kam es auf einmal so vor, als würde er nicht erleben wollen, dass das Lächeln ganz erlosch.

»Ich hab schon zu«, sagte er langsam. »Feierabend. Ich geh jetzt nach Hause. Tut mir leid. Komm halt morgen wieder.«

»Für Kind.« Der Putzmann sah Rasmus in die Augen. »Für Kind!«

»Herrje, na meinetwegen!«, stöhnte Rasmus. »Komm, gib her die Knete. Da, such dir eins aus.« Er würde die vierzig Euro mitnehmen und morgen in die Kasse einzahlen, wenn er den Abverkauf des Shirts eingab.

Heute hatte er keine Lust mehr dazu, die Kasse noch mal zu öffnen.

Der Mann suchte ein Shirt in Erwachsenengröße heraus, sodass Rasmus sich fragte, wie groß das Kind wohl war, dem dieses Mitbringsel galt. Dann trat der Mann vom Stapel zurück und nickte ihm zu. Rasmus, dessen freundliche Art schon wieder die Oberhand gewonnen hatte, nickte zurück. »Alles gut, *mate*«, sagte er. »Schönen Abend, schönes Leben und genieß die Waterkant.«

Der Mann hielt die leere Handfläche auf und lächelte wieder sein scheues Lächeln. »Zehn Cent zurück«, sagte er.

Grummelnd suchte Rasmus das Wechselgeld aus seinem eigenen Portemonnaie heraus. In einem Versuch, seine Verlegenheit zu überspielen und gleichzeitig irgendwie großzügig zu wirken, fischte er einen Elbphilharmonie-Kugelschreiber aus einem Fach und drückte ihn dem Putzmann in die Hand. Die Kugelschreiber wurden ohnehin so oft gestohlen, dass über ihren Verbleib gar nicht mehr Buch geführt wurde. »Da, *buddy*«, sagte er. »Mit dem kannst du nach Hause schreiben.«

11

Donnerstag, 10. Dezember
18:23 Uhr

Das Shirt sah der Ausstattung der Gastronomiemitarbeiter, die Parceval auf einem Foto gesehen hatte, nur auf den ersten Blick ähnlich. Aber er verließ sich darauf, dass niemand einer Servicekraft einen zweiten Blick schenkte und dass auch die Kolleginnen und Kollegen von der Gastronomie sich nichts denken würden, solange sie den Eindruck hatten, der »neue Kollege« mit dem nicht ganz passenden Shirt arbeitete engagiert mit. Sein neu gefasster Plan barg große Risiken, aber Parceval fühlte sich nun besser als vorher. Er hatte sich mit einem Tuch aus der Putzkammer bewaffnet und tat so, als würde er alle möglichen Oberflächen abwischen. Die Besatzung des Bistros beachtete ihn nicht, sie waren damit beschäftigt, bereits vorab die Gläser zu befüllen und bauten Batterien von Prosecco-, Bier- und Mineralwasserflaschen hinter der Theke auf.

Die Zugänge zur Plaza hier im siebten Stock waren ungesichert. Parceval nahm an, dass das für Zugänge von draußen nicht galt. Er hatte sich nicht lange genug draußen im Freien vor dem Eingang herumgetrieben, um den Aufbau der zusätzlichen Personenschleusen zu sehen, aber geschultes Personal brauchte nicht lange, um diese Barrikaden zu errichten. Die Plaza war zu weit oben, um zu hören, wie Dutzende von Menschen sich vor den Schleusen drängelten. Parceval riskierte einen beschäftigt wirkenden Gang nach draußen auf die umlaufende Loggia und spähte nach unten. In der abendlichen Dunkelheit zuckten weit unten die Blaulichter von Einsatzfahrzeugen, die in loser Formation einen gewissen Umkreis um das Gebäude sicherten, begleitet von den vereinzelten Blitzen von Mobiltelefonen, mit denen Menschen sich selbst oder andere fotografierten. Parceval vernahm ein leises Raunen, mehr nicht. Hier oben waren die Geräusche des nie ruhenden Hafens und das Brausen des Windes lauter. Von der anderen Seite des Gebäudes wäre ein Blick hinüber zu den Containerhäfen möglich gewesen, doch Parceval machte sich nicht die Mühe. Es brachte nichts, nachdenklich dorthin zu starren, wo Nihad ihn gestern in die Falle gelockt hatte. Darüber grübeln, was der Überfall zu bedeuten hatte, konnte er auch so; und außerdem brachte auch das nichts. Die Würfel waren gefallen, die Dinge waren in Bewegung, und nun mussten er und Ksenia das Beste aus allem machen, was heute Abend auf sie zukommen würde.

Die ersten Konzertbesucher betraten die Plaza, einige Zeit nachdem man sie schon über die Treppe vom sechsten Stock her hatte kommen hören: Gelächter,

Gekicher, fröhlich-überdrehte Rufe. Mit ihnen kamen zwei Werkschutzmitarbeiter, die sich beim Eingang zur Plaza postierten und mit ebenso höflichen wie überflüssigen Gesten den Weg wiesen, den jeder Besucher sowieso erkennen konnte. Parceval drückte sich unauffällig im Hintergrund herum; seinen Wischlappen hatte er gegen ein leeres Getränketablett eingetauscht, das er vom Tresen des Bistros genommen hatte. Er ging davon aus, dass Ksenia entweder unter den ersten Gästen war, um sich einen Überblick verschaffen zu können, bevor Majib und sein Gefolge eintrafen – oder dass sie bereits mit dem Gouverneur im Gespräch war, wenn er und sie die Treppe heraufkamen. Zuzutrauen wäre es der Deutschrussin durchaus.

Als Ksenia eintraf, war sie jedoch unter den ersten Gästen. Sie sah sich sofort suchend um. Parceval steuerte auf sie zu, sprach sie aber nicht an. Ihre Reaktion fiel minimal aus, als er an ihr vorbeiging. Er konnte sie dennoch interpretieren. Sie war nicht mit seiner Planänderung einverstanden, hatte sich jedoch blitzartig darauf eingestellt. Von nun an würde sie nicht nur versuchen, den Überblick zu behalten und Majib anzusprechen, sondern auch so gut wie möglich Parceval im Auge behalten, um ihn notfalls vorwarnen zu können.

Die Plaza füllte sich immer mehr mit Konzertbesuchern. Die meisten von ihnen bildeten sofort eine Schlange vor den Getränkeausgabestellen. Ksenia wurde von einem älteren Mann in dunklem Anzug angesprochen. Wahrscheinlich konnte nur Parceval den winzigen Moment erkennen, in dem Genervtheit über Ksenias Miene huschte, dann lächelte sie den Mann an und schüttelte den Kopf. Er deutete eine Verbeugung an und ging wieder. Vermutlich hatte er sie gefragt, ob er ihr etwas zu trinken bringen sollte. Hanseatische altmodische Höflichkeit oder der Versuch, mit einer schönen Frau ohne Begleitung ins Gespräch zu kommen? Wie auch immer, Parceval war sicher, dass er es kein zweites Mal versuchen würde. Ksenia konnte einen auf eine Art anlächeln, dass man den Rest des Abends sicherheitshalber einen Bogen um sie machte.

Die afghanischen Politiker erschienen in einem riesengroßen Pulk festlich gekleideter Männer und Frauen. Die fünf Provinzgouverneure waren einfach zu identifizieren: bärtige Männer in festlich-traditionellen afghanischen Roben, ihre Mienen würdevoll bis zur Finsterkeit. Sie bewegten sich in einem Kreis junger Männer in Anzügen, die nur finster dreinschauten, ohne würdevoll zu wirken. Die Leibwächter. Die in seriöse Abendgarderobe gekleideten Vertreterinnen und Vertreter der deutschen Politik, die sich bemühten, ebenso würdevoll auszusehen, wirkten gegen die Afghanen wie ein heiterer Haufen bunt angezogener Spaßvögel. Die Leibwächter schirmten ihre Schützlinge vor allem gegeneinander ab, wie es schien. Keiner der Gouverneure ließ auch nur mit einem Seitenblick erkennen, dass die vier »Kollegen« ebenfalls anwesend waren. Es gab Provinzgouverneure, die politische Profis waren, und es gab solche, die vor ihrer Ernennung als Warlords in den Bergen gelebt und sich mit

Drogenanbau, Lösegelderpressung und Auftragsmorden finanziert hatten. Afghanisches Politikverständnis ließ vermuten, dass die ehemaligen Warlords immer noch Einnahmen aus ihren illegalen Aktivitäten bezogen und dass sich einige der ehemaligen Politiker mittlerweile diese Praktiken auch zu eigen gemacht hatten. Dazwischen – auch das afghanisches Politikverständnis – standen die extrem ehrlichen, extrem aufrechten, extrem dem Wohl ihres Landes und ihrer Bürger verschriebenen Männer, die Afghanistan auf einem mühsamen Weg in die Zukunft Stück für Stück verbesserten.

Bis einer der anderen die Taliban dafür bezahlte, sie in die Luft zu sprengen.

Parceval erkannte Gouverneur Majib von den Fotos, die Ksenia im Internet gefunden hatte. Er war ein stämmiger Mann mit Pausbacken und einem dichten grauen Bart. Es schien, als sei er mit den meisten Leibwächtern angereist. Sechs Mann umgaben ihn in einem lockeren Kordon, aber das war nicht alles. Parceval erkannte an den Blickwechseln und den kaum wahrnehmbaren Signalen, die zwischen den Gruppen hin- und hergingen, dass Majib mindestens ein Dutzend weiterer Männer im Schlepptau hatte. Für Parceval war es ein Zeichen, dass er zu den wenigen aufrechten Exemplaren der Provinzgouverneure gehörte – und entsprechenden Schutz benötigte.

Hinter dem Gouverneur und seiner Wache folgte ein einzelner Mann, der das trug, was Parceval als das Pendant zum westlichen Businessanzug eines Managers kennengelernt hatte. Eine weite Hose und ein langes Hemd mit einem offenen Kentkragen, das wie eine Tunika bis zu den Knien reichte, darüber eine offene Weste, auf dem Kopf einen Chitrali-Pakol, eine runde Kappe, die vor allem in Regionen wie Badakhshan zur Tradition gehörte. Alles war in dunklen, gedeckten Farben gehalten. Der Mann trug auch im Inneren des Gebäudes eine Sonnenbrille. Er sprach ganz offen in ein Mikrofon an seiner Manschette, eines von der Art, wie Parceval es vorhin schmerzlich vermisst hatte. An den Fingern der Hand, die sein halbes Gesicht bedeckte, glänzte ganz unüblich für einen traditionsbewussten Afghanen nur ein einziges dünnes goldenes Band wie ein Ehering. Der Mann war so offensichtlich als Anführer von Majibs Leibwache zu erkennen, dass er auch ein Schild mit seiner Jobbezeichnung am Revers hätte tragen können.

Parceval versuchte Ustad Lahauri in dem wenigen, was er von seinem Gesicht sah, wiederzuerkennen. Der Polizeischüler Ustad war mittelgroß gewesen, hager wie die meisten Tadschiken, mit einem Profil wie ein Adler und so hellblauen Augen, dass sie fast von innen heraus zu strahlen schienen. Sieben Jahre lagen dazwischen. Der Mann mit der Sonnenbrille und dem Pakol hätte Ustad sein können … oder auch nicht. Parceval bildete sich ein, dass ihm etwas an dem Mann bekannt vorkam, aber das konnte auch Wunschdenken sein. Nihad hingegen erblickte er nicht. Parceval wusste selbst nicht, ob er erwartet hatte, Nihad unter dem Gefolge des Gouverneurs zu finden. Nihad hatte sich als

Ustads Vertreter ausgegeben, also als Mitglied der Leibwache. Aber das musste ja nicht gestimmt haben.

Die Journalistenteams, die sich unter die wartenden Besucher gemischt hatten, bewegten sich unschlüssig. Derart abgeschirmt, war an die Provinzfürsten nicht heranzukommen. Die deutschen Politikvertreter stellten sich in Positur, um interviewt zu werden, fanden aber keine Interessenten. Ein entschlossenes Team aus Kameramann, Tontechniker und Moderatorin versuchte ausgerechnet an Majib heranzukommen und scheiterte an der Mauer, die seine Leibwächter sofort um ihn bildeten. Die Moderatorin rief Majib ein paar Fragen zu, die dieser mit einem stummen, barschen Kopfschütteln beantwortete, ohne aufzuschauen. Majibs Anführer der Leibwache machte ein paar knappe Gesten, und schon eilte von den Rändern her eine Handvoll Leibwächter herbei und drängte das Kamerateam ab. Einer von ihnen zog dem Tontechniker den Kopfhörer herunter und hängte ihn über das Kameraobjektiv. Dann bewegte er den Zeigefinger in einer verneinenden Geste vor dem Gesicht des Kameramanns und grinste herausfordernd. Ein paar Besucher, die die Szene beobachteten, lachten. Journalistenteams genossen schon lange keinen guten Ruf mehr und konnten kaum mit moralischer Unterstützung rechnen. Die Moderatorin kochte, wagte aber nicht mehr, auf einen anderen der afghanischen Politiker zuzugehen.

Das abweisende Verhalten der Afghanen ließ Parceval ahnen, dass auch der Teil des Plans nicht funktionieren würde, in dem Ksenia den Gouverneur hier in der Plaza anredete und zu einem Gespräch mit Parceval zu überreden versuchte. Tatsächlich blieben die Afghanen nicht in der Plaza stehen. Der gesamte Trupp strebte zu der Treppe, die zum Kleinen Saal im achten Stockwerk führte. Parceval sah Ksenia dichtauf folgen, fürs Erste vermutlich so ratlos wie Parceval, wie sie weiter vorgehen sollte. Zwei von Majibs Männern blieben links und rechts des Treppenaufgangs stehen und warfen den Leibwächtern der anderen afghanischen Politiker im Vorbeigehen feindselige Blicke zu.

»Hey, du – kannst du Deutsch?«

Parceval drehte sich um. Die Anrede war von so nahe erfolgt, sie konnte nur ihm gegolten haben. Eine junge Frau in einem Ringelshirt ähnlich dem, das er trug, betrachtete ihn ungnädig.

»Ja«, sagte Parceval.

»Was an deinem Arbeitsauftrag hast du dann nicht verstanden? Wenn du denkst, du kannst dich hier rumdrücken, bloß weil du nicht zum Kernteam gehörst, hast du dich geschnitten. Wir machen nicht die ganze Arbeit für euch Leihpersonal. Reicht schon, dass die Wichtigtuer uns dauernd in die Quere kommen.« Sie deutete auf die beiden Werkschutzmitarbeiter, die sich vorhin als Wegweiser für die Gäste betätigt hatten und jetzt mit dem weiblichen Servicepersonal schäkerten, vermutlich in der Hoffnung, die halb geleerten Proseccoflaschen abstauben zu können. »Was ist dein Job? Abräumen oder was?« Sie deutete auf das leere Tablett in Parcevals Hand.

Parceval nickte. »Ja, abräumen«, sagte er. »Sorry. Bin

schon seit vier Uhr morgens auf Beinen. Musste zweimal für Kollegen einspringen.«

Die junge Frau räusperte sich. »Schon gut. Wir haben's alle nicht leicht, was? Räumst du jetzt ab?«

»Bin schon dabei.«

»Wie heißt du?«

»Sergej.«

»Russland?«

»Ukraine«, sagte Parceval und verfluchte sich dafür, der Frau nicht einfach nur einsilbig geantwortet zu haben. Jetzt hatte sie ein schlechtes Gewissen und versuchte, ihr grobes Gebaren durch freundlichen Small Talk zu kompensieren.

»Hast es auch nicht leicht hier, was?«, sagte die junge Frau in leichter Abwandlung ihrer vorherigen Feststellung.

»Leichter als in Ukraine«, erklärte Parceval.

Die junge Frau lachte halb verlegen, halb ratlos. Sie nickte ihm aufmunternd zu, dann wendete sie sich ab, und Parceval begann, die leeren Gläser einzusammeln. Das Gedränge an der Getränkeausgabe war jetzt groß; fast alle Konzertbesucher schienen anwesend zu sein, aber keiner von ihnen hatte das Bedürfnis, sich jetzt schon in den Saal zu begeben. Gelächter und das Klingen der Gläser, mit denen angestoßen wurde, erfüllte den Raum. Er ließ sich vom Hin und Her der Leute an den Rand der Menge tragen, dann suchte er eilig die Toilette mit der Putzkammer auf. Er musste das T-Shirt loswerden und in Ruhe nachdenken, wie es weiterging.

In der Toilette befanden sich zwei Männer in Abendgarderobe. Der eine wusch sich die Hände, der andere betrachtete sich im Spiegel und zupfte an seinen Haaren herum. Beide starrten Parceval an, als er hereinkam. Parceval starrte zurück. Dann fiel sein Blick auf ein leer getrunkenes Glas, das jemand mit auf die Toilette genommen und dort stehen lassen hatte. Die Blicke der beiden Männer folgten ihm.

»Donnerwetter, was 'n Service«, sagte der eine. »Holen das Geschirr noch aus 'm Klo ab. Ich hoffe, ihr spült das ordentlich, bevor ihr es wiederverwendet.« Er grinste jovial.

Parceval grinste zurück und tat so, als hätte er nichts verstanden. Der Mann reichte ihm das Glas und zwinkerte ihm zu. Parceval stellte das Tablett neben dem Waschbecken ab wie jemand, der zu ungeschickt ist, ein weiteres Glas nur mit einer Hand auf einem vollen Tablett unterzubringen, ohne alles herunterzuwerfen, während die beiden Konzertgäste plaudernd die Toilette verließen. Parceval packte das Tablett und huschte damit in die Putzkammer, bevor noch jemand hereinkam.

Würde Ksenia im Konzertsaal an Majib herankommen? Würde der Gouverneur ihr zuhören? Würde er sich von ihr überreden lassen, und wenn ja – würde er den Konzertsaal verlassen, um in die Plaza herunterzukommen und mit Parceval reden? Wie viele Leibwächter würde er in diesem Fall mitbringen? Und welche Aufmerksamkeit würde das erregen, Aufmerksamkeit, in deren Zentrum Parceval stehen würde? Zu viel, das war sicher. Wenn es sich so abspielte, war es das sichere Ticket für Parcevals Entdeckung.

Was blieb dann? Den Gouverneur in der Pause auf dem Weg zur Toilette überfallen? Aber Majib würde selbst diese Verrichtung nicht ohne seine Leibwächter unternehmen. Es blieb nur eine Möglichkeit: hinter die Bühne zu gelangen und darauf zu warten, dass die Gouverneure nach dem Ende des Konzerts zu den Musikern ihrer jeweiligen Provinzen gingen, um sie zu beglückwünschen und staatstragende Posen einzunehmen. Ksenia würde ebenso dorthin gelangen müssen; dieser Teil des Plans hatte sich nicht geändert. Sie musste es irgendwie zusammen mit den Politikern, den Leibwächtern und der Presse hinter die Bühne schaffen, genauso wie Parceval.

Nichts leichter als das. Parceval seufzte. Alles war so einfach gewesen, als sie noch gehofft hatten, Ustad Lahauri würde das Gespräch mit seinem Chef vermitteln.

Parceval erinnerte sich, wie er damals in die Berge aufgebrochen war, allein und schwer bewaffnet, die Bilder aus seiner Polizeistation vor dem inneren Auge. Die leblosen Körper, die abgeschlagenen Köpfe, die leeren Augen von Männern und Jungen, das Blut an den Wänden. Er hatte nicht darüber nachgedacht, ob er die entführten Frauen und Mädchen würde befreien können. Ob er die Aktion überleben würde. Er hatte einfach agiert, getrieben von Zorn, Entsetzen, Abscheu und Furcht, und seine Gegner überwältigt, indem er auf jeden ihrer Schritte richtig reagiert hatte. Er konnte nur hoffen, dass das Rezept für ein solches Vorgehen auch heute wieder funktionierte: einfach agieren und flexibel auf alles reagieren, was sich ihm in den Weg stellte.

Anders als damals hatte er heute sogar ein Asset, das wertvoller nicht sein konnte. Ksenia war dieses Mal an seiner Seite. Er war nicht auf sich allein gestellt.

Er hörte die Glockentöne, mit denen die letzten Nachzügler in den Konzertsaal gerufen wurden. Er hörte jemanden mit lautem Türenschlagen hereinkommen, das Urinal benutzen und dann wieder aus der Toilette eilen. Er hörte eine Menge Leute, die sich außerhalb der Toilettenräume in eine Richtung bewegten.

Er hörte den letzten Gong, das letzte Gemurmel der letzten Zuspätkommer, die sich zur Treppe begaben. Er war ziemlich sicher, dass jetzt niemand vom Putzpersonal im Gebäude sein würde, aber er zog den Kittel, den er vorhin schon benutzt hatte, erneut an. Er war immer noch eine bessere Tarnung, als wenn er in seiner Straßenkleidung herumgelaufen wäre. Der Ausweis, den er bewusst falsch herum in die Hülle geschoben hatte, damit der Verkäufer im Besucherladen nicht sein Gesicht mit dem der eigentlichen Ausweisbesitzerin Daniela Zagorkic auf dem Passfoto verglich, baumelte noch immer am Revers. Er öffnete die Tür seines Verstecks, huschte zum Eingang der Toilette und machte sie vorsichtig einen Spalt auf, um hinauszuspähen. Wenn die Luft rein war, würde er sich auf den Weg zum Backstagebereich machen.

Aus der Richtung des Bistros hörte Parceval Geschirrgeklapper. Im Bereich der Plaza, den er einsehen konnte, hielt sich kein Gast mehr auf. Niemand würde ihn aus der Toilette kommen sehen. Er schaute um die

Ecke. Die zwei Leibwächter Majibs, die sich am Treppenaufgang postiert hatten, standen immer noch dort. Parceval zog den Kopf zurück. Warum waren die Männer dort stehen geblieben? Fürchteten sie wirklich, dass jemand während des Konzerts von der Plaza aus nach oben in den Konzertsaal stürmte, um Majib anzugreifen?

Jedenfalls würden sie ihn genau unter die Lupe nehmen, wenn er aus seinem Versteck kam, Putzkolonnenkittel hin oder her. Er brauchte etwas, um seine Anwesenheit zu legitimieren, und wenn es ein Besen war. Er eilte in die Putzkammer zurück und fand ein Clipboard, wie es ein Kontrolleur benutzte, der die Reinigungsarbeiten überwachte. Damit begab er sich wieder zum Toilettenausgang.

Der Instinkt war es, der ihn veranlasste, vor dem Verlassen der Toilette noch einmal durch den Türspalt zu spähen.

Drei Männer gingen durch die Plaza. Sie waren so gekleidet wie Majibs Aufpasser und trugen kompakte Sturmgewehre mit gekrümmten Magazinen und Schalldämpferaufsätzen an den Läufen. Sie hatten Sturmhauben über die Gesichter gezogen und schritten an der Toilettentür vorbei, ohne sie zu beachten.

Im Kleinen Saal begann jetzt das Konzert. Wenn Parceval sich richtig an klassische afghanische Kompositionen erinnerte, setzte erst einmal ein massiver Trommelwirbel ein. Die Türen des Konzertsaals waren erstklassig schallgedämpft. Nicht das geringste Geräusch drang die Treppe herunter. Vom Bistro drangen hingegen Geräusche zu ihm herüber: die überraschten Rufe des Bistropersonals, das Husten der schallgedämpften Waffen, das Klirren der Gläser, das Bersten von Glaswänden und die panischen Schreie. Es dauerte keine zehn Sekunden, dann herrschte im Bistrobereich Stille. Parceval hörte noch einen letzten schallgedämpften Schuss.

Vom Treppenaufgang, wo sich die beiden Leibwächter postiert hatten, war nichts zu vernehmen gewesen. Keine Schüsse, keine Schreie, kein Alarm, keine Kampfgeräusche. Das konnte nur eines bedeuten: Die zwei Männer hatten dem Massaker regungslos zugesehen – sie mussten auf der Seite der Angreifer stehen.

Er schloss die Toilettentür lautlos und zog sich in die Putzkammer zurück. Seine Hände waren so verkrampft, dass er das Clipboard erst beim zweiten Versuch ablegen konnte. Er fühlte keine Furcht, nur absolute Überraschung.

Die Elbphilharmonie war das Ziel eines Terroranschlags. Das Bistropersonal war tot. Die junge Frau, die Parceval angeschnauzt hatte, würde nie mehr aus Verlegenheit zu irgendjemandem sagen, dass man es nicht leicht hatte. Wenn die Angreifer hier in der Plaza offen mit Schusswaffen hantierten, musste man davon ausgehen, dass sie auch das Sicherheitspersonal der Elbphilharmonie ausgeschaltet hatten. Es mussten mehr als die drei Männer sein, die Parceval gerade gesehen hatte. Viel mehr.

Wenigstens ein Teil von Majibs Leibwächtern, vielleicht sogar alle, musste mit den Angreifern unter einer

Decke stecken. War das der Grund, warum Ustad sich nicht hatte blicken lassen und Nihad versucht hatte, Parceval umzubringen? Weil Ustad einen Überfall auf das heutige Konzert geplant hatte? Ustad Lahauri, der bis zur totalen Steifheit edle, aufrichtige und heldenmütige Polizeianwärter?

Dann flog die Toilettentür auf, Parceval hörte Schritte hereinkommen und das Gemurmel dreier Männerstimmen, die sich mit knappen Anweisungen untereinander abstimmten.

Wenn die Männer die Putzkammer aufbrachen und zu ihm hereinschauten, war er ein toter Mann.

12

Donnerstag, 10. Dezember
19:33 Uhr

Parceval hörte die Eingangstür zur Toilette und dachte, es würden noch weitere Angreifer hereinkommen. Dann wurde ihm klar, dass zwei von den dreien wieder nach draußen gegangen waren. Der dritte öffnete eine Kabinentür nach der anderen, um nachzusehen, ob sich dort jemand versteckte.

Parceval nutzte das Geräusch, das das Aufstoßen der Kabinentüren verursachte, um die Putzkammertür zu entriegeln. Wenn der Mann die Tür aufriss und Parceval plötzlich vor ihm stand, war das Überraschungsmoment auf seiner Seite. Wenn der Angreifer einfach durch die versperrte Tür feuerte, weil er sie nicht aufbekam, hatte Parceval überhaupt keine Chance.

Der Angreifer war mit den Kabinen fertig und stand ein paar Momente reglos da. Parceval spürte förmlich, wie er die Tür zur Putzkammer betrachtete und sich fragte, ob er dort auch nachsehen sollte.

In der Düsternis der Kammer konnte Parceval nicht

viel erkennen. Was ließ sich als Waffe verwenden? Die Sekunde Zeit, die er gewann, nützte ihm nichts, wenn er den Mann dort draußen nicht sofort angreifen konnte. Mit bloßen Händen? Zu unsicher. Eimer, Besen, Wischer, ein klappriges Putzwägelchen mit verschiedenen Lappen, Seifennachfüllcontainern, Ersatztoilettenbürsten in einem Sammelbehälter ... nichts, was einen erfahrenen Kämpfer aufgehalten hätte, und das war der Mann dort draußen mit Sicherheit. Eine Batterie Plastikflaschen für Reinigungsmittel mit verschiedenfarbigen Verschlüssen über den Dosierventilen. Ein Plastiksack voller Toilettenpapierrollen.

Die Türklinke bewegte sich im selben Moment, in dem Parceval nach einer der Plastikflaschen griff. Die Tür flog auf. Der Mann draußen blinzelte überrascht. Er stand breitbeinig vor der Tür, die Klinke in der linken Hand, in der rechten Hand das Sturmgewehr, den Lauf schräg auf den Boden gerichtet.

Amateure hielten in derartigen Situationen die Waffe vor der Brust, mit dem Lauf nach oben, wie man es in Filmen sah. Dabei war die Chance groß, dass sich ein Schuss löste und aus dem nach oben gehaltenen Lauf in den Schädel des Waffenbesitzers drang – bei Automatikwaffen gern das halbe Magazin, bis der Finger am Abzug erschlaffte.

Der Mann vor der Tür war jedoch ein Profi. Er machte alles richtig. Es half ihm nichts. Jeder, auch Parceval, wäre er an seiner Stelle gewesen, hätte diesen Bruchteil einer Sekunde gebraucht, um seine Überraschung zu überwinden. Aber Parceval war nicht an der Stelle des Mannes. Und er nutzte die eine kleine Chance, die sich ihm bot.

Er quetschte die Dosierflasche zusammen und spritzte das Reinigungsmittel dem Angreifer in den Sehschlitz der Sturmhaube, direkt in die Augen.

Der Mann wirbelte herum, als hätte er einen Schlag bekommen. Die Hände fuhren nach oben und bedeckten die Augen, er krümmte sich. Parceval boxte ihm die Nieren, und als der Mann in die Knie ging, mit einem beidhändigen Faustschlag ins Genick. Der Angreifer fiel nach vorn und ließ seine Waffe fallen, Parceval trat ihm mit voller Wucht in den Unterleib, dann setzte er nach und trat erneut zu, diesmal gegen die Schläfe des Mannes. Der Terrorist sackte bewusstlos zusammen und streckte sich der Länge nach auf dem Boden aus. Das Reinigungsmittel lief über sein Gesicht, als wären es Tränen. Seine Augen waren knallrot.

Der Kampf hatte höchstens fünf Sekunden gedauert. Der Angreifer bot vorerst keine Gefahr mehr. Parceval hob die Waffe auf. Es war eine SAM7K aus bulgarischer Fertigung, auf die man im Westen selten stieß. Im Nahen Osten und Afghanistan waren sie weit verbreitet, weil man es in Bulgarien und anderen ehemaligen Ostblockstaaten nicht so genau nahm, an wen man die Waffen lieferte. Parceval hätte die Waffe gar nicht gekannt, wäre er nicht als Ausbilder in Afghanistan gewesen. Sie war nur etwas über fünfzig Zentimeter lang, wenn man den Schalldämpfer abschraubte, was von Vorteil war, und feuerte vierzig Schuss in der Minute ab, was ihr eher zum Nachteil gereichte. Aber sie funktionierte ohne Probleme bei allen klimatischen Bedingungen und war nicht kaputt zu kriegen, und das machte sie ideal für Leute wie jene Angreifer, mit denen Parceval es hier zu tun hatte.

Parceval schnupperte am Lauf. Die Waffe war abgefeuert worden. Er klinkte das Magazin aus. Es besaß keinen Füllstandsanzeiger, aber schon am Gewicht konnte man erkennen, dass mindestens die Hälfte der vierzig Patronen vom Kaliber 7.62 fehlten.

Er dachte an das Personal des Bistros. Er dachte an die Frau, die ihn angesprochen hatte. Er hatte ein Bild vor Augen von reglosen Körpern, die zwischen Glas- und Porzellanscherben und zerschossener Weihnachtsdekoration lagen und deren blau-weiße Ringelshirts sich blutig verfärbten. Er dachte an die geköpften Toten in seiner Polizeistation in Kunduz.

Er packte den leise stöhnenden Mann und schleifte ihn in die Putzkammer. Dort lehnte er ihn mit dem Rücken an die Wand und zog ihm die Sturmhaube ab. Der Kopf des halb Bewusstlosen baumelte hin und her, seine Hände öffneten und schlossen sich. An seiner Schläfe bildete sich eine Schwellung. Seine Augen waren immer noch rot, die Augenlider schwollen an. Er war weder alt noch jung, hatte dunkles Haar, dunkle Augen, samtig olivfarbene Haut und war glatt rasiert. Er sah aus wie jedermann. Er hätte ein Deutscher mit nahöstlichen oder Balkanwurzeln sein können oder ein Iraker, Syrer, Ägypter, Israeli … was auch immer. Auf jeden Fall war er kein Afghane.

Was sollte Parceval mit dem Mann anfangen? Er

konnte ihn nicht einfach zurücklassen. Sobald er zu sich kam, würde er seine Kumpane alarmieren. Außerdem – wenn es nach Parcevals Moralverständnis ging – hatte er kein Recht weiterzuleben. Er hatte zusammen mit seinen beiden Komplizen wehrlose, unschuldige Menschen kaltblütig niedergemäht. Es wäre am sichersten, ihn einfach zu erschießen. Den Schuss würde dank des Schalldämpfers niemand hören, und irgendwie wäre es gerecht, dass der Mann an einer Kugel aus seiner eigenen Waffe starb.

Parceval hob die Waffe. Wie lange würde es dauern, bis das Fehlen des Mannes bemerkt wurde? Was immer das Ziel dieses Anschlags war, er steckte noch in seinen Anfängen. Jeder der Angreifer hatte sicherlich eine oder mehrere Aufgaben in einem strikten Zeitplan zu bewältigen. Der Mann da vor ihm war auf jeden Fall nicht mit Führungsaufgaben betraut. Er war ein einfacher Soldat, der seine Befehle ausführte. Bis dahin würde ihn hoffentlich niemand vermissen. Wie lange würde das dauern? In der Hektik des ersten Teils des Anschlags? Zwanzig Minuten? Eine halbe Stunde? Auf keinen Fall länger. Aber länger als zwanzig Minuten würde der Mann hier nicht außer Gefecht bleiben, und dann würde er Alarm schlagen.

Und wie lange würde es dauern, bis jemand diesen Mann hier vermisste, dass man auf die Suche nach ihm ging? Und wenn man ihn fand, lebend, dann konnte er auch noch eine Beschreibung Parcevals liefern.

Parceval zog dem Terroristen mit raschen Bewegungen das dunkle Sakko aus. Dann schnappte er sich einen Putzeimer und stieß den Besinnungslosen um, sodass sein Kopf in den Eimer hing; er würde Blut, Knochen und Gehirnmasse auffangen, die bei dem Kopfschuss austraten, und verhindern, dass weiteres Blut unter der Tür hindurch in den Toilettenraum lief und das Versteck des Toten sofort verriet.

Parceval stand auf und drückte die Mündung gegen den Hinterkopf des Mannes. Er hörte wieder, wie die Bedienung, die ihn zuvor angeschnauzt hatte, fragte: »Hast es auch nicht leicht hier, was?«

Er seufzte. Es war nicht leicht, jemanden kaltblütig zu töten, auch wenn er es mehr als verdient hatte.

13

Donnerstag, 10. Dezember
19:40 Uhr

Parceval spähte aus der Toilettentür hinaus. Die beiden Posten am Fuß der Treppe waren jetzt verschwunden. Die Plaza war menschenleer. Er trat aus der Toilette hinaus und schloss die Tür hinter sich. Er trug jetzt das Sakko des Angreifers, seine Sturmhaube und seine SAM7K mit einem vollen Magazin, das er mit zwei weiteren ebenfalls vollen Magazinen in den Sakkotaschen gefunden hatte. Zusammen mit dem halb leeren Magazin hatte er jetzt eine Feuerkraft von über einhundertzwanzig Schuss.

Auf den ersten Blick würde er mit seiner halben Verkleidung als Mitglied der Angriffstruppe durchgehen, doch er hatte nicht vor, einem der anderen Angreifer einen zweiten Blick zu gönnen. Er ging, die Waffe schussbereit, zum Bistro und fand das Bild bestätigt, das er vor seinem inneren Auge gesehen hatte. Niemand war mehr am Leben. Einer der Toten lag von den anderen entfernt auf dem Gesicht. Es war der, dem der letzte, einzelne Schuss gegolten hatte. Ein Genickschuss, aus nächster Nähe abgefeuert. Erbarmungslos. Parceval wandte sich ab. Er vermied es, die Frau, die ihn angesprochen hatte, unter den Toten zu suchen.

Hätte Parceval vorhin schon eine Waffe besessen, hätte er versucht, es zu verhindern. Parceval hätte keinerlei Skrupel gehabt, die Angreifer einen nach dem anderen aus dem Hinterhalt zu erschießen. Aber er hatte es nicht übers Herz gebracht, den Besinnungslosen in der Besenkammer wie einen Hund abzuknallen. Stattdessen hatte er Daniela Zagorkics Kittel zerrissen und ihm Hände und Füße auf dem Rücken gefesselt, sodass er die Tür nicht aufstoßen konnte, wenn er erwachte. In den Mund hatte er ihm so viel Toilettenpapier als Knebel gestopft, bis die Kinnlade nicht mehr zuging.

Es gab mehrere Alternativen, was er nun tun konnte. Er konnte prüfen, ob die Luft auf der Loggia rein war, und falls dem so war, nach draußen gehen, den Schalldämpfer der SAM7K abnehmen und damit in die Luft feuern, um Aufmerksamkeit zu erregen … Noch während er überlegte, sah er eine bewaffnete Gestalt vor den Glasfenstern vorbeigehen. Er duckte sich hinter den Tresen. Offensichtlich war seine Idee schon von vornherein zum Scheitern verurteilt. Wenn der Anführer dieser Operation daran gedacht hatte, Wachposten auf der Loggia einzusetzen, hatte er sicherlich nicht nur einen dort postiert.

Plötzlich erklangen Kommandorufe über die Treppe zu den Konzertsälen herunter. Musik wallte mit abrupter Lautstärke auf. Jemand musste die Türen zum Kleinen Saal aufgestoßen haben. Parceval hörte das Rattern von Schüssen – das Schnurren von vollautomatischen modernen Schnellfeuerwaffen und das vergleichsweise langsame Rattern der SAM7K, wie er sie erbeutet hatte. Offenbar war die Zeit des verstohlenen Schalldämpfergebrauchs vorüber. Die Antwort auf die Schüsse war vielstimmiges panisches Geschrei. Das Konzert brach mit erschrockenen Disharmonien ab.

Eine Gruppe kam die Eingangstreppe hinauf: Es waren einige Bewaffnete, die Geiseln vor sich hertrieben. Auch von dieser Gruppe kamen Rufe und verängstigte Schreie. Parceval schaffte es nicht mehr, im Bistro in Deckung zu gehen. Scheinbar gelassen, blieb er stehen und winkte den Männern mit den Gefangenen zu – als wäre er einer der ihren, der nur geprüft hatte, ob im Bistro wirklich keiner mehr lebte. Würden die anderen merken, dass er nur oberhalb des Gürtels wie einer von Majibs Leibwächtern gekleidet war? Doch dann erkannte er, dass die Bewaffneten hier alle möglichen Arten von Zivilkleidung trugen, allein die Sturmhauben hatten alle gemeinsam. Parceval würde unter ihnen nicht auffallen. Die Bewaffnung der vermummten Männer bestand aus AK-47 und AK-63 der syrischen Armee, weiteren SAM7K, Heckler & Koch G3 aus alten Bundeswehrbeständen und einigen Pistolen, deren Fabrikat er auf die Entfernung nicht erkennen konnte. Es waren die typischen Waffen von Terrorkommandos. Er hatte sie bei getöteten Taliban gesehen und in Al-Qaida-Videos.

Er betrachtete die Gefangenen. Es waren Männer und Frauen vom Sicherheitspersonal, Kellner sowie Gäste. Er sah weiße Kochschürzen, Utility-Westen von technischem Personal und festliche Kleider und Anzüge. Ihm wurde klar, dass die Angreifer das Restaurant geräumt hatten und alle Überlebenden der ersten Angriffswelle hier zusammentrieben. Die Geiseln wurden gezwungen, die Treppe zu den Konzertsälen hinaufzulaufen. Von oben drangen vereinzelte Feuerstöße. Parceval dachte an Ksenia und hoffte, dass es nur Warnschüsse in die Luft waren. War Ksenia unter den Opfern?

Parceval drängte die Übelkeit zurück, die in ihm aufsteigen wollte. Auch wenn Ksenia noch unversehrt war – dort oben wurden willkürlich Menschen ermordet, die keinen anderen Fehler gemacht hatten, als heute ein Konzert zu besuchen. Er musste sich zurückhalten, um nicht vor Wut auf die letzten Angreifer zu feuern, die auf der Treppe um die Kurve bogen. Parceval wünschte, den Mann in der Toilette doch getötet zu haben, denn dies war ein Terrorangriff, und die Gegner waren Leute, die Gewissen, Mitleid und Menschlichkeit eingetauscht hatten gegen Fanatismus und Grausamkeit und die sich in ihrer Feigheit nicht anders zu helfen wussten, als gegen hilflose Unschuldige vorzugehen.

Von einer anderen Richtung näherte sich eine weitere Gruppe. Die Geiseln trugen diesmal alle Arten von Freizeitkleidung: Jogginghosen, T-Shirts, Schlabberpullis, Bademäntel und im Fall eines jungen Mannes nur ein Handtuch um den nassen Körper, als hätte man ihn aus der Dusche gezerrt. Drei Kinder waren darunter, die mit weit aufgerissenen Augen vorwärtsstolperten. Sie mussten die Eigentümer der Luxuswohnungen im gläsernen Teil der Elbphilharmonie sein. Die Terroristen hatten auch sie gestürmt und deren Bewohner zusammengetrieben. Die Gesichter der Gefangenen waren verzerrt, manche von ihnen blutbespritzt. Die Terroristen hatten wohl nicht alle Wohnungseigentümer gefangen genommen, sondern einige von ihnen an Ort und Stelle erschossen.

Völlig verkrampft und unter der Sturmhaube schwitzend, folgte Parceval der zweite Gruppe Geiselnehmer die Treppe hinauf, bis er den Bereich vor dem Zugang zum Kleinen Saal einsehen konnte.

Anscheinend hatten die Angreifer den Kleinen Saal als Raum vorgesehen, wo die Geiseln zusammengetrieben werden sollten. Man hörte jetzt keine Schüsse mehr aus dem Konzertsaal, nur panische Schreie und darüber das barsche Gebrüll der Angreifer. An einer Wand stapelte sich ein unordentlicher Haufen Mobiltelefone, die die Terroristen den Geiseln abgenommen hatten. Aus dem Konzertsaal kamen Terroristen mit Mülltüten, in denen sich die kantigen Konturen weiterer Mobiltelefone abzeichneten.

War der Konzertsaal auch die Operationszentrale? Wahrscheinlich nicht. Parceval nahm an, dass auch die Gebäudeleitstelle des Gebäudes nicht das Hauptquartier war. Solche Räumlichkeiten lagen meist im Keller, waren nur über Monitore mit der Außenwelt verbunden und ansonsten Fallen, aus denen man nicht herauskam, wenn das Gebäude gestürmt wurde. Die Terroristen hatten die Gebäudeleitstelle besetzt, das stand fest, und nutzten das technische Equipment für ihre Zwecke. Aber die Fäden mussten anderswo in der Elbphilharmonie zusammenlaufen.

Was würde geschehen, wenn es Parceval gelang, die Schaltstelle der Terroristen zu finden und lahmzulegen? Würde der Terrorangriff dann in sich zusammenbrechen? Mittlerweile war ihm klar, dass es gar nicht nötig war, die Öffentlichkeit auf die Situation aufmerksam zu machen. Das würden die Terroristen schon selbst erledigen. Sie hatten Hunderte Geiseln in ihrer Hand, und sie würden mit Sicherheit Forderungen stellen. Im Gegenteil, die Anteilnahme der Öffentlichkeit am Angriff auf die Elbphilharmonie war fester Teil des Plans.

Das Gelingen des ersten Teils der Operation machte die Terroristen offenbar siegessicher. Diejenigen von ihnen, die als Wachen vor dem Konzertsaal eingeteilt waren, nahmen eine entspannte Haltung ein. Ein paar lachten. Ein paar klatschten sich ab. Einer wurde auf Parceval aufmerksam, winkte ihm zu und zeigte mit dem Daumen nach oben.

Parceval hätte sich am liebsten erbrochen, aber er zwang sich, es ihm gleichzutun. Der erste Teil der Operation, der Angriff, hatte wie am Schnürchen geklappt, so viel war klar. Der Rest würde von allein ablaufen, wie aus dem Lehrbuch für Terrorakte und Geiselnahmen. In allen Abhandlungen, die Parceval jemals zu diesem Thema gelesen hatte, ging eindeutig hervor, dass nervenstarke und gut organisierte Terroristen alle Vorteile auf ihrer Seite hatten.

Das Lehrbuch sah allerdings nicht vor, dass jemand wie Parceval hinter den Linien frei herumlief. Er war das Sandkörnchen im Getriebe der Operation. Er musste lediglich das Unwahrscheinliche schaffen und lange genug überleben, um die Terroristen zu stören.

14

Donnerstag, 10. Dezember
19:58 Uhr

Nils Walau, den alle an dieser Aktion Beteiligten (außer seinem Stellvertreter Baran Merzani) nur als Abu Nihad al-Almani kannten, hatte seine Kommandozentrale im Büro des Facility-Management-Leiters der Elbphilharmonie aufgeschlagen.

Er saß hinter seinem Schreibtisch, die verschiedenen Mobiltelefone und Funksprechgeräte, mit denen er Kontakt zu seinen Unterführern hielt, vor sich auf dem Schreibtisch aufgereiht. Bis auf den PC-Monitor und das hauseigene Festnetztelefon hatte er alles, was auf dem Schreibtisch gelegen hatte, mit einer Armbewegung heruntergewischt. Seinem Stellvertreter Baran hatte er grinsend erklärt, dass er eine freie Arbeitsfläche mochte. Sie war wie ein weißes Blatt Papier, auf dem man genügend Platz hatte, seine eigenen Ideen zu entwickeln. Stifte, Notizblätter, ein gerahmtes Familienfoto und diverse Memorabilien lagen auf dem Teppichboden, neben dem dunklen Fleck, der vom technischen

Leiter stammte. Er und drei seiner Mitarbeiter waren noch in den Büros der Gebäudebetreiber gewesen, als Walaus Männer sie gestürmt hatten. Die Leichen der Mitarbeiter befanden sich in einem der Büros. Die Leiche des technischen Leiters lag an einer Wand seines eigenen Büros, so wie Walaus Männer sie achtlos dorthin geschleift hatten. Walau hatte nicht riskieren wollen, die Facility-Management-Mitarbeiter am Leben zu lassen. Sie kannten das Gebäude und seine Schlupfwinkel tausendmal besser als seine eigenen Leute und hätten irgendetwas unternehmen können, um die Operation zu stören.

Walaus Männer hatten ihnen nicht die Möglichkeit gegeben, um ihr Leben zu flehen. Die Türen aufstoßen und auf alles, was sich bewegte, sofort feuern – so hatte der Angriffsbefehl gelautet. Mit aufgesetzten Kopfschüssen war die Arbeit bei denen beendet worden, die nur Verwundungen von den Feuerstößen davongetragen hatten.

Baran Merzani saß Walau gegenüber auf einem der Besucherstühle und erstattete Bericht. Er trug wie Walau die Kleidung eines Leibwächters von Gouverneur Majib. Seine Waffe, eine kroatische VHS-2, die mit ihrem Bullpup-Design zugleich klobig und futuristisch aussah, lehnte am Schreibtisch und strömte den Geruch von heißem Metall und Schießpulver aus.

»Phase eins ist erfolgreich beendet«, sagte er.

»Bilanz?«

»Keine eigenen Verluste, soweit ich weiß. Momentan sind unsere Leute noch überall im Gebäude verteilt.

Verlässliche Rückmeldungen erhalten wir spätestens in einer halben Stunde. Aber nach allem, was ich gesehen habe, dürfen wir einfach davon ausgehen, dass es keinerlei Gegenwehr gab. Nicht mal einen Fußtritt.«

»Und auf der anderen Seite?«

Baran begann aufzuzählen, wie viele Menschen sich in den Angriffszielen befunden hatten, die auf Walaus Befehl mit tödlicher Gewalt auszuschalten gewesen waren: die Gebäudeleitstelle, die Telefonzentrale, der Gebäudebetrieb, das technische Büro und alle Örtlichkeiten, an denen man Sichtverbindung nach draußen aufnehmen konnte. »Macht insgesamt neunundzwanzig, Abu«, schloss er.

Walau nickte befriedigt. »Eine gute Bilanz. Je mehr, desto besser. Haben wir Aufnahmen?«

»Von den Toten, ja. Vom Angriff selbst nicht, ich wollte nicht, dass unsere Leute mit Videoaufnahmen abgelenkt sind.«

»Das ist in Ordnung. Videos werden wir später machen, wenn wir uns in Ruhe aussuchen können, mit wem. Ich brauche die jetzigen Aufnahmen für die Verhandlungen mit der Polizei. Haben wir Nahaufnahmen?«

»Chamsul stellt Ihnen gerade einen Videoclip zusammen, Abu.« Baran wies mit dem Kopf auf ein angrenzendes Büro, in dem das von Walau als verantwortlicher Computertechniker rekrutierte Mitglied der Truppe saß und an einem Laptop arbeitete. Chamsul Bakomet war Aserbaidschaner, Mitte zwanzig, ein Dandy mit glatt rasiertem Gesicht, einer Buddy-Holly-

Brille und gegeltem Haar. Nachdem er die Sturmhaube abgezogen hatte, war er als Erstes vor einen Spiegel getreten und hatte sich gekämmt.

»Wir brauchen Gesichter auf den Nahaufnahmen«, sagte Walau. »Möglichst jung, weiblich, mit viel Blut. Und man muss die Schusswunden sehen.«

»Weiß ich, Abu!«, rief Chamsul aus dem angrenzenden Büro. »Verlassen Sie sich auf mich. Wir haben ein paar tolle Einstellungen, noch nicht mal verwackelt. Ich mache einen Neunzig-Sekunden-Clip. Perfekt für YouTube.«

»Wir stellen ihn aber erst online, wenn ich es sage.«

»Alles klar, Abu.«

»Du sagst es mir, wenn du mich für den Clip brauchst.«

»Noch ein paar Minuten, Abu. Ich melde mich.«

»Wenn wir Aufnahmen von getöteten Frauen senden – wird das bei unseren Feinden nicht erst recht die Wut anstacheln und die Entschlossenheit, uns zu bekämpfen?«, fragte Baran zögernd.

»Nein, es wird sie erschüttern und lähmen. Wenn der Clip erst viral geht, wird die Öffentlichkeit darauf anspringen und den Behörden noch mehr Druck machen, das Ganze ohne weiteres Blutvergießen zu beenden. Sie sind alle Wachs in unseren Händen. Glaub mir, ich kenne meine Landsleute.«

Baran schwieg. Er schien nicht ganz überzeugt, aber zu respektvoll, um weiter nachzubohren.

»Haben wir die Kamera im Konzertsaal schon aufgebaut?«, fragte Walau.

»Ich gehe davon aus, Abu. Soll ich nachsehen?«

»Später. Wie ist die Lage in der Gebäudeleitstelle?«

»Unsere Leute lesen sich gerade in die Anleitungen für die Kommunikations-, Brand- und Katastrophenschutzanlagen ein. Wir haben alles im Griff.«

»Wissen wir, ob schon Anrufe eingegangen sind? Hat irgendjemand draußen etwas bemerkt?«

»Wie es scheint, noch nicht. Diejenigen von unseren Leuten, die Deutsch sprechen, sitzen an den Telefonen und sind bereit, jeden Anrufer zu beruhigen. Sie schalten die Telefonzentrale erst ab, wenn Sie den Befehl dazu geben.«

»Schön. Es macht Spaß, mit Profis zusammenzuarbeiten.«

»Unsere Treue gehört Ihnen, Abu.«

Walau stand auf und trat zum Fenster. Von der Welt draußen waren nur die Lichter der Gebäude zu sehen und da und dort ihr Widerschein im Hafenbecken, doch die Spiegelung des beleuchteten Büros in der Glasscheibe überdeckte alles andere. Walau näherte sich seinem Spiegelbild, bis sie einander gegenüberstanden und sich anstarrten. Walau lächelte. Sein Spiegelbild lächelte zurück.

»Ustad Lahauri?«, fragte er.

»Ist in Sicherheit, Abu.«

»Ist er schon auf dem Schiff?«

»Seit hier der Angriff startete. Alles lief wie geschmiert. Ich bewundere Sie für diese perfekt geplante Operation, Abu.«

Walau antwortete nicht. Er blieb noch ein paar

Augenblicke vor der Fensterscheibe stehen, dann trat er an den Garderobenschrank des Büros und öffnete ihn. Ein Kapuzenparka hing darin, zwei Ersatzsakkos in Schwarz und Grau, zu jedem die passende Krawatte, bereits geknotet an den Kleiderhaken gehängt, und ein Paar feste Winterschuhe. Ein Kleiderbügel war leer. Walau ging hinüber zu der Leiche des technischen Leiters und stupste gegen eine Schuhsohle. Der Schuh war ein glänzend, penibel geputzter dunkelbrauner Halbschuh. Das Sakko, das die Leiche trug, war vom gleichen Schnitt wie die anderen beiden Jacken, nur dunkelblau. Die Hose passte farblich dazu.

»Ein strukturierter Mann«, murmelte Walau. »Ich wette, dass er jeden Tag eine andere Anzugfarbe trug und ab Donnerstag wieder von vorn anfing.« Er drehte sich zu Baran um. Baran lächelte über die Bemerkung, obwohl er so aussah, als hätte er eigentlich mit den Schultern zucken wollen. »Ein paar Schuhe für draußen, um zwischen dem Zuhause und Arbeitsplatz zu pendeln, und eins für drinnen, das noch nie ein Körnchen Schmutz gesehen hat. Das sind die Leute, die wir bekämpfen, Baran. Ungläubig, seelenlos, gefühllos, nur funktionierend und darauf aus, alle zu eliminieren, die aus tiefstem Herzen gläubig sind. Wir kämpfen in einem wichtigen Krieg, Baran. Wir kämpfen für den Propheten, für unseren Glauben und für die Freiheit unserer Glaubensbrüder. Wir kämpfen für Allahs Herrschaft auf Erden, und jeder von denen«, er gab der Leiche einen Tritt, »die wir dabei töten, ist ein Hindernis weniger auf diesem Weg.«

»Gott ist groß«, sagte Baran.

»Alles Lob gebührt Gott«, erwiderte Walau.

Aus dem Nachbarbüro rief Chamsul: »Ich hab's, Abu. Lust auf eine kleine Preview?«

Walau winkte Baran zu sich. »Dann schauen wir mal, was unser Meistercutter da geschaffen hat.«

15

Donnerstag, 10. Dezember
20:07 Uhr

Parceval hockte in der Putzkammer. Sie schien ihm der sicherste Zufluchtsort zu sein. Als er zu ihr zurückgekehrt war, war sein Gefangener bei Bewusstsein gewesen und bekam kaum noch Luft. Das Toilettenpapier hatte sich mit der Zeit in seinem Mund aufgelöst, und nasse Klumpen waren in seine Kehle geraten. Parceval hatte ihm in die Haare gegriffen, seinen Kopf nach hinten gezogen und seine Mundhöhle freigeräumt. Der Mann hatte gehustet und Papierbrei und Mageninhalt erbrochen. Parceval hatte ihn kein zweites Mal geknebelt. Stattdessen hatte er den Finger auf die Lippen gelegt, dem Mann zugezwinkert und dann die SAM7K getätschelt. Der Terrorist hatte verstanden und nicht versucht, sich durch Geschrei verständlich zu machen. Seine Augen waren immer noch gerötet, die Haut ringsherum wund. Wenn er Schmerzen hatte, ließ er es sich nicht anmerken.

»Wo kommst du her?«, fragte Parceval. Der Mann

antwortete nicht. Parceval versuchte es auf Englisch, Italienisch, Spanisch, Französisch, Paschtu und Dari. Keine Reaktion. Der Mann blinzelte nicht einmal, was verraten hätte, dass er etwas verstand. Er starrte Parceval nur voller Hass aus seinen entzündeten Augen an. Wo immer er auch herkam, er war nicht nur rein optisch kein Afghane, er sprach auch keine der beiden Amtssprachen des Landes. Oder Englisch, was in Afghanistan die inoffizielle dritte Amtssprache war. Und schon gar nicht Deutsch.

»Irgendwann werden deine Kumpane merken, dass du fehlst«, fuhr Parceval im Plauderton fort. »Dann werden sie dich suchen. Sie werden überall nachsehen, auch hier, und sobald sie dich gefunden haben, wird ihnen klar sein, dass sie eine Laus im Pelz haben. Nämlich mich. Ich muss also dafür sorgen, dass sie dich nicht finden – oder wenn sie dich finden, dass es dann so aussieht, als seist du bei der Erstürmung dieses Gebäudes umgekommen. Als hätte eines der Opfer dich mit letzter Kraft noch ins Grab mitgenommen. Verstehst du: Ich kann dich auf keinen Fall am Leben lassen. Aber das hast du dir selbst zuzuschreiben.« Er wiederholte die kleine Rede auf Englisch und bruchstückhaft auf Paschtu, doch der Mann reagierte auch darauf nicht.

Parcevals Bemerkungen hatten nicht nur dazu gedient, seinem Gefangenen vielleicht doch eine Reaktion zu entlocken. Sie entsprach seinen tatsächlichen Überlegungen. Wenn er den Terroristen irgendwie irgendwo verstecken konnte … Aber so?

Seit Parceval seinen Gefangenen unschädlich gemacht hatte, war niemand mehr in diese Toilette gekommen. Parceval hatte eine Idee: Er konnte sich im Bistrobereich ein Messer suchen, es seinem Gefangenen in den Oberschenkel rammen und die Oberschenkelarterie durchtrennen, ihn aus der Putzkammer hinaus in den Toilettenbereich zerren und dort verbluten lassen. Das ginge schnell und sähe so aus, als hätte der Terrorist sich hierhergeschleppt, um seine Wunde zu behandeln.

Nicht vollkommen schlüssig, aber so weit zur Situation passend, dass niemand darüber nachdachte, ob vielleicht noch jemand in der Elbphilharmonie herumlief, der nicht in der Gewalt der Terroristen war.

Das Problem war, dass Parceval immer noch nicht zu einem derart kaltblütigen Mord in der Lage war. Wenn es um sein Leben ging, um das eines anderen Unschuldigen, um Ksenia … Doch die Bedrohung, die jetzt noch von dem überwältigten Terroristen ausging, blieb abstrakt. Sie reichte nicht, Parcevals Gewissen so weit zu beruhigen, dass er seinen Gefangenen einfach abmurkste.

»Du bist ’n Klotz am Bein«, sagte Parceval.

Der Mann gab seinen Blick unverwandt zurück. Seine Lippen arbeiteten, dann spitzte er den Mund und spuckte aus. Er lächelte verächtlich.

»Ja«, sagte Parceval. »Jetzt bin ich schwer beeindruckt.«

Dass sich die Toilettentür öffnete, hörte er im gleichen Moment, wie er die Augen seines Gefangenen zucken sah. Er hob die Waffe und drückte die Mündung seinem Gefangenen an die Schläfe. Der Mann schielte auf den Lauf, dann wieder zu Parceval. Man konnte sehen, wie die Gedanken hinter seiner Stirn rasten.

Der Neuankömmling betrat die Toilette und stellte barsch eine Frage. Parceval ahnte, dass es einer der beiden Kumpane seines Gefangenen war, und fluchte lautlos. Er hatte gehofft, etwas mehr Zeit zu haben.

Der Neuankömmling stieß lautstark die Türen zu den Kabinen auf. Parceval hörte ihn einen Namen rufen, es klang wie »Rachid«. Der Gefangene blinzelte unwillkürlich. Sein Mund öffnete sich. Parceval schüttelte den Kopf und legte den Finger auf den Abzug.

»Rachid?«

Rachid schloss die Augen und stieß einen Hilferuf aus.

Parceval drückte nicht ab. Stattdessen stieß er die Putzkammertür auf und stürmte nach draußen. Der Neuankömmling stand wie angewurzelt vor einer der Toilettenkabinen und gaffte Parceval an. Er trug noch immer eine Sturmhaube und riss den Lauf seiner SAM7K nach oben, aber viel zu langsam. Parceval drückte den Abzug durch und pumpte fünf Kugeln in den Oberkörper des Mannes. Die 7,62-Kaliber-Patronen durchschlugen den Körper auf die kurze Entfernung, als wäre er aus Pappe, durchlöcherten die Tür einer Kabine und zerschmetterten die Wandfliesen oberhalb der Toilettenschüssel. Der Mann prallte gegen die Kabinentür, schlug sie zu und rutschte daran herunter. Seine Waffe entglitt seinen Fingern. Parceval sprang nach vorn und trat sie weg. Sie schlitterte in die Nachbarkabine hinein. Der Mann sackte zur Seite weg und schmierte mit dem Rücken einen löchrigen Halbkreis aus frischem Blut an die Kabinentür. Er blieb halb auf dem Gesicht liegen und bewegte sich nicht mehr. Parceval bückte sich, zog die Sturmhaube über seinem Hals hoch und fühlte seinen Puls. Nichts.

Parceval richtete sich auf. Das Lauteste an diesem Geschehen war der Knall gewesen, mit dem die Kabinentür zugeschlagen hatte. Der Schalldämpfer seiner Waffe hatte immer noch gute Dienste geleistet. Parceval atmete tief ein und aus und kämpfte gegen den Schwindel und das Zittern an, die nach dem Adrenalinstoß folgten. Er war hier noch nicht fertig.

Er holte die Waffe des Toten aus der Kabine und legte die seines Gefangenen auf den Boden. Dann zerrte er seinen Gefangenen aus der Kammer heraus und schleifte ihn vor die Kabinen. Rachid war zu schockiert, um noch einmal um Hilfe zu rufen. Er stierte seinen toten Kameraden an. Parceval nahm Rachids Sturmhaube aus seiner Jackentasche und zog sie Rachid über den Kopf. Rachids Blicke zuckten von Parceval zu seinem toten Kumpan und zurück. Parceval zerrte den Knoten auf, mit dem er Rachids Handgelenke gefesselt hatte. Dann trat er mit einem weiten Schritt zurück, um nicht in die immer größer werdende Blutlache zu steigen, die sich rund um den Toten ausbreitete.

Rachid massierte sich unbewusst seine Handgelenke. Seine Blicke wanderten immer noch zwischen Parceval und dem Toten hin und her. Parceval legte die

Waffe des Toten auf den Boden neben sich, dann schob er Rachids SAM7K über den Fliesenboden zu ihrem Besitzer hinüber. Rachid starrte ihn an.

»Ich gebe dir 'ne Chance«, sagte Parceval. »Du hast eine Waffe – ich hab eine Waffe. Bei drei schnappen wir sie uns gleichzeitig und feuern. Der Schnellere von uns beiden gewinnt. Ich bin sicher, du hast das verstanden, nicht wahr? Eins – zwei – drei – bang!« Parceval hatte die entsprechenden Bewegungen gemimt, während er gesprochen hatte. Rachids rot entzündete Augen waren weit. Dann fletschte er die Zähne und nickte.

Parceval sank neben seiner Waffe auf ein Knie und hob die linke Hand. Er spreizte zwei Finger und den Daumen ab.

»Eins«, sagte er und krümmte den Daumen ein.

Rachid griff sofort nach seiner SAM7K und riss sie in die Höhe. Sein Finger verkrampfte sich um den Abzug, dass der letzte Fingerknöchel weiß hervortrat. Nichts tat sich.

»Drei«, sagte Parceval, hob seine Waffe auf und erschoss Rachid, während dieser noch hektisch versuchte, den Sicherungshebel herumzulegen. Er stand auf. »Vertrau nie einer Waffe, die dein Feind dir in die Hand gibt. Sag's den anderen Mistkerlen, die du jetzt in deinem Paradies triffst.«

Parceval knüpfte Rachids Fußfessel auf und stopfte sie in den Abfallbehälter für die Papierhandtücher. Er trat zurück und betrachtete die Szene. Wer nicht allzu intensiv nach Ungereimtheiten suchte, konnte vielleicht annehmen, dass es hier einen fürchterlichen Unfall gegeben hatte. Ein Terrorist hatte einen anderen zufällig in der Toilette überrascht, beide hatten gedacht, angegriffen zu werden, und hatten sich gegenseitig erschossen. Parceval legte die Waffe des zweiten Terroristen in die Blutlache, damit es so aussah, als sei sie ihm im Sterben aus den Händen gefallen. Die Frage war: Hatten die Terroristen genügend Muße, um über die tatsächlichen Ungereimtheiten nachzudenken? Sie hatten sich die Situation selbst ausgesucht, in der sie steckten. Trotzdem war der Stress, dem sie ausgesetzt waren, immens.

Die Grübelei änderte nichts an der Lage. Mit etwas Glück hatte Parceval sich weitere Zeit erkauft, selbst wenn die beiden Toten schnell gefunden wurden. Allerdings war er jetzt wieder unbewaffnet, und sollte er den nächsten Terroristen überwältigen, stand er wieder vor demselben Problem.

Parceval zog Rachids Sakko aus und legte es neben ihn. Es wirkte ein wenig seltsam, aber immer noch besser, als wenn es fehlte. Dann verließ er die Toilette, nach allen Seiten sichernd, um sich ein neues Versteck zu suchen und einen neuen Plan zu erarbeiten.

16

Donnerstag, 10. Dezember
20:25 Uhr

Der Kleine Konzertsaal war nach dem Schuhschachtelprinzip erbaut – ein rechteckiger Raum, an dessen einem Ende die Konzertbühne stand. Die Wände waren mit gefrästem Holz vertäfelt, dessen unregelmäßige Oberfläche die Akustik unterstützte. Auf etwas mehr als halber Höhe kragten die Wände mit elegant geschwungenen Ecken nach innen, als trügen sie dort oben eine umlaufende Galerie. Nils Walau hatte die im Internet verfügbaren Saalpläne studiert und wusste, dass die Galerie ein Raum für Bühnentechniker war. Jetzt standen vier seiner Männer ringsum verteilt dort oben und zielten mit ihren Waffen hinunter in den Saal.

Sie hatten die Geiseln auf der Bühne zusammengedrängt. Ein paar von ihnen waren verwundet. Zwei Sanitäter, die für das Konzert eingeteilt gewesen waren, kümmerten sich um sie. Ein Verwundeter war gestorben, seit man die Leute hier hereingebracht hatte. Sein

Leichnam lag abseits, die Smokingjacke über dem Gesicht. Neben ihm kauerte eine schluchzende Frau in Abendgarderobe. Insgesamt befanden sich zweihundertsiebenundvierzig Geiseln hier im Saal. Die hervorragende Akustik des Saals ließ Walau jedes Schluchzen, jedes Stöhnen, jedes Wimmern, jeden angstvollen Laut vernehmen.

Er nickte zu den Informationen eines seiner Männer, während er die Lage musterte und die Bilder aufnahm. Sein Gesicht war in einem permanenten Lächeln erstarrt. Als der Bericht beendet war, schlenderte er zu dem Ringlicht auf dem dreibeinigen Stativ hinüber, das Chamsul Bakomet für die Videoaufnahmen hatte aufstellen lassen. Ein Mobiltelefon klemmte bereits in der Halterung. Walau spähte über das Telefon hinweg und ließ Aufstellort und Ausrichtung etwas abändern, damit die Handykamera ein anderes Hintergrundbild einfing. Der Tote war jetzt auf der Aufnahme zu sehen – und die afghanischen Politiker, die vom Rest der Geiseln getrennt saßen. Walau ging ohne Eile zu ihnen hinüber und betrachtete sie.

Die fünf Gouverneure stammten aus den Provinzen Nimroz, Kandahar, Helmand, Zabul und Badakhshan. Ihre Leibwächter waren entweder tot oder mit den restlichen Geiseln vereint. Die Gouverneure waren im normalen Leben miteinander verfeindet; jetzt saßen sie gezwungenermaßen dicht an dicht, wie Freunde in der Not. Walaus Lächeln wurde breiter. Er ignorierte die halblaut gestellten Fragen der Gouverneure von Nimroz und Helmand, beides alte Männer, die entweder unerschrocken oder resigniert genug waren, um nicht bis zum Verstummen eingeschüchtert zu sein.

Mit ein paar Schritten war er bei den restlichen Geiseln. Ganz am Rand der riesigen Gruppe saß eine junge Frau auf dem Boden und gab Walaus Blick offen zurück. Sie hatte halblanges Haar und trug ein kurzes, körperbetontes Abendkleid. Auf den zweiten Blick konnte man sehen, dass eine Gesichtshälfte vernarbt war: ein Geflecht aus feinen hellen Linien, das sich vom Auge bis zum Kinn zog.

Die Frau redete Walau in mehreren Sprachen an. Er antwortete schließlich auf Englisch. »Ja?«, sagte er knapp.

»Könnten wir etwas Wasser haben?«, bat die Frau. »Draußen in der Lobby-Bar ist ein Kühlschrank. Sie brauchen nicht Ihre Männer zu schicken. Stellen Sie eine Gruppe von zehn Geiseln zusammen und lassen Sie von einem Ihrer Bewaffneten …«

»Ich weiß, wie man so etwas macht«, unterbrach Walau.

»Und?«

»Wer Durst hat, hätte vorhin mehr Prosecco trinken sollen«, sagte Walau und wandte sich ab.

Am Stativ warteten Baran Merzani, Chamsul Bakomet und drei weitere Unterführer auf ihn. Jeder der drei Unterführer hatte die Verantwortung für zehn Kämpfer – theoretisch zumindest. Seit gestern Nacht hatte einer von ihnen nur acht Kämpfer zur Verfügung. Baran Merzani führte die neun Männer an, die sich als Gouverneur Majibs Leibwache ausgegeben hatten,

Chamsul Bakomet hingegen niemanden. Ein weiteres Dutzend Männer war an strategischen Orten außerhalb der Elbphilharmonie verteilt. Alles in allem bestand Walaus Truppe also jetzt noch aus genau fünfzig Männern und ihm selbst. Eine gewaltige Zahl, wenn man an den logistischen Aufwand dachte, sie hierherzuschaffen und dafür zu sorgen, dass sie unentdeckt blieben. Eine lächerlich geringe Zahl, wenn man daran dachte, dass die Männer einen Coup wie diesen durchziehen sollten. Dennoch waren sie nicht aufgeflogen und hatten triumphiert. Die Männer nickten Walau begeistert zu, als er zu ihnen trat. Nur Baran Merzani sah wie üblich besorgt aus, und Chamsul Bakomet gefiel sich in der Rolle des unbeeindruckten Nerds, der weiß, wie wichtig sein Können für das Gelingen der Operation ist.

»Sind wir so weit?«, fragte Walau.

Chamsul grinste und wies einladend auf den Platz vor der Handykamera. »Ja. Ich habe das restliche Material bereits vorgeschnitten. Es besteht derzeit aus zwei Clips mit insgesamt dreißig Sekunden Laufzeit. Das heißt, Sie haben für Ihren Text sechzig Sekunden Zeit – in zwei Takes von je dreißig Sekunden. Wir werden zuerst zehn Sekunden Videoaufnahmen von den Folgen unseres Angriff senden, dann kommen Sie mit dem ersten Teil Ihres Textes, dann folgen zwanzig Sekunden Aufnahmen von Toten, dann noch mal Sie mit Ihren restlichen dreißig Sekunden.«

»Das wirkt ein bisschen statisch«, sagte Walau.

»Hier geht es um den Eindruck, den das Video

machen soll, nicht um den Oscar für den interessantesten Filmschnitt.«

Die drei Unterführer wechselten angesichts von Chamsuls Respektlosigkeit verlegene Blicke. Walau ging jedoch nicht darauf ein.

»Wann wird das sendebereit sein?«, fragte er.

Chamsul machte eine Kopfbewegung zu einem Laptop, das über ein Kabel mit dem Mobiltelefon in seiner Halterung verbunden war. »Was wir jetzt aufnehmen, landet direkt auf der Festplatte des Rechners. Ich brauche dann höchstens zehn Minuten, um das neue Material hineinzuschneiden. Davor kommt es auf Sie an, wie viele Anläufe Sie brauchen, bis Sie Ihre Ansage fehlerlos gemacht haben.«

Baran Merzani räusperte sich. Chamsul warf ihm einen lässigen Blick über die Schulter zu und grinste dann wieder Walau an.

»Ich brauche genau zweimal dreißig Sekunden«, sagte Walau. »Baran, du misst die Zeit so mit, dass ich es sehen kann.«

»Jawohl, Abu.«

»Und wenn Chamsul länger als genau elf Minuten benötigt, um das fertige Video an die Hamburger Polizei und die wichtigsten Nachrichtenstationen versendet zu haben, erschießt du ihn, sobald er fertig ist.«

»Jawohl, Abu.«

Chamsul wurde bleich im Gesicht. »Moment mal ...«

»Ich kann ihn auch erschießen, Abu«, bot einer der Unterführer an.

»Ihr braucht mich nachher noch«, sagte Chamsul

hastig. »Wenn sich die Polizei in die Gebäudesteuerung zu hacken versucht, um uns auszuräuchern, oder …«

»Du redest wie jemand, der jetzt schon ahnt, dass er seine Zeitzusage nicht einhalten kann«, unterbrach Walau.

»Alles wird wie erwartet funktionieren, Abu«, sagte Chamsul. Sein Grinsen war jetzt erloschen.

»Fein«, sagte Walau. »Dann wollen wir mal.« Er stellte sich vor der Kamera in Positur, zog die Sturmhaube über den Kopf und nickte Chamsul zu, dessen zitternder Finger über der Video-App schwebte. »Showtime.«

Chamsul drückte auf den Startknopf und nickte zurück. Hinter ihm hob Baran beide zu Fäusten geballte Hände und ließ im Sekundentakt einen Finger nach dem anderen hochgehen.

»An die deutsche Bundesregierung: Dies ist der Islamische Staat«, sagte Walau in englischer Sprache und starrte in die Kamera. »Wir senden aus der Elbphilharmonie in Hamburg. Wir haben zweihundertsiebenundvierzig Geiseln, darunter Ihre Staatsgäste, die Provinzgouverneure aus Afghanistan.«

Baran streckte jetzt zehn Finger in die Luft, ballte die Fäuste und begann wieder von vorn.

»Wir geben Ihnen zwei Stunden Zeit, um unsere Forderungen zu erfüllen. Danach werden wir in Abständen von einer halben Stunde jeweils drei Geiseln öffentlich hinrichten.«

Baran hatte erneut zehn Finger ausgestreckt und begann ein drittes Mal mit der Prozedur.

»Wir fordern den Rücktritt der afghanischen Regierung und die Freilassung aller in Ihren Gefängnissen sitzenden Krieger des Kalifats. Sonst werden Sie neue Bilder zu sehen bekommen wie diese …« Walau breitete beide Arme aus, machte eine Kunstpause und nickte dann, als Baran das Ende der dreißig Sekunden anzeigte. Chamsul stoppte die Aufnahme.

»Hervorragend«, sagte er. »Und eine tolle Überleitung auf den folgenden Clip, das muss ich schon sagen.«

Die Unterführer hatten kein Wort von Walaus Rede verstanden, nickten aber begeistert und klopften sich gegenseitig auf die Schultern. Baran hatte die Arme sinken lassen und sah nachdenklich aus. Er blickte auf.

»Gut gemacht, Baran«, sagte Walau.

»Sie haben alles gesagt, was zu sagen gibt, Abu«, murmelte er. »Was kommt in der zweiten Hälfte Ihrer Ansage?«

»Das wirst du gleich hören. Ich bin so weit, Chamsul.«

»Ich auch«, sagte Chamsul, drückte den Start-Knopf und flüsterte: »Action!«, während Baran das Abzählverfahren wiederholte.

»Des Weiteren werden Sie unverzüglich folgende Person aus der Untersuchungshaft entlassen und unversehrt hierherbringen: Janine Walau, geborene Lembke.«

Barans zehn ausgestreckte Finger erstarrten. Er starrte Walau vollkommen überrascht an und vergaß weiterzuzählen.

»Janine Walau wird hier in Hamburg ein Schauprozess gemacht. Sie wird zusammen mit uns das Land verlassen, sobald unsere Forderungen erfüllt sind.«

Zwanzig Sekunden. Baran ließ die Hände langsam sinken, noch immer zu perplex, um die vereinbarten Signale zu geben. Walau brauchte sie nicht. Er hatte offensichtlich genau vorgeplant, was er sagen wollte.

Er packte die Sturmhaube und zerrte sie sich vom Kopf. Die Unterführer, die dem Text bisher verständnislos gefolgt waren, stöhnten vor Überraschung auf. Baran tat einen Schritt auf die Kamera zu, als wollte er sie ausschalten, und hatte sich dann wieder unter Kontrolle.

»Ich bin Abu Nihad al-Almani«, sagte Walau. »Mein früherer Name lautet Nils Walau. Geben Sie mir meine Ehefrau zurück, oder alle Geiseln werden sterben.«

17

Donnerstag, 10. Dezember
21:03 Uhr

Parceval hatte kalkuliert, dass niemand von den Terroristen ins Bistro zurückkehren würde. Wozu auch – dort gab es nur Tote, und einen kleinen Snack würde sich niemand holen. Dazu hielt er die Angreifer für viel zu diszipliniert. Er hatte sich dennoch sein Versteck in der winzigen Pantry gesucht – von außen nicht einsehbar und mit einem Speiseaufzug versehen, mit dem er zur Not fliehen konnte, wenn der Weg zurück in die Plaza versperrt war. Wenn er um die Türöffnung herumspähte, konnte er die ganze Länge des Bistros überblicken, bis zu den Monitoren am anderen Ende, von denen zwei die Speisekarte abbildeten und der dritte einen Nachrichtensender zeigte, dessen Lautstärke bis zu einem Murmeln heruntergeregelt war. Durch die Glastüren – oder das, was nach den Schüssen der Terroristen davon übrig war – konnte er außerdem einen Teil des Bereichs vor den Treppenaufgängen einsehen und durch die Fensterfront die Terrasse. In längeren

Abständen kamen dort Wachposten vorbei, die dem Inneren des Gebäudes aber kaum einen Blick widmeten.

Parceval war vor Entdeckung relativ sicher. Aber er steckte auch fest und hatte keine Idee, wie er den Terroristen effektiv dazwischenfunken konnte. Außer einen nach dem anderen von ihnen auszuschalten, bis sie auf ihn aufmerksam wurden – und bis dahin so dezimiert waren, dass ihr Plan nicht mehr funktionierte. Die Wahrscheinlichkeit dafür lag ungefähr so hoch wie die Chance, bei einem Preisausschreiben für Abonnenten etwas anderes zu gewinnen als ein neues Abonnement.

Der Nachrichtensender wechselte so plötzlich den Beitrag, dass es Parceval auffiel, obwohl er den Monitor nur aus dem Augenwinkel betrachtete. Ein Archivbild der Elbphilharmonie, fotografiert bei Sonnenuntergang, wurde gezeigt, in der rechten oberen Ecke prangte fett in Großbuchstaben »TERRORANGRIFF«. Er konnte nicht verstehen, was eine plötzlich eingeblendete Nachrichtensprecherin sagte, aber als das atmosphärische Foto der Elbphilharmonie einer wackligen Videoaufnahme wich, auf der eine Kavalkade von Einsatzfahrzeugen mit Blaulicht über eine nächtliche Straße raste, vernahm er das dissonante Plärren vieler Martinshörner aus dem Lautsprecher.

Die Terroristen hatten sich bei der Polizei gemeldet, um ihre Forderungen zu stellen. Die Nachrichtensprecherin trug frei vor, die gesamte Berichterstattung war in höchstem Maß improvisiert. Ein neues Bild wurde eingeblendet, eine Aufnahme im Passfotoformat von einer jungen Frau. Die Sonne schien ihr auf dem Foto ins Gesicht, sie kniff geblendet die Augen zusammen und lächelte verkrampft. Sie trug einen schwarzen Hidschab, der nur ihr Gesicht freiließ. Trotzdem konnte man erkennen, dass sie aus Mitteleuropa stammte.

Parceval hielt Ausschau, ob sich einer der Wachposten näherte. Die Luft war rein. Er huschte zur gegenüberliegenden Stirnwand und kauerte sich zwischen umgefallenen Tischen zusammen. Neben einem der Tische lag eine tote Bistromitarbeiterin, Gesicht und Ringelshirt verschmiert mit geronnenem Blut, dicht bei ihr einer der beiden schäkernden Security-Mitarbeiter. Einer von seinen Armen war auf sie gefallen, als würde er wenigstens im Tod versuchen, sie zu beschützen. Weihnachtsbaumkugeln in Silber und Blau lagen, teils zerbrochen, verstreut um sie herum.

Die junge Frau mit dem Hidschab hatte etwas mit der Elbphilharmonie oder den Geiseln zu tun, so viel war sicher. Damit hatte er wenigstens eine kleine Information über die ansonsten rätselhaften Angreifer. Informationen über den Feind konnte man nie genug haben. Besonders in einer Lage wie der, in der Parceval steckte. Er strengte sich an, das Gemurmel aus dem Lautsprecher zu verstehen.

»…ist die überraschende Wendung in diesem Drama«, hörte er die Sprecherin sagen. »Offenbar geht es nicht nur um politische Forderungen, sondern auch um eine ganz persönliche Rechnung des mutmaßlichen Anführers des Terrorkommandos.«

Das Bild der Frau verschwand. Nun wurde ein Video eingespielt, das offenbar von den Terroristen aufgenommen worden war. Es zeigte den Kleinen Konzertsaal und einen Mann mit einer Sturmhaube, der direkt vor der Kamera stand und redete. Der Ton des Videos war ausgeblendet. Der Mann zog sich die Sturmhaube vom Kopf. Das Bild gefror. Parceval betrachtete das enthüllte Gesicht des Sprechers ungläubig.

Der Mann war Nihad.

»...Nils Walau«, sagte die Nachrichtensprecherin. »Er stammt aus Niedersachsen und nahm nach seiner Radikalisierung den Namen Abu Nihad al-Almani an. Man geht davon aus, dass er beim IS eine hohe Stellung bekleidete, bis die Reste des Terrorstaates in Syrien und im Irak aufgelöst wurden und sich unter anderem nach Afghanistan absetzten. Walaus Frau Janine steht seit einem Jahr in Hamburg vor Gericht.« Das Bild wechselte zurück zu der Frau mit dem Hidschab. »Sie versuchte, unerkannt nach Deutschland einzureisen, wurde aber noch am Flughafen Hamburg festgenommen, nachdem die Behörden einen Tipp von einer Menschenrechtsorganisation erhalten hatten. Gegen Janine Walau ist ein internationaler Haftbefehl anhängig. In Deutschland wird ihr unter anderem der Prozess wegen Unterstützung einer Terrororganisation gemacht. Berühmtheit erlangte sie aber wegen des internationalen Haftbefehls, in dem sie wegen fahrlässiger Tötung eines jesidischen Kindes, Entführung, Freiheitsberaubung und Menschenhandel gesucht wird. Janine Walau und ihr Mann Nils hatten der Anklage zufolge während der Zeit, in der sie in Falludscha lebten, eine Sklavin erstanden, eine junge jesidische Frau mit zwei Kleinkindern, die von IS-Terroristen aus ihrer Heimat verschleppt worden war. Als eines der Kleinkinder eine Anordnung missachtete, wurde es auf Befehl von Janine Walau im Freien angekettet, wo es vor den Augen seiner hilflosen Mutter verhungerte und verdurstete. Die Mutter, der mit ihrem zweiten Kind nach einem Angriff der Koalition auf Falludscha die Flucht gelang, hat offenbar unwiderlegbare Beweise für diese Tat vorgelegt.«

Die Nachrichtensprecherin machte eine Pause. Das Bild Janine Walaus wurde durch eine aktuelle Aufnahme der Elbphilharmonie ersetzt, aufgenommen aus größerer Entfernung. Rund um das Gebäude funkelte ein Meer aus zuckenden Blaulichtern, die sich in der Glasfassade widerspiegelten. Wenn die Fensterfront des Bistros nicht direkt auf den Hafen hinausgegangen wäre, hätte Parceval die Blaulichter bereits wahrgenommen.

»Diese Frau soll nun nach dem Willen ihres unerkannt mit einem Terrorkommando nach Deutschland eingereisten Mannes freikommen. Die Terroristen haben gedroht, jede halbe Stunde drei Geiseln zu ermorden, wenn ihre Forderungen nicht erfüllt werden. Neben der Tragödie, die diese Geiselnahme für uns Hamburger im Allgemeinen und für die Angehörigen der Geiseln bedeutet, hat diese Angelegenheit auch noch eine internationale diplomatische Komponente. In den Händen der Terroristen befinden sich auch mehrere hochrangige afghanische Politiker, deren Leben ebenso auf dem Spiel steht wie das der anderen Geiseln.«

Die Nachrichtensprecherin schluckte und schüttelte den Kopf. Mit leiser Stimme fuhr sie fort: »Liebe Zuschauer, so ist der Terror, den wir alle bislang nur aus den Nachrichten kannte, an diesem so friedlich-geschäftigen Adventabend auch zu uns gekommen. Was für die Menschen in den Kriegsgebieten im Nahen Osten und überall dort, wo die Terrororganisationen wüten, schrecklicher Alltag ist, erleben wir nun auch – Gewalt, Tod und die Angst um unsere Lieben. Die Aufnahmen, die uns zugesendet wurden und gegen deren Veröffentlichung wir uns entschieden haben, sind kaum zu ertragen. Unser Team, unser Sender und – ich bin sicher – alle, die jetzt zugeschaltet sind, beten um einen glücklichen Ausgang dieses Dramas. Wir halten Sie weiter auf dem Laufenden.«

Das Bild auf dem Monitor blendete um zu einem Kamerateam, das irgendwo bei den Sankt-Pauli-Landungsbrücken stehen musste und zur Elbphilharmonie herüberfilmte. Der Kai wimmelte vor Menschen. Die Sprecherin des Teams wiederholte die bereits bekannten Informationen mit anderen Worten. Parceval blendete sie aus. Er checkte die Lage, dann schlich er wieder zurück in die Pantry.

Er hatte mehr Informationen erhalten, als er gehofft hatte. Die Frage war, ob sie ihm etwas nutzten. Und wie war Ustad Lahauri in die Sache verwickelt? War er der Kopf hinter all dem?

Über all diesen Ungewissheiten schwebte jedoch eine andere, viel drängendere Frage: Was konnte Parceval unternehmen, um Ksenia zu befreien – und die Hinrichtung von Geiseln zu verhindern?

18

Donnerstag, 10. Dezember
21:32 Uhr

Nils Walau und Baran Merzani saßen im Büro des technischen Leiters der Elbphilharmonie. Das Nachbarbüro war leer. Chamsul Bakomet hatte sich, nachdem er den Videoclip geschnitten und hochgeladen sowie an die Hamburger Justiz- und Verwaltungsbehörden und die großen Medienhäuser der Stadt gesendet hatte, in die Gebäudeleitstelle der Elbphilharmonie begeben. Barans Gesichtsfarbe war grau, nur auf seinen Wangen prangten zwei hochrote Flecken. Seine Augen waren vor Erregung so feucht, als hätte er geweint.

Nils Walau wirkte dagegen vollkommen gelassen. »Natürlich war das von Anfang der Plan«, sagte er. »Glaubst du, ich sehe untätig zu, wie die hier versuchen, meiner Frau den Prozess zu machen?«

»Aber Sie haben uns alle denken lassen, die Operation gelte unseren politischen Zielen ...!«

Nils Walau grunzte verächtlich.

»Sie haben es auch mich glauben lassen, Abu!«

Walau zuckte mit den Schultern. »Politische Ziele!«, stieß er dann hervor. »Was für politische Ziele? Die Ablösung der afghanischen Regierung? Die Freilassung unserer Kämpfer? Du bist doch nicht so dumm wie die anderen und hast auch nur eine Sekunde geglaubt, wir könnten das durchdrücken!«

»Aber …«

»Die afghanische Regierung wird sich nicht auflösen, nur um zu vermeiden, dass wir hier in Deutschland ein paar Hundert Geiseln hinrichten – und wenn darunter alle sechsunddreißig Provinzgouverneure auf einmal wären! Im Gegenteil, in jeder Provinzhauptstadt scharren schon ein paar designierte Nachfolger mit den Hufen und warten darauf, selbst an den Futtertrog zu gelangen. Die Regierung in Kabul ist sowieso gelähmt, die würden sich nicht mal drauf einigen können, ob sie die Rückführungskosten für fünf tote Provinzgouverneure tragen oder ob sie die Deutschen anbetteln, die Kosten zu übernehmen. Wir brauchen nicht den Rücktritt der afghanischen Regierung, um unsere Ziele zu erreichen. Die afghanische Regierung ist und war niemals ein ernst zu nehmender Gegner.«

»Sie haben sich mit den Taliban zusammengetan und uns bekämpft!«

»Ja, und sie haben ein paar Erfolge errungen. Um welchen Preis? Dass sie den Warlords Geld gegeben oder ihre Leute besser bewaffnet haben und jetzt noch weniger kontrollieren können als vorher. Früher oder später werden die Taliban diese Allianz beenden, so wie sie das immer tun, und versuchen, mit uns ins

Geschäft zu kommen und uns dabei das Messer in den Rücken zu stoßen. Weil wir das aber wissen, machen wir diese Hunde fertig, und der Kampf gegen uns hat ein Ende! Alles nur eine Frage der Zeit. Dafür mussten wir nicht diese Operation ins Leben rufen.«

»Und unsere gefangenen Brüder …?«

Walau schnaubte. »Baran, mach die Augen auf. Du bist schon so lange mit dabei. Welche Bedeutung hat das Leben eines einzelnen Kämpfers? Null! Jeder wünscht sich, ein Märtyrer für die Sache zu werden. Wie haben wir damals die Luftwaffenstützpunkte von Menagh und Al-Tabqa erobert? Indem wir Wellen auf Wellen von Rekruten ins Feuer geschickt haben, bis die Verteidigungslinien gefallen sind. Wir haben die syrischen Soldaten mit Menschenleibern förmlich erstickt! Wer würde so eine Aktion wie die unsere auf die Beine stellen, nur um die aus den Gefängnissen zu befreien, die es nicht geschafft haben, auf dem Schlachtfeld zu Märtyrern zu werden?«

»Aber es kann doch nicht sein, dass …«

Walau unterbrach seinen Stellvertreter. »Abgesehen davon – unsere Kämpfer sitzen in syrischen, türkischen, russischen, amerikanischen, deutschen, englischen, französischen und afghanischen Gefängnissen! Glaubst du, die Russen würden auch nur einen Gefangenen freilassen, weil wir sonst unter den Deutschen ein Blutbad anrichten? Oder die Amerikaner? Oder die Türken!? Dass ich nicht lache!«

Barans Schultern sanken herab. »Ich habe geglaubt, was Sie uns erzählt haben, Abu.«

Walau nickte. »Deshalb habe ich es ja erzählt.«

»Dann ist es wirklich so, dass wir das alles nur tun, um Ihre Frau freizupressen, Abu? Bei allem Respekt, aber…« Baran schüttelte den Kopf. »Es sind bereits zwei von unseren Kämpfern auf dieser Mission umgekommen. Nur dafür?«

»Baran«, sagte Walau, »hältst du mich für so einen simplen Charakter?«

Baran schaute auf.

»Ich habe diese ganze Operation allein geplant«, sagte Walau. »Ich hatte von Anfang an zwei Ziele im Auge. Das eine ist die Freilassung meiner Frau. Und das andere, ich verspreche dir, Baran: Von heute an gerechnet in spätestens sechs Monaten hat der Islamische Staat eine neue Heimat, größer als alles, was wir in Syrien und im Irak hatten, und vollkommen unangreifbar für jede andere Macht der Welt: das Land, das früher Afghanistan hieß.«

19

Donnerstag, 10. Dezember
21:52 Uhr

Ksenia Orian hatte versucht, mit Gouverneur Majib wenigstens so etwas wie Blickkontakt aufzunehmen, aber der Afghane hatte nicht einmal in ihre Richtung gesehen. Zu ihm hinübergehen konnte sie nicht, die Bewacher hielten die afghanischen Politiker und die anderen Geiseln streng voneinander getrennt.

Ksenia ahnte, welchen Verlauf diese Aktion noch nehmen würde – und dass es unter diesen Umständen erst recht nicht ratsam war, mehr als nötig aufzufallen. Sie hatte sich schon genügend vorgewagt, als sie Walau um Wasser für die Gefangenen gebeten hatte.

Walaus politische Forderungen stufte Ksenia als unsinnig ein. Wäre er ein anderer gewesen, einer von der dumpf-fanatisch-bösartigen Sorte der IS-Führungsgestalten, hätte sie vielleicht geglaubt, dass er tatsächlich davon ausging, die Welt mit dieser Operation erpressen zu können. Doch seit ihr klar war, wer Abu Nihad al-Almani wirklich war, wusste sie, dass diese Forderungen wahrscheinlich nur dazu gedient hatten, damit er Kämpfer für seine Mission gewinnen konnte.

Gleichzeitig ahnte sie, dass die Befreiung von Janine Walau nicht das einzige Missionsziel sein konnte. Walau plante etwas anderes, und es hatte mit den Provinzgouverneuren zu tun. Die ganze Operation war wie ein Bühnenzaubertrick: Während das Publikum noch der einen Aktivität gebannt zusah, entspann sich das eigentliche Geschehen dort, wo niemand es bemerkte.

Worin bestand der Zaubertrick? Was war das viel wichtigere Missionsziel, für das selbst die ernst gemeinte Freipressung von Janine Walau nur eine Art Ablenkungsmanöver war?

Ksenia hatte versucht, anhand der Körpersprache zu erkennen, wie die Männer zueinander standen, die die Videoaufnahme überwacht hatten. Ihr war vor allem ein Mann mit feingliedrigem Körperbau, edel geschnittenem Gesicht und ständig besorgter Miene aufgefallen. Ihn schätzte Ksenia als Walaus Vertreter ein – seine Nummer eins. Sie hielt ihn für einen Iraner. Als der Mann den Kleinen Konzertsaal wieder betrat, wirkte er aufgewühlt und fahrig. Er musste etwas Neues erfahren haben. War es das zweite geheime Missionsziel? Ksenia nahm es an. Jetzt, wo die Katze in einer Hinsicht aus dem Sack war, gab es für Walau keinen Grund mehr, seinem Stellvertreter weiter Dinge vorzuenthalten. Dass der Mann von Walaus Ansage bezüglich seiner Frau während der Videoaufnahme vollkommen überrascht worden war, hätte ein Blinder erkannt.

Der Iraner gab ein paar Befehle, woraufhin die afghanischen Politiker mit vorgehaltenen Waffen gezwungen wurden aufzustehen. Sie protestierten – die einen empört, die anderen vor Todesangst. Gouverneur Majib gehörte zu den Furchtsamen. Ksenia hatte eine Weile gerätselt, ob er in die Sache verwickelt war. Immerhin gab es da noch das Rätsel um Ustad Lahauri, seinen obersten Leibwächter. Aber niemand hätte die Angst, die Majib ausstrahlte, so gut spielen können.

Die fünf Männer wurden aus dem Saal gebracht. Unter den anderen Geiseln erhob sich beunruhigtes Gemurmel. Zwei ältere Männer in Abendgarderobe erhoben sich, wahrscheinlich deutsche Staatssekretäre oder Attachés oder wer auch immer bestimmt worden war, die Afghanen als Vertreter der Bundesrepublik zu diesem Konzert zu begleiten. Die Männer fühlten sich offenbar für die ihnen Anbefohlenen verantwortlich. Als einer der Terroristen mit der Waffe auf sie zielte und sie anbrüllte, setzten sie sich wieder hin, blass vor Schreck über ihre eigene Zivilcourage.

Jemand rutschte auf dem Hosenboden zu Ksenia herüber. Es war der Mann, der sie auf der Plaza angesprochen hatte.

»Entschuldigen Sie«, sagte er. Er hielt ihr die rechte Hand hin, während er sich nervös zu den Geiselnehmern umsah. »Darf ich mich vorstellen? Klaus Leuterbach. Wir haben uns schon …«

»Sie wollten mir auf der Plaza einen Prosecco spendieren«, sagte Ksenia. »Ich erinnere mich.« Sie schüttelte die angebotene Hand und beschloss, etwas weniger abweisend zu sein. Der Mann war ein Leidensgenosse. »Jetzt wünschte ich, ich hätte angenommen. Mit einem Schluck Prosecco im Magen ließe sich das hier leichter ertragen.«

»Ich glaube nicht, dass es sich mit irgendwas im Magen leichter ertragen ließe«, sagte Leuterbach. Er merkte offenbar gar nicht, dass Ksenia sich nicht vorgestellt hatte; ein Zeichen, wie nervös und erschüttert er war. »Ich bewundere Sie für Ihren Mut. Ich habe gesehen, dass Sie den Kerl angesprochen haben, der hier das Kommando hat – der sich als Deutscher entpuppt hat …«

»Nils Walau.«

Leuterbach nickte. »Ja. Was haben Sie ihn gefragt?«

»Ob er gestatten würde, dass wir etwas zu trinken bekommen. Da wusste ich allerdings noch gar nicht, dass er von hier ist.«

»Er hat aber nicht eingewilligt, oder?«

»Nein«, sagte Ksenia.

»Das ist ein schlechtes Zeichen, oder? Wenn man die Geiseln nicht einmal mit Getränken versorgt? Und was, wenn jemand auf die Toilette muss? Lassen die Geiselnehmer das dann zu, oder muss man dann … müssen wir …« Er gestikulierte hilflos in den Saal hinein.

»Das wird sich dann ja zeigen.«

»Das wäre ein noch schlechteres Zeichen, oder?«

»Wieso glauben Sie, dass ich so etwas wissen könnte?«, fragte Ksenia.

Leuterbach zuckte nervös. »Ich weiß nicht … ich glaube das gar nicht … oder jedenfalls … ich dachte nur …«

»Was dachten Sie?«

»Dass Sie vielleicht von der Polizei wären!«, platzte Leuterbach heraus. »Sie wirken so ... gefasst. Als wäre das nichts Besonderes für Sie. Wir anderen ... wir anderen haben einfach nur Todesangst, wissen Sie.«

»Damit, dass Sie mich ansprechen, lenken Sie die Aufmerksamkeit auf uns«, sagte Ksenia eisig. »Wenn ich wirklich von der Polizei wäre, würden Sie mich damit in größte Gefahr bringen.«

Leuterbach prallte zurück. »O Gott«, platzte er heraus. »Bitte entschuldigen Sie. Ich habe nicht gedacht ...«

»Ich habe eine Import-Export-Firma in Berlin«, log Ksenia, um den Mann zu beruhigen. Sie wünschte sich, er würde mit seinen Ängsten jemand anders auf die Nerven gehen. »Ich bin keine Polizistin.«

Ein zittriges Lächeln versuchte sich in Leuterbachs Miene zu etablieren und verlor. »Oh«, sagte er. »Äh ... das ist ja ... wie kommen Sie dann heute hierher?«

»Ich kenne die afghanische Kultur beruflich und war an dem Konzert interessiert.«

»Sind Sie dann gar nicht überrascht, dass diese Leute uns gefangen genommen haben? Und dass sie so viele ermordet haben?«

»Das sind keine Afghanen«, sagte Ksenia.

»Was? Ich dachte, es seien Taliban. Weil sie die afghanischen Politiker abgesondert haben. Und weil sie so kaltblütig vorgehen.«

Ksenia antwortete nicht. Wie auch Parceval waren ihr die Menschen in Afghanistan in der Zeit, die sie dort verbracht hatte, ans Herz gewachsen. Dass Klaus Leuterbach mit seiner vorurteilsbelasteten Analyse trotzdem recht hatte und die Taliban eine hinterhältige Mörderbande waren, war der Fluch für das Land am Hindukusch.

»Diese kaltblütigen Mörder sind vom IS«, sagte Ksenia.

»O Gott. O großer Gott. Woher wollen Sie das wissen?«

»Weil ihr Anführer es selbst gesagt hat in seiner Videobotschaft.«

»Können Sie denn deren Sprache?«

»Er hat Englisch gesprochen«, sagte Ksenia ungeduldig.

»Tatsächlich? Das habe ich gar nicht gemerkt … ich war so … ich hatte so … mit mir selbst zu tun.« Leuterbach schenkte ihr einen verlegenen Blick, um dann gleich angstvoll fortzufahren: »IS, sagen Sie? Die sind ja noch schlimmer. Die bringen ihre Gefangenen vor laufenden Kameras um. Enthaupten sie und so weiter … dagegen sind die Taliban Waisenknaben, stimmt's?«

Ksenia sagte nichts. Sie hatte die Bilder von den enthaupteten Polizeischülern und ihren Söhnen am Tag der offenen Tür von Parcevals Polizeistation vor Augen; die Bilder, von denen sie wusste, dass sie auch Parceval seit damals verfolgten. Und sie erinnerte sich an die Funde, die sie gemacht hatten, wenn die Taliban an irgendjemandem ein Exempel statuiert hatten. Es lohnte sich nicht, zwischen den einen und den anderen zu unterscheiden. Die Ausrede, dass die

Taliban nur durch jahrzehntelange Unterdrückung und Ausbeutung so geworden waren und die Mitglieder des IS durch schiere Bösartigkeit und Fanatismus, ließ sie nicht gelten. Jeder hatte die Wahl, ob er unschuldige Zivilisten in die Luft sprengen wollte oder gefangene gegnerische Soldaten vor laufenden Kameras abknallte; wenn er sich dafür entschied, hatte er in Ksenias Augen das Recht verloren, mit Verständnis und Mitgefühl behandelt zu werden.

»Rutschen Sie wieder auf Ihren Platz zurück«, sagte Ksenia zu Leuterbach. »Sonst fallen wir am Ende wirklich noch auf.«

Leuterbach schien sie nicht gehört zu haben. »Schauen Sie doch nur«, stöhnte er. »Was ist jetzt wieder los?«

Zwei von den Terroristen kamen zu den Saaltüren herein. Sie redeten laut und aufgeregt und fuchtelten mit den Händen herum – zumindest mit denen, die frei waren. Sie hatten ihre Waffen umgehängt und trugen zwei zusätzliche SAM7K, die sie jetzt wie anklagend dem Iraner hinstreckten. Der starrte die Waffen an und fuhr dann mit einem Finger darüber und betrachtete ihn fassungslos. Ksenia musste nicht sehen, womit der Finger verschmiert war. Sie sah die zähe Flüssigkeit von den Gewehren heruntertropfen. Die Waffen hatten in Blutlachen gelegen.

»Was ist das?«, stotterte Leuterbach. »O Gott. Ist das … Blut?«

Ksenia schwieg und beobachtete den Iraner, wie er die Waffen mit spitzen Fingern anfasste und herumdrehte, als glaubte er erst, was er da sah, wenn er es aus jedem Winkel angeschaut hatte. Er stellte eine kurze Frage. Die beiden Männer ratterten kurze Antworten herunter. An der erschrockenen Reaktion eines der Kommandeure erkannte Ksenia, dass es sich um Namen handeln musste.

Um zwei Namen – weil es zwei Waffen waren.

Um zwei Kämpfer, die zur Truppe des erschrockenen Kommandeurs gehörten.

Um zwei tote Kämpfer – weil, wenn sie noch gelebt hätten, nicht ihre mit Blut besudelten Waffen hier vorgezeigt würden.

Jemand hatte zwei von den Terroristen ausgeschaltet. Und dieser Jemand hatte es anscheinend so aussehen lassen, dass die Fremdeinwirkung nicht sofort offenbar wurde, ansonsten wäre sicherlich ein Teil der im Konzertsaal postierten Geiselnehmer sofort ausgeschwärmt und hätte den Angreifer gesucht.

»Was ist daran so lustig?«, stöhnte Leuterbach.

Ksenia merkte, dass sie gelächelt hatte, und unterdrückte die Gefühlsregung sofort.

»Warum haben Sie gelächelt?«, fragte Leuterbach.

»Weil unsere Freunde hier einen Feind hinter den eigenen Linien haben«, sagte Ksenia halblaut. Parceval war also noch am Leben. Er hatte ihr ein Signal geschickt, wenn auch unfreiwillig.

»Was soll das bedeuten?«

»Dass die Kerle hier ihre Heimat nie wiedersehen werden«, sagte Ksenia. »Gehen Sie auf Ihren Platz zurück, halten Sie sich ruhig und reden Sie mit niemanden über das, was Sie gerade von mir gehört haben. Aber gehen Sie davon aus, dass Sie schon morgen unverletzt und guter Dinge in der Elbphilharmonie nachfragen können, ob Sie den Preis für das ausgefallene Konzert ersetzt bekommen.«

20

Donnerstag, 10. Dezember
22:05 Uhr

Von seinem Versteck im Bistro aus hatte Parceval beobachten können, wie sich die Kontrolle in der Toilette in eine Panikreaktion verwandelt hatte – mit Geschrei und fassungslosen Mienen und hastigem Herumgerenne. Die Patrouille hatte aus drei Mann bestanden.

Zwei der Kontrolleure waren mit den Waffen ihrer toten Kumpane nach oben gehastet, der dritte war bei den Leichen geblieben. In kürzester Zeit würden ein paar Terroristen aus dem Konzertsaal in die Plaza herunterkommen und die Bescherung in der Toilette begutachten. Wenn die Verantwortlichen dieser Mörderbande auch nur ein Zehntel ihres Solds wert waren, würden sie gleich danach die Plaza durchsuchen lassen, und bald darauf das ganze Haus. So lange hatte Parceval Zeit, sich ein anderes, besseres Versteck zu suchen. *Wie* lange, wusste er nicht. Wenn er Pech hatte, wurden sofort alle einsatzfähigen Kräfte mobilisiert, das Gebäude zu durchkämmen.

Welche Möglichkeiten blieben ihm? Auf dem Außenbereich patrouillierten die Wachposten. Der Elbphilharmonie-Shop war als Versteck nicht besser als das Bistro. Auf der Ebene des Großen Konzertsaals würden ebenfalls Wachen patrouillieren. Zur Rolltreppe und nach draußen? Genauso schwer bewacht wie der Große Konzertsaal, schon allein, um die Polizeikräfte am Eindringen in das Gebäude zu hindern. Außerdem wollte Parceval nicht flüchten, sondern die Pläne der Terroristen durchkreuzen.

Die Wohnungen, in der Elbphilharmonie boten ein gutes Versteck mit jeder Menge Möglichkeiten, die Häscher in ein Katz-und-Maus-Spiel zu verwickeln. Parceval hatte aber keine Ahnung, wie er dorthin gelangen konnte. Mit einem der Aufzüge zu fahren verbot sich von selbst. Die Bewegung würde über die Gebäudeleitstelle registriert. Blieb nur das leer stehende Hotel. Nach den Wohnungen war es die beste Alternative.

Die Zugänge von der Plaza würden auf jeden Fall versperrt sein, aber eine der Glaswände, die die Lobby des Hotels von der Plaza trennten, war bei der Schießerei vor dem Bistro zerschmettert worden.

Parceval verließ die Pantry und versuchte festzustellen, wo der Wachposten auf dieser – der südöstlichen – Seite des Außenbereichs war. Der Mann stand vor dem Windschott und wandte sich eben ab, um auf den Hafen hinauszublicken; anscheinend hatte er zuvor seine Kumpane beobachtet, die mit den Waffen der beiden Toten die Treppe hinaufgelaufen waren. Konnte Parceval sich darauf verlassen, dass er sich nicht umdrehte?

Um auf die Plaza zu gelangen, musste Parceval über die ganze Länge durch das Bistro laufen. Auf der Plaza war er vor Entdeckung durch den südöstlichen Wachposten sicher, solange er um den Treppenaufgang zum Großen Konzertsaal herumlief. Allerdings konnte der nordwestliche Wachposten ihn entdecken, wenn Parceval zu nahe an die Glaswände des Elbphilharmonie-Shops geriet. Und dann war da noch die vollkommen deckungsfreie Strecke vor dem Aufgang zum Kleinen Konzertsaal, wo man ihn sowohl von beiden Seiten von draußen sehen konnte als auch jeder, der die Treppe herunterkam.

Parceval atmete tief ein. Er konnte nicht länger zögern. Wenn man den ersten Schock und die verzögerte Reaktion der Terroristen im Kleinen Konzertsaal mit einberechnete, bevor sie zur Plaza zurückkehrten, blieb ihm vielleicht noch eine Minute Zeit.

Der Wachposten draußen vor dem Windschott trat ans Geländer und beugte sich darüber. Es war die beste Chance, die sich Parceval bot. Er verließ die Pantry und ging ohne Hast zum Ausgang des Bistros. Er wusste, dass sehr schnelle Bewegungen wie Laufen noch im äußersten Augenwinkel wahrgenommen wurden; ein Erbe aus der Steinzeit, wo jene Urahnen zur Beute von Feinden geworden waren, die diese Fähigkeit nicht besessen hatten. Trotzdem musste Parceval alle seine Instinkte unterdrücken, damit er nicht durch das Bistro sprintete.

Draußen spähte er um die Ecke des Fahrstuhlschachts herum zur nordwestlichen Gebäudeflanke. Zu seiner Erleichterung waren die Regale und Displayständer im Shop eine gute Deckung gegen eine Entdeckung von draußen. Er musste sich auf sein Glück verlassen und durchquerte den Raum zwischen den beiden Treppenaufgängen und dem Eingang zum Hotel, trat über einen Toten in der geborstenen Scheibe und stand in der Lobby.

Das Mobiliar befand sich trotz der Umbaumaßnahmen noch an seinem Platz, ebenso wie die beiden riesigen Empfangstheken. Parceval kauerte sich neben der reglosen Gestalt im leeren Scheibenrahmen nieder, ertastete keinen Puls am blutigen Hals, dann stand er auf, lief um den Empfangsbereich herum, fand die Türen zu den Treppenhäusern und Fahrstühlen und öffnete eine. Seine rechte Hand hinterließ einen blutigen Abdruck auf der Wand neben der Tür. Parceval wischte hastig darüber. Es vergrößerte den Fleck. Er schlüpfte durch die Tür, lief die erstbeste Treppe hinauf, zwei Stockwerke höher, und trat in einen Flur. Hier standen Trittleitern herum, auf dem Boden war blanker Estrich zu sehen, von der Decke hingen isolierte Kabel. Die Zimmertüren waren mit Plastikplanen abgehängt. Anscheinend betrafen die Umbauarbeiten nicht die Hotelzimmer, nur den Flurbereich. Parceval löste vorsichtig das Panzertape, mit dem der Staubvorhang vor einer Zimmertür angeklebt war, schlüpfte dahinter und drückte gegen die Tür. Verschlossen. Er hätte es sich denken können. Wenn die Zimmer schon gegen Staub geschützt wurden, dann auch vor den Bauarbeitern und deren Drang, einem Ruf der Natur auf die Schnelle in einem der Luxuszimmer nachzukommen, anstatt bis in die Lobby hinunter auf die Toilette rennen zu müssen.

Parceval hatte gehofft, eines der Zimmer als letzte Rückzugsmöglichkeit zu nutzen. Diese Hoffnung war jetzt dahin. Das Zimmer wäre leicht zu verteidigen gewesen – vorausgesetzt, sein Plan, wie er wieder an Waffen gelangte, funktionierte. Die Angreifer hätten einer nach dem anderen durch die Tür gemusst, während er im Raum genügend Deckungsmöglichkeiten gefunden hätte, um sie von dort unter Feuer zu nehmen. Man hätte ihn nur mit Granaten oder Tränengas ausräuchern können, und es war fraglich, ob die Terroristen auch damit ausgerüstet waren.

Es war ohnehin offen, wie sie es geschafft hatten, die Handfeuerwaffen in das Gebäude zu bekommen. Sicherlich hatten die Bewacher der Provinzgouverneure eine Sondererlaubnis erhalten, ihre Pistolen mitzunehmen, doch die Terroristen verfügten über Maschinengewehre, die sie auf keinen Fall hätten hereinschmuggeln können. Weder heute noch an einem der Tage vorher, dazu hätten schon Teile des Sicherheitspersonals auf der Seite der Angreifer stehen müssen, aber das war extrem unwahrscheinlich. Parceval war sicher, dass sie die schweren Handfeuerwaffen, wie die SAM7K und was sie sonst noch einsetzten, erst heute im Lauf des Nachmittags in die Elbphilharmonie gebracht hatten. Walaus Aktion war jedenfalls generalstabsmäßig geplant gewesen, und Parcevals Chancen, seine Pläne zu durchkreuzen, wurden nicht besser, wenn er über solche Details nachdachte.

Deshalb hörte er auch auf, weiter darüber nachzugrübeln. Was die fehlende Rückzugsmöglichkeit anging: Parceval war einmal, damals noch als Bundespolizist in Deutschland, bei einem Schwimmwettbewerb unter Kollegen gegen einen im Dienst ergrauten Polizeidirektor angetreten, der doppelt so alt und doppelt so schwer wie Parceval war. Es hatte geheißen, dass den betagten Kollegen noch nie jemand besiegt hätte. Sie hatten sich durch eine von schlechtem Wetter aufgeraute Ostsee in der Lübecker Bucht gekämpft – dreihundert Meter aufs offene Meer, dreihundert Meter retour. Parceval hatte den Wettkampf verloren. Nachher hatte der Kollege ihn beiseitegenommen und ihm das Geheimnis seines Erfolgs verraten. »Ich hebe mir nie Energie für den Notfall auf«, hatte er gesagt. »Wenn mir zwanzig Meter vor dem Strand die Luft ausgeht, saufe ich ab. Wenn sie mir nicht ausgeht, gewinne ich.«

Es gab auch Beispiele in der Geschichte, in denen Männer, die auf einem Posten ohne Rückzugsmöglichkeit gekämpft hatten, den Gegner hatten aufhalten können. Die Briten bei Rorke's Drift, die Texaner im Alamo, die Spartaner bei den Thermopylen. Allerdings hatten es nur die Briten geschafft, sich halbwegs passabel aus der Affäre zu ziehen. Von den Texanern und den Spartanern hatte keiner überlebt.

Ohne über weitere historische Beispiele nachzudenken, machte sich Parceval daran, den ersten Teil seines neuen Plans umzusetzen.

21

Donnerstag, 10. Dezember
22:11 Uhr

Nils Walau telefonierte auf dem Apparat des technischen Leiters mit dem Einsatzleiter der Hamburger Polizei. Seine Leute in der Telefonzentrale hatten den Anruf durchgestellt. Er hob abwehrend die Hand, als Baran Merzani hereinplatzte und Atem holte, um etwas zu sagen. Merzani blieb keuchend vor Nervosität stehen.

»Wer sagten Sie noch mal sind Sie?«, fragte Walau ins Telefon. Er warf Baran einen Blick zu und drückte auf die Taste der Freisprechanlage. Die Antwort von Walaus Gesprächspartner war jetzt über den Lautsprecher des Telefons zu vernehmen.

»Ich bin Polizeipräsident Hans Manuel Schmidt«, sagte eine barsche Stimme. »Ich fordere Sie auf…«

»Der oberste Polizist Hamburgs?«

»Ja. Und ich fordere Sie auf…«

Walau legte auf, und Baran holte Luft. Walau legte einen Finger auf die Lippen und starrte das Telefon an.

Es klingelte. Walau hob ab und drückte die Lautsprechertaste.

»Der Polizeichef wieder, Abu«, meldete der Mann in der Telefonzentrale.

»Stell ihn durch.«

Ein Knacken in der Leitung. Man hörte, wie jemand am anderen Ende dazu ansetzte, etwas zu sagen. Walau war schneller.

»Wieso legen Sie einfach auf?«, fragte er mit gespieltem Zorn. »Was ist das für eine Verhandlungsführung?«

»Ich habe nicht ...«, begann der Polizeipräsident unwillkürlich, bevor er sich wieder im Griff hatte. »Das Gebäude ist umstellt«, sagte er dann. »Sie haben keine Chance. Ich fordere Sie auf, die Geiseln freizulassen, dann können wir reden.«

»Sie sind also der Chef der Hamburger Polizei?«, fragte Walau.

»Ja.«

»Wissen Sie«, sagte Walau, »mir ist vollkommen unklar, warum so ein Gespräch von einem vollkommen subalternen Beamten geführt wird. Haben Sie eine Ahnung, mit wem Sie es tun haben? Ich will mit dem Innensenator sprechen. Seit der letzten Wahl ist das Udo Klose.«

»Ich weiß, wer der Innensenator ist.«

»Warum holen Sie ihn dann nicht ans Telefon?«, brüllte Walau unvermittelt, knallte den Hörer auf, sammelte sich einen Augenblick und grinste dann.

Das Telefon klingelte. Der Mann in der Telefonzentrale war dran.

»Immer noch der Polizeichef?«, fragte Walau.

»Ja, Abu.«

»Lass ihn ruhig anrufen. Geh jedes Mal ran, aber stell ihn nicht mehr zu mir durch. Erst wenn ein Mann namens Udo Klose anruft, bin ich wieder zu sprechen. Schreib dir den Namen auf. Ich buchstabiere ihn dir. Und lass du ihn dir ebenfalls buchstabieren, wenn er sich meldet.«

»Ich verstehe gut genug Deutsch, Abu. Sie müssen sich keine Sorgen machen.«

»Darum geht es nicht. Ein Mann wie der Innensenator ist gewohnt, dass ihn jeder kennt. Es wird ihn ärgern, wenn er seinen Namen buchstabieren muss wie ein Niemand. Verärgerte Verhandlungspartner machen Fehler. Fehlerhafte Verhandlungspartner verlieren die Verhandlung. Alles klar?«

»Ja, Abu.«

Walau buchstabierte Kloses Namen und beendete das Gespräch. Er griff sich ein Mobiltelefon auf dem Schreibtisch und suchte eine Nummer aus der Anrufliste heraus. »Wie weit seid ihr?«, fragte er. Er nickte. »Fünfzig Prozent sind gut. Wir sind im Zeitplan. Macht nur keinen Fehler, das Barbecue gibt's erst am Schluss. Was? Vergiss es. Kleiner Witz. Mach weiter wie geplant.« Er legte das Telefon weg und rief in Richtung des Nachbarbüros: »Fünfzig Prozent, Chamsul!«

»Hab's mitgekriegt, Boss.«

Walau lehnte sich im Sessel zurück und lächelte Baran selbstzufrieden an. »Die Behörden haben sich Zeit gelassen mit ihrer Kontaktaufnahme. Haben wahrscheinlich gedacht, das macht uns nervös. Die wissen wirklich nicht, mit wem sie es zu tun haben.« Er stutzte. »Was ist los, Baran? Bist du die Treppe raufgelaufen? Haben sie in der Zentrale aus Versehen die Aufzüge stillgelegt?«

»Es gibt ein Problem, Abu«, brachte Baran hervor.

22

Donnerstag, 10. Dezember
22:23 Uhr

Nils Walau kauerte neben den beiden Toten in der Plaza-Toilette. Er betrachtete die zerschmetterten Fliesen, die Löcher in den Kabinentüren, die beiden Leichen, die halb erstarrten Blutlachen, in denen man noch erkennen konnte, wo die Waffen gelegen hatten. Die Waffen lagen neben ihm, notdürftig abgewischt. Baran stand an seiner Seite. Er, Walau und die beiden Toten waren die Einzigen in der Toilette. Der Kommandeur der Gruppe, zu der die Toten gehört hatten, hielt draußen vor dem Toiletteneingang Wache.

»Also«, sagte Walau langsam. Aus seinem Gesicht war die amüsierte Überlegenheit verschwunden, die er nach dem Telefonat mit dem Polizeipräsidenten zur Schau gestellt hatte. Er sah jetzt grimmig und nachdenklich aus. »Khuram ist auf der Suche nach Rachid, weil er überfällig ist. Er sucht ihn unter anderem hier in der Toilette. Rachid kommt im selben Moment aus der Kabine, erschrickt und eröffnet das Feuer auf Khuram, der im Reflex zurückschießt. Ein verdammter dämlicher Unfall. Richtig?«

»So sieht es im ersten Augenblick aus, Abu«, bestätigte Baran. »Nur dass die beiden Toten verkehrt herum liegen. Rachid müsste bei den Kabinen liegen und nicht an der gegenüberliegenden Wand.«

»Und die Kabinentür müsste offen sein und Khuram – besser gesagt Rachid – müsste in der Kabine liegen statt davor.«

»Es sei denn, er kam nicht gerade erst aus der Kabine, sondern war schon draußen ...«

»Dann wäre er über Rachids Auftauchen wohl kaum so erschrocken, dass er aus Versehen abgedrückt hätte. Und es erklärt immer noch nicht, wieso die beiden verkehrt herum liegen – weil es ja eigentlich Rachid sein müsste, der aus der Kabine kam.«

Baran schwieg ein paar Sekunden. »Denken Sie, jemand anders hat die beiden erschossen? Einer ... einer von uns?«

»Wieso einer von uns?«

»Wer wäre sonst noch im Haus unterwegs und bewaffnet? Mit einem halbautomatischen Gewehr? Das waren keine Kugeln aus Pistolen, die die beiden getroffen haben.«

»Fehlt jemand von unseren Leuten?«

»Nein«, sagte Baran. »Ich habe es überprüft. Aber das muss nichts heißen. Er kann es getan haben und sich dann wieder ganz harmlos geben.«

»Ich glaube an die Loyalität der Kameraden«, sagte Walau.

»Ich ja auch, Abu. Aber wie lässt sich das hier sonst erklären? Ein Sicherheitsmann, den wir übersehen haben, oder ein Polizist, der im Gebäude war, oder ein Verrückter, der sich für Bruce Willis hält ...«

»... hätte die Waffen an sich genommen und sie nicht hier liegen lassen«, vollendete Walau. »Haben wir gecheckt, ob aus Khurams und Rachids Waffen überhaupt geschossen wurde?«

»Aus beiden. Aus beiden Magazinen fehlen auch Patronen. Aber das hat nichts zu sagen. Khuram und Rachid waren beim ersten Angriff mit dabei. Natürlich haben sie dabei gefeuert.«

Walau richtete sich auf und betrachtete die beiden Toten erneut mit nachdenklicher Miene. Dann musterte er Baran.

»Du willst doch noch was sagen, Baran. Raus damit.«

Baran seufzte. »Was ist mit dem Mann, den Sie gestern Nacht auszuschalten versucht haben? Der ehemalige Bundespolizist, der in Afghanistan einen halben Clan neutralisiert hat?«

»Es war ein halbes Dutzend verlauster Taliban!«, unterbrach Walau. »Jeder Einzelne von uns hätte die doppelte Menge von ihnen kaltgemacht. Du hast doch gesehen, wie sie gerannt sind und sich hinter dem Rücken der Armee versteckt haben, als wir nach Afghanistan einmarschiert sind!«

»Sie haben uns trotzdem wieder aus ihrem Land vertrieben«, murmelte Baran.

»Nein, haben sie nicht. Sie haben diejenigen von

uns vertrieben, die des Weiterkämpfens nicht würdig waren. Vergiss nur nicht unseren Plan, Baran! Oder hast du auf einmal kalte Füße bekommen?«

»Nein, Abu.«

»Und Parceval ... Wie soll der hier reinkommen? Das ganze Land ist hinter ihm her. Er hätte es nie durch die Sicherheitskontrollen geschafft. Außerdem – was würde er hier wollen? Sich heimlich ein Konzert anhören?«

»Er wollte mit Ustad reden.«

»Ustad ist gar nicht hier.«

»Das weiß Parceval aber nicht.«

»Wieso machst du dir vor dem Mann in die Hosen? Er ist nur einer!«

Baran schüttelte den Kopf. »Er hat mindestens einen Helfer, und zwar den, der ihn gestern auf dem Schiff gerettet hat.«

Walau schnaubte, schüttelte ungeduldig den Kopf und sah sich in der Toilette um. Er schritt zur Tür der Putzkammer und rüttelte kurz daran. Sie war verschlossen. Er zuckte mit den Schultern. Er schüttelte den Kopf erneut, wie jemand, der wider besseres Wissen einen Entschluss fasst, es aber für notwendig erachtet. »Also gut, wenn es dich beruhigt, versetz unsere Leute in erhöhte Alarmbereitschaft. Und lass Chamsul im Internet nach Parcevals Fahndungsfoto suchen und es an die Männer verteilen – für alle Fälle.«

»Allah ist groß«, sagte Baran automatisch.

»Was die Schweinerei hier betrifft – wir können im Moment nicht klären, was passiert ist. Wir können es aber auch nicht ignorieren. Lassen wir Rachid und Khuram hier. Ich will nicht, dass die Geiseln mitbekommen, dass es jemand von uns erwischt hat. Kann man die Toilette abschließen?«

»Nein, nur die Kabinen.«

»Dann müssen wir mit der Sache herausrücken. Ist ohnehin besser so. Wir dürfen unsere Leute nicht im Unklaren lassen, wir dürfen aber auch nicht zugeben, dass wir Zweifel haben und die Situation nicht erklären können. Wer weiß über die Sache jetzt schon Bescheid?«

»Alle Kommandeure, Sie, ich und die zwei, die die Toten gefunden haben. Ich habe ihnen befohlen, bis auf Weiteres Stillschweigen zu bewahren.«

»Von den Geiseln?«

Baran wand sich. »Ich glaube niemand. Aber mir ist eine von den Gefangenen aufgefallen ... eine Frau. Halblange Haare, Narben auf einer Gesichtshälfte, die man nur aus der Nähe sehen kann. Sie wirkt nicht wie die anderen. Nicht verängstigt. Eher, als würde sie alles beobachten und sich überlegen, wann sie eingreifen kann.«

»Eine Polizistin in Zivil?«

»Keine Ahnung, Abu. Sollen wir sie isolieren? Oder unschädlich machen?«

»Nein, noch nicht. Aber verbring so viel Zeit wie möglich bei den Geiseln und beobachte sie unauffällig. Vielleicht ist sie die richtige Kandidatin, wenn wir Phase drei starten.«

»Ja, Abu.«

»Dann gehen wir jetzt in die Offensive, was diese Sache hier betrifft. Lass alle wissen, was passiert ist – aber erzähl ihnen die Geschichte, dass die beiden sich tragischerweise aus Versehen gegenseitig getötet haben. Wir können jetzt keine Verunsicherung in der Truppe gebrauchen. Wegen Parceval bleiben wir dabei, dass wir den Männern nur sagen, sie sollen sich sein Gesicht einprägen. Sie werden nicht lange nachfragen.«

»Und was tun wir sonst noch, Abu?«

»Wir verstärken die Patrouillen durch das Gebäude. Das können wir erklären, indem wir sagen, die Aktion sei in die nächste Phase eingetreten – was ja auch stimmt. Teil drei Gruppen mit jeweils vier Mann ein. Für die Bewachung der Geiseln brauchen wir nicht mehr als drei, vier Leute. Die Kommandeure können das allein übernehmen.«

»Djamel möchte sicher eine der Patrouillen führen«, sagte Baran.

»Weil Rachid und Khuram zu seiner Gruppe gehörten? Meinetwegen. Die anderen beiden Kommandeure bleiben aber im Konzertsaal, verstanden? Wenn wir wirklich jemanden übersehen haben, der sich hier herumtreibt, finden wir ihn, aber das wird ganz sicher nicht Ralf Parceval sein. Wenn es diesen Unbekannten wirklich gibt, ist er einer vom Personal der Elbphilharmonie. Er ist ganz allein, unbewaffnet und vermutlich halb tot vor Angst. Er versteckt sich irgendwo wie eine Ratte. Und Ratten schlägt man tot, wenn man sie findet.«

»Ja, Abu.« Barans Zögern war so winzig, dass man es fast nicht merkte.

»Sollte er tatsächlich für den Tod Rachids und Khurams verantwortlich sein, dann war das ein außergewöhnlicher Zufall!«, sagte Walau ungeduldig. »Wahrscheinlich gibt es eine Erklärung, auf die wir jetzt nur nicht kommen. Wichtig ist, dass wir auf die Situation aufmerksam geworden sind, oder nicht?«

»Ja, Abu.«

»Und das Allerwichtigste ist, dass Amedy mit seiner Arbeit fortfährt wie geplant. Er darf nicht gestört werden.«

»Ja, Abu.«

»Ich gehe wieder zurück ins HQ. Irgendwann demnächst wird der Innensenator anrufen. Dann starten wir Phase drei. Je eher, desto besser.«

23

Donnerstag, 10. Dezember
22:41 Uhr

Nach mehreren vergeblichen Versuchen ahnte Parceval, dass man vom Inneren der Elbphilharmonie nicht direkt in die Parkgarage gelangen konnte. Man musste zuerst nach draußen ins Freie. Was sich für den Normalbetrieb der Elbphilharmonie sicherlich als Schildbürgerstreich der Architekten erwies, kam den Terroristen gelegen. Sie mussten nur einen einzigen Zugang sichern – den Hauptzugang über die Rolltreppen von der Mahatma-Gandhi-Brücke aus.

Er hatte gehofft, in der Tiefgarage eine neue Rückzugsmöglichkeit zu finden. Zwischen Hunderten von geparkten Fahrzeugen hätte er sich gut verstecken und Angreifer abwehren können – fast so gut wie in einem Hotelzimmer. Es sah aus, als bliebe ihm weiterhin nur das Rorke's-Drift-Szenario – oder die Thermopylen oder das Alamo …

Parceval wusste, dass er in diesem tödlichen Strategiespiel wieder am Zug war. Wahrscheinlich hatten

Walau und seine Leute die beiden Toten in der Toilette bereits gefunden. Waren sie auf Parcevals Verschleierungstaktik hereingefallen? Eher nicht. Parceval musste damit rechnen, dass sich ab sofort verstärkte Patrouillen durch das Gebäude bewegten. Aber das war auch Teil seines Plans gewesen, sich neu zu bewaffnen. Er musste dazu lediglich eine Patrouille in die Falle locken. Positiver Nebeneffekt war, dass die gegnerische Streitmacht damit um weitere Kämpfer verringert wurde.

Deshalb lauerte Parceval auf dem ersten Absatz der Hoteltreppe, die er genommen hatte, um zu den Zimmern zu gelangen. Er war sicher, dass eine Patrouille diese Treppe nehmen würde, um das Hotel zu überprüfen. Parceval hoffte, dass der absichtlich hinterlassene Blutfleck an der Tür suggerierte, dass es sich beim Verursacher um einen verletzten, hilflosen, völlig kopflosen Mitarbeiter des Bistros handelte, der den Angriff überlebt und noch vergeblich versucht hatte, das Blut wegzuwischen. Um jemanden, den auszuschalten man nicht erst die Kommandozentrale um Hilfe bat, wenn man auf Patrouille war; man ergriff einfach selbst die Initiative und brachte dem Chef danach die gute Nachricht – zusammen mit einem Ohr des Opfers oder seinem Kopf oder was für Geschmacklosigkeiten einem gerade einfielen.

Welche Mannschaftsstärke würde so eine Patrouille haben? Zwei war die klassische Variante: Einer deckte den anderen. Parceval nahm an, dass es Walau auch so halten würde. Ihm kam zu Bewusstsein, dass er heute schon einmal eine Auseinandersetzung in einem Treppenhaus gehabt hatte, wobei er allerdings nichts weiter hatte tun müssen, als das Ergebnis von Ksenias Arbeit zu betrachten. Seine jetzigen Gegner waren ein anderes Kaliber als ein Trickbetrüger, der eine alte Dame überfallen wollte.

Der Gedanke an Ksenia machte Parceval Sorgen, und er versuchte, sie zu unterdrücken. Wenn sie nicht beim Angriff auf die Elbphilharmonie umgekommen war, war sie noch am Leben. Wenn die Geiselnehmer zwischen den Videoaufnahmen für das Ultimatum und jetzt Gefangene ermordet hätten, hätte Parceval es irgendwie mitgekriegt. Sie hätten es öffentlich getan, um ein Statement zu setzen. Und auch wenn Ksenia eine Geisel war – als Gefangene war sie immer noch gefährlicher als die meisten Typen, die frei herumliefen. Er war nicht allein.

Er hätte auch damals in Afghanistan nicht allein vorgehen müssen. Dass er Ksenias Hilfsangebot zurückgewiesen hatte, war seine Entscheidung gewesen. Der erste Fehler, den er auf der Mission zur Befreiung der entführten Frauen und Mädchen gemacht und der dazu geführt hatte, dass er hier und jetzt in einem kalten Treppenhaus unbewaffnet auf fanatische Terroristen wartete, die keine Skrupel hatten, ihn auf der Stelle abzuknallen.

Parceval hörte, wie sich ein gutes Stockwerk weiter unten die Treppenhaustür öffnete. Er hatte sich auf eine längere Wartezeit eingestellt. Gut. Je eher, desto besser. Vom langen Warten wurden die Muskeln lahm und der Geist vor lauter Anspannung unflexibel.

Die Männer redeten nicht. Das Öffnen der Treppenhaustür verursachte einen Stoß Zugluft, die Mörtelstaub mitbrachte und den Geruch von schlecht gelüftetem Kellerschacht. Die Männer hatten die Tür leise und vorsichtig geöffnet, sie schlossen sie ebenso leise.

Die Männer kamen langsam die Treppe herauf. Parceval vernahm noch immer keine Stimmen. Die Männer unterhielten sich auch jetzt nicht, er hörte nur ihren flachen, nervösen Atem. An den Schritten konnte er trotzdem erkennen, dass es mehr als zwei waren. Er biss die Zähne zusammen. Für eine Flucht war es zu spät. Er konnte nur einfach seinem Plan folgen und hoffen, dass es nicht mehr als drei waren.

Er sprang in dem Moment über das Geländer des Austrittslaufs und über den Freiraum zwischen beiden Treppenläufen hinweg, in dem Kopf und Oberkörper des Patrouillenführers sichtbar wurden. Er sah in das Gesicht des Mannes – zwei kreisrund aufgerissene Augen und ein ebenso kreisrund offener Mund zwischen zwei abstehenden Ohren. Eine halbe Sekunde später traf er ihn schon mit vorgestreckten Beinen an Brust und Schultern, mit der Wucht eines Körpers, der von eineinhalb Metern oberhalb auf sein Ziel herabfällt. Der Mann wurde gegen die Wand des Treppenhauses geschleudert und schlug mit dem Kopf dagegen, prallte ab und fiel auf den zweiten Mann der Patrouille, der seine Waffe noch hochriss, doch dann unter dem Gewicht des Anführers das Gleichgewicht verlor und mit dem ersten Mann zusammen die Treppe hinunterfiel.

Parceval stellte fest: Es waren vier Mann. Verdammt.

Er sprang auf den dritten Mann zu, schlug den Gewehrlauf beiseite, drosch ihm mit dem Handballen von unten gegen das Kinn, krallte seine rechte Hand um seinen Hals und die linke in seinen Hosenbund und wuchtete ihn, den Schwung nutzend, über das Treppengeländer. Das Treppenauge zwischen den Treppenläufen war schmal. Trotzdem fiel der Mann ein ganzes Stockwerk nach unten, bis er ruckartig stecken blieb, die verdrehten Gliedmaßen zwischen Geländer und Treppenläufen verkeilt. Er begann, wie am Spieß zu brüllen.

Der vierte Mann, der Gruppenführer, starrte mit offenem Mund von einem zum anderen und dann zu Parceval.

Parceval bückte sich nach einer fallen gelassenen Waffe, doch der vierte Terrorist war schneller. Er machte einen Satz die Treppe herauf und presste die Mündung seines Gewehrs grob an Parcevals Hinterkopf. Parceval fühlte, wie sich das Metall in die Haut bohrte. Der Gruppenführer zischte etwas, das Parceval nicht verstand. Parceval erstarrte in halb gebückter Haltung und spreizte die Arme seitlich ab.

Der Gruppenführer gab ihm einen Tritt in den Hintern und nahm die Waffe weg. Parceval interpretierte es als Anweisung, sich aufzurichten. Unter seinem Haar tröpfelte Blut in seinen Nacken. Er drehte sich langsam um.

Der Gruppenführer stand zwei Stufen unter ihm. Er war ein hagerer, schwitzender Mann, dessen untere

Gesichtshälfte heller war als der Rest – er hatte einen Bart getragen und vor dem Anschlag abrasiert. Der Terrorist trug Anzug und Hemd, wie einer von Gouverneur Majibs Leibwächtern. Einige gegelte Haarsträhnen hatten sich gelöst und hingen ihm in die Augen. Er mochte irgendetwas zwischen fünfundzwanzig und vierzig Jahren alt sein und stammte Parcevals Einschätzung nach aus Nordafrika – Marokko, Algerien, das ehemalige Libyen. Er gestikulierte zu Parceval, dass er sich außer Reichweite der verlorenen Waffe des zweiten Kämpfers setzen solle. Parceval tat es und presste die Handflächen links und rechts neben sich auf die Treppenstufe, damit sein Gegner sein Zittern nicht sah.

Der Gruppenführer brachte das Gewehr auf der Treppenstufe an sich. Es hatte keinen Tragegurt. Er zögerte kurz, dann legte er es neben sich ab. Ohne Parceval aus den Augen zu lassen, fummelte er ein Mobiltelefon aus der Hosentasche.

Die beiden Terroristen, die die Treppe hinuntergefallen waren, waren kampfunfähig. Der eine stöhnte, der andere lag still da. Der Mann, der verkeilt im Treppenauge hing, hatte aufgehört zu brüllen und wimmerte stattdessen stoßweise. Der Gruppenführer kümmerte sich nicht darum. Der Anruf war wichtiger. Er wischte mit dem linken Daumen auf dem Monitor seines Smartphones herum und aktivierte dann offenbar eine Nummer in der Anrufliste. Während das Telefon die Verbindung herstellte, versuchte er es zwischen linker Schulter und Ohr einzuklemmen, was ihm nicht gelang. Er hielt es sich ans linke Ohr, merkte aber, dass sein rechter Arm mit der Waffe, mit der er Parceval in Schach hielt, sich langsam vor Erschöpfung senkte. Schließlich kauerte er sich nieder, legte das Telefon auf die Stufe vor sich, zielte aus dieser Position zu Parceval nach oben und aktivierte den Lautsprecher. Eine ungeduldige Stimme war am anderen Ende zu hören, die wohl schon mehrfach nachgefragt hatte. Der Gesprächspartner sprach französisch.

»Djamel, was ist los? Djamel?«

»Ich höre dich, Baran«, sagte der Gruppenführer ins Smartphone. Seine Stimme war hell und heiser vor Nervosität. »Ich habe den Hund.«

»Du hast wen?«

»Den Hund, der hier frei herumgelaufen ist. Den Bastard, der wahrscheinlich Khuram und Rachid kaltgemacht hat.«

»War ganz einfach«, sagte Parceval in aller Ruhe und unter Aufbietung all seiner verschütteten Französischkenntnisse. »Meine Oma hätte die zwei erledigen können.«

Djamel starrte Parceval hasserfüllt an. Seine Hand mit der Waffe darin zuckte unwillkürlich.

»War er das?«, fragte Baran am anderen Ende.

»Ja«, knurrte Djamel.

»Er lebt also noch.«

»Du hast mir gesagt, Abu Nihad hätte verboten, ihn zu töten …«, erwiderte Djamel, plötzlich verunsichert.

»Ja. Das hast du gut gemacht.« Barans Zögern wäre jemandem, der weniger aufmerksam zuhörte als Parceval, nicht aufgefallen. Doch Parceval ahnte, dass Baran gelogen hatte, als er Abu Nihads Befehl weitergegeben hatte. Nihad – Nils Walau – hatte, wenn er überhaupt bezüglich Parceval etwas befohlen hatte, vermutlich gewünscht, dass Parceval sofort unschädlich gemacht wurde. Wer immer Baran war – anscheinend jemand in führender Position in dieser Truppe, vielleicht Walaus Leutnant –, er spielte sein eigenes Spiel.

Nicht dass Parceval deshalb undankbar gewesen wäre. Aber was bezweckte Baran damit, die Befehle seines Anführers zu unterlaufen? Egal. Barans Ziele waren zunächst nebensächlich. Dissens im Lager der Gegner war immer von Vorteil.

»Djamels Männer sehen auch nicht mehr so gut aus!«, rief Parceval laut. »Ihr habt anscheinend lauter Waschlappen zu dieser Operation mitgenommen.«

Djamel fluchte erbittert.

»Was hat er gesagt?«, fragte Baran. Seine Stimme klang ebenso nervös wie die Djamels.

»Ich habe Verletzte in der Gruppe«, erklärte Djamel.

»Er hat überhaupt keine Gruppe mehr!«, rief Parceval.

Baran schwieg ein paar quälend lange Sekunden. »Kannst du ihn in Schach halten?«, fragte er Djamel dann.

»Natürlich!« Djamel brüllte fast.

»Ich passe auf, damit er nicht vor Aufregung die Treppe runterfällt!«, rief Parceval. »Djamel wirkt etwas gestresst.«

Eine weitere Pause aufseiten Barans, die aufseiten Djamels mit haarsträubenden Flüchen gefüllt wurde.

»Ist er der Typ?«, fragte Baran dann. »Dieser Parceval?« Parceval bemühte sich, keine Reaktion zu zeigen, als sein Name fiel. Die Terroristen waren mit ihren Überlegungen, wer ihnen da in die Suppe spuckte, offensichtlich schon weit gekommen.

»Hast du das Foto auf dem Handy gecheckt? Chamsul hat es an alle geschickt.«

»Nein, noch nicht«, sagte Djamel. Seine Blicke zuckten zwischen dem Telefon, seiner Waffe und Parceval hin und her. Anscheinend fragte er sich, wie er Parcevals Gesicht mit einem Foto auf seinem Handy vergleichen sollte, ohne dass dabei seine Wachsamkeit nachließ. Parceval schenkte ihm sein fotogenstes Lächeln. Djamels Gesicht verzerrte sich.

»Ich komme bei dir vorbei«, sagte Baran. »Pass auf, dass der Kerl keine Dummheiten macht.«

»Ich habe alles im Griff!«, brüllte Djamel.

»Wo bist du?«

Djamel nannte das Treppenhaus und das Stockwerk.

»Bis gleich, Baran!«, rief Parceval. »Bring ein Deo für Djamel mit.«

Djamel stopfte das Handy in seine Hosentasche, als hoffe er, es damit zerbrechen zu können. Er stierte Parceval an. Seine Lider zuckten.

»Algerier?«, fragte Parceval. »Du sprichst gutes Französisch. Der Name passt auch.«

»Halt die Fresse!«, sagte Djamel.

»Sag das ihm«, erklärte Parceval und deutete über das Geländer nach unten, wo Djamels dritter Kämpfer immer noch vor Schmerzen wimmerte. »Willst du ihn nicht mal aus seiner Lage befreien? Am Ende fällt er noch ganz bis unten durch.«

»Ich sagte, halt die Fresse.«

»Oder deine Kameraden da unten?« Parceval wies mit dem Kinn auf das Geschosspodest, wo die anderen beiden Männer lagen. »Die könnten auch etwas Beistand brauchen. Aber ich habe vergessen: Beim IS zählt der einzelne Kämpfer nichts. Nur Kanonenfutter. Ein weiterer Zuwachs für das glorreiche Heer der Märtyrer.«

»Du wirst dich um sie kümmern«, stieß Djamel hervor. »Los, steh auf.«

»Sonst? Legst du mich um? Noch bevor Baran mit dem Deo hier ist?«

»Ich hab gesagt, steh auf!« Auf Djamels Gesicht breitete sich ein Grinsen aus. Er gestikulierte mit der Waffe. »Ich kann dir ja ins Knie schießen. Schon mal gespürt, wie sich eine zertrümmerte Kniescheibe anfühlt?«

»Nein«, sagte Parceval. »Und du? Hast du viele Kniescheiben zerschossen in letzter Zeit? Von wehrlosen Gefangenen und kleinen Kindern?« Er stand auf. »Aber gut. Ich seh mir die Männer an.«

»Steck die Hände in die Hosentaschen«, befahl Djamel. »Dann geh schnell an mir vorbei nach unten, mit dem Rücken zu mir. Verstanden?«

Parceval fühlte sich versucht, plötzlich laut »BUH!« zu rufen, während er sich an Djamel vorbeidrückte. Aber die Gefahr war zu groß, dass der Algerier dann reflexartig den Abzug betätigte. Unten angekommen, rollte Parceval den reglosen Mann beiseite und fühlte ihm den Puls. Er war schwach und unregelmäßig, aus einer Ohrmuschel war etwas Blut gesickert. Der Aufprall gegen die Wand des Treppenhauses hatte anscheinend mehr Schaden angerichtet als nur eine Gehirnerschütterung. Der zweite Mann ächzte, als Parceval ihn abtastete. Parceval nahm an, dass zwei, drei Rippen gebrochen waren. Sein rechter Fuß befand sich nicht mehr in der Verlängerung seines Unterschenkels, sondern stand seltsam zur Seite ab. Der Knöchel war geschwollen und färbte sich dunkel, das Sprunggelenk musste gebrochen sein. Der Mann starrte Parceval aus vor Schmerzen glänzenden Augen an und flüsterte etwas, das Parceval nicht verstand, was aber sicher keine höfliche Bemerkung gewesen war. Er war noch jung; allerhöchstens zwanzig. Der Abscheu in seinem Gesicht machte seine glatten Züge hässlich.

»Er wird's überleben«, sagte Parceval über die Schulter zu Djamel. »Aber zum Balletttänzer bringt er es nicht mehr.«

Djamel machte eine schweigsame Kopfbewegung nach unten. Als Parceval die Treppen zum nächsttieferen Stockwerk hinunterstieg, folgte er ihm, das Gewehr im Anschlag. Er murmelte etwas zu dem jungen Mann, als er an diesem vorbeikam. Der junge Mann ließ sich ächzend zurücksinken.

Djamels dritter Mann hatte Glück im Unglück, anders konnte man es nicht nennen. Eigentlich hätte er noch weiter nach unten stürzen müssen und wäre dann mit Sicherheit tot gewesen. Aber er war mit seinem rechten Bein im Geländer des Austrittslaufs hängen geblieben,hatte sich im Sturz halb herumgedreht und steckte mit dem linken Arm im Geländer des Antrittslaufs. Das Bein stand in einem grotesken Winkel nach oben – Hüfte und Oberschenkelhals mussten gebrochen sein. Der linke Arm war bis zur Achsel im Geländer verkeilt, ein, zwei Finger der linken Hand waren wohl ebenfalls gebrochen, und wahrscheinlich war die Schulter ausgerenkt. Der Mann wimmerte bei jedem Atemzug. Von den Lippen tropfte Blut in die Tiefe. Er musste sich beim Sturz darauf gebissen haben – oder nachher, als der Schmerz eingesetzt hatte.

Parceval bückte sich, um die Lage zu sondieren. Im Hosenbund des Mannes sah er eine kleine Pistole stecken. Dem Sowjetstern auf den Plastikgriffschalen nach zu schließen musste es eine Makarow sein; 9 × 18 mm Spezialpatronen, acht Schuss im Magazin, eine berüchtigt ungenaue Waffe, von der es im Spott hieß, es wäre besser, ein Messer dranzuschweißen und den Gegner damit zu erstechen. Die Spötter übertrieben schamlos. Doch selbst wenn sie recht gehabt hätten, hätte der Anblick Parceval nicht willkommener sein können.

Er richtete sich wieder auf und sah zu Djamel nach oben, der auf dem Austrittslauf stehen geblieben war und auf Parceval zielte. »Ich kann ihn wahrscheinlich rausziehen, ohne dass er abstürzt«, sagte er. »Vorausgesetzt, er hält still und zappelt nicht. Dann übernehme ich keine Garantie.«

Djamel bellte etwas zu dem Mann, der daraufhin noch mehr wimmerte, aber mit dem Kopf nickte. »Versuch es«, sagte er dann zu Parceval.

Parceval hakte sich unter dem Fußlauf des Geländers ein, beugte sich über das Treppenauge und packte den eingeklemmten Mann mit einer Hand am Jackenkragen. Er fühlte, dass er sowohl Jackenkragen als auch Hemdkragen in der Faust hatte. So viel Stoff musste halten. Mit der anderen Hand am Handlauf des Geländers gesichert, zog er ruckartig an. Der Mann schrie auf. Seine unverletzte rechte Hand fuchtelte in der Luft herum. Parceval ruckte erneut. Der Terrorist wand sich, bis er mit der rechten Hand ins Geländer greifen und sich selbst stützen konnte. Er starrte mit schweißüberströmtem Gesicht zu Parceval nach oben. Kein Hass war darin zu erkennen, nur nackte Todesangst.

»Du musst sein Bein befreien«, sagte Parceval zu Djamel.

Djamel überlegte, dann fuhr er mit dem Fuß unter das Knie des Mannes und hob es leicht an. Der Mann brüllte. Djamel nickte Parceval zu. Seine Waffe war die ganze Zeit über auf Parceval gerichtet. Parceval nickte zurück. Er sah in das Gesicht des Mannes vor ihm.

»Das wird ein bisschen weh tun«, sagte er und zerrte ihn mit einem dritten, mächtigen Ruck zu sich nach oben. Der Terrorist kreischte vor Schmerz laut auf. Parceval schlang die Arme um ihn, griff in seinen Hosenbund und ließ sich nach hinten fallen. Er zog den Mann dadurch bäuchlings über den Handlauf. Parceval prallte mit den Schulterblättern an die Wand des Treppenhauses und rutschte daran herunter, den geretteten, nunmehr bewusstlosen Terroristen im Arm haltend wie ein Liebhaber. Parceval spürte etwas Längliches, Hartes in der Jackeninnentasche des Mannes und ahnte, dass es ein Schnappmesser sein musste. Er tastete mit einer Hand an dessen Bauch nach unten, bekam den Griff der Makarow zu fassen, die durch das Schleifen über den Handlauf tief in den Hosenbund gerammt worden war, und zog sie heraus.

»Vergiss es«, sagte Djamel. Er hatte die letzten Augenblicke genutzt, um zu Parceval herunterzulaufen, und stand jetzt direkt über ihm und dem Geretteten, das Gewehr im Anschlag und den Lauf auf Parcevals Kopf gerichtet. »Moulouds Pistole. Ich weiß, dass du sie hast. Zeig sie mir – und dann wirf sie zu mir rüber.«

Parceval hielt die Pistole mit zwei Fingern hoch und warf sie dann über das Geländer. Sie schlug mehrmals links und rechts am Treppenauge an. Unten angekommen, war sie mit Sicherheit unbrauchbar geworden. Djamel funkelte ihn an.

»Tut mir leid«, sagte Parceval mit einem Schulterzucken.

»Lass Mouloud los!«, befahl Djamel.

»Ich halte ihn nicht fest, du Genie. Er liegt auf mir drauf.«

Djamel schob den Fuß unter Moulouds Schulter, um ihn von Parceval herunterzustoßen, ohne Parceval dabei aus dem Auge zu lassen. Moulouds Körper war schlaff, sodass Parceval nachhalf. Der Terrorist drehte sich halb herum und fiel auf die nächsttiefere Treppenstufe. Sein Kopf prallte auf den harten Untergrund und machte ein Geräusch, das eine Kokosnuss beim

Herunterfallen macht. Er rutschte noch eine Stufe weiter und blieb dann liegen, den Mund offen, einen Arm unter den Körper geklemmt.

Djamel starrte ihn an, den Lauf seines Gewehrs noch immer auf Parceval gerichtet, aber seine Aufmerksamkeit bei Mouloud, der nun sehr tot aussah.

»Dumm gelaufen«, sagte Parceval und ließ Moulouds Schnappmesser aufspringen.

24

Donnerstag, 10. Dezember
22:54 Uhr

Polizeipräsident Hans Manuel Schmidt saß in einem engen Kommandofahrzeug der Hamburger Polizei, umgeben von jeder Menge Technik, drei Beamten, die an der Technik herumfummelten, einem Assistenten, der neben ihm auf einem Aktenkoffer hockte, und umfächelt von der stickigen Atmosphäre eines Raums, der schon für die Hälfte der Anwesenden zu klein war. Noch dazu musste dessen schwächliche Klimaanlage mit dem Dönergeruch fertigwerden, der seit der Zwischenmahlzeit der Techniker in der Luft klebte.

Das Fahrzeug stand auf dem Platz vor dem Haupteingang der Elbphilharmonie. Die Umgebung war zur Stadtseite hin bis zur Niederbaumbrücke gesperrt und in das zuckende Licht Dutzender Einsatzfahrzeuge, Rettungs- und Feuerwehrwagen gehüllt. Auf der Wasserseite patrouillierten Boote der Wasserschutzpolizei. Die Elbphilharmonie bildete eine Insel inmitten einer immensen Polizeipräsenz.

Schmidts Assistent trug in einem Ohr einen Kopfhörer mit Mikrofon und lauschte. Vor Schmidt lagen auf einem kleinen Ausklapptischchen drei Mobiltelefone und ein digitales Handfunkgerät. Den restlichen freien Platz nahm ein geöffneter Sechserpack Lebkuchen ein, von denen zwei fehlten. Schmidts Assistent hatte ihn beigesteuert. Er war direkt von den Weihnachtseinkäufen herbeigeeilt, noch mit einer Tüte bewaffnet, in der sich Lebkuchen, Kekse und Süßigkeiten für seine Kinder befunden hatten.

»Was ist jetzt mit dem Innensenator?«, fragte Schmidt seinen Assistenten.

Der Assistent hielt das Mikrofon mit der Faust zu. »Der Innensenator sagt, mit Terroristen wird nicht verhandelt.«

»Das sagt er schon seit einer Stunde.«

»Und er sagt, dabei bleibt es.«

Schmidt seufzte. »Der Innensenator hat zu viele amerikanische Filme gesehen. Wie stellt er sich das Ganze dann vor? Warten, bis da drin alle umgebracht worden sind, und dann das Gebäude mit Reizgas einnebeln?«

»Der Innensenator sagt, er verhandelt nicht mit Terroristen.«

»Aber er hofft, dass *wir* mit ihnen verhandeln. Damit er später sagen kann, er sei standhaft geblieben.«

Der Assistent grinste schief. »Das sagt er nur, wenn alles gut ausgeht. Wenn es schlecht ausgeht, sagt er, er habe Ihnen das Verhandlungsmandat erteilt.«

»Und? Hat er das?«

»Keine Ahnung. *Er* verhandelt ...«

»... jedenfalls nicht.« Schmidt schüttelte den Kopf. »Ich weiß.«

Jemand klopfte von draußen mit aller Wucht gegen die hinteren Fahrzeugtüren. Die Techniker fuhren erschrocken zusammen. Schmidts Assistent rappelte sich auf und öffnete eine Tür. Der Polizeipräsident sog gierig die frische Luft ein, die hereinströmte. Draußen stand ein Streifenpolizist in voller Körperschutzausrüstung, einer von mehreren, die den Standort des Kommandofahrzeugs sicherten.

»Tür zu!«, nörgelte einer der Techniker. »Wir sitzen hier im T-Shirt!«

Der Assistent rief über die Schulter zu Schmidt: »Es heißt, jemand will Sie unbedingt sprechen. Er sagt, er hat womöglich wichtige Informationen.«

»Wenn das so ein Presseheini ist, der sich für besonders schlau hält ...«

»Nein, es ist einer von uns.« Der Assistent reichte einen Dienstausweis nach hinten, den der Streifenbeamte übergeben hatte.

Schmidt spähte auf den Ausweis, der einem Felix Straack gehörte, Kriminaloberkommissar. »Na gut, ich komme raus«, sagte er. »Bevor hier noch jemand Keuchhusten kriegt.«

Die Techniker schwiegen ostentativ zu dieser Bemerkung. Schmidt, der mehr als froh war, seinen Platz für kurze Zeit seinem Assistenten zu überlassen und nach draußen zu kommen, stieg aus dem Kommandofahrzeug. Der Streifenbeamte brachte ihn zu seinem

Einsatzleiter, der außerhalb des Kordons aus Beamten stand, einen Mann in Zivil neben sich.

»Sind Sie KOK Straack?«, fragte Schmidt und streckte die Hand aus. »Hans Schmidt. Ich bin der Polizeipräsident.«

»Ich weiß«, sagte Straack und schüttelte die Hand. »Ist mir eine Ehre.«

»Was haben Sie für uns?«

»Darf ich zuerst fragen, wie die Lage ist, Herr Präsident? Wir unteren Ränge bekommen überhaupt nichts mit.«

»Die Lage ist schiete, wenn ich es so frei sagen darf, Herr Kollege. Die sind drin, wir sind draußen und kommen nicht rein, und der Rest ist eine große schwarze Blackbox.«

»Verhandeln Sie mit den Terroristen?«

»Wir verhandeln nicht mit Terroristen«, sagte Schmidt.

Straack musterte ihn und schien das stumme Signal zu verstehen. Er seufzte und schüttelte den Kopf. »Ich muss etwas ausholen, damit es verständlich wird, was ich Ihnen mitteilen will. Einverstanden?«

Schmidt nickte. »Aber machen Sie's kurz.«

»Gestern Nacht um halb zwölf gab es einen anonymen Anruf von einer Frau, dass auf einem Frachtschiff im Waltershofer Hafen zwei Leichen mit Kopfschüssen lägen. Das Schiff wurde inspiziert und ein paar Proben mitgenommen, aber es wurden keine Leichen gefunden, und die Schiffswache war zwar unfreundlich, aber höchst erstaunt über die Anschuldigung. Das

Schiff ist ein Frachter, der unter maltesischer Flagge fährt, aber einer Hamburger Reederei namens Maritime Cargo Solutions gehört.«

»Ach du Schande«, sagte Schmidt unwillkürlich. »Uhl der Aal.«

Straack stutzte. »Ich glaube, ich bin der Einzige, der bis heute noch nie was von Lukas Uhl gehört hat.«

»Wo ist die Verbindung zu dieser Schweinerei hier?«, fragte Schmidt und deutete mit dem Daumen über die Schulter auf die Elbphilharmonie.

Straack holte Luft. »Ich habe versucht, das Auswerten der Proben zu beschleunigen, aber ich hatte keine Chance. Dann habe ich versucht, mit Lukas Uhl zu sprechen, und bin bei Maritime Cargo Solutions von einem zum anderen verwiesen worden, bis ich schließlich zu ihm nach Hause fuhr. Dort traf ich aber niemanden an. Laut Aussage der Putzfrau, die ebenso vor verschlossener Tür stand wie ich, haben die Uhls nicht angekündigt, dass sie Hamburg verlassen wollten. Von Geschäftspartnern und Freunden war das Gleiche zu hören – in den wenigen Fällen, in denen sie mit einem Polizisten sprechen wollten, ohne einen Rechtsanwalt hinzuzuziehen.«

»Wo ist der Zusammenhang, Herr Kollege? Das ist ja alles ganz interessant, aber …«

»Das Schiff, das im Waltershofer Hafen liegt, die MELINA – ich wollte mit der Besatzung reden, aber man hat mich nicht mehr an Bord gelassen ohne Durchsuchungsanordnung. Die wollte mir das Gericht aber nicht ausstellen. Also habe ich über die Hafenmeisterei versucht herauszubekommen, von wo die MELINA überhaupt nach Hamburg gekommen ist. Wussten Sie, dass man sogar als Privatperson den Standort jedes Schiffes auf der Welt zu jedem Augenblick feststellen kann? Es gibt sogar eine Internetseite ...«

»Und von wo kam die MELINA?«

»Von Gwadar. Das ist ein Hafen in Pakistan am Arabischen Meer.«

»Pakistan«, sagte Schmidt. »Der Rückzugsort für alle damaligen Al-Qaida-Terroristen ... und Al-Qaida ist im IS aufgegangen.«

»Es kommt noch besser, Herr Präsident. Der Hafen von Gwadar ist erst vor Kurzem für den afghanischen Transithandel geöffnet worden. Wer irgendetwas aus Afghanistan herausbringen will und dazu kein Flugzeug oder den Landweg benutzen will, benutzt ein Schiff im Hafen von Gwadar.«

»Was hat die MELINA geladen?«

»Bekleidung, Bettwäsche ... Pakistan ist der neuntgrößte Bekleidungslieferant der EU. Wenn man was in den Lieferpapieren eines Schiffes erwartet, das aus Pakistan kommt, sind es Textilien. Das würde niemand in Zweifel ziehen.«

»Sie haben aber Zweifel. Was sagt die Hafenmeisterei?«

»Dass die MELINA fehlerhafte Besatzungspapiere hat, was sie allerdings nicht von 75 Prozent der anderen Cargo-Schiffe unterscheidet, und dass mehrere Stichproben ihrer Ladung ergaben, dass sie Textilien transportiert. Deshalb lag sie zunächst abseits, bis die Formalitäten geklärt waren. Die Ladung wurde tagsüber gelöscht. Die MELINA ist gegen 21:30 Uhr ausgelaufen. Die Bestätigung dafür habe ich mir von der Hafenmeisterei geholt.«

»Sie denken, die MELINA hat die Ausrüstung für die Terroristen angeliefert? Dass die sich ihre Waffen und Geräte einfach aus einem Container auf dem Kahn geholt haben?«

»Ich frage mich, ob die Terroristen sich nicht selbst mit dem Schiff nach Deutschland geliefert haben.«

Schmidt schluckte. »Ich traue Lukas Uhl ziemlich viele krumme Dinger zu, aber Terroristen einzuschleusen? Ich weiß nicht ...«

»Ich frage mich auch, was es zu bedeuten hat, dass die MELINA noch nicht weiter gekommen ist als bis zu den Elbinseln bei Hinterbrack.« Straack hob sein Mobiltelefon. »Die Internetseite mit der Position aller Schiffe auf der Welt gibt's auch als App. Und ihr zufolge liegt die MELINA bei Neßsand.«

»Gibt es dafür eine Bestätigung?«

Straack zuckte mit den Schultern. »Jede Einheit der Wasserschutzpolizei kurvt hier im Hafen herum. Um ein möglicherweise mit Maschinenschaden liegen gebliebenes Schiff kümmert sich derzeit bei denen niemand. Auch jeder Streifenwagen aus dem Umland befindet sich in und um Hamburg. Ich habe überlegt, irgendjemanden in der Gegend dort anzurufen und ihn zu bitten, zur Elbe zu fahren und zu versuchen, Sichtkontakt mit dem Schiff zu bekommen, aber dann ...«

»... dann dachten Sie, es wäre besser, selbst hinzufahren und nachzuschauen.«

»Ich würde allein fahren, Herr Präsident. Ich bin hier in Hamburg eingeteilt, ganz klar, aber mit Ihrer Erlaubnis ... Ich würde hier nicht fehlen, aber dort könnte ich vielleicht rausfinden, was für eine Rolle die MELINA spielt.«

»Wenn sie eine in diesem Drama spielt.«

»Mein Bauchgefühl spricht dafür.«

Schmidt dachte nach. »Geben Sie in Ihrer Dienststelle Bescheid, dass ich persönlich Sie für diese Untersuchung freigestellt habe. Fahren Sie raus nach Hinterbrack und berichten Sie mir dann. Sie haben recht – wir müssen so viele Informationen bekommen wie möglich. Vielleicht werden uns die Pläne Walaus dann ein bisschen klarer. Seine politischen Forderungen sind unsinnig, das muss ihm selbst bewusst sein. Und dass es ihm nur um die Freilassung seiner Frau geht, bezweifle ich. Er spielt ein Spiel mit uns. Vielleicht schaffen Sie es, dass wir in ein paar Karten von seinem Blatt gucken können.«

25

Donnerstag, 10. Dezember
23:05 Uhr

Baran Merzani fühlte sich innerlich so zerrissen, dass er es körperlich spürte. Abu Nihads Befehl, den unbekannten Störenfried sofort zu eliminieren, hatte er eigenmächtig abgeändert und den Kommandeuren, die die Suchtrupps eingeteilt hatten, eingeschärft, den Unbekannten auf jeden Fall lebend einzufangen. Baran fand Abu Nihads Ansicht unmöglich, dass der Unbekannte nur ein zufälliges Sandkorn im Getriebe ihrer Operation war und seine Eliminierung die Störgeräusche beseitigte. Niemand konnte so verrückt sein, sich ganz allein gegen ein halbes Hundert zu allem entschlossener IS-Kämpfer zu stellen. Er musste herausfinden, was hinter den Aktionen steckte. Er musste den Mann verhören und alles aus ihm herauspressen. Dann würde ihm Abu Nihad auch verzeihen, eigenmächtig gehandelt zu haben. Ein Teil von Baran fand zwar, dass es eigentlich sein Anführer war, der um Verzeihung hätte bitten müssen, nachdem er diese Sache mit der Freipressung seiner Frau abgezogen hatte. Er hatte die ganze Truppe darüber im Unklaren gelassen. Gut, die Kämpfer wurden nie über alle Pläne informierte, es reichte, dass sie ihre Befehle befolgten.

Aber die Kommandeure … und vor allem er selbst, Baran Merzani! Er war schon Mitglied von Al-Qaida gewesen, als Abu Nihad noch seinen deutschen Namen geführt hatte und über die ersten Facebook-Einträge eines Werbers gestolpert war. Er hatte den Oberbefehl Nihads über diese Operation akzeptiert, aber das hieß nicht, dass er sich ohne Nachfrage beugte wie ein frischer Rekrut. Der Plan, den Abu Nihad ausgeheckt hatte, war genial, ohne Zweifel. Dennoch – auch der genialste Plan konnte scheitern, wenn man ihn nicht ständig den tatsächlichen Verhältnissen anpasste. Baran Merzani wusste, wovon er sprach. Bevor er zu Al-Qaida gestoßen war, hatte er einen Unteroffiziersrang in der iranischen Armee bekleidet. Es war das Credo des Militärs, dass Pläne immer schiefzugehen drohten, wenn man nicht ganz genau aufpasste.

Ob der Mann, den Djamel geschnappt hatte, Ralf Parceval war oder nicht, war im Grunde zweitrangig. Es war eigentlich nur wichtig gewesen, solange er sich im Gebäude versteckt hatte. Einen Ralf Parceval musste man anders einschätzen als einen Werkschutzmitarbeiter der Elbphilharmonie, der dem Massaker an seinen Kollegen entkommen war und im Gebäude umherirrte. Als Gefangener bedeutete es keinen Unterschied.

Baran war immer ein Freund einfacher, geradliniger Lösungen gewesen. In seinen Taschen hatte er ein zweiteiliges Handwerkerset: eine Wasserpumpenzange und eine Kombizange. Jeder Gefangene war bereit zur Kooperation, wenn er ihm erst mit der Kombizange genügend Fingernägel ausgerissen und mit der Wasserpumpenzange den ersten Hoden zerquetscht hatte. Auch Ralf Parceval würde kooperativ sein. Und wenn sich herausstellte, dass Parceval – oder irgendein verängstigter Werkschutzmitarbeiter – tatsächlich nur zufällige Störfaktoren waren, war auch nichts verloren. Baran rechnete damit, dass er im schlimmsten Fall fünf Minuten brauchte. Fünf Minuten voller unsagbarer Schmerzen brachten die Wahrheit auf jeden Fall ans Tageslicht, und Baran konnte wieder auf seinen Posten zurückkehren in weniger Zeit, als er gebraucht hätte, auf eine dieser verachtenswerten westlichen Toiletten zu gehen und sich nachher gründlich zu waschen.

Baran betrat das Treppenhaus, das Djamel ihm genannt hatte. Er fischte die Kombizange aus seiner Jackentasche heraus und erinnerte sich, wie sich die Blicke von Leuten, die er befragt hatte, auf die Zange konzentriert hatten, wenn er in den Verhörraum getreten war. Panik erzeugte man am besten so früh wie möglich. Sie zermürbte ebenso wie Schmerz.

Im Treppenhaus roch es nach Blut und Schweiß. Auf dem Zwischenpodest zum nächsttieferen Stock lagen drei Männer übereinander wie weggeworfene Puppen. Auf dem Zwischenpodest zum nächsthöheren Stockwerk saß der Unbekannte mit dem Rücken zu Baran, die Hände im Nacken, die Schultern nach vorn geneigt. Djamel lehnte ihm gegenüber an der Wand, von dem

Unbekannten verdeckt, aber Baran konnte eine Hand sehen, mit der er seine Waffe auf den Unbekannten gerichtet hatte, und sein Gesicht. Es wirkte grau und erschöpft und starr von der durchlebten Aufregung, aber Djamel hatte alles richtig gemacht und hielt den Unbekannten in Schach, obwohl er seine Männer verloren hatte. Es war richtig gewesen, ihn die Gruppe begleiten zu lassen. Baran gestattete sich ein Lächeln und schritt die Stufen hoch.

»Hier bin ich, Djamel«, sagte er.

Der Unbekannte drehte sich um und sah auf Baran herunter. Baran hob die Zange und ließ sie zwei, drei Mal auf- und zuschnappen. Er lächelte. Im nächsten Moment kam der Unbekannte auf die Beine. Seine Hände waren jetzt nicht mehr im Nacken, sondern hielten ein Gewehr, mit dem er auf Baran zielte. Baran blieb stehen. Er hatte das Gefühl, dass sein Blut plötzlich wie Eiswasser durch seinen Körper lief.

»Baran!«, rief der Unbekannte überschwänglich. »Sag bloß, du kommst mit 'ner Zange zu 'ner Schießerei.«

Baran stierte Djamel an, der sich nicht gerührt hatte. Sein Blick wurde wie hypnotisch von all dem Blut angezogen, das aus Djamels Schritt triefte. Seine Hosenbeine waren bis zu den Knien dunkel. Nass und dunkel war auch die Vorderseite seines Oberkörpers. Jacke und Hemd waren aufgerissen. Auf Djamels Hals waren Blutspritzer. Er hielt das Gewehr fest, aber es war unübersehbar, dass in den Händen, in denen die Waffe lag, kein Leben mehr war. Djamels Gesicht war nicht starr vor überstandenem Stress gewesen, sondern weil der Kommandeur bereits tot war. Als hinge an seinem Schädel ein schweres Gewicht, drehte Baran seinen Kopf langsam herum, bis er den Unbekannten ansehen konnte. Der zuckte mit den Schultern und lächelte. Die Mündung seines Gewehrs starrte Baran an, der Lauf war ruhig. Er brauchte nur abzudrücken, und Baran wäre Vergangenheit.

Baran versuchte etwas zu sagen, doch es kam nur Gestammel heraus. Mit einem Schock, der mit dem ersten Schrecken nicht zu vergleichen war und Barans Herz trotzdem zusammenkrampfte, wurde dem Iraner klar, dass der Mann dort tatsächlich Ralf Parceval war. »Was ist passiert?«, fragte Baran, als er endlich wieder Gewalt über seine Stimme hatte.

»Kennst du Mouloud?«, fragte Parceval. »Einer von den dreien dort unten. Die anderen beiden wurden mir leider nicht vorgestellt. Jedenfalls – Mouloud hatte eine Makarow, und Djamel wusste das. Was er nicht wusste, war, dass Mouloud auch ein Springmesser hatte. Ein schönes Stück. Italienische Fertigung. Neun Zoll, aus der Werkstatt von Frank Beltrame. Als Djamel kurz abgelenkt war, machte ich ihn mit dem Messer bekannt.« Parceval wies mit dem Kopf auf Djamels leblose Gestalt, ohne Baran aus den Augen zu lassen. »Zugegeben, es war 'ne unsaubere Sache. Er stand auf der Treppenstufe über mir, und mit dem ersten Stich kam ich nur bis zu seinem Schritt. Danach verlor er aber das Interesse daran, auf mich zu schießen, und ich konnte ihn überwältigen. Verwendest du nur Zangen, Baran, oder hast du auch schon mal ein Messer eingesetzt?

Das Fleisch schließt sich krampfartig um eine Klinge, die eindringt, daher muss man sie sofort wieder rausreißen und mehrfach hintereinander zustechen, damit sie nicht stecken bleibt.«

Mit der Waffe in den Händen machte Parceval eine einladende Bewegung. »Zieh deine Jacke aus und lass sie fallen. Krempel die Hosentaschen nach außen. Zieh Schuhe und Socken aus. Dann komm hoch und setz dich neben Djamel. Wir müssen uns unterhalten.«

»Du bist ein toter Mann, Parceval«, brachte Baran hervor.

»Irgendwann sicher. Aber nicht heute, und nicht durch deine Hand. Setz dich und erzähl mir ein bisschen was.«

26

Donnerstag, 10. Dezember
23:12 Uhr

Baran setzte sich. Er wirkte wie jemand, der von einem Zug überfahren wurde und trotzdem irgendwie überlebt hatte. Er plumpste neben Djamel auf den Hintern wie ein alter Mann.

»Du bist 'ne große Nummer in Walaus Organisation, nehme ich an«, sagte Parceval. »Was bist du – sein Stellvertreter? Der Erste Offizier nach dem Kapitän?«

»Ich bin nur ein Kommandeur«, sagte Baran nach einer Pause. »Djamels Kommandeur.«

Parceval nickte. »Wir wissen beide, dass das eine Lüge ist. Du bist Walaus Stellvertreter.«

»Was macht dich so sicher?«

»Der Umstand, dass ein einfacher Kommandeur mir alles sagen würde, was er weiß, um seine Haut zu retten. Walaus Stellvertreter hingegen würde eisern schweigen. Für ihn stünde zu viel auf dem Spiel.«

Baran blinzelte. Sein Mund ging auf und zu. Parceval musterte ihn. Wenn das Gespräch ein Mühlespiel gewesen wäre, hätte Parceval mit seiner letzten Bemerkung eine Zwickmühle geschaffen – eine Situation, in der jede Bewegung eines seiner Spielsteine eine Mühle schloss und den Gegner einen Stein kostete ... und egal wie der Gegner setzte, mit Parcevals nächstem Zug verlor er einen weiteren Stein. Barans Gesicht war anzumerken, dass er sich seiner Lage bewusst war. Ein weiteres Indiz dafür, dass Baran jene Funktion innerhalb Walaus Kommando innehatte, die Parceval ihm zuschrieb.

»Also – wie viele seid ihr?«, fragte Parceval.

Baran presste die Lippen zusammen.

»Wie viele Geiseln habt ihr in den ersten Minuten eures Angriffs umgebracht?«

Barans Wangenmuskeln zuckten. Parceval beugte sich nach vorn. »Das ist doch die Aufgabe des Ersten Offiziers – die Fakten für den Kapitän zusammenzustellen, habe ich recht?«

Baran spuckte aus. Parceval betrachtete den Schleimbatzen auf dem Boden. Er fand es bezeichnend, dass Baran nicht gewagt hatte, ihn anzuspucken. Er war auf dem richtigen Weg.

»Was habt ihr mit den Geiseln vor?«

Baran wandte sich ab, als ob ihn die Fragen unendlich ermüden würden. Im nächsten Augenblick riss er das Gewehr aus den toten Händen Djamels neben ihm, legte es auf Parceval an und drückte ab.

KLICK.

Baran zog hektisch am Spannhebel und riss den Abzug erneut durch.

KLICK.

Noch einmal. Spannhebel, Abzug.

KLICK.

Parceval fasste hinüber und nahm Baran die Waffe aus den Händen.

»Hast du gedacht, da wäre ein volles Magazin drin?«, fragte er Baran. »Du beleidigst mich.«

»Du musst mich erschießen«, keuchte Baran. »Von mir erfährst du nichts.«

»Wir machen es jetzt andersrum. Nicht du sagst was, sondern ich. Wenn es nicht stimmt, schüttelst du den Kopf. Dann kannst du später immer behaupten, du hättest nicht geredet.« Barans Augen zuckten kurz, als Parceval das Wort »später« ausgesprochen hatte, womit er signalisierte, dass dies hier nicht das Ende war. Dass es ein Danach für Baran gab. Dass Hoffnung bestand. Es war ein uralter Trick, der jedes Mal aufs Neue funktionierte. »Also, alles klar? Du schüttelst den Kopf – meine Aussage ist falsch. Du rührst dich nicht – meine Aussage trifft zu.«

»Ich spiele dieses Spiel nicht mit!«, brachte Baran keuchend hervor.

»Du hast Todesangst«, sagte Parceval.

Baran holte Atem, hielt sich aber im letzten Moment zurück. Sein Kopf hatte bereits gezuckt. »So einfach kannst du mich nicht überlisten«, stieß er hervor. »Und dir läuft die Zeit davon. Bald wird ein weiterer Suchtrupp hier erscheinen.«

»Die Männer, die für diesen Gebäudeabschnitt zuständig waren, sind allesamt hier. Die Fäden für die

Suchaktion laufen bei dir zusammen. Du kannst die anderen Trupps nicht anweisen, ihren Radius zu erweitern. Wir haben alle Zeit der Welt.«

Baran schüttelte den Kopf. »Du hast überhaupt keine Zeit mehr!«

»Siehst du, du kannst es ja. Das mit dem Kopfschütteln.«

Baran ballte die Fäuste und schenkte Parceval einen Blick voller mörderischem Hass.

»Das probieren wir gleich noch mal«, sagte Parceval. »Du hast Todesangst.«

Barans Halsmuskeln traten hervor, aber er machte keine Bewegung.

»Okay«, sagte Parceval, als würde er eine innere Checkliste abhaken. »Punkt eins beantwortet: Du hast Todesangst. Jetzt zu Punkt zwei: Du hast sogar so viel Angst, dass du dich schon eingenässt hast.«

Barans Gesicht färbte sich dunkel. Er knirschte mit den Zähnen.

»Okay«, sagte Parceval. »Punkt zwei beantwortet: Baran hat sich eingenässt. Wie ein kleines Mädchen. Jetzt zu Punkt ...«

»Ich habe mich nicht eingenässt!«, brüllte Baran. »Fühl meine Hosen, wenn du willst, du Bastard!«

»Du musst stumm den Kopf schütteln«, erinnerte Parceval milde. »Sonst heißt es am Ende noch, du hast geredet.«

Baran stieß einen langen, unartikulierten Schrei aus. Am Ende saß er, nach Luft ringend, da, die Augen glasig vor Tränen. »Du wirst sterben«, flüsterte er. »Du und alle hier. Jeder Einzelne von euch ungläubigen, scheinheiligen, gottlosen Hunden.«

»Das war Punkt drei der vorherigen Liste«, sagte Parceval. »Ihr habt also vor, alle umzubringen. Die Verhandlungen sind nur Augenwischerei.«

»Das habe ich nicht gesagt!«, schrie Baran.

»Woher weiß ich es dann?«

Barans Augen liefen über. Es waren Tränen reiner Wut. Parceval seufzte. »Wie viele seid ihr? Vierzig Mann?«

Baran regte sich nicht.

»Fünfzig? Sechzig? Nicht mehr als siebzig, oder?«

Baran fletschte die Zähne.

Parceval lächelte. »So eine Demonstration von Entschlossenheit. Respekt, Baran. Und dabei würdest du sofort abhauen und diese ganze Operation hier im Stich lassen, wenn ich versprechen würde, dich dafür zu verschonen.«

Baran versuchte, ein Kopfschütteln zu unterdrücken, aber es gelang ihm nicht. Der Reflex war zu stark und seine Nerven bereits zu strapaziert.

»Ach komm«, sagte Parceval. »Jeder an deiner Stelle würde so handeln.«

»Nein!«, schrie Baran.

»Habe ich da ein leises Zögern bemerkt?«, fragte Parceval.

»Nein!«

»Da war es schon wieder«, sagte Parceval.

»Nein!«, schrie Baran. »Ich habe nicht gezögert! Ich würde nicht fliehen. Auf mich wartet das Paradies.«

Parceval schüttelte heftig den Kopf.

Baran stutzte. »Was?«, fragte er unwillkürlich.

»Ich darf doch auch den Kopf schütteln, wenn etwas nicht stimmt«, sagte Parceval. »Und es stimmt nicht, dass das Paradies auf dich wartet. Auf dich wartet nur der kalte, namenlose Tod. Sogar die konservativsten Imame sind gegen dich und deinesgleichen. Auf dich wartet in der Dschahannam die siebte Ebene: der bodenlose Abgrund, die ewige Ferne von Gott.«

»Du lügst!«, schrie Baran.

»Du musst den Kopf schütteln, wenn du mit mir kommunizieren willst, schon vergessen? Also – so wie ich das sehe, hast du nicht nur Todesangst, sondern auch den Glauben verloren.«

Baran schüttelte den Kopf, als würde er nie wieder damit aufhören.

»Wie viele seid ihr? Achtzig Mann?«

Baran schüttelte den Kopf.

»Siebzig? Sechzig? Fünfzig?«

Baran hörte auf, den Kopf zu schütteln.

»Wie viele Leute habt ihr schon umgebracht? Mehr als fünfzig?«

Kopfschütteln.

»Mehr als dreißig?«

Baran blieb still. Parceval fühlte einen eisigen Abgrund in sich. Mehr als dreißig Geiseln ermordet? Aber hatte er diese Zahl nicht bereits befürchtet?

»Die Geiseln sollen am Ende alle sterben, habe ich recht?«, fragte er, bemüht, völlig gleichmütig zu klingen.

Baran regte sich nicht.

»Hast du auch Geiseln erschossen?«

Baran schüttelte den Kopf.

»Du hast noch nie Geiseln getötet? Früher, bei anderen Gelegenheiten?«

Barans Schultern sanken herab, aber das Kopfschütteln blieb aus.

»Die Zangen«, sagte Parceval. »Du bist jemand, der Gefangene befragt. Du bist ein Folterknecht. Hast du hier schon jemanden gefoltert?«

Baran schüttelte den Kopf.

»Du bist Walaus Stellvertreter.«

Baran bewegte sich nicht.

»Wie lautet dein Name?«

»Ich bin Baran Merzani.«

»Iraner? Kurde? Türke?«

»Iran.«

»Wie sieht eure Bewaffnung aus? Raketenwerfer?«

»Für euresgleichen reichen Messer und Schusswaffen«, sagte Baran mit einem schwachen Unterton der Verachtung.

»Bomben? Habt ihr das Gebäude vermint?«

Baran schüttelte langsam den Kopf. Zu langsam und deutlich für Parcevals Geschmack.

»Wie habt ihr euch das vorgestellt? Wie wollt ihr alle hier wieder rauskommen?«

»Du erfährst nichts mehr von mir, Parceval«, sagte Baran erschöpft. »Auch nicht, wenn du drohst, mich zu erschießen. Ich habe keine Furcht mehr vor dem Tod. Ich hatte Angst, dass du mir Schmerzen zufügst, aber ich weiß jetzt, dass du das nicht tun wirst. Nicht so, dass es mich zum Reden bringen würde. Du bist nicht wie ich, du bist zu schwach dafür.« Der Iraner lehnte sich zurück und schloss die Augen.

»Stimmt«, sagte Parceval nach einer Pause. »Ich würde dich nicht foltern. Zangen und Stromkabel sind nicht mein Metier. Ich könnte dir aber eine Kugel in den Bauch schießen und dich dann hier liegen lassen mit deinen zerfetzten Eingeweiden. Es dauert eine Ewigkeit, an einem Bauchschuss zu krepieren, während ich irgendwo anders im Gebäude bin und den Gedanken an dich schon längst verdrängt habe.«

Baran öffnete die Augen und versuchte vergeblich, unbeeindruckt auszusehen. Offenbar hatte er an diese Möglichkeit nicht gedacht.

»Aber ich sag dir was: Das liegt mir auch nicht«, fuhr Parceval fort. »Ich bin jemand, der seinem Gegner gern eine Chance gibt, und dein Ticket in die Freiheit lautet, mich hier rauszubringen. Ich schieße dir auch nicht in den Rücken. Ehrenwort. Bring mich nur hier raus.«

»Wie?«, krächzte Baran.

»Ich bin hier nur durch Zufall reingeraten. Die Geiseln bedeuten mir nichts. Ich will hier weg, das ist alles. Bring mich in den Außenbereich der Plaza. Soweit ich weiß, gibt es von dort Notfalltreppen hinunter zur Straße. Über die kann ich abhauen.«

Baran blinzelte. Parceval konnte sehen, dass er sich nur im letzten Moment zurückhalten konnte, nicht zu widersprechen. Es gab keine Notfalltreppen vom Außenbereich der Plaza hinunter zur Straße. Es gab nur den offiziellen, von Walaus Leuten abgeriegelten Ein- und Ausgang, sonst nichts.

»Ja, die gibt es«, log Baran. »Eine Art Feuerleiter. Auf der Ostseite des Gebäudes, vom Hafen abgewandt.«

»Wusste ich's doch. Sind dort Wachen postiert?«

»Nur auf der Hafenseite, um vor anlegenden Polizeibooten zu warnen. Zur Stadtseite hin nicht.« Die zweite Lüge klang überzeugender als die erste.

»Ich sag dir, wie du mich dorthin bringen kannst, ohne dass wir aufgehalten werden. Es ist ganz einfach. Und es ist ganz einfach, dich dabei umzulegen. Also hör zu und versuch nachher keinen Mist.«

27

Donnerstag, 10. Dezember
23:24 Uhr

Parceval zerlegte die Schusswaffen von Djamels Patrouille bis auf die SAM7K, die er sich selbst angeeignet hatte, und eine nicht geladene Tantal 88 aus polnischer Produktion, die Djamel getragen hatte und die er jetzt Baran übergab. Der Mann mit den Segelohren, der die SAM7K mitgeführt hatte, hatte Ersatzmagazine und einen Schalldämpfer bei sich getragen. Jetzt besaß Parceval die Magazine, und den Schalldämpfer hatte er aufgeschraubt. Die in Einzelteile zerlegten Beutewaffen warf er in den Treppenschacht, Magazine und Patronen behielt er für sich. Es galt, den Feind zu schwächen, wo es möglich war, und wenn man nur drei seiner Schusswaffen samt Munition unbrauchbar machte.

Mouloud und der Mann mit den Segelohren waren tot. Der Youngster mit dem gebrochenen Sprunggelenk lebte noch, war aber bewusstlos. Parceval fühlte seinen Puls, nickte und schob Baran vor sich her die Treppe hoch zur Tür.

»Gehen wir«, sagte er, nachdem er die Tür einen Spalt geöffnet und nach draußen gespäht hatte. Er zog die Sturmhaube zurecht, die er dem Youngster abgenommen und aufgesetzt hatte. Sie roch nach Schweiß und eingetrocknetem Speichel, aber das störte Parceval nicht weiter. »Du zuerst. Und vergiss nicht – ich bin direkt hinter dir und habe einen nervösen Zeigefinger.«

Sie liefen in einem lockeren Trab, Baran vorneweg, die Tantal 88 mit dem leeren Magazin in der Vorhalte wie ein Rekrut. Es sah aus, als müsse einer der Terroristen – Parceval unter der Sturmhaube – schnell irgendwohin, und Walaus Stellvertreter machte sich die Mühe und brachte ihn selbst an Ort und Stelle. Der Laufschritt verhinderte, dass jemand sie aufhielt. Niemand stoppt zwei Männer, die legitim genug aussehen und es eilig haben. Parceval folgte Baran fast auf Tuchfühlung zu seiner Rechten, etwas hinter ihm, sodass der Lauf seiner Waffe ständig auf Barans Körpermitte zielte. Baran musste glauben, dass Parceval die Falschinformationen tatsächlich geglaubt hatte und nun fürchtete, der Iraner würde unterwegs plötzlich losbrüllen.

Aber Baran würde nicht losbrüllen, selbst wenn sie einer Patrouille über den Weg liefen. Es war viel ungefährlicher für ihn, Parceval in den Außenbereich zu führen und ihn von der dort befindlichen Wache über den Haufen schießen zu lassen. Eigentlich waren die paar Dutzend Meter vom Treppenhaus des Hotels zur nordöstlichen Windschleuse die ungefährlichsten, die Parceval seit dem Beginn des Überfalls zurückzulegen hatte. Trotzdem schien der Weg endlos.

Niemand begegnete ihnen. Die Patrouillen, die das Gebäude auf der Suche nach Parceval durchkämmten, hielten diesen Bereich für gesichert. Die Innenbeleuchtung der Plaza spiegelte sich in den vielen Glasscheiben, auf dem Teppichboden glitzerten die Scherben wie tausend Eisschollen.

Baran zögerte, als sie die Windschleuse erreichten. Er fürchtete wahrscheinlich, dass die Wache draußen das Feuer auf ihn eröffnen würde. Er konnte den Mann erst dann auf sich aufmerksam machen, wenn auch Parceval durch die Tür war, sonst riskierte er, dass Parceval die Falle durchschaute.

»Was ist?«, fragte Parceval. »Angst vor der Kälte?«

Baran nickte mit allen Anzeichen der Erleichterung, dass Parceval ihm die Ausrede für sein Zögern geliefert hatte.

»Dann bring mich besser schnell zur Treppe«, sagte Parceval und setzte ein breites Grinsen auf. Baran grinste schief zurück, riss sich zusammen und ging durch die Tür. Parceval folgte ihm sofort nach.

Der kalte Wind und der Geruch von Hafenwasser trafen Parceval wie ein Schlag. Das an- und abschwellende Geplärr von Martinshörnern verband sich mit den Hafengeräuschen, dem Sausen des Windes und dem lauten Gemurmel der Innenstadt, die dem Betrachter von dieser Warte aus zu Füßen lag und in der das Leben nicht stillhielt, auch nicht angesichts der Tragödie in ihrer Mitte.

Baran sah sich gehetzt um. Er erblickte den Wachposten, der rauchend ein paar Meter entfernt am Geländer stand und zur Stadt hinübergaffte. Parceval hatte ihn bereits von drinnen gesehen, undeutlich wegen der Spiegelungen in den Glasscheiben, aber deutlich genug, um zu wissen, wo er stand. Seine eigene Qualmwolke hüllte ihn ein und schimmerte vom Widerschein der Blaulichter auf den Einsatzfahrzeugen unten auf dem Platz.

Baran warf sich auf den Bauch. Seine Tantal 88 rutschte klappernd über den Boden. »Erschieß ihn!«, schrie er mit überschnappender Stimme zu dem Wachposten hinüber.

Parceval hatte die SAM7K längst in Anschlag gebracht. Drei Schuss, zur Sicherheit, um den Wind zu kompensieren, dessen Stärke er in der Eile nicht einschätzen konnte. Er ließ den Finger am Abzug. Die SAM7K spuckte die Patronen ohne Eile hinaus. Der Rückstoß sorgte dafür, dass der Lauf nach oben gedrückt wurde, doch Parceval hielt dagegen. Die langsame Feuergeschwindigkeit der Waffe machte es möglich.

Der erste Schuss traf den Wachposten in den Unterarm. Parceval hatte auf seine Mitte gezielt. Er sah, wie der Arm nach hinten gerissen wurde und der Aufschlag den Wachposten gegen das Geländer warf. Der zweite Schuss ging mitten in seine Brust – Rückstoß und Kompensation. Der dritte trat unterhalb eines Auges in den Schädel ein und sprengte den Großteil des Hinterkopfes ab. Parceval sah den Nebel aus Blut, Gewebe und Knochensplittern kurz im Blaulicht von unten aufschimmern. Der Wachposten sackte leblos in sich zusammen und blieb verkrümmt am Geländer liegen, eine leere Hülle in der gestohlenen Kleidung eines Security-Mitarbeiters.

Parceval senkte die Waffe und trat zu Baran, der auf dem Bauch lag und mit offenem Mund den toten Wachposten anstarrte. Baran warf sich herum und schielte zu Parceval hinauf.

»Ich dachte, das wäre der Beginn einer wunderbaren Freundschaft«, sagte Parceval. »Und dann kommst du und erzählst mir lauter Lügen.«

Baran hob die Hände. »Bitte…«, sagte er. Sein Gesicht verzerrte sich.

»Da«, sagte Parceval und warf Baran eine der zwei Zangen zu, die er ihm im Treppenhaus abgenommen hatte. Baran fing sie unwillkürlich auf.

Parceval schoss ihm in den Kopf. Ein Husten der SAM7K, kaum hörbar im Lärm hier draußen. Barans Kopf wurde herumgeworfen wie bei einem Fußtritt. Die Kugel, die nach Austritt aus seinem Hinterkopf auf die Klinkersteine des Bodenbelags geprallt war, drang wieder in Barans Schädel und ließ Stirn und Schläfen förmlich explodieren. Die Zange glitt aus seinen Händen.

Parceval fragte sich, wie oft wohl die Menschen, die er mit seinen Zangen gefoltert hatte, ihn um einen so schnellen Tod angebettelt hatten. Er verspürte Mitleid mit Barans unbekannten Folteropfern. Mit dem toten Mann zu seinen Füßen verspürte er keines.

Es war unwahrscheinlich, dass der Wachposten auf der anderen Seite durch all die spiegelnden Glasscheiben hindurch beobachtet hatte, was hier vorgegangen war. Falls es die Polizei mit angesehen hatte, die das Gebäude mit Sicherheit von den Dächern mehrerer Nachbarhäuser aus unter Beobachtung hatte, ließ sich nicht sagen. Es war auch egal. Hier drinnen konnte Parceval keiner helfen.

Aber er konnte ihnen helfen. Es war einzige Grund, warum er sich von Baran hier heraus hatte führen lassen. Und er hatte nicht viel Zeit.

Parceval klopfte Barans Jacke und Hosentaschen ab. Der Mann trug nichts bei sich, keine Geldbörse, keinen Ausweis, der seine Identität offenbart hätte, nur sein Handy, das Parceval an sich nahm. Er zog Baran die Jacke vom Oberkörper, riss sein Hemd auf und drehte den Leichnam auf den Bauch. Der Rücken war im Gegensatz zu Brust und Bauch nicht behaart. Er holte den Kugelschreiber aus dem Elbphilharmonie-Shop aus der Tasche und kritzelte hastig etwas auf Barans Haut. Der Kugelschreiber streikte nach den ersten Buchstaben, weil er auf der feuchten Haut ausglitt. Parceval stach den Rest der Nachricht wie eine Tätowierung in Barans Körper.

TERR 50–60 MANN
KEINE SCHWEREN WAFFEN
BAU WAHRSCH VERMINT / VERBOMBT
GEISELN KL. KONZSAAL
> 30 GEISELN †

Parceval überlegte einen Moment. Dann schrieb er:

7 TERR †

Parceval war sicher, dass sich Barans Name in allen internationalen Polizeiakten fand. Er schrieb eine letzte Botschaft:

NAME: BARAN MERZANI

Dann schleifte er Baran zum Geländer, wuchtete ihn hoch und ließ ihn über den Handlauf ins Leere kippen. Der Strahl eines Suchscheinwerfers fing ihn ein, ein Beweis, dass Beobachter auf den Dächern ringsum die Aktion hier mitbekommen hatten. Parceval schloss die Augen, duckte sich weg und schlüpfte zurück ins Innere des Gebäudes. Falls unten entsetzte Schreie ertönten, weil ihnen ein Körper aus dem siebten Stock vor die Füße geworfen worden war, bekam er sie nicht mit.

Walaus Leute hatten Bomben deponiert oder waren noch dabei. Das stand für Parceval fest. Ihm war noch nicht klar, wie sie sich selbst in Sicherheit bringen wollten, aber es musste einen Plan geben. Walau würde, sobald er seine Ziele erreicht hatte, die Polizei so lange provozieren, bis sie das Gebäude stürmte, weil ihr keine andere Wahl mehr blieb – indem er damit begann, eine große Anzahl von Geiseln öffentlich zu ermorden. Walau wusste so gut wie Parceval, dass man Janine Walau nicht auf eine bloße Drohung hin freilassen würde, auch nicht in dieser Situation. Der Plan war so ausgeklügelt wie die Züge bei einem Schachspiel. Wie beim Schach konnte er nur dann funktionieren, wenn die Gegenseite die Züge machte, die sie machen *sollte*. Und wie bei einer optimalen Partie war Walaus

Plan so angelegt, dass die Gegenseite gar nicht anders konnte, als die vorausberechneten Züge zu machen.

Die Sturmhaube noch immer aufgesetzt, zwang Parceval sich, nicht zu langsam und nicht zu schnell über die Plaza zu gehen. Er versuchte, den Wachposten auf der südwestlichen Seite des Außenbereichs zu erspähen, und hob sicherheitshalber grüßend die Hand, als er seinen Umriss erkannte. Der Mann reagierte nicht; er blickte vermutlich nicht einmal herein.

Das Treppenhaus war als Versteck passé. Demnächst würden Baran und Djamels Truppe als vermisst gelten. Nach Djamel und seinen Leuten würde man dort suchen, wo man sie zur Suche nach Parceval eingesetzt hatte. Das Treppenhaus würde vor aufgeschreckten Terroristen wimmeln. Bis dahin gab es nur ein Versteck, das Parceval für relativ sicher hielt, weil er die menschliche Natur kannte. Wo man schon einmal gesucht hatte, kontrollierte man vielleicht nicht auf Anhieb noch einmal, und erst recht, wenn an diesem Ort etwas Unangenehmes geschehen war.

Parceval schlüpfte in die Herrentoilette, trat vorsichtig über Khurams und Rachids Blutspuren, begab sich in eine Kabine, schloss die Tür bis auf einen Spalt, klappte den Toilettendeckel herunter und setzte sich darauf. Wenn jemand durch die Eingangstür hereinkam und nach dem Rechten sah, musste er nur die Beine anziehen, und schon galt für jeden Terroristen, der nur unter den Türspalt der Kabinen hindurchsah, die Toilette als gesichert. Wenn es ein eifriger Terrorist war, der die Tür aufstieß, würde Parceval als Erster schießen.

28

Donnerstag, 10. Dezember
23:29 Uhr

Das Polizeipräsidium Hamburg lag nahe dem Flughafen in Alsterdorf. Kriminaloberkommissar Felix Straack hatte einige Zeit benötigt, um dorthin zurückzukehren und seine Fahrt nach Hinterbrack anzumelden. Jetzt war er unterwegs in Richtung Schulau, zum Altenheim Wittenbergen. Es lag fast direkt am Elbufer, gegenüber den Inseln Neßsand und Schweinesand, wo die Schifffahrts-App die MELINA immer noch verortete. Die Inseln waren flach. Egal wo die MELINA lag, ob nördlich oder südlich der Inseln, man musste sie sehen können. Es war daher egal, ob Kommissar Straack vom Nordufer, wohin er unterwegs war, oder vom Südufer bei Hinterbrack nach dem Schiff Ausschau hielt. Das Altersheim hatte Straack als Ziel gewählt, weil er von dort einen guten Blick auf die Inseln vermutete.

Straack fuhr in Sülldorf von der Landstraße ab in Richtung Blankenese. Um sein Ziel zu erreichen, musste er einen Zickzackkurs fahren, wie ein kreuzendes Segelschiff. In Sülldorf, um diese Zeit normalerweise ruhig wie jeder Vorort einer Großstadt, brannten die Lichter in den meisten Häusern. Aus vielen Wohnzimmern flackerte das blaue Licht der Fernsehgeräte. Wer heute Nacht in Hamburg nicht auf den Beinen war und die Geschehnisse in der Elbphilharmonie verfolgte, lag entweder im Koma oder war so uninteressiert, dass er nicht einmal bei einem Meteoriteneinschlag in der Nachbarschaft gezuckt hätte.

Straack teilte seine Aufmerksamkeit zwischen der Straße und seinem Handy, auf dem er durch die Tagesmeldungen der Pressestelle von Bereitschafts-, Kriminal- und Wasserschutzpolizei scrollte. Es waren jede Menge, fast alle befassten sich mit der Elbphilharmonie, die übrigen zu finden kam Goldschürfen in einem Fluss gleich. Straack hoffte, dass es irgendwas über ein Schiff gab, das manövrierunfähig in der Elbe lag, aber er fand nichts. Das einzig Auffällige im spärlichen Lauf der Meldungen war ein Bericht über eine verschwundene Leiche im Krematorium Hamburg-Öjendorf – beziehungsweise eine Leiche zu viel in einem Sarg und die Frage, wer mit dem Sarg der überzähligen Leiche verbrannt worden war. Denn dass jemand kremiert worden war, bewiesen die Zahn- und Knochenfunde. Straack scrollte weiter, obwohl ein nagendes Gefühl in ihm blieb. Der Fall war so skurril, dass es schwerfiel, an einen Zufall zu glauben. Andererseits – wo war die Verbindung zur Geiselnahme in der Elbphilharmonie und zur MELINA? Straack versuchte die Geschichte zu verdrängen, aber in Abständen kam sie immer wieder hoch und beanspruchte seine Aufmerksamkeit.

Den Schatten, der von rechts auf die Straße huschte, sah er erst, als es schon zu spät war. Er trat erschrocken auf die Bremse und wurde in den Gurt gedrückt. Alles, was auf dem Beifahrersitz gelegen hatte, flog in den Fußraum. Im Kofferraum schepperte irgendetwas gegen die Rücksitzbank. Der Schatten raste unter dem Auto hervor und die Straße entlang, bevor er sich nach links in die Büsche schlug. Straack starrte ihm hinterher. Es war eine schwarze Katze. Sie war offensichtlich unverletzt.

Er ließ sich zurücksinken. Gott sei Dank – nur eine Katze. Und Gott sei Dank war auch sie unversehrt. Aufgrund des Elbphilharmonie-Chaos hatte er seinen privaten Wagen genommen und war froh, dass nichts weiter passiert war. Einen Schadensbericht abzufassen und darin zu erklären, warum er sein eigenes Auto im Dienst benutzt hatte, war eine Bürokratieschlacht. Er stieg aus, klaubte seine Sachen aus dem Fußraum der Beifahrerseite, legte sie wieder auf den Sitz und fuhr weiter. Das Handy drehte er demonstrativ mit der Bildschirmseite nach unten, damit es ihn nicht mehr ablenkte.

Der Elbstrand beim ehemaligen Fährhaus war in früheren Zeiten ein beliebtes Ausflugsziel gewesen, dann zum Geheimtipp geworden, und dann, in letzter Zeit, wieder zu einem gern genutzten Erholungsort der Hamburger. Der Strand bestand aus natürlich vorkommendem Sand, ein Fähranleger reckte sich in den Fluss hinaus, an seinem Westende blinkte ein Leuchtturm mit klassischem rot-weißem Anstrich. Straack schlüpfte aus seinen Sneakers, zog die Socken aus, krempelte die Hosenbeine hoch und marschierte seufzend über den eiskalten Sand bis zum Wasser. Dort watete er bis zu den Knöcheln hinein und starrte nach Neßsand hinüber. Die Insel ragte wie ein riesiger gestrandeter Wal mitten aus der Elbe, ein lang gestreckter schwarzer Klotz, der das ungewisse Schimmern der Wasseroberfläche durchteilte, die das Licht der Ortschaften am diesseitigen und am jenseitigen Ufer und seinen Widerschein von den tief hängenden Wolken auffing.

Dann stapfte er mit nassen, sandverklebten Füßen zum Fähranleger und bis zu seinem äußersten Ende. Wieder starrte er zur Insel hinüber.

Er war verwirrt. Und zugleich fühlte er einen ungewissen Verdacht bestätigt, der auf der Fahrt hierher immer drängender geworden war. Er zog sein Handy aus der Tasche, öffnete die App für die weltweite Schiffsbeobachtung und zoomte sich mit beiden Fingern hinein, bis er die Elbe an der Stelle vor sich hatte, an der er jetzt stand.

Die App wies die MELINA dort aus, wo sie die letzten Stunden auch gelegen haben sollte: zwischen Neßsand und Hinterbrack, dicht am Südufer der Insel.

Felix Straack hatte auf der Fahrt, während er durch die polizeilichen Pressemeldungen scrollte, eine Sache immer mehr zu denken gegeben: Wieso gab es keinen einzigen Artikel, nicht einmal eine Bemerkung in einem Nebensatz einer anderen Meldung über ein Containerschiff, das eine der meist befahrenen Wasserstraßen der Welt zur Hälfte blockierte? Wieso hatte niemand die MELINA gemeldet: ein anderer Kapitän, ein Fischer, ein privater Schiffsbeobachter auf dem Festland? Auch wenn wegen der Geiselnahme niemand von der Wasserschutzpolizei darauf reagiert hätte, hätte die Meldung zumindest in einem der Presseticker auftauchen müssen. Aber es fand sich: nichts.

Und das entsprach dem, was Kriminaloberkommissar Felix Straack bei der Insel Neßsand erblickte. Nichts. Die App verortete die MELINA dort drüben bei der Insel, aber in Wirklichkeit war sie verschwunden.

29

Donnerstag, 10. Dezember
23:29 Uhr

Innensenator Udo Klose hatte ein Jungengesicht, das erst sein wahres Alter verriet, wenn man es aus der Nähe betrachtete: Er war Anfang fünfzig. Klose war schlank, trug sein Haar in einer lässigen Chris-Hemsworth-Frisur nach hinten gekämmt und hätte vermutlich nicht einmal unter Wahrheitsserum zugegeben, dass er es färben ließ. Polizeipräsident Schmidt war dennoch der Überzeugung, dass er nachhalf. Niemand mit Anfang fünfzig konnte immer noch so eine blond glänzende Mähne haben.

»Soll ich jetzt mit ihm sprechen oder nicht?«, fragte Klose. Er saß auf Schmidts Platz im Kommandofahrzeug und fummelte an dem Bügelmikrofon herum, das sich von seinem Kopfhörer vor seine Lippen schwang.

»Wir sind nicht sicher, Herr Senator«, sagte Schmidt. »Auf der einen Seite würde ich sagen, wir warten, bis wir die Identität des Toten verifiziert haben, der uns vor die Füße geworfen wurde – dann können Sie das

Gespräch besser führen. Auf der anderen Seite könnte es sein, dass er eine Geisel war und Walau so seine Ungeduld ausdrückt. Dann könnten noch weitere Leichen folgen, wenn Sie nicht schnellstens mit ihm reden. Gibt es schon eine Entscheidung bezüglich der Freilassung von Janine Walau?«

»Die Entscheidung ist, dass sie nicht freigelassen wird. Wir lassen uns nicht erpressen.«

»Das heißt es in solchen Szenarien immer, dann werden die ersten Geiseln getötet, und dann knickt die Politik oftmals doch ein.«

»Plädieren Sie etwa dafür, die Wünsche dieses Massenmörders zu erfüllen?«

Schmidt seufzte und rieb sich den Bauch. Vor einiger Zeit hatte sein Magen zu schmerzen begonnen. Die Magensäure stieg ihm in die Speiseröhre, sodass es dort wie Feuer brannte. »Nein«, murmelte er. »Aber es ist immer das Gleiche. Ein Pokerspiel, bei dem eine Partei garantiert verliert. Die der Geiseln.«

»Wenn wir sofort nachgeben würden, gäbe es viel mehr Nachahmungstäter. Das wissen Sie genauso gut wie ich. Nicht jeder Geiselnehmer ist auch tatsächlich fähig, seine Geiseln zu ermorden.« Jetzt seufzte Klose. »Man kann nur hoffen, von einem Amateur als Geisel genommen zu werden, wenn man das Pech hat, in so eine Situation zu geraten. Amateure geben am Ende meistens nach, ohne ihre Geiseln zu verletzen. Glauben Sie nicht, dass mir die harte Haltung bezüglich Janine Walau leichtfällt. Da drin werden Leute gefangen gehalten, die ich zu meinem Freundeskreis zähle!«

»Geht mir genauso. Wenn es nicht den Vorweihnachtsstress gäbe, wären mein Bruder und meine Schwägerin dort drin! Sie lassen kaum ein Konzert in der Elphi aus.« Schmidt holte Atem. Ihm wurde schlecht, wenn er daran dachte. Sein Bruder und er waren bereits ihr ganzes Leben lang ein Herz und eine Seele.

»Was wissen Sie denn überhaupt über den Toten?«, fragte Klose.

»Wir vermuten, dass er schon tot war, als er über das Geländer geworfen wurde. Wir hatten nur wenige Augenblicke, das Geschehen zu beobachten, als die Scheinwerfer es einfingen – er wehrte sich nicht, und außerdem sind mindestens zwei meiner Leute überzeugt, dass ihm zu diesem Zeitpunkt schon der halbe Kopf fehlte.«

Der Innensenator starrte Schmidt an, und dieser hörte sich selbst dabei zu, wie er hinzufügte: »Die Schädelteile, die fehlen, konnten wir zumindest hier unten nicht vom Pflaster kratzen … was die Theorie erhärtet.«

»Müssen Sie mir diese grässlichen Details unbedingt erzählen?«

Schmidt räusperte sich. »Verzeihen Sie«, sagte er verlegen.

»Was weiter?«

»Der Tote hatte Informationen in die Haut tätowiert, was natürlich ebenfalls dafür spricht, dass er bereits tot war. Mit einem Kugelschreiber. Über die Mannschaftsstärke der Terroristen, die Anzahl der Geiseln, wie viele Tote …«

»Sie meinen, Tote auf Seiten der Geiseln?«

Schmidt dachte daran, dass Klose nachher möglichst ruhig und gefasst mit Walau sprechen musste. »Nein«, log er. »Nur die Toten aufseiten der Terroristen.« Er beschloss, dem Innensenator auch die tätowierte Information über die Bomben im Gebäude zu verheimlichen, solange es irgendwie ging.

»Wieso gibt es da Tote?«

»Das wissen wir nicht!« Schmidt warf die Hände in die Höhe. »Bekämpfen die sich untereinander? Keine Ahnung. Gibt es einen Verräter in deren Truppe, der uns von innen zu helfen versucht? Oder ist ihnen jemand von der Security entwischt, der jetzt dort aufräumt?«

Klose schnaubte. »Was für ein Unsinn. So was gibt's nur im Film.« Er winkte ab. »Nicht so wichtig. Also – sonst noch etwas, was Sie wissen?«

Für Schmidt hörte es sich wie ein Vorwurf an, dass er eigentlich gar nichts wusste. Das Schlimme daran war, dass es auch noch zutraf. Er fühlte sich in der Defensive und kompensierte es mit einem sarkastischen Unterton. »Wer auch immer den Toten über das Geländer gekippt und uns die Informationen gegeben hat, hat sein Werk signiert.«

»Er hat was?«

»Er hat uns seinen Namen hinterlassen. Baran Merzani.«

»Wer zum Teufel ist Baran Merzani?«

»Das ist ja das Bizarre an der Situation! Laut den Datenbanken von Interpol ist Baran Merzani ein Mitglied des IS. Ihm wird vorgeworfen, einer der Folterer des Kalifats gewesen zu sein. Ich habe die Berichte überflogen, was man ihm vorwirft. Da möchte man sich übergeben.«

»Und dieser Baran Merzani soll jetzt auf einmal auf unserer Seite sein und uns Informationen geben? Vielleicht ist es ja ein Trick. Vielleicht sind es Falschinformationen, um uns zu verwirren!«

Wir sind schon komplett verwirrt, dachte Schmidt. Da brauchte es nicht noch Falschinformationen, in die Haut eines Toten geritzt. »Die Qualität der Informationen lässt den Schluss zu, dass es sich um echte Daten handelt – so etwas würde niemand als Falschinformation streuen«, sagte er laut und hätte sich am liebsten sofort auf die Zunge gebissen.

Klose musterte den Polizeipräsidenten misstrauisch. Der Mann war nicht dumm und hörte außerdem genau zu. »Was gibt es denn noch? Enthalten Sie mir Informationen vor?«

»Ja«, sagte Schmidt, weil es keine andere Antwort gab.

»Herrgott noch mal. Ich bin Ihr Chef! Was soll das?«

»Ich dachte, diese Informationen würden Ihre Gesprächsführung beeinträchtigen.«

»Überlassen Sie das mir, Herr Schmidt! Raus damit!«

»Es gibt wohl mehr als dreißig tote Geiseln bis jetzt, und im Gebäude scheinen außerdem Bomben gelegt worden zu sein.«

Klose schwieg ein paar Sekunden. »O Gott«, sagte

er dann und wiederholte es noch ein paarmal. »Ich wollte, Sie hätten mir das nicht gesagt. Wie soll ich jetzt mit dem Mann verhandeln? Das ist ein Monster! Und wie soll ich nachher vor die Presse treten? Was soll ich denen sagen?«

»Lügen Sie sie an«, sagte Schmidt schlicht.

Klose vergrub das Gesicht in den Händen. »Was für eine furchtbare Katastrophe.« Er schaute auf. »Und das wissen wir von diesem Baran Merzani?«

Schmidt zuckte mit den Schultern.

»Wieso sollte sich ein Folterknecht des IS auf einmal auf unsere Seite schlagen? Während er und seine Kumpane eine solche Aktion abziehen? Das leuchtet mir nicht ein. Haben Sie schon mal dran gedacht, dass der Tote vielleicht Baran Merzani ist?«

Jetzt schwieg Schmidt ein paar Sekunden. »Nein«, sagte er dann. Er hatte auf einmal das Gefühl, kurz nach Abgabe einer wichtigen Prüfung zu erkennen, dass er alle Fragen falsch verstanden hatte.

»Gibt es ein Foto von Merzani in den Datenbanken?«

»Ja, aber es hilft uns nicht weiter. Wir können es nicht mit dem Leichnam vergleichen. Vom Kopf… fehlt zu viel.« Schmidt klopfte dem Innensenator plötzlich auf die Schulter, ohne dass er es selbst merkte. »Aber wir könnten seine Fingerabdrücke vergleichen! Die Finger sind alle noch dran! Und von Merzani gibt es ein Set, weil er früher bei der iranischen Armee war!« Er wandte sich zur Tür und hielt sofort wieder inne. »Ich bin gleich wieder zurück, Herr Innensenator. Ich muss das veranlassen. Tun Sie bis dahin nichts und rufen Sie vor allem Walau nicht an, wenn ich nicht dabei bin.«

Er stürzte aus dem Kommandofahrzeug und rannte hinüber zu dem Rettungswagen, in dem man die Leiche des Unbekannten deponiert hatte, bis ein Leichenwagen eintraf. Das Fahrzeug wurde von einem Polizisten bewacht. »Sind die Spurensicherer noch irgendwo in der Nähe?«

»Ja, Herr Präsident.« Der Beamte zeigte in die Richtung, in der sich eine Art zweites Hauptquartier um die Männer von der Bereitschaftspolizei gebildet hatte.

»Laufen Sie rüber und sagen Sie ihnen, sie müssen die Fingerabdrücke der Leiche sofort mit den Datenbanken von Interpol vergleichen. Priorität 1. Das Ergebnis brauche ich *asap*, sobald es vorliegt.«

»Und der da drin?« Der Beamte deutete über die Schulter auf den Rettungswagen.

»Beeilen Sie sich. Ich passe so lange auf.«

Der Beamte rannte davon. Schmidt öffnete die Türen und betrachtete die Alufolie auf der Trage. Selbst darunter konnte man erkennen, dass es ein menschlicher Körper war, durch einen Sturz aus größerer Höhe deformiert. Schmidt versuchte, sich zu beruhigen, um über den Toten nachzudenken. Wer war er wirklich? Er schüttelte den Kopf. Wenn er nur sicher sein könnte, dass die eingeritzten Informationen auf seinem Körper stimmten!

Traf die Mannschaftsstärke der Terroristen zu, dann waren es weniger, als er befürchtet hatte, und es bestand die Chance, sie bei einer Erstürmung des Gebäudes schnell ausschalten zu können. Ihm standen drei Hundertschaften Polizei zur Verfügung, und je mehr Zeit verstrich, desto mehr Beamte wurden aus den umliegenden Bundesländern herbeordert.

Allerdings musste man davon ausgehen, dass sie bei einem Zugriff der Einsatzkräfte sofort weitere Geiseln töten würden. Dreißig Tote jetzt schon? Lieber Himmel. Schmidt konnte sich nicht vorstellen, dass sich jemand von den Geiseln gewehrt hatte – allerhöchstens die Leibwächter der afghanischen Politiker, aber das waren keine dreißig Mann. Die Terroristen mussten also bei der Gefangennahme willkürlich Menschen erschossen haben. Monster! Ein paar Augenblicke lang stellte Schmidt sich vor, wie er an der Spitze seiner Hundertschaften das Gebäude stürmte und bewaffnete Terroristen ausschaltete wie in einem Computerspiel. Gleich darauf schämte er sich dafür. Herrgott noch mal – um den Innensenator zu zitieren –, er war Polizeibeamter, kein Vigilant!

Der Unbekannte, der ihnen die Informationen gesteckt hatte, besaß in dieser Hinsicht offenbar keine Skrupel, sofern es stimmte, dass sieben Terroristen tot waren und er sie ausgeschaltet hatte. Wenn es ihn überhaupt gab … lieber Himmel, man müsste mit ihm Kontakt aufnehmen können, dann hätte man den Terroristen wenigstens etwas entgegenzusetzen!

Und die Bomben? Waren die Terroristen wirklich fähig, das gesamte Gebäude in die Luft zu jagen? Konnte Schmidt unter diesen Umständen überhaupt daran denken, die Elbphilharmonie stürmen zu lassen?

Als der Beamte ihn ablöste, war Schmidt froh, wieder etwas tun zu können. Sein Gedankenkarussell drohte ihn noch kirre zu machen. Er rannte zum Kommandofahrzeug zurück und stieg ein. Innensenator Klose machte ein merkwürdiges Gesicht.

»Was ist?«, fragte Schmidt alarmiert.

Klose gestikulierte in Richtung Elbphilharmonie. »Ich habe versucht, den Mistkerl anzurufen«, sagte er. »Es geht niemand ran.«

30

Donnerstag, 10. Dezember
23:36 Uhr

Nils Walau betrachtete das Telefon auf dem Schreibtisch. Es hatte soeben aufgehört zu klingeln.

»Wollten Sie nicht rangehen?«, fragte Chamsul.

»Das muss der Innensenator sein, sonst wäre er nicht durchgestellt worden. Ich lasse ihn zappeln.«

Chamsul zuckte mit den Schultern und wand sich unbehaglich. »Die Suchmannschaften sind zurück«, sagte er schließlich. »Keine Spur von Baran. An sein Handy geht er auch nicht. Es klingelt, bis der Anruf sich automatisch abschaltet. Aber …«

»Was?«

»Sie haben Djamels Trupp gefunden. Im Hoteltreppenhaus. Bis auf einen sind alle tot.«

Walau schwieg.

»Den Unbekannten hat keiner gefunden«, sagte Chamsul. »Im ganzen Gebäude nicht.«

Walau schwieg weiter. Er starrte auf einen Punkt über Chamsuls Kopf.

»Baran hatte den Oberbefehl über die Suchtrupps«, sagte Chamsul nach einer Weile, als müsse er jedes Wort vorher genau auf seine Bedeutung prüfen.

Walau bequemte sich zu einer Antwort. »Was willst du damit sagen?«

Chamsuls Lippen zuckten. »Ich meine«, begann er zögernd, »dass Baran…« Er brach ab und versuchte einen neuen Ansatz. »Nehmen wir einfach mal an… nur, damit der Gedanke ausgesprochen wird, und ich sage nicht, dass es so sein muss… nehmen wir einfach mal an, Baran hätte… Baran würde…« Er brach erneut ab, auf der Suche nach einem noch besseren Ansatz.

Walau nahm ihm die Arbeit ab. »Du willst sagen: Nehmen wir an, dass der Unbekannte in Wahrheit Baran ist, der hinter meinem Rücken sein eigenes Spielchen spielt? Weil er es am einfachsten gehabt hätte, Djamel und seinen Trupp sowie Rachid und Khuram zu eliminieren. Sie vertrauten ihm. Er bringt sie um und setzt sich ab. Den Durchgang zum nicht öffentlichen Teil der Elbphilharmonie kennt er so gut wie alle von uns. Er war ja dabei, als du den Code für die alarmgesicherte Tür geknackt hast. Er verschwindet in die Tiefgarage und von dort nach draußen und ergibt sich der Polizei, mit der er einen Deal vereinbart.«

»Er war nicht einverstanden, mit ihrer Forderung nach Freilassung Ihrer Frau«, sagte Chamsul.

Walau betrachtete den IT-Spezialisten. »Es ist mir ein Rätsel«, sagte er, »wie jemand, der in Sachen EDV so klug ist wie du, in anderen Belangen so ein hoffnungsloser Vollidiot sein kann.«

Chamsul schluckte krampfhaft.

»Baran hätte mich niemals verraten, weil so etwas gar nicht in Barans Charakter liegt«, sagte Walau. »Baran ist ein Mann, der jemanden braucht, dem er dienen kann – der perfekte Soldat. Auch wenn er mit einem Befehlsgeber nicht einverstanden ist, wird er ihn niemals hintergehen. Und wenn er Befehle ausführen muss, die ihm zuwider sind, führt er sie trotzdem aus, so gut und so klug er nur kann. Baran Merzani ist kein Verräter!«

»Verzeihen Sie, Abu«, stieß Chamsul hervor. »Ich wollte nicht andeuten …«

»Doch, wolltest du. Aber abgesehen von Barans Eigenschaften: Wenn er es gewesen wäre, der Djamel und seinen Trupp überfallen hat, hätte er dann einen von ihnen am Leben gelassen, damit er ihn verrät? Nein, er hätte alle kaltgemacht und uns mit seinem Verschwinden vor ein Rätsel gestellt. Was ist mit dem Mann, der überlebt hat? Der aus Djamels Team? Wie heißt er?«

»Äh … äh …« Chamsul kramte in seiner Tasche nach seinem Handy, um die dort gespeicherten Informationen abzurufen. Walau winkte ab.

»Der Name ist unwichtig. Wo ist er jetzt?«

»In einem der Sanitätsräume im Konzertbereich. Es geht ihm nicht besonders gut.«

»Ist er bei Bewusstsein?«

»Nicht dass ich wüsste.« Chamsul zuckte zusammen, als das Handy in seiner Tasche plötzlich zu summen begann. Er fasste unwillkürlich danach, dann hielt er inne und sah Walau fragend an. »Ich … äh …

ein Anruf…«, stotterte er. »Das kann nur von einem der Kommandeure kommen…«

»Dann geh ran, verdammt!«, schnappte Walau. »Und gib Bescheid, dass man den Verletzten zu Bewusstsein bringen soll. Wie, ist mir egal. Meinetwegen sollen sie ihn mit dem Defibrillator schocken. Ich will wissen, was im Treppenhaus vorgefallen ist.«

Chamsul, der das Telefon hervorgeholt und währenddessen eifrig zu Walaus Worten genickt hatte, meldete sich. Er hörte ein paar Sekunden lang zu, dann traten seine Augen hervor. »Was?«, rief er mit sich überschlagender Stimme. »Was? Was sagst du?«

Walau sprang auf und riss ihm das Telefon aus der Hand. »Abu Nihad hier«, sagte er scharf und drückte die Lautsprechertaste. Die Stimme eines der überlebenden Kommandeure klang gehetzt daraus hervor. Chamsul beugte sich, noch immer fassungslos, über den Apparat in Walaus Hand.

»Abu«, stotterte der Kommandeur. »Wie ich gerade Chamsul sagte… vor ein paar Minuten hat sich der Wachposten im nordöstlichen Außenbereich nicht wie vereinbart gemeldet. Ich habe selbst nachgesehen. Er ist tot, Abu. Jemand hat ihn erschossen, mit drei Schüssen. Und es gibt noch weitere Blutspuren und… und Gehirnmasse und Knochensplitter. Eine ganze Lache. Einzelne Spritzer führen davon weg zum Geländer, als sei der Verletzte darüber gesprungen. Wir konnten es ganz genau sehen, weil man von außen mit Scheinwerfern herübergeleuchtet hat. Es wurde aber nicht auf uns geschossen…«

»Das nächste Mal«, zischte Walau, »wartet ihr nicht, sondern ihr schießt. Egal auf was – die sollen Angst haben, das Gebäude auch nur anzuschauen!«

»Ja, Abu. Aber, Abu… ich glaube, dass zwei Leute dort umgelegt wurden…!«

»Natürlich wurden zwei umgelegt.« Walau unterbrach die Verbindung grußlos und drückte dem IT-Spezialisten das Telefon in die Hand. »Du«, sagte er, »sorgst dafür, dass man den Trottel im Sanitätsraum wach bekommt. Gib mir Bescheid, wenn es so weit ist. Dann gehst du in die Zentrale und schaltest jedes Glühbirnchen an, das du finden kannst. Ich will den Außenbereich taghell haben. Die Medien sollen gut ausgeleuchtete Bilder bekommen. Wir sind ab sofort in Phase drei.«

»Ja, Abu.« Chamsul stürzte zur Tür, hielt aber noch einmal kurz inne. »Und… was machen Sie, Abu? Phase drei sollte doch von Baran…«

»Ich telefoniere mit dem Innensenator. Barans Aufgaben übernehme ich selbst. Sobald Phase drei angelaufen ist, haben wir von der Polizei keinen Widerstand mehr zu erwarten, und alles läuft wieder in geordneten Bahnen.«

»Und der Unbekannte…?«

»Tu, was ich dir befohlen habe!«, sagte Walau barsch. »Fragen stellen kannst du später.«

»Ja, Abu.«

»Chamsul«, sagte Walau, etwas ruhiger. »Keine Sorge. Der Unbekannte wird uns nach dem Anlaufen von Phase drei nicht mehr in die Quere kommen. Er wird es nicht wagen. Alles wird klappen wie geplant.«

Chamsul lächelte unsicher. »Ja, Abu.«

Walau wartete, bis der IT-Spezialist draußen war. Dann riss er alle Ordner, Bücher und Nippes, die der technische Leiter der Elbphilharmonie in seinem Regal stehen hatte, heraus und trampelte darauf herum. Sein Wutanfall verlief völlig schweigsam, nur sein Keuchen war zu hören. Unter dem Gewicht seiner Tritte zerbrachen Andenken, Bilderrahmen, rissen Buchdeckel ab und knickten Aktenordner ein. Er lief zu dem Toten in der Ecke und deckte auch ihn mit Tritten ein. Schließlich blieb er, schwer atmend, im Raum stehen. Als das Telefon klingelte, holte er noch einmal tief Luft, dann fuhr er sich grob übers Gesicht und setzte sich hinter den Schreibtisch. Er drückte die Freisprechtaste der Telefonanlage.

»*I am listening*«, sagte er in bestem Englisch.

Die Stimme am anderen Ende antwortete nach einer Überraschungspause und in weitaus schlechterem Englisch: »Mit wem spreche ich bitte?«

»Nein«, sagte Walau. »Mit wem spreche *ich*?«

»Ich bin Innensenator Udo Klose. Ich möchte mit Nils … mit Abu Nihad sprechen.«

»Wer sagt Ihnen, dass Sie *nicht* mit ihm sprechen?«

Wieder eine Pause. Dann sagte der Innensenator auf Deutsch: »Ich würde es vorziehen, mit Ihnen in unserer gemeinsamen Muttersprache zu verhandeln, Herr Walau.«

»Wir verhandeln nicht, Herr Innensenator«, erwiderte Walau, ebenfalls auf Deutsch. »Ich befehle, Sie gehorchen. Holen Sie meine Frau an den Apparat.«

»Das geht nicht. Ich spreche mit Ihnen von einem Übertragungsfahrzeug der Polizei aus. Hier ist kein Platz …«

»Herr Innensenator«, unterbrach Walau. »Ich frage Sie jetzt etwas zu meiner Frau, und Sie antworten mir. Tischen Sie mir eine Lüge auf, stirbt ein paar Minuten später eine Geisel. Hat meine Frau das Gefängnis bereits verlassen?«

Der Innensenator zögerte. »Nein«, antwortete er dann. »Aber wir haben bereits Kontakt zu den internationalen Behörden wegen der Freilassung der inhaftierten IS-Kämpfer aufgenommen und mit den afghanischen Behörden wegen Ihrer anderen Forderungen …«

»Sie haben mir zwei Lügen erzählt. An Ihrer Aussage stimmt nur, dass Sie meine Frau noch nicht freigelassen haben.«

»Aber nein, wir …«

»Deshalb werden drei Geiseln sterben«, sagte Walau. »Ihr Tod geht auf Ihr Konto.«

»Was? Drei? Wieso drei …? Ich …«

»Wären zwei akzeptabler, Herr Innensenator? Zwei wegen Ihrer beiden Lügen, der Dritte dafür, dass Sie meine Anweisungen bezüglich meiner Frau noch nicht befolgt haben. Wenn Sie mich das nächste Mal anrufen, sorgen Sie dafür, dass meine Frau neben Ihnen steht.«

»Warten Sie …!«

Walau unterbrach die Verbindung, lehnte sich zurück und betrachtete die Verwüstung im Raum. Er schüttelte den Kopf. Dann stand er auf und rief den Wachposten, der bei der Eingangstür zum Bürokomplex stand. »Hol mir meine Tasche«, befahl er. »Du weißt schon, welche ich meine.«

»Ja, Abu. Darf ich meinen Posten dafür verlassen?«

»Ja. Ich bin hier auch für eine Weile weg. Bring mir die Tasche in den Konzertbereich.«

Auf dem Weg in den siebten Stock klingelte Walaus Handy. Es war Chamsul. »Er ist wach, Abu«, sagte er. »Aber er ist übel zugerichtet.«

»Ich bin unterwegs. Gibt es Neuigkeiten von Amedy?«

»Der hat sich gemeldet, Abu. Das Haus ist verkabelt. Er sagt, Sie brauchen nur noch auf den Knopf zu drücken. Den Sender hat er für Sie aktiviert.«

»Wo ist Amedy jetzt?«

»Auf dem Weg hierher, in den Konzertbereich.«

»Gut.« Walau schaltete das Handy aus. Er wartete, bis der Aufzug im siebten Stock ankam. Äußerlich war er völlig ruhig, doch kurz bevor die Aufzugstüren sich öffneten, presste er sich seitlich an die Aufzugskabine und zog die Pistole, die er im Hosenbund stecken hatte. Sichernd spähte er um die Ecke. Niemand. Er steckte die Pistole erst wieder weg, als er auf die Plaza hinaustrat und die Gefahr bestand, dass seine Leute ihn mit gezogener Waffe sahen und den Eindruck bekommen konnten, ihr Anführer sei nervös.

Sein junger Kämpfer sah übel zugerichtet aus. Die Schläfe war so geschwollen, dass die Haut über das komplette Gesicht spannte. Er hatte blutunterlaufene Augenringe. Die Vorderseite seines Hemds war mit frisch Erbrochenem verunziert.

»Abu…«, stammelte er.

»Ich frage, du antwortest«, sagte Walau. »Wir haben keine Zeit für Erzählungen.«

»Ja, Abu …«

»Gut.« Er wandte sich an die beiden überlebenden Kommandeure. »Sucht drei Geiseln aus. Beliebige. Sondert sie ab, fesselt ihnen die Hände auf den Rücken und bringt sie aus dem Konzertsaal zum Treppenanfang. Falls jemand von den anderen Geiseln versucht, euch aufzuhalten, schlagt ihn oder sie so lange, bis ihr Ruhe habt. Aber es wird nicht geschossen im Konzertsaal, verstanden?«

»Ja, Abu.«

Walau musterte Chamsul, der als Einziger noch im Raum geblieben war. Dann wandte er sich mit einem Ruck dem verletzten jungen Mann zu.

»Hat Baran euch überfallen?«, fragte er.

»Was? Nein! Nein, Abu …«

»Aber ihr seid überfallen worden.«

»Ja, Abu.«

»Von wem?«

»Einem Fremden, Abu. Es ging alles furchtbar schnell. Ich war innerhalb von ein paar Augenblicken verletzt und kampfunfähig. Djamel konnte den Fremden zunächst festnehmen, aber dann …«

Walau unterbrach ihn. »Weißt du, wer der Fremde war?«

»Nein, Abu.«

»War es der Mann auf dem Foto, das Chamsul herumgeschickt hat?« Eine Kopfbewegung zu Chamsul. Dieser suchte fieberhaft Parcevals Fahndungsfoto aus dem Dateiarchiv und hielt dem jungen Mann sein Handy vor die Nase.

»Ich weiß nicht, Abu«, flüsterte der junge Mann. »Er hat mit Djamel auf Französisch gesprochen. Ich kann nicht gut genug Französisch, sodass ich fast nichts verstanden habe …«

»Und Baran Merzani?«

»Ich weiß nichts von Baran, Abu. Der Fremde hat mich, nachdem er Djamel getötet hatte, bewusstlos geschlagen. Ich bin erst hier wieder zu mir gekommen.«

Walau machte eine auffordernde Geste, und Chamsul reichte ihm das Smartphone. Walau starrte das Foto an. »Es sieht dir wirklich kaum ähnlich, Parceval«, murmelte er. »Bist du's, oder bist du's nicht?«

»Denken Sie wirklich, der Fremde könnte Parceval sein?«, fragte Chamsul atemlos.

Walau winkte ihm, ihm aus dem Raum zu folgen. »Djamels Leute – das waren alles nur Idioten«, sagte er, als sie draußen angelangt waren. »Djamel selbst war auch nicht viel besser. Aber um Baran aufs Kreuz zu legen, dafür muss man was auf dem Kasten haben. Unser Unbekannter ist definitiv kein entkommener Security-Mitarbeiter, kein Techniker, kein Facility-Manager und auch kein deutscher Zivilpolizist. Und auch niemand, der nur zu überleben versucht. Er bekämpft uns.«

»Warum denken Sie, dass er Baran überlisten konnte?«

»Weil ich sicher bin, dass der zweite Blutfleck im Außenbereich von Baran stammt und dass seine Leiche nach unten auf den Platz verfrachtet worden ist, um der Polizei draußen ein Zeichen zu geben.«

»Trotzdem glauben Sie, dass er aufgeben wird? Wenn er es überhaupt ist?«

»Dafür sorgt Phase drei«, sagte Walau. Aber die Art und Weise, wie er nochmals auf Parcevals Fahndungsfoto starrte, verriet seine Gedanken. Er war nicht so sicher, wie er sich gab, dass Phase drei einen Mann wie Parceval von seinem Tun abhalten würde.

31

Donnerstag, 10. Dezember
23:42 Uhr

Parceval hatte jetzt ein Telefon, aber es nützte ihm nicht viel. Die arabischen Schriftzeichen, die Baran eingestellt hatte, konnte er zwar im Wesentlichen entziffern – die Sprachen in Afghanistan unterschieden sich komplett von den arabischen Sprachen, aber sie benutzten die gleichen Schriftzeichen –, aber wen sollte er damit anrufen? Den Notruf der Polizei? Man würde ihn niemals zum Einsatzleiter durchstellen, geschweige denn zum Polizeipräsidenten oder zum Innensenator. Abgesehen davon, dass beide wahrscheinlich ebenfalls dort unten waren und hofften, die Situation in den Griff zu bekommen.

Er hätte Nils Walau anrufen können und sich in direkter psychologischer Kriegsführung versuchen. Die Anrufliste Barans und seine gespeicherten Kontakte arbeiteten zwar alle mit Decknamen – Parceval erkannte einen frühen persischen König namens Shapur, der drei römische Kaiser besiegt hatte, dahinter musste mit Sicherheit Walau stecken –, doch auch das war nur eine Vermutung.

Fürs Erste ratlos und von der Entwicklung der Dinge abgeschnitten, wog Parceval das Telefon in der Hand. Was sollte er damit anfangen? Seit er aus der Haftanstalt entflohen war, hatte er fast ausschließlich zu einem einzigen Menschen telefonischen Kontakt gehabt: Ksenia. Sie konnte er jedoch nicht anrufen. Ihr Handy lag mit zweihundert anderen in einem Haufen vor dem Kleinen Konzertsaal der Elbphilharmonie. Er wischte sich durch die Home-Bildschirme des Smartphones, bis er bei den Apps das Symbol eines Nachrichtensenders erkannte. Er aktivierte ihn und studierte einige Minuten die Berichte und nichtssagenden Videoaufnahmen des alles beherrschenden Themas: der Überfall auf das Gebäude, in dem er sich gerade befand. Die Berichte wurden fast im Minutentakt aktualisiert, ohne dass sich ihr Informationsgehalt geändert hätte. Eigentlich unterschieden sich nur die Formulierungen. Immerhin erfuhr Parceval, dass Innensenator Udo Klose und Polizeipräsident Hans Manuel Schmidt den Einsatz persönlich leiteten.

Er hoffte, dass sie die Botschaft auf Barans Leiche empfangen hatten und auch glaubten. In den Nachrichten war nichts darüber zu finden, aber kein Einsatzleiter auf der ganzen Welt hätte diese Details an die Presse weitergegeben. Es gab keine Aufnahmen, auch nicht verwackelte Handybilder, wie Parceval Barans Körper über das Geländer gekippt hatte.

Je länger er nachdachte, desto klarer wurde ihm,

dass er mit dem Innensenator oder dem Polizeipräsidenten Kontakt aufnehmen musste. Und er würde sich zu erkennen geben müssen. Es war der einzige Weg, dass man ihn ernst nahm. Hätte er sich als Geisel vorgestellt, die sich versteckt hielt, hätte man ihm lediglich geraten, sich nicht zu rühren und ansonsten seine Beobachtungen angezweifelt. Wenn er überleben wollte, musste er die Strategie aufgeben, unter dem Radar zu agieren.

32

Donnerstag, 10. Dezember
23:57 Uhr

Die Geiseln, die Walau hatte aussondern lassen, waren zwei Männer und eine Frau in Abendgarderobe. Einer der Männer trug einen Pin mit der Deutschlandflagge am Revers. Walau hielt ihn für einen der offiziellen deutschen Begleiter der Afghanen. Er war kreidebleich, aber er erwiderte Walaus Blicke und die seiner Helfer eisern. Der andere Mann zitterte und stöhnte, die Frau schluchzte. Ihr Kajalstrich hatte sich aufgelöst und zog dunkle Spuren über ihr dick aufgetragenes Make-up. Walaus Männer warfen ihr angewiderte Seitenblicke zu. Ihnen war eingetrichtert worden, dass westliche Frauen allesamt Huren waren, und was sie jetzt sahen, verstärkte ihre Verachtung nur noch.

Walau überlegte kurz, dann nahm er den zitternden Mann beiseite. Er war für das, was er vorhatte, am besten geeignet. Bei dem anderen Mann konnte man nicht wissen, ob er nicht plötzlich Widerstand leistete, und wenn er die Frau mit nach draußen nahm, konnte es sein, dass die Polizei unberechenbar reagierte. Der Beschützerinstinkt war gegenüber einer Frau deutlich ausgeprägter als gegenüber einem Mann.

Der stöhnende Mann wimmerte noch lauter, als Walau ihn von den anderen wegzog. Er torkelte wie ein Betrunkener. Vor lauter Todesangst traten Tränen in seine Augen und liefen über seine Wangen. Er wirkte, als würde er im nächsten Moment einen Herzinfarkt bekommen. Sein Blick klebte an der blank gewienerten Klinge einer Machete, die in Walaus Gürtel steckte. Sie war in der Tasche gewesen, die sich Walau hatte bringen lassen.

»Wie heißen Sie?«, fragte Walau auf Deutsch und musste die Frage mehrfach wiederholen, bis er eine Antwort bekam. Er vergaß den Namen sofort wieder.

»Hören Sie mir zu«, sagte er eindringlich. »Ihnen geschieht nichts. Ich muss das hier inszenieren, um die Polizei zu überzeugen, dass ich es ernst meine. Wir bringen Sie nach draußen, und dann werde ich andeuten, dass ich Sie enthaupte.«

Der Mann machte ein ersticktes Geräusch in der Kehle. Walau zwang sich ein Lächeln ins Gesicht und schüttelte beruhigend den Kopf. »Mein Assistent hält Ihr Haar fest. Das ziept ein bisschen, mehr nicht. Dann schwinge ich drohend die Machete, bevor wir wieder reingehen, und Sie und die anderen zwei können in den Konzertsaal zurückkehren. Haben Sie verstanden?«

Der Mann starrte Walau mit tränenblinden Augen an. Walau tätschelte seine Wange. »Haben Sie verstanden?«, fragte er nochmals. »Es ist wichtig, dass Sie mitspielen. Wehren Sie sich nicht. Wir müssen uns da draußen beeilen, sonst nehmen uns die Scharfschützen der Polizei unter Feuer, und ich kann nicht garantieren, dass Sie dann nicht aus Versehen getroffen werden.«

Der Mann atmete wie nach einem Tausendmeterlauf. Schließlich nickte er kaum merklich.

Walau musterte die anderen beiden Geiseln, dann die zwei Männer, die zu ihrer Bewachung eingeteilt waren.

»Ihr wisst, was ihr zu tun habt, und wann?«, fragte er sie.

»Ja, Abu.«

»Gut.« Er wandte sich an den Mann, den sein Helfer festhielt, damit er nicht zusammenbrach. »Stehen Sie auf. Es ist wichtig, dass Sie aufrecht gehen. Draußen knien Sie auf mein Zeichen nieder, und dann machen wir es wie besprochen. Denken Sie daran: In ein paar Sekunden ist es vorbei, wir wollen nur drohen, und dann bringen wir Sie wieder hier herein.«

Der Mann nickte nochmals. Auf Walaus aufmunterndes Schulterklopfen und mithilfe von Walaus Helfer kam er auf die Beine. Er bedachte die anderen beiden Geiseln mit keinem Blick. Sie waren seine Leidensgenossen, aber seine Angst war so groß, dass in seiner Welt für nichts anderes mehr Platz war. Walau schob ihn sanft vor sich her. Der Mann stolperte auf zittrigen Beinen zu der gewellten Glasfront, die den Außenbereich vom Innenbereich abgrenzte.

»Was haben Sie vor?«, fragte der Mann mit der

Deutschlandflagge am Revers. »Wohin bringen Sie diesen Mann?«

Walau rief über die Schulter: »Frische Luft schnappen. Keine Sorge, Sie dürfen nachher auch noch raus.«

Sie quetschten sich zu dritt in ein Abteil der Drehtür und waren draußen, noch bevor es weitere Fragen geben konnte. Chamsul hatte es tatsächlich geschafft, mithilfe der vorhandenen Lichtinstallation den Außenbereich fast taghell auszuleuchten. Sie kamen bis zum Geländer, dann wurden die Scheinwerfer der Polizei auf sie gerichtet. Walau war darauf gefasst und hatte eine Sonnenbrille aufgesetzt, kaum dass sie ins Freie getreten waren. Sein Helfer kniff die Augen unter der Sturmhaube zusammen, die Geisel stöhnte.

Walau wartete ein, zwei Sekunden, bis er sicher sein konnte, dass die Aufmerksamkeit aller Polizisten und aller Medien auf ihre kleine Gruppe gerichtet war. Er drückte der Geisel die Hand auf die Schulter. Der Mann verstand das Zeichen und kniete unbeholfen nieder. Walaus Helfer packte sein Haar und zog seinen Kopf nach vorn. Die Geisel ächzte, weil der Griff grob und schmerzhaft war.

Walau hatte eine der bekanntesten und berüchtigtsten Persönlichkeiten des IS eingehend studiert: den Briten Mohammed Emwazi oder auch Jihadi John, der in mehreren Videos westliche Geiseln hingerichtet hatte. Emwazi war bereits tot, bei einem Drohnenangriff getötet. Die Hinrichtungsvideos waren inszeniert: Emwazi hatte sich mit einem kurzen Combat-Knife präsentiert und durch clevere Cuts den Eindruck erweckt, er habe seine Geiseln mit diesen Messern bei lebendigem Leib enthauptet. In Wahrheit waren die Geiseln erschossen worden, und die Enthauptungen hatten erst post mortem stattgefunden. Es war beinahe unmöglich, den Kopf eines Menschen mit einem Kampfmesser vom Körper zu trennen und auf jeden Fall eine langwierige, blutige Angelegenheit. Indem er genau dies den Empfängern der Videos suggeriert hatte, hatte Emwazi sich zu einem Monster stilisiert und Angst in die Herzen aller Gegner des IS gepflanzt.

Walau plante, einen Schritt weiter zu gehen. Für seine Ziele reichte es nicht, Emwazi zu kopieren, er musste ihn übertreffen. Er rechnete damit, dass noch hier vor Ort Vergleiche mit Jihadi John gezogen würden, wenn er die bevorstehende Aktion beendet hatte.

Er setzte die Sonnenbrille ab. Eine ganze Sekunde. Jetzt musste genug Bildmaterial vorhanden sein, dass sein Gesicht einwandfrei identifiziert werden konnte. Er setzte sie wieder auf. Er wusste, dass er ab jetzt nur wenige Augenblicke zur Verfügung hatte.

Von unten hörte er eine lautsprecherverstärkte Stimme. Er blendete sie aus. Sie war belanglos. Sie würde nichts an den nächsten Sekunden ändern.

Er hob die Machete hoch über den Kopf. Auch sie war Teil des Plans, Emwazi zu übertreffen. Ein Messer wirkte klein, eine Machete wirkte groß und kraftvoll.

Er nickte seinem Helfer zu. Dieser zog den Kopf des Opfers nach vorn und zwang ihn, sich weiter nach vorn zu bücken. Die Geisel schrie auf.

Die Klinge blitzte im Scheinwerferlicht auf, und Walau schlug mit aller Kraft zu. Die Klinge schnitt durch Knochen, Knorpel, Muskeln und Sehnen und prallte auf dem Boden auf, solche Wucht lag in seinem Schlag.

Sein Helfer taumelte kurz und hielt den abgetrennten Kopf in der Hand. Walau hörte, wie er unwillkürlich einen Entsetzensschrei ausstieß. Dann richtete Walau sich auf und hob das Schwert hoch über den Kopf, eine universelle Geste des Triumphs.

Der Körper der Geisel sackte nach vorn und fiel mit dem Stumpf gegen das Geländer.

Hinter Walau rotierte die Drehtür. Seine beiden anderen Helfer kamen aus dem Gebäude. Sie trieben ihre Geiseln vor sich her zum Geländer und schossen ihnen noch im Gehen mit Pistolen in den Rücken. Sie drückten so oft hintereinander ab, wie es die Mechanik zuließ. Die beiden Geiseln brachen zusammen und prallten gegen das Geländer, und Walaus Helfer packten zu. Zwei Körper fielen in die Tiefe, der abgetrennte Kopf folgte ihnen.

»Zurück! Zurück!«, brüllte Walau. Seine Helfer warfen sich herum und rannten los. Walau folgte ihnen. Sie drängten sich nacheinander durch die Drehtür, so schnell sie konnten.

»Weiter! Weiter!«

Sie liefen in die Plaza hinein, in den Bereich zwischen den beiden Treppenaufgängen. Walaus Henkersgehilfe riss sich die Sturmhaube vom Kopf. Er war bleich, würgte und starrte seine rechte Hand an, mit der er den abgetrennten Kopf gehalten hatte. Die anderen beiden wechselten ungläubige Blicke und stießen ein nervöses Lachen aus.

Walau nahm die Sonnenbrille ab. Er betrachtete seine Machete. Auf ihrer Klinge war ein Blutfleck, der auf dem fein geölten Metall in Tropfen zusammenlief. In ihm tobten Gefühle, die er fast nicht beherrschen konnte. Er hatte schon mehrfach getötet, aber niemals so. So ... direkt. So archaisch. So gewaltsam. Er fühlte sich nicht länger menschlich. Er fühlte sich mehr als menschlich.

Gedämpft hörte er von draußen die Lautsprecherstimme, doch er ignorierte sie. In wenigen Augenblicken würde das Telefon auf dem Tisch des technischen Leiters klingeln. Er würde das Gespräch entgegennehmen, wenn er so weit war. Er wusste genau, was sein Gesprächspartner ihm sagen würde. Er wusste genau, wie es jetzt weiterging. Er hatte den nächsten Zug erzwungen. Sein Gegner würde genauso ziehen, wie er es vorhergesehen hatte.

Er sah seine Männer an. »Ihr habt heute euch und eurem Glauben Ehre gemacht«, sagte er. »Die Gläubigen blicken zu euch auf. Ihr seid Helden, in diesem Leben und im nächsten. Ich bin stolz auf euch. Gott ist groß.«

»Gott ist groß«, murmelten die Männer. Der Helfer mit der Sturmhaube sah immer noch so aus, als würde er sich im nächsten Moment übergeben. Walau klopfte ihm auf die Schulter und erntete einen Blick, der halb verletzt, halb dankbar war.

»Geht zurück zu euren Einheiten«, sagte Walau. »Phase drei geht weiter. Ich bin im Büro der Gebäudeverwaltung.«

»Ja, Abu.«

»Wenn Amedy im Konzertbereich ist, sendet ihn zu mir hoch. Ebenso Chamsul.«

»Ja, Abu.« Einer der Männer holte Luft. Walau ahnte, dass er nach Baran fragen wollte, doch er schluckte die Frage hinunter. Sehr gut. Walaus Autorität hatte zwar nicht gewackelt, aber er hatte immer wieder einmal Fragen zulassen müssen. Dass der Mann vor ihm jetzt nicht einmal wagte nachzubohren, war Walau Beweis genug, wie sehr die vergangenen Sekunden Walau in den Augen seiner Männer überhöht hatten. So war es richtig. Auch das war notwendig für seine künftigen Pläne.

Die Männer wandten sich ab und liefen die Treppe zum Kleinen Konzertsaal hinauf. Walau schlenderte zum Aufzug und fuhr in die Verwaltungsetage hoch. Es war Zeit, die Früchte seiner Arbeit zu ernten.

33

Freitag, 11. Dezember
00:01 Uhr

»Feuer!«, schrie Polizeipräsident Schmidt in sein Mikrofon, obwohl er wusste, dass es zu spät war. Er stierte auf den Monitor, der ihm die Sicht einer der Kameras auf dem Dach eines Nachbargebäudes der Elbphilharmonie zeigte. »Feuer frei!«

Er sah den letzten Schatten durch die Drehtür verschwinden. Walau. Die Drehtür kam zum Halten. Vor seinem inneren Auge spielte sich immer noch die letzte Szene ab: die Enthauptung, die Erschießung, der Sturz der beiden Geiseln in die Leere, der hinterhergeworfene Kopf.

»Hier PSK eins. Kein Ziel mehr«, erwiderte die kühle Stimme des Truppführers der Präzisionsschützen. Dann, bedeutend weniger kühl und unter Bruch der Funkdisziplin: »Es tut mir leid.« Und nach einer Pause, die zeigte, wie erschüttert der Mann war: »Kommen.«

Schmidt starrte immer noch auf den Monitor, der

den Außenbereich der Elbphilharmonie zeigte und das leblose Bündel Mensch am Geländer. Er war froh, dass die Übertragung schwarz-weiß war, so konnte er sich einreden, dass das, was da in dicken Bahnen die Fassade hinunterlief, kein Blut war.

»O Gott«, hörte er den Innensenator stammeln, und immer wieder: »O Gott.«

»Hier Zentrale. Verstanden«, sagte Schmidt als Antwort auf die Information des Truppführers. »Weiterhin wachsam bleiben und Feuerbefehl abwarten. Kommen.«

»Verstanden, Zentrale. PSK eins Ende.«

Schmidt bekämpfte die aufsteigende Übelkeit. Er wandte sich an den Innensenator, der mit offenem Mund dasaß und den Monitor betrachtete, auf dem zu sehen war, wie die Rettungskräfte sich auf einen Einsatz vorbereiteten. »Wir konnten nichts tun, Herr Innensenator. Wir hätten feuern können, als Walau mit der ersten Geisel in den Außenbereich trat, aber die Gefahr für die Geisel war zu groß, und es hätte überall geheißen, wir hätten auf einen Mann geschossen, der nur reden wollte.«

Der Innensenator zuckte zusammen und sah zu Schmidt auf. In den Augen Kloses standen Tränen. »Jetzt wird es heißen, wir hätten sofort schießen sollen«, murmelte der Innensenator.

»Richtig. In so einer Situation kann man es nur falsch machen.«

»Diese Bilder werden mich mein ganzes Leben lang verfolgen.« Der Innensenator schluckte krampfhaft.

»Möchten Sie an die frische Luft …?«

»Damit ich mich draußen vor den Kameras übergebe? Nein. Ich kriege das schon in den Griff.« Klose atmete mehrmals tief ein und aus, bevor er sich auf Schmidts Stuhl zu den Technikern umdrehte. »Was ist überhaupt mit den Medien? Ich hoffe, die haben das nicht gezeigt!«

Die Techniker, die auf mehreren Splitscreens die Liveübertragungen der Medien vor Ort überwacht hatten, schüttelten die Köpfe. Sie sahen grimmig drein. Die Zeit des Sichbeschwerens über die unbequemen Arbeitsbedingungen war längst vorbei.

»Die Öffentlichen und alle großen privaten Sender haben ausgeblendet, als Walau das Schwert anhob«, sagte einer rau. »Nur zwei kleinere private haben alles gezeigt, im Livestream und mit Zooms auf die Gesichter. Auch auf die Geiseln.«

»O Gott!« Der Innensenator sprang auf und sorgte dafür, dass der Klapptisch krachend in sich zusammenfiel. Funksprechgeräte und Mobiltelefone klapperten auf den Boden des Kommandofahrzeugs. »Konnten wir das nicht blockieren?«

»Nicht im Land der Pressefreiheit«, sagte der Techniker.

»Das heißt«, sagte der Innensenator, »wenn ihre Familien das zufällig mit angesehen haben, dann konnten sie ihre… dann konnten sie die Gesichter…« Er brach ab.

»Gesichtsvergleiche mit den Geisellisten laufen bereits«, sagte der zweite Techniker sanft. »Wir wissen noch nicht, ob die Opfer Familien hatten.«

»Jeder Mensch hat eine Familie, und wenn es nur ein Elternteil im Altersheim ist oder ein entfremdetes Kind!«, schnappte der Innensenator.

»Geben Sie an den Leiter der Bereitschaftspolizei weiter, wer diese Sender sind und wo ihre Kamerateams stehen«, befahl Schmidt. »Sie erhalten einen sofortigen Platzverweis, und wenn auch nur einer von ihnen einen Mucks macht, kommt das gesamte Team in Untersuchungshaft.«

»Das können wir nicht machen«, widersprach der Techniker.

»Und ob ich das kann«, sagte Schmidt. »Heute Nacht und nach dieser Szene kann ich alles.«

»Und morgen früh haben Sie eine Anzeige am Hals wegen Beeinträchtigung der Pressefreiheit, Behinderung der Medien, Freiheitsberaubung und Unterdrückung der freien Meinungsäußerung…«

Schmidt schenkte dem Techniker einen langen Blick. »Ist das gerade ein Plädoyer für die Gegenseite, Herr Kollege?«

»Nein, Herr Präsident. Nur eine Warnung.«

»Ich pfeife auf die Warnung. Geben Sie meine Anordnung weiter.«

Der Techniker grinste plötzlich breit. »Jawohl, Herr Präsident. Mit Vergnügen, Herr Präsident.«

»Nicht dass es noch viel nützen würde«, seufzte der Innensenator. »In diesem Augenblick werden die Videos bereits dutzendfach in den sozialen Medien verbreitet und in alle Welt gestreut. Selbst wenn wir Mark Zuckerberg, Sundar Pichai und Omid Kordestani persönlich sprechen könnten, ließe sich das nicht mehr verhindern.«

»Das ist so krank«, stieß Schmidt hervor.

»Das gab es immer schon«, sagte Klose. »Die moderne Technik bietet den Voyeuren jetzt nur jede Menge Plattformen.«

Schmidt fuhr den Klapptisch wieder aus und klaubte die heruntergefallenen Geräte auf. »Sie müssen jetzt mit Walau reden«, sagte er sanft zu Klose.

Der Innensenator nickte. »Ich weiß. Ich könnte brechen bei dem Gedanken.«

»Was werden Sie ihm sagen?«

»Dass wir seine Frau freilassen und zu ihm bringen. Ich denke, das ist ihm im Moment das Wichtigste. Ich bin nicht einmal sicher, ob seine politischen Forderungen nicht einfach nur Nebelkerzen sind. Bitte veranlassen Sie alles Nötige.«

Schmidt nickte mit gesenktem Kopf. Er fühlte den Blick des Innensenators auf sich.

»Das gefällt Ihnen nicht«, sagte Klose.

»Ganz und gar nicht.«

»Was würden Sie tun, wenn Sie an meiner Stelle wären?«

»Ich ziehe es vor, darauf nicht zu antworten.«

Klose lächelte freudlos. »Lassen Sie sich nie zum Innensenator wählen.«

Jemand klopfte an die Tür des Kommandofahrzeugs. Schmidt öffnete. Ein Polizist stand draußen. Schmidt erkannte den Mann, der den Rettungswagen mit dem Leichnam bewacht hatte.

»Die Fingerabdrücke der Leiche«, sagte der Beamte. »Sie sind identifiziert. Der Tote ist ein gewisser Baran Merzani.«

»Danke, Herr Kollege.«

»Herr Präsident…« Der Beamte zögerte. »Herr Präsident, wann erhalten wir Erlaubnis, das Gebäude zu stürmen?« Offensichtlich war der Polizeibeamte Zeuge der Hinrichtung geworden.

»Sobald es möglich ist, ohne das Leben zu vieler Geiseln aufs Spiel zu setzen.« Schmidt sah dem Mann in die Augen. »Und keinen Sekundenbruchteil später.«

»Vielen Dank, Herr Präsident.« Der Beamte stapfte davon.

Schmidt wandte sich an Klose, der den Gesprächsinhalt mitbekommen hatte.

»Der eingeritzte Name war also ein Hinweis auf die Identität des Toten – und nicht die Signatur des Mannes, der ihn uns vor die Füße geworfen hat«, sagte Klose langsam. »Was bedeutet das jetzt?«

»Dass wir einen unbekannten Verbündeten in der Elbphilharmonie haben. Einen, der sich uns nicht zu erkennen geben will.«

»Und was bedeutet *das*?«

»Keine Ahnung. Ich muss nachdenken.«

»Es ist gut, dass Walau einen Feind hinter seinen eigenen Linien hat.«

Schmidt zuckte mit den Schultern. Seine Instinkte sagten ihm: Ja, denn es kann der Anfang vom Ende dieses Mistkerls sein. Von außen kommen wir nicht an ihn heran! Seine Erfahrung als Polizeibeamter sagte ihm:

Nein, denn es macht die Situation noch unberechenbarer!

»Gut wäre«, sagte er schließlich, »wenn wir wüssten, wer er oder sie ist. Und wenn wir miteinander kommunizieren könnten.«

»Weil Sie ihm dann sagen würden, er soll die Füße stillhalten und sich auf keinen Fall weiter einmischen?« Klose verzog das Gesicht.

»Herr Innensenator«, sagte Schmidt, »um ehrlich zu sein, weiß ich nicht, was ich als Leiter dieses Einsatzes zu ihm sagen würde.«

»Und als Mensch?«

»Dasselbe wie Sie.«

Die beiden Männer sahen sich an. In diesem Augenblick konnten sie sich gegenseitig tief in die Herzen sehen. Sie nickten beide. Klose wandte sich ab.

»Ich rufe jetzt dieses Ungeheuer an und sage ihm, dass wir seine Frau zu ihm bringen.«

»Lassen Sie auf keinen Fall etwas über unseren großen Unbekannten durchklingen!«

»Ich bin kein Idiot«, sagte Klose. »Ich verrate nicht unseren einzigen Trumpf.«

34

Freitag, 11. Dezember
00:07 Uhr

Parceval hatte die Hinrichtung über die Nachrichten-App auf Barans Handy mitverfolgt. Er hatte sich nur mit Mühe davon abhalten können, aus der Toilette zu stürmen und zu versuchen, die Geisel zu retten, als der Livestream keine Zweifel mehr ließ, worauf das Ganze hinauslief. Doch er wäre chancenlos geblieben.

Trotzdem fühlte er sich wie ein Feigling und beschmutzt von der Tat, die der Sender glücklicherweise nicht übertragen hatte, die Parceval sich aber dennoch ausmalen konnte. Als er erfuhr, was nach dem Abbruch der Übertragung weiter geschehen war, wäre er beinahe doch noch aus seinem Versteck gerannt, zum Kleinen Konzertsaal hinaufgeeilt und hätte auf jeden geschossen, der dort eine Waffe trug. Nur die Erinnerung, dass er in den Bergen außerhalb von Kunduz ebenso verfahren war, hielt ihn davon ab. Es hatte den Entführten damals nicht geholfen, und heute würde es auch nicht helfen.

Äußerlich ruhig, aber innerlich brodelnd, saß er in der Toilettenkabine und dachte über seine nächsten Schritte nach. Barans Handy hatte nur noch achtzehn Prozent Akkulaufzeit. Wenn er es weiterhin benutzen wollte, musste er sich beeilen.

Er scrollte durch die Decknamen in Barans heutiger Anrufliste und versuchte ein Muster zu erkennen – wer hatte Baran angerufen, wen hatte er angerufen, und wie oft? Bei drei Nummern waren mehr oder weniger keine Anrufe von Baran ausgegangen, er hingegen wurde oftmals angewählt. Das mussten die Befehlsempfänger sein, die nur ab und zu Statusmeldungen abgegeben hatten. Bei einer Nummer gab es überhaupt keinen Rückruf. Ihr Besitzer hatte nie bei Baran angerufen, aber Baran mehrfach bei ihm.

Bei einer weiteren Nummer lagen die ein- und ausgehenden Anrufe fast gleichauf. Es deutete auf eine rege Kommunikation hin, wie zum Beispiel zwischen einem Anführer und seinem direkten Stellvertreter. Diese Nummer gehörte also mit ziemlicher Wahrscheinlichkeit zu Nils Walau. Dafür sprach auch der Deckname: Es war der des persischen Königs, was Parcevals frühere Vermutung bestätigte.

Er aktivierte die Nummer mit der fast ausgeglichenen Anrufbilanz und hielt das Handy ans Ohr. Und wenn er jetzt bei Barans Mutter herauskam? Er atmete ruhig weiter, seine Aufmerksamkeit geteilt zwischen dem Telefonat und den Geräuschen, die in seine Toilette drangen. Überraschen würde man ihn hier drin nicht, auch nicht, während er telefonierte.

Eine extrem misstrauische Stimme meldete sich und fragte: »Wer ist dran?«

Treffer, dachte Parceval erleichtert. Jeder andere als Walau hätte sich mit einem überraschten »Baran, bist du das?« gemeldet. Walau war viel zu klug, um so eine überflüssige Frage zu stellen.

»Gott ist groß, Abu Nihad«, sagte Parceval auf Paschtu. »Aber in seinem Reich ist kein Platz für dich. Er nimmt keine Feiglinge auf, die Frauen und Kinder umbringen.«

Parcevals Gesprächspartner lachte leise. »Lassen wir Gott aus dem Spiel. Ich brauche ihn nicht, und von dir hat er noch nie etwas gehört.« Er hatte in Paschtu geantwortet, langsam und mit einem schweren deutschen Akzent, aber fehlerfrei.

Parceval schwieg.

Walau beherrschte das Spiel ebenfalls. Auf seiner Seite herrschte auch Stille.

Wenn Parceval jetzt zu reden begann, war er der Schwächere. Wenn er das Gespräch beendete, und Walau rief nicht zurück, musste Parceval sich wieder bei ihm melden, und dann wirkte er noch schwächer.

Parceval zögerte, dann unterbrach er die Verbindung. Er lehnte sich zurück und spürte die Härte des Spülkastens in seinem Rücken. Das Handy hielt er locker auf seinem Oberschenkel. Wenn er sich verkalkulierte, hatte er jetzt einen Fehler begangen, den er nicht mehr wiedergutmachen konnte.

Walau ließ ihn drei Minuten lang zappeln. Dann meldete er sich. Nicht mit einem Anruf, sondern mit einer Nachricht auf WhatsApp, einem Video. Es dauerte nur wenige Sekunden. Es zeigte einen Mann, der mit verzerrtem Gesicht auf einem Stuhl in einem Büro saß. Der Mann trug Abendgarderobe. Eine Geisel. Im Hintergrund konnte man einen Aktenschrank mit kreuz und quer durcheinander liegenden Ordnern sehen. Neben der Geisel stand ein Terrorist mit Sturmhaube und hielt der Geisel eine Pistole an den Kopf. Die Geisel zuckte unkontrolliert vor Angst.

Das Video hatte eine Tonspur. Ein Telefonklingeln war zu hören, so laut, als hätte Parceval den Apparat in der Kabine. Hastig fummelte er an den Lautsprechertasten des Mobiltelefons herum. Er nahm an, dass er das Festnetztelefon gehört hatte, das auch heutzutage noch auf jedem Schreibtisch stand. Jemand hatte dort anzurufen versucht. Dem Video war eine Botschaft angehängt. *Sag mir, wo du bist, sonst siehst du auf dem nächsten Video, wie ich ihn töten lasse.* Ein Emoji schloss die Nachricht ab: ein Kussmund mit einem Herzchen.

Parceval starrte die Nachricht an. Seine Gedanken rasten. Was sollte er nun tun?

35

Freitag, 11. Dezember
00:10 Uhr

Für Kriminaloberkommissar Felix Straack gab es nur eine Lösung des Rätsels um die verschwundene MELINA. Er fand seine Annahme bestätigt, nachdem er den Hamburger Hafenmeister telefonisch vor dem Fernseher weggeholt hatte.

Die Verfahren, die die weltweite Beobachtung von Schiffspositionen in Echtzeit ermöglichten, basierten auf Transpondern, die in jedem Schiff installiert waren, dem sogenannten AIS oder *Automatic Identification System*. Die Informationen standen nicht nur passionierten Schiffsbeobachtern zur Verfügung, sondern dienten vor allem dem Schiffsverkehr selbst. Kapitäne und Navigatoren wussten mit ihrer Hilfe stets genau, wo andere Schiffe auf ihrem Kurs waren, wer diese Schiffe waren, ob Kollisionsgefahr bestand oder ob man sich einfach nur beeilen musste, um einen günstigen Anlegeplatz in einem geschäftigen Hafen noch vor der Konkurrenz zu erreichen. Die Informationen wurden von den AIS-Transpondern über UKW-Frequenzen gesendet.

»Kann man diesen Transponder deaktivieren?«, fragte Straack.

»Klar. Ist natürlich verboten. Der Check der Übertragungslaufzeit ist das Erste, was bei einer Schiffsuntersuchung durch die Hafenbehörden auf der ganzen Welt angestellt wird. Gibt es Lücken in der Übertragung, ist der Kapitän dran. Wenn ich das richtig sehe, hat die MELINA ihren Transponder aber nicht abgeschaltet. Er sendet brav sein Signal.« Der Hafenmeister hockte mittlerweile zu Hause vor seinem Rechner und hatte eine der entsprechenden Internetseiten aufgerufen.

»Die MELINA ist aber nicht da. Ich bin selbst vor Ort gewesen. Wenn sie kein U-Boot ist, dann ist sie weg.«

»Nee, ’n U-Boot ist der Pott beileibe nicht.« Der Hafenmeister schniefte. »Es gibt nur eine Lösung. Die haben den Transponder ausgebaut und bei Neßsand zurückgelassen.«

»Genau das habe ich mir auch gedacht. Wäre es technisch möglich?«

»Ins Wasser kann man das Ding nicht werfen, dann sendet es nicht mehr. Hier in Hamburg würde ’ne kleine Antenne reichen, damit das Signal aufgefangen und weitergeleitet wird.«

»Es braucht auch Strom, nehme ich an«, sagte Straack.

»Da reicht ’ne Autobatterie. Also, ich würde sagen, wenn Sie die Wasserschutzpolizei bei Neßsand vorbeischicken, dann würden die wahrscheinlich das AIS, ’ne Amateurfunkantenne, ’ne Autobatterie und am Strand die Schleifspuren von dem Boot finden, mit dem das Ding auf die Insel gebracht wurde.«

»Das muss also jemand vorsätzlich getan haben.«

»Klar, Mann. Aus Versehen wird man das Ding nicht los.«

»Danke«, sagte Straack. »Sie haben mir sehr geholfen.«

»Schicken Sie die Wasserschutzpolizei dorthin? Meine Behörde ist für Neßsand nicht mehr zuständig.«

»So, wie die Lage im Hafen heute ist, würde niemand von den Kollegen auf die Suche nach einem zurückgelassenen AIS-Transponder gehen.«

Der Hafenmeister räusperte sich. »Wie ist denn die Lage? Das ist doch die allergrößte Schweinerei, die Hamburg je …«

»Ich weiß es nicht«, unterbrach Straack ihn. Für einen Informationsaustausch zu den Vorgängen hatte er jetzt keine Zeit. »Gute Nacht.«

Er beendete die Verbindung und sah durch die Windschutzscheibe in die Nacht hinaus. Er saß immer noch in seinem Wagen, auf dem Parkplatz des Polizeipräsidiums. Er fragte sich, was er tun sollte. Wenn er sich zurückmeldete, würde man eine Tätigkeit für ihn finden – wahrscheinlich Telefondienst, um gegebenenfalls Anweisungen weiterzugeben oder irgendjemanden über irgendetwas zu informieren und ansonsten darauf zu warten, dass irgendwo in Hamburg ein anderes Verbrechen als in der Elbphilharmonie begangen wurde. Vor Ort im Hafen hatte es schon vorher nichts für ihn zu tun gegeben.

Seufzend stieg er aus. Er konnte sich nicht drücken, auch wenn er das Gefühl hatte, auf die Ersatzbank geraten zu sein.

Was war mit der MELINA passiert? Das Schiff musste irgendwie mit dem Angriff auf die Elbphilharmonie zu tun haben. Es konnte kein Zufall sein, dass ausgerechnet heute ein ganzer Pott vom Radar verschwand, ein Schiff, das gestern Nacht noch Gegenstand einer anonymen Anzeige gewesen war!

Und wenn doch? Wenn genau dieser Anruf dazu geführt hatte, dass die MELINA sich aus dem Staub gemacht hatte und es doch nur eine zeitliche Koinzidenz war? Aber würde der Kapitän oder die Besatzung dann auch die Nummer mit dem Transponder abziehen?

Warum nicht? Mit dem AIS-Transponder an Bord käme er ja nicht weit.

Die zentrale Frage dieses Rätsels, die wahrscheinlich zur Lösung der gesamten Angelegenheit beitrug, war: Wohin war die MELINA unterwegs? Sie musste Cuxhaven schon lange passiert haben. War sie auch schon in internationalen Gewässern? Deutschland hatte sich dem UN-Seerechtsabkommen von 1994 angeschlossen, in dem der Küstenstreifen, in der ein Staat noch hoheitliche Rechte ausüben durfte, auf zwölf Seemeilen begrenzt war.

Aber egal wo sie war – wie sollte man ein Schiff finden, das nicht mit elektronischen Hilfsmitteln zu entdecken war? Auch im am meisten befahrenen Seegebiet der Welt war das Meer noch eine riesige Wasserwüste.

Wohin fuhr die MELINA? Und warum?

36

Freitag, 11. Dezember
00:12 Uhr

Parceval sendete eine Antwort auf Walaus Nachricht.

Weiß jetzt, wo du bist. Im Verwaltungsgeschoss. Das PSK bedankt sich. Auch er hängte einen Emoji an: einen Sarg.

Gleich darauf ging ein Anruf ein. Parceval nahm das Gespräch an.

»Du hast keine Verbindung zur Polizei«, sagte Walau, diesmal auf Deutsch.

»Du würdest staunen, wozu Barans Handy fähig ist.«

»Du hast deswegen keine Verbindung zur Polizei, weil du Ralf Parceval bist und weil die Bullen, selbst wenn du dämlich genug wärst, dich bei ihnen zu melden, dir kein Wort glauben würden.«

»Was glaubst du, wer vorgestern Nacht der Polizei gemeldet hat, dass zwei von deinen Totschlägern auf der MELINA dem Klabautermann begegnet sind?«

»Einen anonymen Anruf kann jeder tätigen. Wenn du von hier aus zur Einsatzleitung durchdringen willst, musst du schon deinen Namen sagen. Hänschen Müller reicht dafür nicht aus.«

»Was willst du eigentlich, Walau? Warum rufst du mich an?«

Für einen winzigen Augenblick schien es, als sei Walau aus dem Konzept geraten, doch er fing sich schnell. »Ich rufe an, um dir zu sagen, dass die Geisel, deren Leben du hier riskierst, in einer Minute ein Rendezvous – um es mit deinen Worten zu sagen – mit dem Klabautermann hat. Der Seemann nennt den Tod übrigens Freund Hein. Der Klabautermann ist was anderes.«

»Ich bin eine Landratte«, sagte Parceval.

»Das hast du bewiesen.«

»Die Geisel wirst du nicht anrühren.«

»Und warum nicht? Weil du dich stellen wirst?«

»Nein, weil ihr Tod sinnlos ist. Du hast hier jede Menge Leute ermordet; aber alles geschah nach Plan. Jeder Tod hatte einen Zweck. Der Tod des Mannes bei dir im Büro dient keinerlei Zweck. Es wäre nur mehr Blut an deinen Händen, für das der Prophet und Gott dich umso mehr verabscheuen.«

»Wenn du nur eine theologische Argumentation hast, kommst du nicht weit.«

»Ich käme weiter, wenn dein Henkersgehilfe mit der Sturmmaske Deutsch verstehen würde. Dann müsstest du jetzt einen Monolog vom Stapel lassen, wie gläubig du bist und was für ein ungläubiger Hund ich bin, damit er dir nicht vom Glauben abfällt.«

»Wie kommst du darauf, dass er zuhört?«

»Weil du dein Handy auf Lautsprecher gestellt hast. Ich habe den Nachhall gehört. Du hast es riskiert, weil dein Helfer weder dich noch mich versteht. Die Geisel soll jedoch mithören, um ihre Furcht zu erhöhen und um ihr zu zeigen, wie locker du mich im Gespräch abbürstest.«

Nach einer weiteren winzigen Pause hörte sich Walaus Stimme plötzlich näher an. Er musste den Lautsprecher ausgeschaltet haben. »Die Geisel ist so gut wie tot«, sagte er. »Ich lasse dich live zuschauen, wenn du möchtest.«

»Ich bevorzuge ein anderes Programm«, sagte Parceval. »Ich hab mich als Kind schon beim Sandmännchen gefürchtet. Ich sage dir, warum du diesen Mann leben lassen wirst: Nicht weil du dich vor der Hölle fürchtest oder der Strafe Gottes. Du lässt ihn am Leben, weil es dich schwach erscheinen lässt, wenn du ihn tötest. Abu Nihad al-Almani, der coole Anführer, der die ungläubigen Deutschen im Herzen ihres eigenen Landes das Fürchten lehrt – dieser Abu Nihad dreht durch, weil ihn am Telefon jemand schräg anredet?«

»Es ist keine Schwäche, dem Respektlosen zu zeigen, was er für sein Verhalten zu erwarten hat.«

»Du zeigst es aber nicht dem Respektlosen, sondern einem Unbeteiligten. Schick den Mann zurück zu den anderen und lass deine Geiseln in Ruhe.«

»Und du? Was tust du?«

»Ich bleibe dir weiterhin einen Schritt voraus und lege jeden von deinen Männern um, der mir über den Weg läuft.«

»Jeder Tod auf meiner Seite wird den Tod von zehn Geiseln nach sich ziehen!«

»Herrje, Walau, das haben die Nazis schon ohne Erfolg versucht. Wie wirst du dann bei deinen Leuten dastehen? Ihr Anführer schlachtet zehn Geiseln ab, weil er den eigentlichen Übeltäter nicht kriegen kann. Selbst als ihr noch euren sogenannten Staat hattet, habt ihr euch Mühe gegeben, euren Hinrichtungsopfern irgendwelche Missetaten unterzuschieben.«

»Warum hast du dich überhaupt bei mir gemeldet, Parceval?«

»Um dir zu sagen, mit wem du es zu tun hast, und um deine Sorge wegen Barans Verschwinden zu besänftigen. Die Polizei hat ihn. Nicht ganz vollständig allerdings. Ein Teil seines Hirns klebt auf dem Boden des Außenbereichs. Den Rest hat man vom Pflaster der Elbphilharmonie gekratzt.«

»Dann sind die drei Geiseln, die ich hingerichtet habe, Baran gefolgt.«

»Ich weiß. Du wirst dir noch wünschen, es nicht getan zu haben.«

»Leere Worte, Parceval.«

»Ganz und gar nicht. Du weißt nicht, wo ich bin. Du kannst mich nicht aufhalten. Ich kenne keine einzige von den Geiseln, sodass du mich nicht mit ihnen erpressen kannst. Sie sind mir egal. Wenn sie mich im normalen Leben erkannt hätten, hätten sie mich sofort bei der Polizei angezeigt.«

»Du kennst Ustad Lahauri. Du wolltest etwas von ihm.«

»Ja. Ich wollte ihn umlegen, weil ich weiß, dass er etwas mit der Entführung meiner Schwester und meiner Nichte zu tun hat. Hast du geglaubt, ich wollte nur mit ihm reden? Seid ihr alle so naiv beim IS, oder dienst du den anderen als abschreckendes Beispiel?« Da Walau schwieg, sprach Parceval weiter. »Du bist im Krieg, Walau, und du kämpfst an zwei Fronten. Die Polizei draußen wird jedes erdenkliche Mittel anwenden, um dich und deine Leute auszuschalten. Hier drin spiele ich mit dir das Zehn-kleine-Negerlein-Spiel. Das kennst du doch: Dann waren's nur noch neun.«

Walau wollte etwas sagen, doch Parceval ließ ihn nicht zu Wort kommen.

»Ich bin überall, wohin du deine Männer schickst, Walau. Ich knalle sie im Treppenhaus ab, in der Baustelle, im Außenbereich. Ich folge ihnen in die Toiletten und erschlage sie zwischen den Kloschüsseln. Egal wohin deine Leute gehen, der Tod folgt ihnen. Wie lange machen sie das mit, bis sie erkennen, dass du doch nicht der gottgleiche Anführer bist, dem sie sich wie alle Feiglinge so gerne unterworfen haben? Dann wird ihre Feigheit sie dazu bringen, das kleinere Übel zu wählen, und das ist, sich den deutschen Behörden zu ergeben und bis dahin kein Blut mehr zu vergießen, um auf mildernde Umstände zu hoffen. Dein Plan ist mit der Wirklichkeit kollidiert, Walau, und die Wirklichkeit bin ich. Ich werde deine Männer töten, ich werde dich töten, ich werde deine Frau töten, und mit eurem Blut werde ich an die Wand schreiben, dass fünfzig IS-Kämpfer und ihr glorreicher

Möchtegern-Kalif von einem einzigen Mann ausgeschaltet wurden.«

»Du bist mir in keiner Hinsicht gewachsen, Parceval!«, zischte Walau. »Und du hast keine Ahnung, was hier vorgeht.«

»Egal. Ich mache weiter, bis nicht mehr genug von deinen Leuten übrig sind, dass du Mühle spielen kannst. Dann hole ich dich.« Parceval beendete das Gespräch und hielt das Handy in der Hand.

Nach einigen Sekunden rief er Walau noch mal an.

»Ach, übrigens – du solltest mal an das Telefon auf deinem Tisch gehen. Es klingelt die ganze Zeit. Nervt dich das nicht?« Damit beendete er das Gespräch, schloss alle Apps und sonstige Funktionen, um möglichst den Akku zu schonen.

Dann wartete er, zum Teil, um das Adrenalin loszuwerden, zum Teil, um seine Gedanken zu ordnen. Seine Hände begannen zu zittern, und es dauerte eine Zeit, bis das Zittern nachließ.

Sein Gespräch mit Walau hatte nur einem taktischen Zweck gedient – den deutschen IS-Kämpfer in Rage zu versetzen und ihn dazu zu veranlassen, noch verbissener als bisher nach Parceval zu suchen. Dies verlangsamte den Ablauf von Walaus Operation. Und es erhöhte die Chance, dass Walau einen Fehler machte, ob ihm gegenüber oder in den Verhandlungen mit der Polizei.

Parceval hatte bewusst unerwähnt gelassen, dass er über die Bomben Bescheid wusste. So konnte er im nächsten Schritt die Sprengsätze suchen und herausfinden, ob er sie unschädlich machen konnte. In einem besetzten Gebäude legte man keine komplizierten Höllenmaschinen aus. Wozu auch? Es kam nicht darauf an, eine Entschärfung zu verhindern, sondern sie zum richtigen Zeitpunkt schnell und zuverlässig zünden zu können. Die Bomben würden das Äquivalent einer Dynamitstange sein, in der eine Zündschnur steckte.

In seinem Rahmen hatte Parceval alles getan, um Sand in Walaus Getriebe zu streuen, ohne dabei noch mehr seiner Terroristen zu töten. Das Töten kam jetzt.

Er fragte sich erneut, ob er mit der Polizei draußen in Kontakt treten sollte. Sie mussten darüber Bescheid wissen, was er soeben versucht hatte, um es für ihre Zwecke zu nutzen. Aber wie? Eine zweite Leiche als Botschaftsüberbringerin fiel aus. Was würde geschehen, wenn er seinen Namen nannte und so versuchte, zum Einsatzleiter durchzudringen? Und was würde geschehen, wenn es ihm gelang?

Er fragte sich außerdem, wie es Ksenia ging. Ihm war klar, dass er nicht so effizient funktionierte, wenn ihn die Sorge um sie lähmte. Aber sosehr er sich auch bemühte, die Gedanken an sie konnte er nicht beiseiteschieben.

Parceval verließ sein Versteck lautlos. Schon bald würden erneut Walaus Leute ausschwärmen, und diesmal würden sie auch die Toilette kontrollieren. Parceval hatte nicht umsonst die Aufmerksamkeit Walaus mit seiner verächtlichen Bemerkung auf sie gelenkt. Sollten die Terroristen ruhig dort nachsehen.

Die wenigen Minuten, die bis zum erneuten Ausschwärmen der Männer vergingen, wollte Parceval dafür nutzen, um einen Weg in die Tiefgarage zu finden. Sie hatte Parceval bei der Aufzählung der Orte, an denen er Walaus Männer töten wollte, nicht eingeschlossen. Auch das war Absicht gewesen. Walau sollte denken, dass Parceval davon ausging, die Tiefgarage nicht vom Inneren der Elbphilharmonie aus erreichen zu können.

Aber Walaus Leute hatten die Bewohner der Privatwohnungen über die Plaza in den Konzertsaal geschafft. Sie mussten also einen Weg vom privaten in den öffentlichen Bereich gefunden haben. Von den Privatwohnungen würde es auf jeden Fall einen direkten Zugang zur Tiefgarage geben. Und dort rechnete Parceval auch damit, die Bomben zu finden. Wenn man ein Gebäude in Schutt und Asche legen wollte, dann fing man bei seinem Fundament an und sprengte nicht das Dach weg.

37

Freitag, 11. Dezember
00:21 Uhr

Ksenia beobachtete Walaus Führungsriege, die sich wieder um die Kamera scharte. Die Gruppe war mittlerweile zusammengeschmolzen, zwei Mann fehlten; einer von denen, die Ksenia als Kommandeure einschätzte, und einer vom Führungsstab – der Iraner. Walau war, was seine Führungsoffiziere betraf, nun auf den jungen Typen angewiesen, der die Handykamera installiert hatte.

Walau holte nacheinander drei Personalausweise aus der Tasche und hielt jeden von ihnen ein paar Sekunden wortlos in die Kamera. Dann betrachteten er und der junge Typ die Aufnahmen auf dem Handymonitor. Walau wirkte betroffen. Der junge Mann schüttelte den Kopf.

Walau überlegte, dann legte er die drei Ausweise auf den Boden und trat einen Schritt zurück. Der junge Typ baute das Handy aus seiner Halterung und filmte die Ausweise aus der Hand.

Ksenia spürte eine Bewegung an ihrer Seite. Klaus Leuterbach war zu ihr gekrochen. »Was tun die da?«, flüsterte er.

»Sie filmen Personalausweise ab.« Und sie filmten sie deswegen auf dem Boden, dachte Ksenia, weil Walaus Hände auf den Aufnahmen zu sehr gezittert hatten. Sie lächelte in sich hinein. Parceval. Es war unwahrscheinlich, dass Walau aus Angst zitterte, sondern eher vor Wut und Erregung. Parceval konnte so etwas spielend bei jemandem hervorrufen, wenn er es darauf anlegte.

»Warum filmen die die Ausweise ab?«, fragte Leuterbach. »Wessen Ausweise sind das überhaupt?«

Ksenia seufzte. »Es sind Identitätsbeweise.«

»Von wem?«

»Von den drei Geiseln, die sie vorhin mitgenommen haben.«

»Aber warum...« Leuterbach unterbrach sich. Er wurde noch blasser, als er es ohnehin schon war. »Sie meinen...?«

»Die drei Leute sind leider nicht mehr am Leben«, sagte Ksenia. »Walau hat sie hinrichten lassen.«

»Ich kann das nicht glauben!«, stöhnte Leuterbach.

»Nein? Waren Sie nicht von Anfang hier dabei? Haben Sie nicht mitgekriegt, wie die vorgehen?«

»Aber...«

»Walau hat die drei ermordet«, sagte Ksenia. »Für mich gibt es leider nicht den geringsten Zweifel. Wo hätte er sie denn sonst hingebracht?«

»Vielleicht zu den Afghanen? Die hat er ja auch abgesondert...«

»Unlogisch«, sagte Ksenia. »Tut mir leid. Haben Sie jemand von den dreien gekannt?«

»Nicht wirklich. Ich weiß nur, dass der Mann da drüben der Ehemann der Frau ist, die die Terroristen mitgenommen haben.«

Ksenia musterte einen zitternden, vor Angst elend aussehenden Mann. »Guter Gott«, murmelte sie. »Der arme Kerl.«

»Glauben Sie… werden die Terroristen… werden sie… es ihm sagen, wenn es stimmt, dass sie seine Frau…?«

»Warum sollten sie das tun? Für sie sind wir alle egal – Verfügungsmasse, um ihre Ziele zu erreichen. Wenn sie den Mord an den dreien zugeben, löst das nur Unruhe und vielleicht eine Massenpanik aus. Das können sie nicht brauchen. Außerdem – wer die Hoffnung verloren hat, lässt sich zu allem Möglichen hinreißen. Solange der Mann dort hofft, dass seine Frau wieder zu ihm zurückkehrt, wird er stillhalten.«

Leuterbach hatte Tränen in den Augen. »Das ist ein Albtraum«, wisperte er.

Ksenia zwang sich dazu, ihm eine Hand auf den Arm zu legen. »Ja«, sagte sie. »Aber aus jedem Traum wacht man irgendwann wieder auf. Lassen Sie der Verzweiflung keinen Raum zur Entfaltung.«

»Sie verhalten sich, als sei das alles für Sie nicht unbekannt«, sagte Leuterbach. »Ich glaube, Sie sind mehr, als Sie zugeben.«

»Im- und Export«, sagte Ksenia. »Da bekommt man einiges mit.«

Leuterbach musterte sie mit bebenden Lippen, dann blickte er zu Walau und seinen Männern. Walau betrachtete das neue Video auf dem Handymonitor und schien unzufrieden. Er ballte die Hände zu Fäusten und schüttelte sie. Dann hielt er sie sich vor Augen, als müsse er sie überprüfen. Auf die Entfernung konnte Ksenia nicht sehen, ob sie noch immer zitterten.

»Wieso ist es so wichtig, dass die Ausweise abgefilmt werden?«, fragte Leuterbach.

»Weil Walau das Video online stellen wird. Die Geiseln sind tot. Ich nehme an, er hat es so arrangiert, dass die Medien und die Polizei es mit ansehen konnten, als er sie ermordete. Die meisten Nachrichtensender werden keine Aufnahmen veröffentlichen, auf denen die Geiseln deutlich zu erkennen sind. Die Polizei wird ihre Identität zurückhalten, auch vor deren Familien. Natürlich wird es ein paar skrupellose Journalisten geben, die die Gesichter der Geiseln in den sozialen Medien ungeschützt zeigen, aber ihre Reichweite ist geringer, als man denkt.«

»Aber wenn versucht wird, die Identität der Ermordeten zu schützen, dann nützt es doch auch nichts, die Bilder der Ausweise zu zeigen. Die verantwortungsvollen Medien werden das Material doch genauso wenig zeigen wie ... wie die Hinrichtung ...«

»Das ist richtig«, sagte Ksenia. Sie verfluchte sich. Sie hatte sich hinreißen lassen, viel zu viel zu erzählen. Sie hatte Leuterbach beruhigen wollen – und sie konnte nicht umhin zuzugeben, dass die Situation auch an ihren Nerven zehrte. Sie waren jetzt seit über fünf

Stunden in der Gewalt der Geiseln. Sie wussten nicht genau, was draußen vor sich ging, sie hatten keine Ahnung, wie die Verhandlungen zwischen Geiselnehmern und Polizei vorangingen. Der Kleine Konzertsaal stank mittlerweile wie eine übergelaufene Toilette, weil niemand zur Verrichtung seiner Notdurft nach draußen gehen durfte. Die Luft war außerdem zu warm und stickig, weil die Klimaanlage ausgeschaltet war.

»Diese drei Ausweise sind eine Botschaft an die Polizei«, sagte Leuterbach langsam. »Sehen Sie, jetzt lässt sich der Oberterrorist filmen, wie er hinter den Ausweisen auf dem Boden sitzt. Er sagt was in die Kamera. Können Sie es verstehen?«

»Nein«, sagte Ksenia.

Leuterbach hatte gar nicht zugehört. »Man braucht es auch gar nicht zu verstehen. Er sagt, er hat diese drei Geiseln ermordet. Und er sagt, dass er demnächst die nächsten drei aussuchen wird. Diesmal wird er die Ausweise filmen und online stellen, bevor er die Leute umbringt. Weil die neuen Opfer damit eine Identität bekommen und sich der Druck auf die Polizei erhöht. Habe ich recht? Habe ich recht?« Die letzten Worte hatte er lauter gesprochen. Einer der Kommandeure blickte auf und zielte mit der Waffe in Leuterbachs Richtung. Leuterbach duckte sich weg und atmete schnell und flach vor Panik.

»Beruhigen Sie sich«, sagte Ksenia. »Das sind nur Spekulationen.« Absolut zutreffende Spekulationen, dachte sie für sich. Leuterbach war ein kluger Mann; zu klug für seinen eigenen Seelenfrieden, wie es schien.

»Die Polizei«, sagte Ksenia, »lässt nicht zu, dass weitere Geiseln getötet werden. Walau kann damit drohen, aber er wird nicht noch einmal drei Leute erschießen. Sie werden ihm so weit entgegenkommen, wie sie nur können.«

»Und wenn sie nicht können?«

Ksenia brachte ihn mit einem Blick zum Schweigen, und Leuterbach blinzelte, als hätte sie ihm eine Ohrfeige gegeben. Ksenias Schultern sanken herab. Sie wollte etwas Freundliches sagen, aber Walau hatte die Filmaufnahmen unterbrochen und kam auf sie und die anderen Geiseln zu. Sie beobachtete ihn. Aus dem Augenwinkel sah sie Leuterbach zurückkriechen wie ein Tier, das Angst hat, geschlagen zu werden. Walau musterte die Geiseln. Mit einer Kopfbewegung holte er einen der Kommandeure zu sich. Sie beratschlagten sich flüsternd. Der Kommandeur nickte. Walaus Blicke glitten erneut über die Gruppe. Wann immer er innehielt, flüsterte er dem Kommandeur etwas ins Ohr. Sein Blick glitt auch über Ksenia, aber wanderte dann weiter. Ksenia verfolgte seine Augenbewegungen. Er hielt fünfmal inne. Dann checkte er die Uhrzeit auf seiner Armbanduhr, wandte sich ab und verließ den Konzertsaal.

Ksenia wusste, was soeben geschehen war. Walau hatte neue Geiseln ausgewählt. Die nächste Exekutionsshow stand bevor. Warum? Die Polizei musste ihm nach dem ersten Geiselmord alles versprochen haben, was in ihrer Macht stand. Es war unlogisch von einem Geiselnehmer, die Fronten zu verhärten, indem er sinnlos weiter tötete. Wenn die Polizei überzeugt war, dass das Leben der Geiseln so oder so verloren war, würde sie das Gebäude stürmen.

Es gab nur eine Antwort auf diese Frage. Die nächste Inszenierung musste von etwas anderem ablenken. Walau plante eine Nebelkerze – einen Bühnenzaubertrick. Der Mord an den vorherigen drei Geiseln war eine Zäsur gewesen. Jetzt begann ein neuer Abschnitt in diesem Drama: Walau bereitete seine Flucht vor.

Ksenias Blick suchte den von Leuterbach, aber der saß mit dem Kopf auf den Knien da und schenkte der Umgebung keine Beachtung. Sie betrachtete den Ehemann der wahrscheinlich ermordeten Geisel. Er spielte mit dem Ehering an seinem Ringfinger und biss sich auf die Lippen. Auf seinen Wangen waren Tränenspuren. Er saß vollkommen isoliert, die anderen waren von ihm weggerückt – wie eine Herde, die ein krankes Individuum in ihrer Mitte absondert. Ksenia sah sich weiter um und fand zwei Frauen, die an anderer Stelle ähnlich isoliert saßen und sich gegenseitig an den Händen hielten. Sie ahnte, dass es sich um die Frauen der beiden männlichen Geiseln handelte. Sie hatten wenigstens einander.

Ksenia fasste einen Entschluss. Sie ertappte sich dabei, dass sie humorlos lächelte. Es war ein Entschluss, der eher zu Parceval passte und für eine wütende Schimpftirade ihrerseits gesorgt hätte.

Ein russisches Sprichwort fiel ihr ein: Wer die Wölfe fürchtet, soll nicht in den Wald gehen.

Hättest du mich damals mitgenommen in die Berge, Parceval, dachte sie. Dann wären wir beide jetzt nicht hier, und ich müsste nicht in den Wald gehen …

38

Freitag, 11. Dezember
00:21 Uhr

Die Tür zum Privatbereich der Elbphilharmonie war in der Spiegelwand gegenüber dem Bistro versteckt, obwohl niemand sich die Mühe gemacht hatte, sie zu tarnen. Sie fiel einfach nicht auf, ein Meisterstück unaufdringlicher und intelligenter Innenarchitektur, nur die Fingerabdrücke auf der Spiegelfläche verrieten sie. Dass Parceval sie erst jetzt fand, lag daran, dass er nicht explizit nach ihr gesucht hatte. Im Normalbetrieb rannten vermutlich achtundneunzig von einhundert Besuchern auf der Plaza daran vorbei, ohne dass sie die Tür bemerkten. Dass sie nicht zu einem Technikraum führte, sondern der Zugang zum Privatbereich sein musste, schloss Parceval daraus, dass die Tür sich nur mit einem Transpondersignal öffnen ließ. Für die Technikräume gab es Kartenlesegeräte. Außerdem waren die als Geiseln genommenen Eigentümer der Privatwohnungen aus dieser Richtung zum Kleinen Konzertsaal geführt worden.

Die Tür ließ sich nicht öffnen. Parceval hatte gehofft, dass sie unverschlossen sein würde. Jetzt musste er einen Weg finden, sie aufzubekommen. Gewalt war keine Lösung, damit würde er Walaus Leute anlocken.

Ein Transponder. Er brauchte den Transponder eines der Eigentümer der Privatwohnungen. Würde unten in der Gebäudeleitstelle eine Warnlampe aufleuchten, wenn er die Tür damit öffnete? Parceval bezweifelte es. Im Normalbetrieb würden hier die Eigentümer der Privatwohnungen oft aus- und eingehen. Die Mitarbeiter in der Zentrale würden wahnsinnig werden, wenn dann jedes Mal ein Lämpchen anging und sie den Vorgang verfolgen mussten. Aber diese Gedanken waren überflüssig, solange er keinen Transponder hatte. Ob Walaus Leute einen hatten? Selbst wenn, es würde kaum ein einzelner Terrorist in den nächsten Minuten daherkommen und arglos in Parcevals Arme laufen.

Parceval konnte nicht länger hier herumstehen, auch wenn er von Weitem immer noch so aussah wie einer von Walaus Truppe. In dem Moment, in dem er an ein mögliches neues Versteck dachte, fiel ihm die Lösung für das Transponderproblem ein.

Er eilte in das Bistro, stieg hastig über die Toten und kniete neben den Leichen der Bistromitarbeiterin und des Werkschutzmitarbeiters nieder, die im Tod vereint waren wie ein Pärchen. Parceval packte den Toten, drehte ihn vorsichtig auf den Rücken und durchsuchte seine Taschen. Er fühlte sich wie ein Grabräuber. Auf einem gestickten Namensschild über der Brusttasche stand ein Name: Ranko Horvat. Aus dieser Tasche förderte Parceval eine kaputte Plastikkarte zutage, die wie eine Dauerzufahrtsberechtigung zur Tiefgarage aussah. Eine Kugel hatte sie gestreift, damit war sie wertlos. Der Transponder fand sich in der linken Vordertasche der Hose. Er war eine dicke, runde Plastikscheibe von der Größe einer Euromünze in einer Plastikhalterung, die man an einem Schlüsselbund einklinken konnte. Ranko hatte ihn lose in der Tasche getragen. Der Transponder war klebrig von geronnenem Blut.

Parceval huschte wieder hinaus auf die Plaza, den Transponder in der Faust, und trat auf die Spiegeltür zu. Sie öffnete sich mit einem Klicken. Parceval stieß sie mit der Schulter auf, damit er keine Blutspuren hinterließ, und betrat einen kurzen Gang, in dem Luxusvertäfelung und Beleuchtung einen vergessen ließen, wo man war.

Bis man in den Aufzugsvorraum gelangte und zu der sorgfältig frisierten älteren Dame, die in einer Ecke auf dem Boden saß. Papierene Einkaufstüten eines luxuriösen Modegeschäfts lagen neben ihr. Was immer sie gekauft hatte, sie würde es niemals tragen. Ihre Leiche sah aus, als hätte man ein halbes Magazin einer Automatikwaffe auf sie abgefeuert. Über ihrem Kopf war die Wand ruiniert von Einschusslöchern. Parceval unterdrückte den Impuls, ihr die Augen zu schließen, und presste einen Finger auf die Ruftaste des Aufzugs.

Die Aufzugskabine wartete auf diesem Geschoss. Dort würde sie auch jeder von den Terroristen erwarten, der hier hereinkam. Wenn Parceval den Aufzug benutzte, musste er ihn danach wieder hierher zurückschicken – und hoffen, dass der Aufzug während seiner Fahrt nicht vermisst wurde. Die Etagen von elf bis fünfundzwanzig wurden angezeigt. Er drückte aufs Geratewohl den Knopf für das zwölfte Stockwerk. Jetzt befand er sich im achten Stock. Die Fahrt würde nur Sekunden dauern. Es musste mit dem Teufel zugehen, wenn ausgerechnet jetzt einer von den Terroristen hereinkam.

Im zwölften Stockwerk angekommen, schickte Parceval den Aufzug nach unten zurück. Es sah sich um. Der Luxus setzte sich hier fort mit einer Art Vorraum, von dem drei Türen abgingen. Drei Appartements also auf diesem Geschoss. Ein Brunnen plätscherte. An den Wänden zwischen den Türen standen elegante Sofas, auf denen garantiert noch niemand gesessen hatte. Es gab hier keine Toten, keine sichtbaren Anzeichen von Gewalt, außer dass alle drei Türen offen standen.

Parceval war schon auf dem Weg in das erste Appartement, um sich dort umzusehen, als er an der Türschwelle innehielt. Er war sicher, aus einer der anderen beiden Wohnungen ein Geräusch gehört zu haben.

39

Freitag, 11. Dezember
00:26 Uhr

Parceval presste sich mit dem Rücken an die Wand und spähte um die Eingangstür der Wohnung herum, aus der er das Geräusch vernommen hatte.

So unberührt der Aufzugsvorraum war, so chaotisch sah es in der Wohnung aus. Im großzügigen Eingangsbereich waren Beistellmöbel umgeworfen. Spiegelscherben glitzerten auf dem Boden. Die Wohnung war dunkel, nur hinter einer Ecke fiel Licht herein, wohl aus einem Raum, den Parceval nicht einsehen konnte. Der Eingangsbereich wurde nur vom Aufzugsvorraum erhellt. Wer in der dunklen Wohnung war, hatte sich an die Dunkelheit gewöhnt. Parcevals Augen waren es nicht. Er war im Nachteil. Er zog den Kopf zurück, schloss die Augen und zählte langsam bis dreißig, wissend, dass er mehrere Minuten hätte abwarten müssen, damit seine Augen sich optimal angepasst hätten. Aber so viel Zeit hatte er nicht. Die SAM7K schussbereit, tat er einen Schritt um den Türrahmen herum und ließ sich sofort auf ein Knie sinken. Der Lauf der Waffe schwenkte von links nach rechts, Parcevals gesamtes Sichtfeld abdeckend.

Nichts rührte sich. Ob er bemerkt worden war? Parceval hatte das Gefühl, lautlos vorgegangen zu sein, aber man konnte nie wissen. War überhaupt jemand in der Wohnung? Schlich er sich vielleicht an ein Haustier an, das zurückgelassen worden war? Sicher keine Katze oder ein Hund, die wären nicht in der offen stehenden Wohnung geblieben. Welches Haustier hielt sich ein Mensch, der sich eine Wohnung in der Elbphilharmonie leisten konnte? Einen seltenen Papagei? Einen japanischen Koi-Karpfen? Zumindest letzterer hätte allerdings kaum ein Geräusch von sich gegeben.

Wenn es jemand war, den die Geiselnehmer zurückgelassen hatten, musste er verletzt sein. So schwer verletzt, dass man ihn nicht hatte mitnehmen können. In diesem Fall sollte Parceval sich beeilen, wenn er Hilfe leisten wollte. Aber wie konnte er einem Verletzten sinnvoll helfen, wenn er selbst nicht wusste, wie er die nächste Stunde überleben sollte? Und wenn es ein Geiselnehmer war, der sich hier in der Wohnung eingenistet hatte? Vielleicht hatte Walau auf jedem Stockwerk einen Aufpasser zurückgelassen, der ihn kommen gehört hatte, aber das war eher unwahrscheinlich. Der Privatbereich der Elbphilharmonie umfasste vierzehn Stockwerke, dafür wären viele Mann nötig gewesen. Also – Papagei oder Schwerverletzter?

Parceval richtete sich auf und ging so schnell er konnte durch den Eingang bis dorthin, wo sich das Appartement zur Fensterfront hin in die Wohnbereiche aufteilte, die Waffe weiterhin im Anschlag. Das Geräusch wurde lauter. Von Weitem hatte es sich wie ein unregelmäßiges Knistern und Schaben angehört. Je näher Parceval herankam, desto rhythmischer schien es ihm.

Die Geräuschquelle entstammte einem Smartphone vor der Fensterfront eines geräumigen Wohnzimmers, in dem auch die einzige Lichtquelle brannte – eine Stehlampe neben einem wuchtigen Crosstrainer. Jetzt, als Parceval direkt davorstand, konnte er es als eine Art Technomusik identifizieren. Die Musik kam aus den angeschlossenen Kopfhörern, die dem Wohnungsbesitzer heruntergerutscht sein mussten, als er von den Terroristen erschossen worden war. Er lag auf dem Rücken, den Mund offen, die Augen geschlossen, die Beine gestreckt, die Arme eng am Körper anliegend. In der Fensterfront klafften mehrere von gesprungenem Glas umgebene Einschusslöcher. Der Monitor des Crosstrainers war zerschmettert. Parceval kniete neben dem Mann nieder und fühlte seinen Puls, bis ihm plötzlich klar wurde, in welcher Position er sich befand. Er sprang auf und fuhr herum.

Niemand.

Aber jemand hatte den Wohnungseigentümer so hingelegt, wie er jetzt dalag. Jemand hatte ihn untersucht, seine Gliedmaßen ausgestreckt, vielleicht sogar wiederzubeleben versucht. Jemand, aber mit Sicherheit keiner von Walaus Leuten. Jemand, der aller Wahrscheinlichkeit nach noch hier war. Jemand, der mitbekommen haben musste, dass Parceval in der Wohnung war.

Parceval scannte das Appartement. Es war eine offene Wohnlandschaft mit nur wenigen Türen. Eine davon ging zum Badezimmer ab, das man vom Flur aus erreichte. Die Tür war offen gewesen, als Parceval sich durch den Eingangsbereich bewegt hatte, und der Raum dahinter leer.

Der Schlafbereich war durch eine Wand vom restlichen Appartement getrennt, doch die Wand endete nach der halben Länge. Eine Tür fehlte hier, stattdessen gab es Türen zu einem kleinen Vorratsbereich hinter der Küche, einem Kämmerchen mit Heiz- und Elektrotechnik und einer Gästetoilette. Auch sie standen alle offen.

Parceval betrachtete den Boden und folgte dann einer unregelmäßigen dunklen Blutspur auf dem Parkett. Sie führte um die Wand des Schlafzimmers herum. Parceval umrundete sie, die SAM7K an der Wange. Das Futonbett war nicht gemacht, ein Haufen Kleidung lag unordentlich darauf, als hätte hier jemand die Hälfte seines Kleiderschranks anprobiert und dann einfach auf dem Bett liegen lassen. Niemand lag darin, und zwischen Lattenrost und Fußboden war so wenig Freiraum, dass sich auch darunter niemand verbergen konnte. Die Spur zog sich bis zu den Einbauschränken, die eine ganze Wand füllten. Alle Türen waren geschlossen, aber an einer konnte er Fingerabdrücke erkennen, dunkle Fingerspuren, die in hellerem Licht ein bräunliches Rot angenommen hätten. Blut. Ein paar Stunden alt und eingetrocknet.

»Ich tue Ihnen nichts«, sagte er laut. »Ich gehöre nicht zu den Terroristen. Ich versuche zu helfen.«

Keine Bewegung, kein Laut. Parceval spitzte die Ohren. Aus dem Wohnbereich vernahm er die schwache Musik. Aus Richtung des Schranks: nichts. Parceval näherte sich den Schranktüren.

»Ich bin bewaffnet«, sagte er. »Aber nur zum Selbstschutz. Ich werde Sie nicht angreifen. Ich bin ehemaliger Polizist. Bitte kommen Sie heraus. Ihnen wird nichts geschehen.«

Stille im Schlafzimmer, schwaches Gedudel aus dem Wohnzimmer. Parceval hatte das Gefühl, seinen eigenen Herzschlag zu vernehmen – und wie ihm die Zeit verrann, die er nicht hatte. Er trat vor die Schranktür mit den Blutspuren darauf, riss sie auf und drehte sich zugleich seitlich weg.

Aus dem Schrank ertönte ein schriller Schreckensschrei. Eine Hand schoss heraus, eine Sprühdose fest umklammert, die den Raum mit fruchtig-herbem Aerosol erfüllte.

Parceval packte das Handgelenk und zerrte einen jungen Mann aus dem Schrank, der sich schreiend auf dem Boden zusammenrollte. »Tun Sie mir nichts«, kreischte er. »Bitte, bitte, tun Sie mir nichts.«

Parceval trat einen Schritt zurück. Er nahm das Gewehr wieder hoch, aber der Lauf zielte auf einen Punkt neben dem jungen Mann. »Ich tue Ihnen nichts!«, zischte er. »Hören Sie auf zu schreien! Sofort!«

Der junge Mann verstummte stöhnend. Er hatte den Kopf zwischen die Arme gezogen. Jetzt spähte er zitternd aus der Deckung hervor. Parceval trat noch einen Schritt zurück, um weniger bedrohlich zu wirken.

»Haben Sie gehört, was ich vorhin gesagt habe?«, fragte Parceval.

»Ja, ich … ja … und … o bitte, tun Sie mir nichts!«

»Was habe ich gesagt?«, fragte Parceval barsch.

Der junge Mann verschluckte sich. »Dass Sie mir nichts tun. Dass Sie Polizist sind. Dass Sie … äh …«

»Ehemaliger Polizist«, sagte Parceval. Er wies mit dem Kinn auf die Sprühdose. »Was sollte das denn werden? Ein Deo? ›Amazonas-Frische‹?«

»Ich hab Daniels Pfefferspray nicht gefunden«, stöhnte der junge Mann.

»Wer ist Daniel?«

»Mein Bruder. Die haben ihn … ich glaube, die haben ihn …« Der junge Mann begann zu schluchzen.

»Der Mann im Wohnzimmer?«, fragte Parceval ruhig.

»Ja …«

»Es tut mir sehr leid«, sagte Parceval. »Und Sie? Sind Sie verletzt?«

»Ja …«

»Schwer?«

»Weiß nicht. Es tut weh. Aber ich kann mich bewegen.«

»Wie heißen Sie?«

»Paul. Weisemann. Paul Weisemann.«

Parceval kauerte sich neben dem immer noch zusammengerollten jungen Mann nieder. »Lassen Sie mal sehen, wo es Sie erwischt hat«, sagte er. Und dann: »Mein Name ist Ralf Parceval.«

»Okay«, stöhnte der junge Mann. Ganz offensichtlich sagte ihm Parcevals Name überhaupt nichts. Wäre die Situation eine andere gewesen, hätte Parceval gegrinst.

Paul Weisemann war füllig: eine stramme Rolle Wohlstandsspeck um die Hüften, fleischiger Hals und weiche Gesichtszüge. Er war vom Kinn bis zu den Knien mit Blut besudelt, aber das meiste stammte nicht von ihm. Er hatte einen Streifschuss an der Schulter und einen Durchschuss an der Taille, wo die Speckrolle am dicksten war. Parceval konnte sich vorstellen, dass die Wunden schmerzten. Paul Weisemann konnte von jetzt an das heutige Datum als zweiten Geburtstag feiern. Sein Bruder hatte nicht so viel Glück gehabt.

»Die haben sofort zu ballern angefangen«, sagte Paul schluchzend und stockend. »Daniel stand vor mir. Ich wollte ihn gerade am Crosstrainer ablösen. Er hat fast alles abgekriegt. Er ist auf mich draufgefallen. Ich hab gespürt, wie ich getroffen wurde. Es hat zuerst überhaupt nicht wehgetan, aber ich konnte mich nicht bewegen. Ich glaube, ich konnte nicht mal atmen. Daniels Blut lief mir ins Gesicht, in die Augen. Ich dachte, jeden Moment knallen sie mich auch ab. Ich dachte daran, wie ich Daniels Blutung stoppen könnte. Ich dachte, dass ich längst tot wäre, wenn Daniel nur noch ein paar Augenblicke länger auf dem Crosstrainer gestanden hätte. Ich hörte sie in der Wohnung rumoren, dann waren sie weg. Die haben mich wohl für tot gehalten. Und dann hörte ich aus den anderen Wohnungen die gleichen Geräusche: Schreie, Poltern und dieses komische Geräusch der Schusswaffen, als würde jemand husten …«

»Haben Sie versucht, Ihren Bruder wiederzubeleben?«

»Ja, als ich mich wieder bewegen konnte. Aber es war … es machte keinen …« Paul begann zu weinen.

»Wohnen Sie hier?«

»Nein. Die Wohnung gehört Daniel. Er ist sechs Jahre älter als ich. Er hat es geschafft. Hat schon während des Studiums ein Unternehmen aufgezogen und nach ein paar Jahren für mehrere Millionen verkauft. Die Wohnung hier hat er sich als Erstes geleistet. Ich studiere noch, mir hat er eine Studentenbude finanziert. Wir haben uns ein paarmal in der Woche getroffen, meistens hier bei ihm, um zu trainieren, dann sind wir um die Häuser gezogen …« Paul konnte nicht mehr weiterreden. Er vergrub das Gesicht in den Händen und weinte wie ein kleines Kind.

»Kommen Sie«, sagte Parceval nach ein paar Augenblicken. »Ich versuche Sie hier rauszubringen. Aber ich brauche Ihre Hilfe. Wie kommen wir von hier aus in die Tiefgarage?«

»Mit dem Aufzug …«, schluchzte Paul Weisemann.

40

Freitag, 11. Dezember
00:37 Uhr

Paul Weisemann machte auf halbem Weg zwischen dem Aufzugsraum im Tiefgeschoss und der Tiefgaragenausfahrt schlapp. Sie mussten an einer endlos langen Reihe lückenhaft gefüllter Parkbuchten vorbei, aus denen alle Arten von Nobelkarossen schimmerten, fast die gesamte Länge der Südwestflanke der Elbphilharmonie entlang. Das Gebäude erhob sich ein Stockwerk über ihren Köpfen in den Hamburger Nachthimmel. Selbst Parceval konnte kaum glauben, dass nur wenige Meter über ihnen Tod und Terror herrschten. Aber auch wenn es hier unten ruhig war, war die Ruhe trügerisch. Sie saßen immer noch in der Mausefalle.

Einer stockdunklen Mausefalle. Die gesamte Beleuchtung der Tiefgarage war ausgeschaltet, auch die Notbeleuchtung für die Fluchtwege. Das einzige Licht kam vom Aufzugsbereich hinter Parceval und Paul, der anscheinend an einen anderen Stromkreis angeschlossen war und den stillzulegen Nils Walau nicht für nötig erachtet hatte. Ohne die Taschenlampenfunktion in Pauls Smartphone hätten sich Parceval und Paul relativ bald an den Hecks der Autos entlangtasten müssen. Parceval schonte Barans Akku, so gut es ging. Daniels Telefon hatten sie zurücklassen müssen. Da Paul die PIN seines Bruders nicht kannte, nutzte es keinem von ihnen etwas.

Parceval sah zwei Möglichkeiten, seinen Schützling durch die Tiefgarage nach draußen zu schaffen. Entweder so heimlich wie möglich, weil Walau die Tiefgaragenzufahrt nicht bewachen ließ; oder alle Magazine, die er hatte, auf die Wachposten abfeuernd. In beiden Fällen konnte er nur hoffen, dass die Polizei nicht ebenfalls das Feuer eröffnen und auf ihn und Paul schießen würde. Paul Weisemann hatte es nicht verdient, in letzter Sekunde durch eine Polizeikugel ums Leben zu kommen. Außerdem hatte Parceval ihm eine Botschaft aufgetragen, die Polizeipräsident Schmidt erreichen sollte.

Würde die Tiefgaragenzufahrt bewacht sein? Parceval rechnete eher nicht damit.

»Ich kann nicht mehr«, stöhnte Paul Weisemann und krümmte sich auf dem Boden zusammen. »O Gott, es hat wieder angefangen zu bluten.« Parceval leuchtete mit der Handylampe. Paul starrte seine Hand an, die er auf die Durchschusswunde gepresst hatte und die nun blutverschmiert war.

Parceval hatte mit seinem Zusammenbruch gerechnet. Der Schock war mehr oder weniger abgeklungen, die Trauer um den Tod des Bruders von der Angst um das eigene Leben abgelöst. Dazu kam, dass die beiden Verletzungen wirklich schmerzhaft waren.

»Stützen Sie sich auf mich«, sagte Parceval. »Ich lasse Sie hier nicht liegen.«

»Ja, bitte, lassen Sie mich nicht zurück!«

Paul Weisemann klammerte sich an Parceval, und er schleifte ihn mehr weiter, als der junge Mann selbst ging. Es war für Parceval eine seltsame Erfahrung, jemandem zu begegnen, der ihm gegenüber völlig arglos war. So seltsam, dass sie ihm selbst in dieser Situation zu denken gab. Wie alt mochte Paul Weisemann gewesen sein, als Parcevals Prozess in ganz Deutschland Schlagzeilen gemacht hatte? Siebzehn? Achtzehn? Wenn Parceval nicht aus der Strafanstalt entflohen wäre, säße er dort noch immer seine Zeit ab, wenn sich draußen schon niemand mehr an seinen Namen erinnerte.

So wie die Erinnerung an die Gesichter der Frauen und Mädchen, die damals in Kunduz entführt worden waren, selbst bei ihren eigenen Familien verblassten, während sie selbst noch irgendwo auf der Welt ihr namenloses Sklavendasein fristeten.

Parceval schleppte den jungen Mann weiter. Sie näherten sich dem Ende der langen Geraden, dahinter schimmerte ein schwaches Licht. Parceval hatte keine Ahnung, woher es kam – vielleicht ein Notlicht, das sich auch von der Gebäudeleitstelle aus nicht ausschalten ließ. Alle paar Schritte leuchtete er mit der Handylampe die Garage aus. Er sah nirgendwo frisch verlegte Kabel oder sonst irgendetwas, das auf das Vorhandensein von Bomben hingewiesen hätte. Zumindest der private Teil der Tiefgarage schien sauber zu sein. Es machte ihn ratlos. Er war sicher, dass er die Informationen, die er erhalten hatte, richtig interpretiert hatte. Wo befanden sich die Sprengsätze?

»Da vorn links, nach der Abbiegung, kommt gleich das Rolltor«, sagte Paul. »Es trennt den privaten vom öffentlichen Parkbereich ab.«

Parceval machte an der Abbiegung Pause und spähte um die Ecke. Das Rolltor war ein schwarzes Sektionaltor mit Streckgitterfüllung, durch deren eingelassene Kunststoffscheiben man in den öffentlichen Teil schauen konnte. Der sichtbare Teil davon war so menschenleer wie der private Bereich. Oberhalb des Tors leuchtete auf beiden Seiten eine gelbe Funzel, gerade hell genug, dass man das Tor auch von Weitem erkennen konnte. Ein Notlicht, wie vermutet.

»Wie geht das Tor auf?«, fragte Parceval.

»Man braucht sich nur mit dem Transponder zu nähern.«

»Und wie geht es danach weiter?«

»Nach dem Tor geht's wieder nach links. Wir sind dann schon im öffentlichen Bereich. Wir müssen durch die Kehre, die führt hoch zur Tiefgaragenzufahrt. Einen eigenen Weg für Fußgänger gibt's nicht.«

»Na gut. Sind Sie so weit?«

»Ja, geht schon«, ächzte Paul.

Er humpelte gekrümmt weiter, von Parceval unter der Achsel gestützt. Nach ein paar Metern blieb er stehen.

»Da vorn ist Daniels Auto«, sagte er und begann wieder zu schluchzen. Er wies auf einen glänzenden Wagen, dessen Farbe im Dunkeln wie schwarze Tinte wirkte. »Tesla Model S. Daniel wollte immer die Welt retten ...«

»Still!«, zischte Parceval.

Paul schluckte und starrte ihn bestürzt an. Parceval schüttelte den Kopf. Pauls Augen weiteten sich. Jetzt hörte er es auch. Stimmen. Mehrere Männer, die sich aus der Richtung, aus der auch Parceval und Paul gekommen waren, näherten und kein Deutsch miteinander sprachen. Wären sie zwei Minuten früher gekommen, wären Parceval und Paul noch auf der Geraden gewesen – auf dem Präsentierteller. Parceval holte tief Luft.

»Wir müssen uns verstecken«, flüsterte er. »Die kommen mit Sicherheit hierher.«

Paul deutete mit einem zitternden Finger auf den Tesla.

»Ist der offen?«

»Hier sperrt kaum einer seine Karre ab. Ist doch alles nach draußen gesichert. Und von den Leuten, die hier wohnen, stiehlt keiner seinem Nachbarn das Auto.«

»Kommen Sie.« Parceval zerrte Paul zu dem Tesla. Er öffnete die Türen und hoffte, dass der Wagen nicht mit einem fröhlichen Glockenklang antwortete. Er tat es nicht, aber die Innenbeleuchtung ging an. Parceval biss die Zähne zusammen. »Legen Sie sich auf die Rücksitzbank«, sagte er. Ihm wäre lieber gewesen, Paul hätte sich in den Fußraum gezwängt, aber dazu war er zu stämmig. »Machen Sie sich so flach wie möglich.« Parceval selbst kauerte sich halb auf dem Beifahrersitz, halb im Fußraum davor zusammen, die Waffe schussbereit. Er schloss die Tür. Die Innenbeleuchtung blieb an. Parceval sah sich hektisch um. Hatte er etwas falsch gemacht? Wie kriegte er das Ding aus?

»Das Licht geht von allein aus«, ächzte Paul, der Parcevals Reaktion mitbekommen haben musste. »Aber nicht sofort …«

Mehrere lähmende Sekunden lang blieb die Innenbeleuchtung an, dann verlosch sie mit einem eleganten Dimmeffekt, den Parceval zum Teufel wünschte. Paul Weisemanns Atem ging keuchend. In der Dunkelheit im Inneren des Wagens breitete sich der Geruch von Blut, Schweiß und Angst aus. Parceval legte den Sicherungshebel seiner Waffe um. Wenn die Innenbeleuchtung sie verraten hatte, mussten sich die Männer hinter ihnen in den nächsten Augenblicken den Tesla vornehmen.

Parceval sah die Lichtfinger von starken Taschenlampen um die Ecke geistern und entspannte sich. Die Männer mussten noch zu weit entfernt gewesen sein, um das Innenlicht gesehen zu haben, und die hellen Kegel der starken Taschenlampen hatte die schwache Innenbeleuchtung mit Sicherheit übertönt. Jetzt kam es darauf an, dass die Terroristen auch weiterhin keinen Verdacht schöpften und den Wagen arglos passierten.

Der Tesla hatte auf der Beifahrerseite einen Nachbarn, einen mächtigen BMW X7, der den Tesla zu einem Zwerg degradierte und den Blick in sein Inneres perfekt blockierte. Auf der Fahrerseite hingegen war er gut einsehbar. Man musste zwar genau hinsehen und schon einen Verdacht hegen, um die beiden Männer in ihrem Versteck zu entdecken; trotzdem hoffte Parceval, dass sich von der Gruppe niemand umdrehte. Er konnte nicht mehr hören, wie nahe sie schon waren. Der Tesla dämpfte die Außengeräusche fast vollständig, aber das Taschenlampenlicht war schon sehr hell. Die Lichtinseln, die es aussandte, überstrahlten bereits die Notleuchte am Rolltor. Sie mussten jeden Moment hinter dem Heck des Tesla vorbeimarschieren. Parceval beobachtete mit Sorge, dass die Heckscheibe des Wagens anlief. In der Tiefgarage war es nur mäßig kalt, aber Paul Weisemann schwitzte so stark, dass das Glas dennoch beschlug. Wenn das einem der Terroristen auffiel und er eins und eins zusammenzählte …

Parceval spähte bei der Fahrerseite hinaus, als sie das Heck des Wagens passiert hatten. Sie waren zu viert. Sie beachteten weder den Tesla noch sonst irgendein geparktes Fahrzeug. Drei von ihnen trugen Sturmhauben, der Vierte nicht. Es war Nils Walau. Alle vier waren bewaffnet, aber die Waffen waren am Riemen geschultert. Sie machten vor dem Rolltor Halt. Entgegen Paul Weisemanns Zusicherung bewegte es sich nicht automatisch.

Aber eine in das Tor eingefasste Schiebetür öffnete sich, als Walau dagegendrückte. Sie gab einen Durchgang frei, breiter als eine normale Wohnungstür. Die vier Männer gingen ohne Zögern hindurch. Parceval spähte ihnen hinterher, bis sie nach links abbogen und die geisternden Lichtkegel mit ihnen.

»Sie sind weg«, flüsterte er. »Aber bleiben Sie noch still liegen. Ich schaue, ob es eine Nachhut gibt.« Er öffnete die Beifahrertür und lauschte in die Tiefgarage hinaus. Er hörte nichts. »Die Luft ist rein.«

»Ich glaube, wir sollten hierbleiben«, sagte Paul Weisemann kaum hörbar. »Es tut so weh. Ich kann nicht mehr.«

»Sie werden auch hierbleiben«, sagte Parceval. »Zumindest eine Weile. Ich muss erst sehen, wohin die vier gegangen sind. Wenn wir Pech haben, haben wir das gleiche Ziel: die Tiefgaragenausfahrt.«

»Bitte lassen Sie mich nicht allein!«

»Sie sind hier so sicher wie sonst an keinem Ort in diesem Gebäude. Ich muss die Lage sondieren. Das Rolltor geht übrigens nur mit einem speziellen Transponder auf. Wahrscheinlich hat ihn jeder Fahrzeugbesitzer in seinem Wagen.«

»Ich bin immer nur mit Daniel hier reingefahren. Er hat mich abgeholt ...«

»Ich denke, ich komme durch die Personenschleuse raus. Sie müsste auf einen normalen Transponder ansprechen. Ist ohnehin besser. Ich fürchte, man hört es überall in der Tiefgarage, wenn sich das Rolltor öffnet. Und jetzt beißen Sie die Zähne zusammen. Ich hole Sie nach, sobald es sicher ist.«

Parceval lief zum Tor und duckte sich. Nach ein paar Augenblicken reckte er den Hals und spähte vorsichtig durch das unterste Plastikfenster. Jenseits des Tores war niemand zu sehen, aber ein Taschenlampenkegel irrlichterte noch schwach die abschüssige Rampe herauf, die zu der von Paul Weisemann erwähnten Kehre führte. Parceval bildete sich ein, Stimmen zu hören, als ob Walau und seine Begleiter in der Kurvenauffahrt stehen geblieben wären.

Parceval presste den Transponderchip gegen ein Lesegerät. Die Mannschleuse des Tors glitt summend und schabend zur Seite und schob sich neben die größere Sektion. Parceval wartete mit der Waffe im Anschlag. Niemand kam die Rampe herauf, um nachzusehen. Wie er gehofft hatte, hörte man das Geräusch nicht bis zur Kehre. Das Scheppern des Tores, das sich nach oben einrollte, wäre zu vernehmen gewesen; das Summen der Mannschleuse war es nicht.

Parceval hielt die Tür auf, als sie sich wieder schließen wollte, und schlüpfte durch die Öffnung auf die andere Seite. Er schob sich an der Wand zu seiner Linken weiter bis dorthin, wo der Weg scharf nach links abbog und die Rampe sich nach unten senkte. Die Stimmen waren jetzt lauter, es klang so, als ob Walau Anweisungen erteilte und die anderen sie bestätigten. Unendlich langsam schob Parceval sein Gesicht um die Ecke herum, bis er zur Kehre hinunterspähen konnte. Ihm war bewusst, dass das schwache Notlicht hier am hellsten war und es keinen Schutz der Dunkelheit für ihn gab.

Unten an der Kehre war es dagegen wieder ziemlich dunkel, aber er konnte mehrere Personen erkennen, die um ein Fahrzeug standen. Im unruhigen Taschenlampenlicht schälten sich Details aus der Finsternis: Kleidung, Waffen, vermummte Gesichter, grellorange und gelbe Applikationen auf dem Fahrzeug, weißlackierte Flächen.

Aus den vier Männern waren jetzt fünf geworden. Einer musste dort bei dem Fahrzeug gewartet haben. Die sechste Person war eine Frau.

Der Wagen war ein Einsatzfahrzeug eines privaten Rettungsdienstes. Die Frau war eine Sanitäterin, die offenbar zur Besatzung des Rettungswagens gehörte und ebenfalls als Geisel genommen worden war. Parceval konnte sehen, dass sie eine Einsatzjacke trug – orange und silbern, mit weißen Reflexstreifen, die im Licht der Taschenlampe schimmerten. Sie nickte wie die Männer zu den Anweisungen, die Walau gab.

Parceval ging auf, dass sie keine Geisel war, sondern zu Walaus Leuten gehörte. Sie und ihr Fahrzeug waren das fehlende Puzzlestück, das Parceval zum vollen Verständnis von Walaus Operation gefehlt hatte.

Die als Leibwächter Gouverneur Majibs verkleideten Terroristen hatten ihre Pistolen mit einer Sondererlaubnis durch die Sicherheitskontrollen gebracht, das war unstrittig. Wahrscheinlich hatte der als Geisel genommene Gouverneur für die Erlaubnis auch noch persönlich garantiert. Aber wie waren die Terroristen an die Automatikwaffen gelangt, an das Sammelsurium an Schnellfeuergewehren, das wirkte wie aus den Videoaufnahmen eines eroberten IS-Waffenlagers? Jetzt hatte Parceval die Antwort: mit dem Rettungsfahrzeug. Niemand durchsuchte ein Rettungsfahrzeug auf Waffen.

Wie ein Fahrzeug der Feuerwehr oder der Polizei war auch ein Sanitätsfahrzeug über jeden Zweifel erhaben. Man winkte es durch.

Die Sanitäterin sah nicht aus wie die typische IS-Anhängerin. Sie hatte die Haare nicht einmal verdeckt. Sie wirkte wie jemand, dem man im Leben nicht zugetraut hätte, auf der Seite von Terroristen zu stehen, und war für deren Zwecke perfekt geeignet.

Die Gruppe setzte sich nach einem Blick Walaus auf die Uhr in Marsch, um die Kehre herum und auf der anderen Seite hinauf, in Richtung Tiefgaragenzufahrt. Parceval schaute auf seine eigene billige Armbanduhr. Es war kurz vor ein Uhr. Sechs Stunden dauerte das Geschehen nun schon an. Walau musste es bald zu Ende bringen, und was immer er jetzt vorhatte, musste einen großen Schritt auf dieses Ende hin bedeuten.

Parceval packte die Waffe fester, lief zum Rettungswagen hinunter und ging dort in Deckung. Die Versuchung war groß, aus den Reifen Luft abzulassen, um das Fahrzeug für die Terroristen unbrauchbar zu machen. Aber Walau sollte nicht wissen, dass Parceval – wer anders hätte der Saboteur sein können? – hier gewesen war. Er kroch vorsichtig um den Wagen herum, huschte dann zu einer Mauerecke an der Wand zu seiner Rechten und spähte vorsichtig um die Ecke.

Das Bild war surreal. Walau und seine Leute standen oben bei der Zufahrt in einer Reihe nebeneinander, vielleicht zehn Schritte von der Öffnung entfernt, die wie ein riesiger, mehrere Meter breiter, rechteckiger Bildschirm wirkte. Nach der düsteren Welt, in der

Parceval sich die letzten Minuten bewegt hatte, wirkte die von den Scheinwerfern der Polizei erleuchtete Außenwelt extra bunt und die Gruppe davor wie ein Scherenschnitt.

Walau und seine Gruppe hatten sich so postiert, dass man sie von draußen nicht sehen konnte, sondern in absolute Schwärze blickte. Die Männer – außer Walau – hatten ihre Waffen auf die Zufahrt gerichtet. Walau hatte seine locker umgehängt. Die Sanitäterin trat nervös auf der Stelle und lockerte mit kreisenden Bewegungen ihre Schultern. In einer Hand hielt sie etwas, das von Weitem wie ein Beutel für Sportschuhe aussah.

Draußen näherte sich eine Gruppe: zwei in einfache dunkle Uniformen gekleidete Männer, zwei Bereitschaftspolizisten in voller Einsatzmontur, ein Mann mit Anzug und Krawatte und eine Frau mit Jeans, Pullover, Jacke und Hidschab. Sie trug metallene Hand- und Fußfesseln, die im harschen Scheinwerferlicht aufblitzten, und bewegte sich gemächlich. Parceval konnte ihr Gesicht nicht erkennen, aber er war sicher, dass es sich um Janine Walau handelte. Um das ging es hier also: Nils Walau nahm seine freigepresste Frau in Empfang.

Parceval hob langsam sein Gewehr. Von dieser Position aus konnte er die ganze Gruppe dort oben unter Feuer nehmen. Sie drehten ihm allesamt den Rücken zu. Die Wahrscheinlichkeit, dass er sie alle außer Gefecht setzen konnte, bevor sie auch nur ein einziges Mal abdrücken konnten, war groß. Er war ein passabler Schütze, aber die Leute dort standen aufgereiht und unbeweglich da, wie Pappkameraden auf dem Schießstand. Selbst ein Amateur am Abzug hätte sie nicht verfehlen können.

Doch sein Instinkt sagte ihm, dass er nicht schießen sollte.

Walau gegenüber hatte er angedeutet, dass seine Männer vielleicht von ihm abfallen und sich ergeben würden, wenn der Druck zu groß wurde. Aber galt das auch, wenn ihr Anführer ausgeschaltet wurde? Oder war nicht die Gefahr größer, dass sie dann in der Panik durchdrehten? Wenn das Gebäude vermint war, und davon ging Parceval felsenfest aus, würden sie dann nicht auf den Zündknopf drücken? Sich selbst, alle Geiseln und die Elbphilharmonie in die Luft sprengen, mit zahllosen Toten auch unter den Einsatzkräften rund um das Gebäude? Oder würden sie führungslos und voller Hass die Geiseln im Kleinen Konzertsaal ermorden und auf die Einsatzkräfte draußen das Feuer eröffnen? So absurd es war, wenn man einen eiskalten, berechnenden Mörder wie Nils Walau mit dieser Bezeichnung versah – aber er war wahrscheinlich der Garant dafür, dass die Ereignisse nicht völlig aus dem Ruder liefen. Parceval hatte keine Zweifel, dass Walau ein Blutbad plante, das nicht weniger grausam war als eine panisch um sich schießende Terroristenhorde. Der Unterschied war nur: Sein Blutbad würde nicht innerhalb der nächsten Minuten losgehen, wie es bei seinem Tod der Fall wäre. Solange er am Leben war, hatte Parceval eine Chance, etwas zu unternehmen.

Parceval legte den Finger auf den Abzug und nahm einen Terroristen ins Visier. Er brauchte nur abzudrücken und dabei den Gewehrlauf von einer Seite zur anderen schwenken. So einfach, so schnell.

Parcevals Finger bewegte sich nicht.

War es die Lösung oder der Auslöser der Katastrophe?

41

Freitag, 11. Dezember
00:57 Uhr

Polizeipräsident Schmidt ließ es sich nicht nehmen, Janine Walau persönlich zum vereinbarten Übergabepunkt zu geleiten. Ihr Gesicht war ihm von den Verhandlungen vertraut. In der Haftanstalt war es etwas fülliger geworden, sonst war es so wie damals: ausdruckslos. Ausdruckslos, während der ganzen Verhandlung, egal ob über das Martyrium eines kleinen Kindes gesprochen worden war, das Janine Walau hatte verdursten lassen, oder die Qualen der Mutter, die dabei hatte zusehen müssen. Schmidt hatte sich damals bemüht, sie nicht für diese demonstrative Gleichgültigkeit zu hassen, und erst recht nicht, als ihm klar geworden war, dass der Gleichmut keine Demonstration war. Der Tod des Kindes und die Seelenfolter der Mutter hatten Janine Walau tatsächlich völlig kalt gelassen. Es war ihm nicht gelungen. Jetzt, als er sie von der Justizvollzugsanstalt in Empfang genommen hatte, spürte er diesen Hass wieder in sich aufflammen.

Als sie verhaftet worden war, hatte Janine Walau westliche Kleidung getragen, mit Ausnahme des Hidschabs, der ihre Haare verhüllt hatte. Sie trug jetzt dieselbe Kleidung wie bei ihrer Verhaftung. Janine Walau stand vor dem Justiztransporter, wartete darauf, dass ihre Hand- und Fußfesseln aufgeschlossen würden, und gönnte niemandem einen Blick. Ihre Augen waren auf die Elbphilharmonie gerichtet. Von jenseits des Kordons der Einsatzkräfte brüllten die Journalisten, um sie dazu zu bewegen, in eine ihrer Kameras zu blicken. Sie führten sich auf wie eine Horde Hooligans, denen der Zugang ins Fußballstadion verwehrt blieb. Blitzlichter zuckten. Frauenstimmen kreischten. Männerstimmen riefen Beleidigungen. Walaus Frau reagierte auf nichts davon.

Schmidt hinderte den Justizbeamten daran, die Fesseln aufzuschließen. »Wir geben Ihnen den Schlüssel mit«, sagte er zu Janine Walau. »Dann kann Ihr Mann die Fesseln abnehmen. Hier draußen gehen wir kein Risiko ein.«

Janine Walau zuckte stumm mit den Schultern. Sie hatte auch damals während der Verhandlung kaum ein Wort gesagt. Schmidt erinnerte sich, dass sie eine helle, gequetscht klingende Stimme hatte – nicht außergewöhnlich, aber von einem Timbre, das der Polizeipräsident nervend fand.

Schmidt, zwei Beamte der Bereitschaftspolizei in vollem Einsatzanzug und ihren Haenel-CR-223-Gewehren in Sicherheitshaltung sowie die Justizvollzugsbeamten umringten die junge Frau, als sie langsam und wegen der Hand- und Fußschellen unbeholfen in Richtung Tiefgarage marschierte. Der Weg war nicht weit.

Die Zufahrt zur Tiefgarage war auf dem Platz der Deutschen Einheit, dem von der Polizei ohnehin abgeriegelten Bereich zu Füßen der Nordostflanke der Elbphilharmonie. Walau hatte verlangt, dass seine Frau dorthin gebracht wurde. Dann sollte sich das Begleitkommando sofort zurückziehen.

Die Tiefgarage war vierundzwanzig Stunden am Tag zugänglich und daher nicht mit einem Tor versehen. Es gab zwei öffentliche Einfahrten, die Einfahrt zum Hotel und eine Ausfahrt. Sollte es zur Erstürmung kommen, gehörte die Zufahrt dazu, aber Schmidt hoffte, dass er seinen Leuten nicht befehlen musste, diesen Weg zu nehmen. Er ließ sich mit wenigen Schützen in ausgewählten Positionen in eine Todesfalle verwandeln, die Dutzende Polizeibeamte das Leben kosten würde, ehe man die Verteidiger überwältigen konnte. Abgesehen davon hoffte er, dass er überhaupt niemals die Erstürmung der Elbphilharmonie würde befehlen müssen.

Die Fläche vor der Zufahrt war von den Polizeischeinwerfern in grelles Licht getaucht. Die Öffnung ins Gebäude erschien dagegen wie ein gähnend schwarzer Schlund. Kein Licht war zu sehen, außer einem trüben Notlicht oberhalb der Rampe, die zur Kehre führte. Walau hatte die Tiefgaragenbeleuchtung ausschalten lassen.

Janine Walau streckte Schmidt mit einer provozierenden Geste die Hände hin. Ihre Blicke begegneten sich. Ihre Augen waren so ausdruckslos wie der Rest ihres Gesichts.

»Wie bereits erwähnt«, sagte Schmidt. »Die Fesseln sind ein Geschenk des Hauses.«

»Jetzt«, sagte Janine Walau.

Schmidt machte stattdessen eine einladende Geste zur Tiefgaragenzufahrt und hoffte, dass sie sich fügen würde. Das Dunkel hinter der Öffnung machte ihn unruhig, schon fünf Schritte innerhalb des Gebäudes war es stockfinster.

»Machen Sie mich los«, sagte Janine Walau.

Schmidt wandte sich an seine vier Begleiter. »Ziehen Sie sich zurück«, sagte er. »Und keine Diskussionen.«

Die Justizvollzugsbeamten trabten los. Die Bereitschaftspolizisten zögerten, fügten sich aber dann. Eine halbe Minute später trennten mindestens hundert Meter Schmidt und Janine Walau von den nächststehenden Beamten. Schmidt hatte das Gefühl, mit der Frau des Terroristenführers völlig allein auf der Welt zu sein.

Er hob den Schlüssel zwischen Daumen und Zeigefinger hoch, sodass ihn auch die Überwachungskamera an der Einfahrt erfassen konnte. Er war sicher, dass Walau das Geschehen irgendwie beobachtete.

Janine Walau hatte den Blick immer noch nicht von Schmidt abgewandt. Sie blinzelte kaum. Sich mit ihr ein Blickduell zu liefern war wie der Versuch, den Blick einer Statue niederzuzwingen.

»Wir können hier noch ewig stehen«, sagte Schmidt ruhig. »Die Freiheit liegt vor Ihnen. Worauf warten Sie?«

»Machen Sie mich los, oder es stirbt eine Geisel.«

»Marschieren Sie einfach hinein, dann muss überhaupt niemand sterben.«

»Sie gehen sehr leichtfertig mit dem Leben der Geiseln um.«

»Ich bin sicher, dass es keine Absprache zwischen Ihnen und Ihrem Mann gab, was zu tun wäre, wenn der Polizeipräsident den Handschellenschlüssel nachliefern will. Und ich bin sicher, dass Ihr Mann deswegen keine Geisel ermorden wird. Er weiß genau, dass jeder weitere Tod seine Aussichten verringert, diese Sache hier irgendwie zu überleben.«

Aus dem Dunkel war plötzlich eine Stimme zu hören. »Sie täuschen sich, Herr Polizeipräsident«, sagte die Stimme. »Ich bin sehr wohl bereit, eine Geisel wegen Ihrer Halsstarrigkeit zu töten. Schauen Sie.«

Als wären sie ein Trick in einem Horrorfilm, schälten sich mehrere Gestalten aus dem Dunkel. Fünf Männer und eine Frau. Einer der Männer war Nils Walau, die anderen trugen Sturmmasken. Die Frau trug die Kleidung einer Rettungssanitäterin und einen schwarzen Sack über dem Kopf. Die Reflexstreifen auf ihrer Jacke fingen das Licht von draußen und leuchteten bei jeder Bewegung auf. Zwei von Walaus Begleitern zwangen sie auf die Knie und dann mit der Stirn auf den Boden. Der dritte presste ihr den Lauf seines Gewehrs in den Nacken. Die Sanitäterin keuchte vor Panik. Der Sack blähte sich hektisch vor ihrem Mund und zog sich wieder zusammen.

»Und?«, fragte Walau.

»Schon gut«, sagte Schmidt rau. »Ich schließe die Fesseln auf.«

»Und was noch?«

Schmidt wusste, worauf Walau hinauswollte. Er hatte das Gefühl, sich gleich übergeben zu müssen. Die Geisel stöhnte erneut auf, als sich der Gewehrlauf noch stärker in ihren Nacken presste.

Schmidt wandte sich an Janine Walau. »Bitte entschuldigen Sie die Verzögerung«, sagte er, jedes Wort ein Block aus Stein in seinem Mund.

Sie hielt ihm wieder stumm die Hände entgegen. Schmidt öffnete die Fesseln. Sie streifte sie ab und stieg aus den Fußringen. Dann ging sie ohne Eile in die Tiefgarage hinein und wurde vom Dunkel verschluckt. Walau verschwand ebenfalls. Zuletzt wurde die Sanitäterin vom Boden hochgezerrt und nach hinten geschleppt, und die Dunkelheit im Inneren der Einfahrt war wieder undurchdringlich.

Schmidt drehte sich um und bückte sich. Er hob die Fesseln auf mit Händen, die nichts fühlten. Langsam schritt er zurück zum Kordon seiner Männer. Hundert Meter. Hundert Schritte. Bei jedem einzelnen davon war er überzeugt, gleich in den Rücken geschossen zu werden. Als er seine Leute erreichte, war er schweißgebadet, und alle Muskeln in seinem Körper waren verkrampft.

Die Justizbeamten waren bei den Bereitschaftspolizisten stehen geblieben. Einer von ihnen nahm Schmidt die Fesseln aus den Händen. Schmidt nickte ihm zu. Er sah sich um. Die Polizeibeamten wichen seinen Blicken aus.

»Ich bin wieder im Kommandofahrzeug«, sagte Schmidt leise. »Halten Sie sich bereit.«

42

Freitag, 11. Dezember
01:03 Uhr

Parceval hatte die Übergabe von Walaus Frau mitverfolgt und sich dann lautlos zurückgezogen, von der Kehre über die Rampe zum Tor, durch die Mannschleuse hindurch und zum Parkplatz von Daniel Weisemanns Tesla. Statt einzusteigen, hatte er sich jedoch unter den danebenstehenden SUV gerollt. Er war nicht sicher, ob die Innenbeleuchtung im Tesla rechtzeitig ausgegangen wäre, ohne dass die zurückkehrenden Geiselnehmer es bemerkten.

Die Rückkehrer bestanden aus Walau, Walaus Frau und drei Terroristen mit Sturmhauben. Die Sanitäterin, die ihre Rolle bei der Übergabe überzeugend gespielt hatte, und der fünfte Mann waren offensichtlich beim Rettungsfahrzeug zurückgeblieben. Parceval wartete so lange ab, bis er ihre Stimmen nicht mehr hören konnte und auch das Taschenlampenlicht nicht mehr um die Ecke schimmerte. Dann öffnete er die Fahrertür des Tesla und schlüpfte in den Wagen.

»Wo waren Sie so lange?«, quietschte Paul Weisemann panisch. »Ich dachte, Sie hätten mich im Stich gelassen. Ich habe solche Schmerzen, und es hört nicht auf zu bluten.«

»Seien Sie ruhig«, sagte Parceval. »Sie haben es gleich überstanden. Ehrenwort. In fünf Minuten sind Sie draußen und in Sicherheit.«

Er machte es sich auf dem Fahrersitz bequem, ignorierte Pauls verzweifeltes Stöhnen und dachte nach. Sobald Walau und seine Männer die Tiefgarage wieder verlassen hatten, war der Weg nach draußen frei. Die falsche Sanitäterin und ihr Kumpan würden schnell ausgeschaltet sein. Er konnte sich Paul Weisemann unter den Arm klemmen und mit ihm unbehelligt das Gebäude über den Tiefgaragenzufahrt verlassen. Wenn er unbewaffnet hinaustrat und signalisierte, dass er nichts Übles im Schilde führte, würde ihm nichts geschehen. Die deutschen Einsatzkräfte und die Mitglieder des PSK waren viel zu diszipliniert, um im Affekt jemanden über den Haufen zu schießen, der aus dem Gebäude kam.

Aber was wartete draußen auf Parceval? Die Festnahme. Und was ließ er drin zurück? Ksenia Orian und zweihundert weitere Geiseln, die ohne ihn keine Chance hatten.

Die Übergabe von Janine Walau hatte ihm jedoch eine Personalie eröffnet. Der Mann im Anzug war der Hamburger Polizeipräsident gewesen, Hans Manuel Schmidt. Was Parceval anging, war er der mächtigste Feind, den er in Hamburg haben konnte. Hatte er die

Nachricht erhalten, die Parceval ihm mittels Baran Merzanis Leiche geschickt hatte? Mit Sicherheit. Hatte sie ihm verdeutlicht, dass er einen heimlichen Verbündeten in der Elbphilharmonie hatte? Wahrscheinlich.

Was würde Hans Manuel Schmidt tun, wenn er von Parceval erfuhr? Was würde der Mann tun, der seine vier Begleiter aus der Feuerlinie befohlen hatte, damit sie während der Übergabe nicht unnötig in Gefahr gerieten?

»Ich bin noch mal kurz weg«, sagte Parceval zu Paul Weisemann und erstickte jeden Protest mit erhobener Hand. »Bis dahin möchte ich, dass Sie sich etwas ins Gedächtnis einprägen. Sie müssen jemandem draußen eine Botschaft überbringen. Es ist der Hamburger Polizeipräsident. Er heißt Hans Manuel Schmidt. Er wird Sie anhören, weil Sie der Erste sind, der es lebend aus der Elbphilharmonie geschafft hat.«

»Aber ich brauche einen Arzt«, stöhnte Paul.

»Sie können mit Schmidt reden, während Notarzt und Sanitäter Sie behandeln.«

»Und was soll ich ihm sagen?«

»Erinnern Sie sich noch an meinen Namen?«

»Äh … Parceval, oder? Robert Parceval.«

»Ralf.«

»Entschuldigung.«

»Mein Name sagt Ihnen nichts, stimmt's?«

»Nur dass er sich anhört wie ein Typ aus 'nem Märchen, das ich mal gelesen habe …« Paul kicherte verlegen und stöhnte gleich darauf. Dann blickte er Parceval in die Augen. »Entschuldigung«, sagte er nochmals.

»Ich erzähle Ihnen was zu meinem Namen«, sagte Parceval.

Kurze Zeit darauf betätigte Parceval erneut die Mannschleuse, passierte das Tor in den öffentlichen Teil der Parkgarage und schlich zu der Ecke, von der aus er zur Kehre hinunterblicken konnte.

Der Begleiter der Sanitäterin machte es ihm leicht. Er stand ein paar Meter vom Rettungswagen entfernt am Rand des dunklen Schattens, der über der Kehre lag, und qualmte eine E-Zigarette. Der Dampf hing um ihn herum wie eine kleine Wolke und roch bis zu Parceval herauf nach Vanille. Er hatte seine Waffe umgehängt, seine Sturmhaube abgenommen und starrte in ein Handy, dessen Monitor sein Gesicht und den Dampf um ihn herum bunt beleuchtete. Er sah nicht wie die anderen Terroristen aus, die Parceval in der Elbphilharmonie gesehen hatte. Wie die Sanitäterin war er wahrscheinlich ein Deutscher, der sich hatte fanatisieren lassen.

Der Mann sah nicht auf. Was immer er auf dem Handy betrachtete, hielt seine Aufmerksamkeit gefangen. Die Sanitäterin war nirgends zu sehen. Parceval vermutete sie im Wagen, aber auch wenn sie sich auf der ihm abgewandten Seite des Fahrzeugs außerhalb herumtrieb, spielte es keine Rolle.

Parceval hob lautlos die SAM7K und legte sie auf den dampfenden Mann an. Er dachte daran, wie die Fanatisierung eines Menschen hierzulande ablief. Keiner, der den Prozess durchlaufen hatte, konnte nachher behaupten, nicht gewusst zu haben, mit wem er sich einließ. Er hatte Dutzende von Hinrichtungsvideos gesehen und Hunderte von Mordaufrufen gehört. Er hatte gelernt, dass all seine Freunde und Familienangehörigen, die nicht demselben Weg folgten, unreine, verachtenswerte Kreaturen waren, deren Tod Gott eine Freude war. Er hatte erfahren, dass der Umsturz der Demokratie das Hauptziel war, dass Andersgläubige keine Menschen waren, dass die Rechte der Frauen sich auf den Dienst am Mann beschränkten, dass man seine Kinder zu Intoleranz und Hass erziehen musste und dass man, wenn man möglichst viele Andersgläubige bei einem Selbstmordattentat mit in den Tod nahm, in ein Paradies kam, in dem es Alkohol gab und sich die schönsten Frauen einem zu Füßen warfen – während die eigene Witwe an den nächsten Kämpfer weitergegeben wurde, um nun ihm zu Willen zu sein.

Er hatte all das gesehen, gelernt, gehört und verstanden. Er hatte sich willentlich dafür entschieden und mit all seiner Kraft angefangen, eine Bande von Folterknechten und Mördern zu unterstützen. Auch wenn er selbst noch niemanden getötet hatte, war er nicht mehr unschuldig. An seinen Händen klebte das Blut von Wehrlosen.

Aber was viel wichtiger war: Parceval musste ihn lautlos ausschalten, damit die Sanitäterin nichts bemerkte und Alarm schlug. Er drückte ab, nur einen Schuss. Der Schalldämpfer hatte mittlerweile nachgelassen, aber das Geräusch war immer noch nicht laut. Ein Niesen wäre lauter gewesen.

Der Kopf des Mannes schnappte zurück, einzelne Schädelteile platzten in hohem Bogen ab. Seine Hand zuckte krampfartig und schleuderte das Handy davon. Der Mann sackte in sich zusammen und war ein totes Kleiderbündel, noch bevor seine E-Zigarette und seine Waffe den Boden berührten.

Parceval rannte los, das Gewehr in Vorhalte. Er kam unbehelligt bis zu der Leiche, von der nun mehrere Rinnsale Blut zum niedrigsten Punkt der Kehre liefen. Er umrundete den Toten und spähte in die Fahrerkabine des Rettungswagens. Leer. Er lief um den Wagen herum, aber dort war auch niemand. Er hörte gedämpft Musik aus dem Inneren des Wagens. Er nahm die SAM7K in eine Hand, fasste mit der anderen Hand nach dem Griff der Hecktür und riss sie auf.

Die Frau darin fuhr entsetzt herum. Im Wageninneren war die Musik laut. Sie kam von einem Handy, das an einen mobilen Lautsprecher angeschlossen war. Sie hatte die Innenbeleuchtung angeschaltet, die Schuhe ausgezogen und sich auf die Krankentrage gesetzt, ein Bild der wohlverdienten Entspannung nach vollendetem Tagwerk. Sie starrte fassungslos in Parcevals Gesicht und von ihm zur Mündung des Gewehrs, das auf sie zielte. Ihr Mund arbeitete. Parceval sah, wie die Farbe aus ihrem Gesicht wich, während das Verständnis einsetzte.

»Wo ist Martin?«, brachte sie schließlich hervor.

»An einem Ort, von dem Sie nur eine Millisekunde entfernt sind. Befolgen Sie meine Anweisungen, dann werden Sie ihn heute noch nicht erreichen.«

43

Freitag, 11. Dezember
01:17 Uhr

Polizeipräsident Schmidt stand mit hängenden Schultern vor dem Kommandofahrzeug und sog die kalte Luft ein, die nach Metall, Abgasen und Hafen roch. Sie tat ihm gut. Er hatte noch nicht die Kraft gefunden, wieder einzusteigen. Er fühlte sich, als sei die Schlacht verloren. Im Grunde war nichts anderes passiert als das, wozu Innensenator Klose sich nach der Hinrichtung der drei Geiseln bereit erklärt hatte, aber Schmidt spürte die Zäsur, die dieser Schritt für den Ablauf des heutigen Abends bedeutete. Und obwohl er keine Wahl gehabt hatte, war ihm, als hätte er persönlich einen Fehler gemacht und alles Weitere zum Scheitern verurteilt. Ihm ging das Bild der Sanitäterin nicht aus dem Kopf, das Gesicht verhüllt von dem Sack, dessen Stoff sich im Rhythmus der Todesangst blähte und senkte, auf den Boden gezwungen, den Lauf einer Waffe in den Nacken gedrückt. Was hatte sich für sie geändert dadurch, dass Walaus Forderungen nachgegeben worden war? Nichts. Sie war immer noch eine Geisel und litt fortwährend unter Todesangst. Schmidt hatte ihr nicht helfen können.

Und die drei Geiseln, die Walau ermordet hatte, um seinen Forderungen Nachdruck zu verleihen? Auch sie hatten sich in Schmidts Gedächtnis eingebrannt, in absurden, grässlichen Momentaufnahmen – zwei Körper, eingefroren in ihrem Sturz über das Geländer, gehüllt in das grelle Licht der Scheinwerfer, dazu Blut, Gewebe und Kleidungsfetzen, ein sich bauschendes Abendkleid, eine flatternde Smokingjacke… und der hinterhergeworfene Kopf, sich überschlagend, eine Spirale aus tiefrot leuchtendem Blut um sich herum verteilend. Auch diesen Menschen hatte Schmidt nicht helfen können. Er stand hier mit dem größten Polizeiaufgebot, das Hamburg je gesehen hatte, und war so hilflos wie ein kleiner Junge, der mit einem Stöckchen gegen eine tollwütige Bestie antritt.

Er zuckte zusammen, als er die Megafonstimme aus der Richtung hörte, aus der er soeben gekommen hörte – der Tiefgarage. »Bleiben Sie stehen. Sofort. Jetzt knien Sie sich hin. Hände über den Kopf.«

Schmidt setzte sich in Bewegung, noch bevor seine Denkprozesse richtig angelaufen waren.

»Hände über den Kopf!«, befahl die Megafonstimme erneut. Er lief über den Platz, an Einsatzkräften vorbei, die sich auf ihren Posten unruhig bewegten, einem Beamten in voller Montur entgegen, der auf ihn zurannte. Der Beamte winkte ihm zu.

»Kommen Sie!«, rief er und machte kehrt.

Schmidt folgte ihm. Die Einsatzkräfte, die noch dort standen, wo Schmidt sie vor ein paar Minuten verlassen hatte, bildeten eine Gasse und ließen ihn durch. Ein paar von ihnen zielten auf zwei kniende Gestalten in der freien Fläche zwischen der Tiefgaragenzufahrt, mehrere andere sicherten mit erhobenen Waffen den gesamten Raum um die Szene herum, der Rest blieb in Bereitschaft. Der Truppführer stand vor den anderen, ein Megafon in der Hand, unbewaffnet, aber gedeckt durch zwei Polizisten links und rechts hinter ihm. Er drehte sich zu Schmidt um.

»Meldung«, sagte Schmidt keuchend. Er fühlte sich von den Ereignissen des Abends so erschöpft, dass ihn schon die paar Dutzend Meter Laufschritt außer Atem gebracht hatten.

»Zwei Personen aus der Tiefgarage«, sagte der Truppführer. »Eine männlich, eine weiblich, nicht bewaffnet, soweit wir erkennen können. Männliche Person verletzt.«

Schmidt erkannte erst jetzt, dass die weibliche Person die Sanitäterin war, die die Terroristen eben noch bedroht hatten. Freude wallte in ihm auf: Sie war Walau entkommen! Der Mann kniete zusammengekauert da, hatte eine Hand erhoben und presste die andere auf eine Wunde an seiner Seite. Sein T-Shirt war blutgetränkt.

Schmidt hörte, wie der Notarzt eintraf und sich durch die Polizisten drängte. »Lassen Sie mich durch«, sagte er ungeduldig. »Der Mann braucht sofort ärztliche Hilfe.«

»Warten Sie, Doc«, befahl der Truppführer. »Das könnte eine Falle sein. Scharfschützen könnten irgendwo postiert sein.«

»Sie haben zu viele Filme gesehen!«, stieß der Notarzt hervor. »Lassen Sie mich zu dem Verletzten.«

»Lassen Sie ihn gehen«, sagte Schmidt. »Ich begleite ihn.«

»Herr Präsident …«

»Ich gehe auf eigenes Risiko«, sagte Schmidt. »Sichern Sie ab, so gut es geht, aber lassen Sie uns gehen.«

»Jawohl, Herr Präsident.«

Der Notarzt legte die Entfernung zu den beiden knienden Personen im Laufschritt zurück. Schmidt folgte ihm etwas langsamer. Als er ankam, lag der Verletzte bereits halb auf den Oberschenkeln des Notarztes und ließ sich die Hand von der Wunde wegnehmen. Er schwitzte stark, sog die Luft ein und ächzte. Er war ein junger Mann, dicklich und vor Schocksymptomen ganz grau im Gesicht.

Die Sanitäterin hatte die Hände immer noch erhoben und die Augen geschlossen. Auf ihren Wangen waren Tränenspuren. Sie schwankte hin und her. Schmidt kniete neben ihr nieder und legte ihr eine Hand auf die Schulter. Er musste gegen den Impuls ankämpfen, sie in die Arme zu nehmen.

»Sie sind in Sicherheit«, sagte er sanft zu ihr. »Alles ist gut. Sie sind den Terroristen entkommen.«

»Sind Sie verrückt?«, zischte der junge Mann. »Die gehört zu denen!«

Schmidt starrte den jungen Mann an. Unwillkürlich

nahm er die Hand von der Schulter der Sanitäterin. Sie öffnete die Augen und richtete den Blick auf ihn.

»Verrecken sollt ihr alle, ihr Schweine«, flüsterte sie voller Hass. »Gott ist groß.«

Schmidt zuckte zurück. Die Sanitäterin schloss die Augen wieder, und weitere Tränen liefen unter ihren Lidern hervor. Sie hatte die Arme immer noch in die Luft gereckt. Schmidt winkte dem Truppführer und orderte mit ein paar Gesten einen seiner Männer heran. Sekunden später trabte ein einzelner Einsatzbeamter mit der Waffe in Vorhalte herbei und sank neben Schmidt auf die Knie. Schmidt deutete stumm auf die Sanitäterin. Der Lauf des Automatikgewehrs richtete sich auf sie. Sie hielt die Augen weiter geschlossen. Schmidt war übel.

»Ich werde Sie durchsuchen«, sagte er. »Ein Beamter hat seine Waffe auf Sie gerichtet. Machen Sie keine Dummheiten.«

»Sie ist unbewaffnet«, ächzte der junge Mann. »Autsch, das tut weh!«

»Ich muss den Stoff aus der Wunde lösen«, sagte der Notarzt. »Das Narkotikum wirkt gleich, keine Angst.«

Schmidt klopfte alle Taschen der Rettungsdienst-Montur ab. So wie er vorhin gegen den Impuls hatte ankämpfen müssen, sie in die Arme zu nehmen, musste er sich jetzt zwingen, sie zu berühren. »Sie können die Arme jetzt herunternehmen«, sagte er, als er sicher war, dass sie nicht einmal einen Kugelschreiber in den Taschen hatte.

»Aber nur ganz langsam«, sagte der junge Mann.

»Er hat gesagt, er erschießt sie, wenn sie auch nur eine falsche Bewegung macht.«

»Wer? Walau?«

»Nein. Parceval.«

Schmidt kam es so vor, als vergingen endlose Minuten, bis sein erschöpftes Gehirn den Namen mit einer sinnvollen Synapse verbinden konnte. Seine Gedanken waren so langsam, als bewegten sie sich durch zähflüssige Masse. Dann spürte er, wie die Überraschung alle seine Sinne auf einmal aufweckte.

»Parceval?«, rief er. »Ralf Parceval!?«

»Ja«, sagte der junge Mann. »Den kennen Sie, was? Ich kannte ihn nicht. Aber was er mir erzählt hat ... Er hat gemeint, sein Name würde reichen, dass Sie verstehen ...«

»Ralf Parceval?«

»Ja, Ralf Parceval! Er hat der Sanitäterin hier gesagt, ich zitiere, dass er ihr genauso den Kopf wegbläst wie ihrem Freund, wenn sie versucht, abzuhauen oder mich anzugreifen. Er ist in der Tiefgarage geblieben, so weit hinten, dass man ihn von draußen nicht sehen kann ... o Mann, wann wirkt denn dieses Betäubungsmittel endlich?«

»Ralf Parceval ist in der Tiefgarage?«

»Wovon rede ich denn die ganze Zeit?«, rief der junge Mann. »Kommt jetzt bald ein Krankenwagen, bitte?«

Schmidt sprang auf und lief zur Tiefgaragenzufahrt. Er ignorierte die überraschten Rufe hinter sich. Erst als er nur noch zehn, zwanzig Schritte von der gähnend schwarzen Öffnung der Tiefgarage entfernt war, kam er zur Besinnung und blieb stehen.

Ralf Parceval lag dort auf der Lauer? Nur ein paar Dutzend Schritte von ihm entfernt, versteckt in den tintenschwarzen Schatten im Inneren des Gebäudes? Und er war bewaffnet? Wie kam er überhaupt dort hinein?

Auf einmal erschien ihm die Geschichte des jungen Mannes so unglaubwürdig, dass er nicht wusste, ob er lachen oder fluchen sollte. Dann übernahm sein Verstand wieder das Ruder und sagte ihm, dass nichts unwahrscheinlicher war, als dass der junge Mann sich das ausgedacht hatte. Er drehte sich zu der Vierergruppe am Boden um – Notarzt, Verletzter, vermeintliche Sanitäterin, Polizeibeamter. Er blickte zu seinen restlichen Männern, deren Waffen überall hin zielten, um ihn zu sichern, und deren Truppführer ihm energisch winkte, den Rückzug anzutreten.

Er drehte sich wieder um und versuchte die Dunkelheit in der Tiefgaragenöffnung mit seinem Blick zu durchdringen. Ralf Parceval? Wenn es tatsächlich stimmte, was der junge Mann gesagt hatte, dann müsste er so nahe sein, dass Schmidt mit ihm reden konnte. Er holte Atem, aber dann wusste er nicht, was er sagen sollte.

Ralf Parceval?

Von dem man in Polizeikreisen zum letzten Mal etwas gehört hatte im Frühherbst, bei dem Skandal in Mannheim, der die dortige Polizeipräsidentin das Amt und die Karriere gekostet hatte. Und davor bei seiner

Flucht aus dem Vollzug in Berlin, in deren Verlauf Kriminaldirektor Martin Zach seinen Hut hatte nehmen müssen. Wo immer Parceval aktenkundig wurde, blieb ein hoher Polizeibeamter auf der Strecke, wie es schien. War nun er, Polizeipräsident Hans Manuel Schmidt, an der Reihe?

Wie um alles in der Welt kam Ralf Parceval in die von Terroristen besetzte Elbphilharmonie?

Schmidt warf einen letzten, langen Blick in die Finsternis hinter der Tiefgaragenzufahrt. Er stellte sich vor, dass Parceval dort kniete, eine Waffe im Anschlag auf das hervorragende Ziel angelegt, das Schmidt vor dem hell erleuchteten Hintergrund abgab. Ein Schauer lief über seinen Rücken. Dann drehte er sich um und ging steifbeinig zu der Vierergruppe zurück. Der junge Mann atmete jetzt ruhiger. Das Betäubungsmittel wirkte endlich. Er lag mit dem Kopf auf der Einsatztasche des Notarztes, der nun neben der falschen Sanitäterin hockte und ihr den Puls fühlte. Am anderen Ende des Platzes öffneten sich die Reihen der Polizeibeamten erneut, diesmal, um den Rettungswagen durchzulassen. Schmidt konnte beim Anblick der jungen Frau in Rettungsdienstkleidung nicht anders, als sich zu fragen, ob in dem Rettungswagen echte Sanitäter saßen oder ob die Polizei arglos weitere Kumpane von ihr durchwinkte. Er schob den Gedanken weg. Paranoia lähmte einen nur.

»Sie haben wirklich mit Ralf Parceval gesprochen?«, fragte Schmidt den jungen Mann. »Beschreiben Sie ihn, bitte.«

Das Schmerzmittel schien den jungen Mann zugleich euphorisch und aggressiv zu machen. »Wie soll ich den beschreiben?«, stieß er hervor. »Sieht aus wie jeder andere. Sie müssen doch wissen, wie er aussieht, wenn es stimmt, was er über sich erzählt hat.«

»Was hat er Ihnen erzählt?«

Der junge Mann lachte ungläubig. »Mann, was für 'ne Geschichte! Wenn der in Daniels Wohnung gewesen wäre, als die Terroristen reinkamen, dann ...« Sein Gesicht verdüsterte sich plötzlich. »Scheiße, Mann«, stöhnte er. Tränen traten in seine Augen. »Daniel.«

»Arbeitet Parceval mit den Terroristen zusammen?«.

Der junge Mann starrte ihn an. Seine Tränen versiegten. »Mit den Terroristen? Sind Sie noch ganz bei Trost? Der Mann hat mich gerettet, er hat einen von den Terroristen weggepustet und die hier unschädlich gemacht. Fragen Sie sie mal, wie diese Mörderbande die Waffen ins Gebäude gebracht hat! Mit ihrem verdammten Krankenwagen! Parceval hätte sie auch erschießen sollen!«

»Beruhigen Sie sich.«

»Sie verstehen nicht. Die haben meinen Bruder ermordet. Einfach so. Die hätten mich auch ermordet, wenn die nicht gedacht hätten, ich wäre schon tot. Ich hoffe, Parceval knipst einem nach dem anderen von denen das Licht aus.«

»Beruhigen Sie sich doch, Herr ...«

»Weisemann. Ich bin Paul Weisemann. Daniel war mein Bruder.«

»Ich weiß. Es tut mir sehr leid. Mein tief empfundenes Beileid für Ihren Verlust.«

»Und wer sind Sie?«

»Ich bin Polizeipräsident Hans Manuel Schmidt.«

Weisemann schloss die Augen. »Ein Glück. Parceval hat gehofft, dass ich mit Ihnen sprechen kann. Er hat eine Botschaft für Sie.«

»Deshalb hat er Sie verletzt rausgeschickt? Damit Sie mir die Botschaft überbringen?«

»Nein, deshalb hat er die falsche Sanitäterin mit rausgeschickt – damit Sie mir glauben, dass er es ist und nicht irgendein dämlicher Trick der Terroristen.«

»Und wie lautet die Botschaft?«

Der junge Mann sammelte sich einen Moment. »Für Polizeipräsident Schmidt: Der Feind meines Feindes ist mein Freund. Passen Sie also auf, auf wen Sie feuern lassen.«

»Ist das alles?«, fragte Schmidt enttäuscht.

»Nein«, sagte der junge Mann und streckte Schmidt die Innenseite seines Unterarms entgegen. Schmidt sah, dass etwas mit Kugelschreiber auf die Haut gekritzelt war. »Das ist seine Handynummer. Rufen Sie ihn an.«

44

Freitag, 11. Dezember
01:31 Uhr

Felix Straack nahm den gefühlt hundertsten Anruf entgegen und hoffte, dass er nicht so gereizt klang, wie er sich fühlte. Der Anrufer konnte nichts dafür, dass Straack sich fühlte wie ein Totalversager, und meldete außerdem möglicherweise einen Notfall.

Es war kein Notfall, sondern eine der wenigen Streifen, die noch in Hamburg unterwegs waren. Ein Fahrzeug war wegen überhöhter Geschwindigkeit aufgefallen und angehalten worden. Der Fahrer hatte versucht, zu Fuß zu fliehen, war aber nicht weit gekommen. Er war so zugedröhnt, dass er in vollem Lauf gegen eine Straßenlaterne gerannt war und sich selbst ausgeknockt hatte. Während der eine Beamte sich um die Blessuren des Idioten kümmerte, hatte der andere den Rettungsdienst gerufen und sich dann das Nummernschild des Autos vorgenommen. Es war als gestohlen gemeldet. Der zugedröhnte Fahrer war nicht nur dämlich genug gewesen, gestohlene Autokennzeichen zu montieren, sondern war auch noch gefahren wie ein Henker, sodass er auf jeden Fall auffiel.

»Was ist mit den echten Nummernschildern des Fahrzeugs?«, fragte Straack, mittlerweile nicht mehr gereizt, sondern halbwegs amüsiert.

»Moment …«, sagte der Beamte. »Hat er irgendwo in die Elbe geworfen. Mannomann, man glaubt, man habe schon alles an Dämlichkeit gesehen, was möglich ist, und dann kommt so einer daher.«

Straack antwortete nicht. Er starrte ins Leere. Genau. Der Kollege hatte recht. Man glaubte, man habe schon alles an Dämlichkeit gesehen, und dann traf man auf Kriminaloberkommissar Felix Straack mit der längsten Leitung, die es in der Geschichte der Polizei je gegeben hatte.

Er wickelte die Einsatzmeldung ab, so schnell er konnte. Er war so fahrig, dass er seine Kaffeetasse umwarf, aber sie war glücklicherweise leer. Als er die Meldung abgeschlossen hatte, sprang er auf.

»Wer kann mal für mich übernehmen?«, rief er. »Ich muss dringend was prüfen!«

»Was musste denn prüfen?«, fragte jemand. »Ob du noch 'ne Fluppe in der Schachtel hast? Hier, kannst eine von meinen haben.«

»Übernimm lieber meine Leitung. Ich bin gleich wieder zurück.«

»Stell rüber«, sagte der Kollege aufgeräumt. »Macht bei nächster Gelegenheit 'n Flens.«

»Kriegst zwei. Danke!«, rief Straack und rannte aus der Zentrale hinaus auf den Gang. Er keuchte ein

Stockwerk hinauf und platzte in das Büro, in dem sein Schreibtisch stand. Straack machte sich nicht die Mühe, das Licht einzuschalten. Er warf sich in seinen Sessel und weckte sein Terminal aus dem Pausenmodus. Nach einigem Geklicke und Gesuche, weil er sich in den Masken nicht auskannte, fand er die Auflistung, die er gesucht hatte: eine Liste aller aktiven Schiffe der Reederei *Maritime Cargo Solutions* – der Reederei, unter der auch die MELINA gelistet war. Er fand ihren Namen, und noch vier andere: LA PALOMA, AUGUSTUS OF THE SEA, PETER B. und MERCHANT PRINCE. Die Bruttoregister-Tonnage der Schiffe war neben den Namen aufgelistet. AUGUSTUS OF THE SEA und MELINA waren von nahezu gleicher Größe, die anderen Schiffe deutlich kleiner.

Er rief die Schiffsbeobachtungsseite auf und fand ein Suchfeld, in das er nacheinander die Namen der Schiffe eingab. Die MELINA wurde dort angezeigt, wo er wusste, dass sie nicht war: bei Neßsand.

LA PALOMA war irgendwo im Indischen Ozean unterwegs. PETER B. und MERCHANT PRINCE lagen vor Anker, das eine in Tallinn in Estland, das andere in Port-Gentil in Gabun.

Die AUGUSTUS OF THE SEA lag im Waltershofer Hafen in Hamburg.

Straack starrte das kleine Symbol auf dem Monitor an, als könne er es zwingen, mit ihm zu sprechen. Dabei brauchte er gar keine zusätzliche Information mehr. Er wusste genau, was passiert war.

Er fand eine Funktion, mit der man die Standorte

der Schiffe in einem bestimmten Zeitfenster feststellen konnte. Er gab die AUGUSTUS OF THE SEA als Schiffsnamen ein und als Zeitfenster den gesamten gestrigen Tag.

Die AUGUSTUS OF THE SEA tauchte im Lauf des späten Nachmittags urplötzlich bei Neßsand auf, als sei sie dorthin gebeamt worden, direkt neben dem Symbol für die MELINA. Dann fuhr sie gemächlich nach Hamburg hinein und machte am frühen Abend im Waltershofer Hafen fest. Dort lag sie seitdem bewegungslos.

Straack suchte die Notizen, die er sich über die MELINA gemacht hatte. Er fand das Datum, an dem die MELINA aus dem Hafen von Gwadar ausgelaufen war, und setzte das Zeitfenster auf zwei Tage vor dem Auslaufen bis zum Auslaufen selbst. Dann ließ er die Simulation ablaufen.

Da war sie – die AUGUSTUS OF THE SEA. Sie lag in Gwadar vor Anker, als einen Tag später die MELINA einlief. Die Symbole beider Schiffe lagen für eine Weile einträchtig nebeneinander, dann, zum Zeitpunkt des Auslaufens der MELINA, verschwand die AUGUSTUS OF THE SEA mit einem Schlag vom Monitor. Die MELINA schipperte aus dem Hafen und nahm Kurs aufs Arabische Meer.

Straack nickte grimmig. Eigentlich sollte er dafür sorgen, dass der zugedröhnte Idiot mit den gestohlenen Kfz-Kennzeichen mildernde Umstände bekam. Er hatte Straack geholfen, das Rätsel um die MELINA zu lösen.

Das Schiff war nicht aufs Meer hinausgefahren. Es

war wieder zurückgefahren, in den Hamburger Hafen, und hatte an derselben Stelle festgemacht, wo es ein paar Stunden zuvor aufgebrochen war. Allerdings nicht mehr als MELINA, sondern als AUGUSTUS OF THE SEA. Da ihr Einlaufen mit dem Bekanntwerden des Überfalls auf die Elbphilharmonie zeitlich zusammenfiel, hatte im Chaos bei den Hafenbehörden niemand so genau darauf geachtet, wo die AUGUSTUS OF THE SEA herkam und dass sie kurze Zeit vorher noch gar nicht auf den Radarschirmen gewesen war. Straack war sicher, dass das Timing kein Zufall war. Die annähernd gleiche Größe beider Schiffe ließ sie auf den Radarschirmen identisch aussehen.

Die echte AUGUSTUS OF THE SEA lag vermutlich immer noch in Gwadar, abseits der viel benutzten Ankerplätze, für ein nettes Bestechungssümmchen in den Taschen irgendeines Hafenmeisters sorgend, unsichtbar für die automatische Überwachung, weil ihr Transponder auf die MELINA verfrachtet worden war. Sie lief unter falscher Kennung, wie ein Auto mit gestohlenen Autokennzeichen.

Straack machte sich nicht die Mühe, sein Terminal wieder auszuschalten. Er rannte nach draußen, sprang in seinen Wagen und fuhr so schnell er konnte vom Parkplatz des Polizeipräsidiums.

45

Freitag, 11. Dezember
01:52 Uhr

»Was hat so lange gedauert?«, fragte Parceval, als er den Anruf der unbekannten Telefonnummer entgegennahm. Barans Handy hatte nur noch elf Prozent Akkuleistung. Er hoffte, dass es durchhielt, solange er es brauchte.

»Mit wem spreche ich?«, fragte eine müde, heisere Stimme.

»Wenn Sie diese Nummer haben, wissen Sie, mit wem Sie sprechen«, sagte Parceval. »Und mit wem habe ich die Ehre?«

»Ich bin Polizeipräsident Hans Manuel Schmidt.«

»Ist mir ein Vergnügen«, sagte Parceval. Im Hintergrund hörte er eine andere Stimme gereizt fragen: »Ist er das jetzt? Ist er es?«

»Bitte identifizieren Sie sich«, sagte Schmidt. »Ich brauche das fürs Protokoll.«

»Sie brauchen es für den Innensenator, der über Lautsprecher mithört«, sagte Parceval. »Herr Senator – wie geht es Ihnen?«

»Was glauben Sie, wie es mir geht, Sie … Sie …«, schrie die zweite Stimme. »Sie sind eine Schande für alles, was sich jemals in Deutschland Polizeibeamter genannt hat!«

»Herr Innensenator, bitte …«, sagte Schmidt.

»Bringen Sie den Politiker zum Schweigen, damit wir zwei Polizisten uns unterhalten können«, sagte Parcival.

»Sie sind kein Polizist!«, keuchte der Innensenator. »Sie waren nie einer! Diesmal kommen Sie nicht davon!«

»Herr Innensenator!«, rief Schmidt scharf. »Bitte! Ich habe Ihnen doch gesagt, dass ich nicht glaube …«

»Natürlich macht er mit den Mistkerlen gemeinsame Sache. Wahrscheinlich haben sie ihm versprochen, ihn dafür mit seiner Familie zusammenzubringen. Darum geht es Ihnen doch, Parceval, seit Sie abgehauen sind, oder? Ihre Familie! Dafür ist Ihnen jedes Mittel recht! Und wie viele andere Familien Sie damit ins Unglück stürzen, ist Ihnen scheißegal!«

Parceval schwieg betroffen. Er hatte keine Sekunde daran gedacht, dass man ihm unterstellen würde, mit den Terroristen zusammenzuarbeiten. Aus der Sicht des Innensenators konnte er den Verdacht sogar nachvollziehen. Wenn man eins und eins zusammenzählte, konnte es kein Zufall sein, dass Parceval ausgerechnet heute Nacht auch in der Elbphilharmonie war. Und es war ja auch keiner. Selbst Parcevals Motivation entsprach der Vermutung des Innensenators: Er war hier wegen Birgit und Miray und der afghanischen Gäste.

Wahrscheinlich hätte er anstelle von Innensenator Klose ebenso gedacht. Wahrscheinlich wäre er ebenso erregt, verzweifelt und wütend, wenn er in der Situation des Innensenators stecken würde.

Innensenator Klose schwieg nun ebenfalls, aber Parceval hörte, wie Schmidt leise zu ihm sprach: »Parceval hat einen jungen Mann unter Einsatz seines eigenen Lebens gerettet und uns außerdem eine von Walaus Unterstützerinnen geliefert. Ich bin sicher, er ist auch der Mann, der uns die Botschaft auf der Haut von … auf der Haut des Toten gesendet hat.«

Das gab dem Innensenator wieder etwas, wo er einhaken konnte. »Sie sind sicher, Sie sind sicher!«, stieß er hervor. »Aber wissen tun Sie es nicht.«

Parceval begann langsam zu wiederholen, was er in Baran Merzanis Haut eingeritzt hatte: »Terroristen 50–60 Mann. Das Wort Terroristen habe ich abgekürzt. Keine schweren Waffen. Bau wahrscheinlich vermint/verbombt. Geiseln Kleiner Konzertsaal. Die Worte wahrscheinlich, kleiner und Konzertsaal habe ich ebenfalls abgekürzt. Mehr als 30 Geiseln tot. 7 Terroristen tot. Folgendes habe ich abgekürzt …«

»Schon gut«, sagte Schmidt. »Ich glaube, dass die Botschaft von Ihnen stammt.«

»Der Name des Toten lautete Baran Merzani. Er war Iraner und Walaus rechte Hand. Er hatte ein Faible für Zangen. Sie haben vermutlich schon rausgefunden, welchen Ruf er beim IS genoss.«

»Und was soll das jetzt alles beweisen?«, rief der Innensenator. »Das ist doch alles nur ein Ablenkungsmanöver. Woher wissen wir, dass Baran Merzani nicht beim Sturm auf die Elbphilharmonie umgekommen ist und Sie und Walau das nur ausnutzen? Woher wissen wir, dass wirklich sieben Terroristen tot sind?«

»Es sind jetzt acht«, sagte Parceval ruhig.

Der Innensenator stieß ein humorloses Lachen aus. »Denken Sie, es klingt wahrscheinlicher, wenn Sie die Zahlen korrigieren? Oder sollen wir Ihnen für Ihren *Bodycount* gratulieren?«

»Nur wenn Sie mir glauben, dass ich nicht auf der Seite von Nils Walau stehe.«

»Was ich glaube, ist, dass Sie ein mieser, verantwortungsloser Psychopath sind!«

»Stimmt das wirklich mit den dreißig Geiseln?«, fragte Schmidt.

»Es ist eine Schätzung«, sagte Parceval. »Die Toten, die ich gesehen habe, hochgerechnet mit dem Geballer, das ich gehört habe, und den Gesichtern der Überlebenden, die an meinem Versteck vorbeigeführt wurden. Ich hoffe, ich irre mich.«

»Wie viele von denen haben Sie abgeknallt?«, fragte der Innensenator.

Parceval ignorierte die erneute Provokation. »Herr Innensenator, ich habe nur noch für ein paar Minuten Akkulaufzeit auf diesem Handy. Es gehörte Baran Merzani. Ich sage Ihnen und dem Polizeipräsidenten jetzt, was ich weiß und was ich Ihnen übermitteln wollte, dann unterbreche ich die Verbindung. Wenn Sie mir glauben, können Sie mich wieder anrufen. Wenn Sie mir nicht glauben, höre ich nichts mehr von Ihnen und mache mich darauf gefasst, dass Ihre Beamten mich, wenn sie die Elbphilharmonie stürmen, genauso ins Visier nehmen wie die Terroristen. Einverstanden?«

Bevor Klose antworten konnte, fragte Schmidt: »Wieso glauben Sie, dass wir das Gebäude stürmen werden?«

»Weil Walau Sie dazu zwingen wird. Ich habe versucht, die Bomben zu finden. Ich war überzeugt, sie seien in der Tiefgarage, weil sich dort die Sprengkraft am wirkungsvollsten entfalten kann. Aber da sind sie nicht. Mittlerweile denke ich, dass sie an einem zentralen Ort in der Elbphilharmonie sind – im Großen Konzertsaal. Da lässt sich die Elbphilharmonie aber kaum mit Bomben vollständig sprengen, weshalb ich vermute, dass Walau das Gebäude in Brand stecken wird, sodass Sie und die Feuerwehr auf jeden Fall in das Gebäude kommen müssen. Im anschließenden Chaos wird er versuchen, sich abzusetzen. Er hat längst, was er will, und das ist seine Frau. Seine anderen Forderungen sind nur Kokolores. Die Welt wird dort, wo jetzt die Elbphilharmonie steht, eine stundenlang leuchtende Fackel sehen. Und an den mickrigen Überresten von den Geiseln und den Terroristen wird niemand mehr herausfinden können, ob Walau unter den Toten ist oder nicht.«

»Ich kann nicht glauben, dass es Walau die ganze Zeit nur um seine Frau gegangen ist«, widersprach Schmidt.

»Ich grundsätzlich auch nicht«, sagte Parceval. »Und ich habe keine Ahnung, worum es ihm noch geht. Aber es muss sich lohnen, da bin ich mir sicher. Selbst wenn die Elbphilharmonie eine Bank mit Barschaft in dreistelliger Millionenhöhe wäre, würde das kaum so eine Operation rechtfertigen.«

»Bei *nine eleven* ging es auch nicht ums Geld«, sagte der Innensenator.

»Irrtum«, sagte Parceval. »Dabei ging es um Milliarden in Form von Aktienspekulationen, wirtschaftlichen Schäden und finanziellen Incentives für Al-Qaida von einer Reihe von Staaten, die die USA hassten. Aber hier ist es nicht so indirekt. Das hier ist kein Terroranschlag, sondern ein Coup. Melden Sie sich, wenn Sie sich eine Meinung gebildet haben.«

»Warten Sie …«, begann Schmidt, doch Parceval unterbrach die Verbindung. Er fragte sich, ob Schmidt und Klose ahnten, wie nah er ihnen war. Er hockte immer noch in der Nische bei der Tiefgaragenzufahrt. Nur hier war ein vernünftiger Handyempfang möglich. Weiter drinnen in der Tiefgarage waren zu viel Beton und Stahl im Weg.

Er betrachtete das Mobiltelefon in seiner Hand. Baran war kein Mann für überflüssige Ästhetik gewesen. Der Monitor hatte einen schwarzen Hintergrund und darauf in arabischen Schriftzeichen das heutige Datum sowie die Uhrzeit.

Beides wurde abgelöst von einem eingehenden Anruf, es war erneut Schmidt.

»Der Innensenator hat das Kommandofahrzeug verlassen. Er kann es sich nicht leisten, später irgendwie mit Ihnen in Verbindung gebracht zu werden. Das können Sie sicher verstehen. Aber er hat mir signalisiert, dass er bereit ist, Ihnen zu vertrauen.«

»Ich kann es mir nicht leisten, weder mit ihm noch mit Ihnen in Verbindung gebracht zu werden«, sagte Parceval. »Aber ich bin einverstanden.«

»Warum sind Sie überhaupt …?«, begann Schmidt.

Parceval unterbrach ihn. »Ich werde mich auf die Suche nach Sprengsätzen oder Brandbeschleunigern machen. Wenn ich sie finde, werde ich mich wieder bei Ihnen melden, aber ich kenne mich weder mit Brandsätzen noch mit Bomben aus. Wenn es Bomben sein sollten und ich sie entschärfen soll, muss mir jemand die Hand führen.«

»Und wenn Sie es nicht schaffen? Wenn Walau Sie erwischt, bevor Sie überhaupt etwas erreichen?«

»Dann bin ich tot, und Sie sind genauso weit wie vor unserem Gespräch. Ich rechne damit, dass Walau demnächst irgendein Ablenkungsmanöver abziehen wird. Der Außenbereich der Elbphilharmonie ist wie eine Showbühne. Er wird nicht widerstehen können, sie zu nutzen, um Verwirrung bei Ihnen zu stiften, während er seine Flucht vorbereitet.«

»Ein Ablenkungsmanöver? Sie meinen …?«

»Ja«, sagte Parceval.

»Er kann doch nicht noch mal einfach drei Menschen vor aller Augen umbringen!«, rief Schmidt.

»Beten Sie, dass es nur drei sind.«

»Können Sie das nicht verhindern?«

»Haben Sie keine Scharfschützen?«

»Doch«, sagte Schmidt. »Aber ich konnte sie nirgendwo so platzieren, dass wir Walau sicher erschießen können, wenn er sich hinter den Geiseln versteckt. Zudem ist er der Anführer, die Folgen wären unabsehbar.«

»Ich kann entweder versuchen, alle Geiseln und das Gebäude zu retten – oder die paar, die Walau für seine nächste Show ausgesucht hat.«

»Sie müssen versuchen, alle zu retten. Parceval – in Ihrem Herzen sind Sie doch immer noch Polizist!«

»Haben Sie das auch gedacht, als Sie damals meine Verhandlung verfolgten?«

Schmidt stotterte etwas und schwieg dann. Parceval konnte förmlich hören, wie er versuchte, eine Formulierung zu finden, bei der er nicht lügen musste und Parceval trotzdem nicht vor den Kopf stieß. Parceval wusste, dass ihm keine einfallen würde.

»Ich sehe, was ich tun kann«, sagte er und wollte das Gespräch beenden.

»Parceval, ich …«, begann Schmidt und unterbrach sich.

»Ja?«, sagte Parceval.

Schmidt seufzte. »Ich wollte Ihnen viel Glück wünschen, aber … aber Sie haben mich wieder daran erinnert, wer Sie sind, und ich …« Schmidt räusperte sich. »Viel Glück, Parceval«, sagte er dann hastig und unterbrach die Verbindung.

46

Freitag, 11. Dezember
01:59 Uhr

Parceval wünschte sich, er hätte im Vorfeld die öffentlich verfügbaren Pläne der Elbphilharmonie studiert, dann hätte er sich im Gebäude besser zurechtgefunden. Bis jetzt hatte ihm der gesunde Menschenverstand geholfen, und den Weg in die private Tiefgarage hatte ihm Paul Weisemann gezeigt.

Es durfte mittlerweile nicht mehr so wie noch zu Beginn möglich sein, sich im Gebäude zu bewegen. Eine marginale Verkleidung als Terrorist mit Rachids Sturmhaube und Jacke reichte nicht mehr aus. Dazu hatte Parceval zu massiv in Walaus Wespennest herumgestochert. Die Plaza war mittlerweile für Parceval eine No-go-Area.

Sein Ziel war der Große Konzertsaal, das Herz des gesamten Gebäudes, wo Walau vermutlich seine Spreng- oder Brandsätze deponiert hatte. Der Raum bestand aus einer Außen- und einer Innenschale und war auf Federpaketen gelagert, um die Musik drinnen und etwaige

Außengeräusche draußen zu halten. Zusammen mit den eigens entworfenen Decken- und Wandelementen ergab sich eine einzigartige Akustik. Diese riesige, sieben Stockwerke hohe Blase musste mit gewaltigen Be- und Entlüftungsanlagen versorgt werden. Sie würden sich zwischen dem Außendach des Gebäudes und der Außenschale des Konzertsaals befinden, irgendwo auf Höhe des 19. oder 20. Stockwerks. Über diese Schächte musste es möglich sein, in den Konzertsaal zu gelangen.

Der einzige Bereich, den Parceval relativ gefahrlos von der Tiefgarage aus erreichen konnte, waren die Wohnungen in der Elbphilharmonie. Dass von ihnen aus ein Zugang zum Backstagebereich oder zur Technik des Konzertsaals bestand, war äußerst unwahrscheinlich. Aber vom Hotel aus könnte es möglich sein, es musste Konferenzbereiche beherbergen. Sie mussten in den oberen Stockwerken sein – zum einen wegen des Ausblicks, der es dem Hotelbetreiber ermöglichte, den Mietpreis für einen Konferenzraum in ebenso schwindelerregender Höhe anzusiedeln. Zum anderen, weil der Bereich so an der Be- und Entlüftung des Konzertsaals partizipieren konnte, was Kosten für Bau und Gebäudebetrieb sparte.

Um in das Hotel zu gelangen, musste Parceval jedoch fast die gesamte Breite der Plaza überqueren, und das war so gut wie aussichtslos.

Blieb als einzige Möglichkeit der Backstagebereich, der von der Plaza nicht direkt zugänglich war. Parceval bezweifelte, dass irgendwelche Startenöre oder hochgefeierte Dirigenten den Spießrutenlauf durch neugierige Musikenthusiasten und desinteressierte Tagestouristen in Kauf nehmen würden, um ihren Bereich hinter der Bühne zu erreichen. Es musste einen eigenen Aufzug für die Künstler geben, und daneben einen Lastenaufzug aus der Tiefgarage, wobei die Be- und Entladestation parterre angelegt sein musste, damit auch große Lastwagen die Elbphilharmonie anfahren konnten.

Mit all diesen Überlegungen im Kopf machte Parceval sich auf die Suche nach dem oder den Aufzügen. Nur er konnte verhindern, dass Nils Walau die Elbphilharmonie in Brand steckte.

47

Freitag, 11. Dezember
02:03 Uhr

Das offizielle Wiedersehen zwischen Nils und Janine Walau im Beisein der verbliebenen Kommandeure und Chamsul Bakomets war steif und würdevoll verlaufen. Dann nahm Walau seine Frau mit in das Büro des technischen Leiters. Er beorderte den Wachposten aus dem Bürobereich hinaus und schloss die Tür hinter sich. Mit einer Handbewegung wischte Janine Walau eine Fläche auf dem Schreibtisch frei, auf die sie sich setzen konnte. Daraufhin gab es ein leidenschaftlicheres Wiedersehen, das auch die letzten noch auf dem Schreibtisch verbliebenen Dinge zu Boden beförderte und bei dem sich weder Nils Walau noch seine Frau Zurückhaltung auferlegten. Der einzige Zeuge ihrer Leidenschaft war der Leichnam des technischen Leiters, und dieser Anblick dämpfte die Lust der beiden nicht im Mindesten.

»Bring mich auf den Stand der Dinge«, sagte Janine Walau, als sie voneinander abgelassen hatten. »Ich wollte, du hättest mir schon alles vorher mitgeteilt, während ich noch im Knast saß.«

»War zu riskant«, sagte Walau. »Das verstehst du doch, oder? Haben sie dich gut behandelt dort?«

»Ja. Die anderen Weiber haben sie von mir ferngehalten, und zu mir waren sie immer höflich. Das sind hier doch alles Waschlappen. In Deutschland sind alle Pussys, ob Mann oder Frau.«

»Das haben wir ja gerade bei der Übergabe erlebt.« Walau grinste. »Du musst dich noch bei Tanja bedanken, wenn du sie siehst.«

»Wer ist Tanja?«

»Die, die so getan hat, als wäre sie eine Geisel, der die Erschießung droht. Sie hat auch geholfen, die Waffen ins Gebäude zu bringen.«

»Müssen wir ihr auch noch dafür dankbar sein, dass sie ihren Job macht?«

»Nein«, sagte Walau. »Du hast recht.«

»Du bist der neue Kalif«, stieß Janine hervor. »Die anderen müssen dankbar sein, dass du sie teilhaben lässt.«

»Natürlich. Ich bin froh, dass du wieder an meiner Seite bist.«

»Also – der Plan?«

»Der erste Teil war, dich aus dem Bau zu holen – offensichtlich. Ich habe diese Forderung zusammen mit einem Haufen politisch unrealisierbarem Schwachsinn gestellt, habe sie ein bisschen zappeln lassen, habe dann öffentlich drei Geiseln hingerichtet und wie erwartet das Zugeständnis erhalten, dass du freikommst.«

»Wie viele Geiseln haben wir insgesamt?«

»Etwa zweihundert.«

»Du hast sie nicht gezählt?«

»Wozu denn?« Walau grinste. »Ob es zwanzig oder zweihundert oder zweitausend sind ... Der öffentliche Druck auf die Behörden, sie zu retten, ist immer gleich hoch.«

Janine nickte. »Und der zweite Teil des Plans?«

»Das Ziel ist immer noch das, das wir vor Augen hatten, als wir nach Afghanistan gezogen sind. Was die Details betrifft: Mit den fünf Provinzgouverneuren haben wir einen fetten Teil der gesamten Opiumproduktion Afghanistans in der Hand. Nicht alles, aber da die anderen Gouverneure auch weiterhin nichts gegen den Opiumanbau in ihren Provinzen unternehmen und so herrlich untereinander zerstritten sind, ist unser Gebiet das einzige unter einheitlicher Führung und damit das größte und mächtigste. Wir können die Preise bestimmen und die anderen nach und nach ausbooten, auskaufen oder beseitigen. Es ist nur schade, dass nicht noch mehr von den korrupten Gouverneuren zu diesem Konzert angereist sind, das hätte uns für später einige Arbeit erspart.«

»Aber es ist gut, dass Gouverneur Majib dabei ist. Badakhshan hat die ergiebigste Opiumausbeute von allen Provinzen. Die Ernte zu kontrollieren wäre allein schon ein Erfolg.«

»Deshalb haben wir uns ja auch auf Majib konzentriert und seine Truppe unterwandert.«

Nun grinste Janine. »Und warum soll man nicht

nach den Sternen greifen und sich alles unter den Nagel reißen, anstatt sich mit einem Teil zu begnügen?«

»Was wir getan haben.« Walau musterte seine Frau. »Ich habe dich vermisst.«

»Ich dich auch. Wenn wir unsere Ziele erreicht haben, werden wir wie Könige leben – du und ich und unsere Kinder.«

»Wir werden Könige *sein*. Buchstäblich«, sagte Walau. »Unsere Diener suchen wir uns dann unter den Afghanen aus, die sind nicht so primitiv wie die Jesiden.«

»Gut. Wie geht es hier weiter?«

»Ich werde demnächst weitere Geiseln hinrichten lassen, um zu unterstreichen, dass wir noch andere Forderungen haben – du weißt schon, den politischen Schwachsinn, den ich erwähnt habe. Die können sie nicht erfüllen, selbst wenn sie wollten, weswegen die Hinrichtung der Geiseln ihnen einen doppelten Schlag versetzen wird. Sie sind absolut hilflos. Ich habe bereits fünf Geiseln ausgesucht; einen repräsentativen Querschnitt durch Hamburgs Reiche und Schöne. Bei der ersten Aktion waren es nur drei Geiseln. Ich finde, wir müssen den Druck ständig erhöhen, deshalb sind es diesmal mehr.«

»Gute Taktik«, sagte Janine.

»Nach der Hinrichtung werden wir Kulanz demonstrieren und von den unerfüllbaren Forderungen abrücken. Stattdessen werden wir über unsere Vorstellungen reden, wie sie uns abziehen lassen sollen, und diesen Vorstellungen Nachdruck verleihen, indem wir weitere Geiseln töten. Das wird sie aus dem Gleichgewicht bringen und ihre Reaktionsfähigkeit lähmen. Währenddessen zünden wir die Brandbomben und nutzen das Chaos, um uns abzusetzen. Dreißig Mann bleiben zurück und decken unseren Rückzug. Alles Freiwillige. Sie sind schon ganz begierig darauf, als Märtyrer zu enden und sich im Paradies mit Wein und Jungfrauen zu vergnügen. Das wird sich ändern, wenn ihnen erst mal die Kugeln richtig um die Ohren fliegen, aber dann können sie nicht mehr abhauen und müssen kämpfen. Unsere Flucht ist also hervorragend abgesichert.«

»Wer wird mit den Behörden verhandeln, wenn wir uns absetzen? Die Verhandlungen müssen so lange weitergehen wie möglich.«

»Ich weiß. Ich hatte Baran dafür vorgesehen. Der Plan war, dass er im letzten Moment zu uns stößt, weil wir auf ihn warten, so lange wir können.«

»Riskant«, sagte Janine.

»Es wäre auch nicht geschehen. Baran sollte es glauben, aber er wäre mit den anderen zurückgeblieben und kämpfend untergegangen. Verhaften hätte er sich niemals lassen, dazu hat er sich als zu engagierter Folterknecht einen Namen gemacht. Mit ihm wäre auch der Einzige außer dir und mir und Chamsul gestorben, der den ganzen Plan kennt. Ein weiterer Vorteil.«

»Aber jetzt ist alles anders«, sagte Janine.

»Ja. Chamsul wird Barans Stelle einnehmen. Irgendwie schade, weil ich ihn gern an unserer Seite gehabt hätte in Afghanistan. So einen EDV-Zauberer kann man immer brauchen. Aber wir werden Ersatz finden. Chamsul glaubt jedenfalls an das Märchen, das ich Baran auch weisgemacht habe – dass wir ihn in letzter Sekunde aus dem Gebäude hier evakuieren.«

»Und wenn er verhaftet wird? Er wird nicht wie Baran den Tod einer Festnahme vorziehen.«

»Auch dafür habe ich vorgesorgt. Fehed – einer der Kommandeure – bleibt zurück und übernimmt den Oberbefehl über alle Verteidiger. Ihm habe ich gesagt, dass Chamsul nicht zu trauen ist und dass er ihn, sobald wir anderen uns aus dem Staub machen, ausschalten soll. Fehed wird es tun, er hasst Chamsul sowieso für seine Lässigkeit und Respektlosigkeit.«

»Und unsere Flucht aus Deutschland?«

»Wir bringen die Gouverneure auf die MELINA. Das ist das Frachtschiff, mit dem wir hergekommen sind; ich habe einen halbseidenen deutschen Reeder überzeugt, für uns zu arbeiten. Das Schiff liegt unter falschem Namen im Hamburger Hafen. Wir werden es von der Elbphilharmonie aus mit dem Boot in knapp zehn Minuten erreichen. Wir halten uns dort verborgen, bis es ausläuft, sobald sich die Lage etwas beruhigt hat und kein Verdacht geschöpft wird. Niemand wird uns dort vermuten. Niemand weiß, dass es das Schiff überhaupt gibt.«

»Wie hast du den Reeder überzeugt?«, fragte Janina. »Hattest du so ausreichende Mittel?« Sie rieb Zeigefinger und Daumen gegeneinander.

»Ich habe ihn so überredet«, sagte Walau und fuhr sich mit dem Finger über den Hals. »Er hat Familie. Das macht ihn fügsam.«

»Du hast alles bedacht«, sagte Janina. »Wann kommst du zu den Punkten, die schiefgegangen sind?«

Walau schnaubte. »Dir kann man nichts vormachen.«

»Natürlich nicht. Und natürlich wolltest du mir auch nichts vormachen, nicht wahr?«

»Nein, wollte ich nicht. Ich wollte dir nur zuerst alles andere schildern, damit du weißt, dass unsere Operation keinesfalls in Gefahr ist.«

»Dann erzähl. Fang mit Baran an und warum er keine Option mehr ist.«

»Baran ist tot. Und über ein halbes Dutzend Kämpfer ebenfalls, zusammen mit Djamel, einem der Kommandeure.«

»Wie ist das passiert?«

»Wir haben einen Störenfried hinter den Linien. Einen Mann, der beim Zusammentreiben der Geiseln übersehen worden ist.«

»Und der hat mehr als ein halbes Dutzend deiner Leute ausgeschaltet? Wer ist der Kerl? Ein Koch aus dem Restaurant, der früher Elitesoldat war?«

»Nein. Ralf Parceval.«

»Wer ist Ralf …?«, begann Janina und stockte dann. Sie musterte ihren Mann überrascht. »*Der* Ralf Parceval?«

»Gibt's noch einen anderen?«

»Von dem wir damals gehört haben, dass ihm wegen seiner Taten in Afghanistan der Prozess …?«

»Genau der«, sagte Walau mit einem Anflug von Ungeduld.

»Was hat der hier zu suchen? Der ist doch im Sommer aus der Haft in Berlin entflohen, oder? Ich habe die Nachrichten nur lückenhaft mitgekriegt im Bau.«

»Das hast du richtig mitbekommen. Und was er hier zu suchen hat … Ich hatte schon vorgestern Kontakt mit ihm. Da hielt er mich für Ustad Lahauri, mit dem er sich treffen wollte. Ich wusste nicht, was ich davon halten sollte, und hab ihn auf die MELINA in einen Hinterhalt gelockt, doch er konnte entkommen.«

»Wer ist Ustad Lahauri?«

»Gouverneur Majibs oberster Leibwächter. Über ihn konnten wir die gesamte Leibwache infiltrieren.«

»Ist er auf unserer Seite?«

Walau lächelte. »Nein. Aber er hat eine Gemeinsamkeit mit dem deutschen Reeder.«

»Familie?«

»In Badakhshan. Ein richtiger Clan. Alle Kinder dieses Clans befinden sich in der Gewalt unserer Leute in Faizābād. Ustad Lahauri war höchst kooperativ.«

»Und was wollte Parceval von ihm?«

»Er sagt, er wollte ihn umlegen, weil Ustad mit der Entführung seiner Schwester und Nichte damals in Verbindung steht. Aber das glaube ich nicht. Ustad ist so aufrecht, dass es wehtut. Ich glaube, Parceval wollte ihn vielmehr um Hilfe bei der Aufspürung seiner Verwandten bitten.«

»Was hast du mit Ustad Lahauri gemacht?«

»Er ist noch am Leben. Ich wusste nicht, ob ich ihn nicht noch brauche. Wenn wir an Bord der MELINA gehen, werde ich ihn beseitigen.«

»Und Parceval? Du sagst, er hatte Hilfe, als du ihn auf die MELINA gelockt hast?«

»Einen unbekannten Schützen. Er hat zwei Kämpfer erschossen und mich beinahe auch. Ein kaltblütiger Sniper!«

»Und du glaubst, Parceval ist jetzt allein hier in der Elbphilharmonie? Wenn er auf dem Schiff einen Partner hatte? Wach auf, Nils! Der Mann ist nicht allein. Sonst hätte er nicht so viele deiner Leute ausschalten können. Die operieren zu zweit, und einer bleibt unter dem Radar, und damit du keinen Verdacht schöpfst, hat Parceval dich kontaktiert und so getan, als gäbe es nur ihn.«

»Denkst du, mir ist das nicht klar?«, fuhr Walau auf. Er senkte seine Stimme sofort wieder. »Aber es spielt keine Rolle. In diesen Minuten wird Parceval in die Falle gehen, die ich für ihn gestellt habe. Deshalb werde ich dich jetzt auch kurz allein lassen. Ich muss zum Großen Konzertsaal. Vielleicht haben wir ihn ja schon. Wenn nicht, warte ich dort auf ihn.«

48

Freitag, 11. Dezember
02:33 Uhr

Bis zu den beiden Aufzügen vorzudringen war trotz der guten Ausschilderung beinahe unmöglich gewesen. Walau hatte das Parkdeck an sich zwar unbewacht gelassen, aber Parceval hatte an den Auffahrtsrampen zu den oberen Parkdecks vier Schützen entdeckt.

Die Männer konnten aus ihrer Stellung heraus jede noch so große Streitmacht, die durch die Tiefgarage ins Gebäude einzudringen versuchte, unter Beschuss nehmen und so am weiteren Vormarsch hindern. So, wie Walau seine Leute postiert hatte, waren die Rampen eine perfekte Todesfalle.

Mit Sicherheit wäre dies eine wichtige Information für Polizeipräsident Schmidt gewesen. Auf der anderen Seite schien der Präsident zu ahnen, dass die scheinbar unbewachte Tiefgarage eine Einladung für einen Tanz mit dem Tod war, sonst hätte er wahrscheinlich bereits versucht, über sie ins Gebäude vorzustoßen. Schmidt war anscheinend einer von den obersten Führungskräften, die Parceval in seiner Zeit als Polizeibeamter respektiert hätte – gerade genug Politiker, um ihre Position erreicht zu haben, ansonsten aber noch in ausreichendem Maß Polizist, Anführer und Mensch, um taktisch kluge Entscheidungen zu treffen, anstatt öffentlichkeitswirksam zu handeln.

Sich um die Schützen herumzuschleichen war nicht einfach gewesen, doch da ihre Aufmerksamkeit auf das Eindringen zahlenmäßig starker Kräfte von außen gerichtet war, erreichte Parceval den Aufzugsvorraum unbehelligt. Die Aufzüge selbst wurden nicht durch Bewaffnete bewacht. Es gab auch keinen Grund dafür. Wenn die Polizeikräfte bei einem Sturm auf das Gebäude bis hierher vordrangen, verlagerte sich der Kampf ohnehin auf die oberen Ebenen der Elbphilharmonie, und dort warteten wieder jede Menge Todesfallen für die Beamten.

Parceval analysierte die Situation und hielt sich dabei außerhalb des Erfassungswinkels der Kamera, die den Vorraum überwachte – auch wenn hier keine Wachen standen, würden die Terroristen den Bereich trotzdem über die Monitore in der Gebäudeleitstelle kontrollieren. Die Kamera erfasste zwar den Bereich vor den beiden Aufzugstüren, aber nicht die Tür zum Nottreppenhaus. Wenn er sich entsprechend eng an der Wand entlangdrückte, konnte er sie erreichen, ohne dass die Kamera ihn auf dem Weg dorthin erfasste.

Er kroch zur Tür und drückte die Klinke hinunter. Die Tür ließ sich öffnen, einigermaßen zäh, weil sie vermutlich nie benutzt wurde, aber bereitwillig. Dahinter lag ein stockdunkles Treppenhaus. Parceval tastete an der Wand hinter der Tür herum und fand einen Lichtschalter, der allerdings nichts auslöste. Es blieb dunkel. In dieser absoluten Finsternis konnten sich auf jedem Stockwerk ein paar Männer verstecken, die Parceval erst bemerken würde, wenn er auf sie traf.

Aber warum sollten sie sich hier auf die Lauer legen? Taktisch sinnvoll war es nicht. Walau hatte seine Leute so positioniert, dass er davon ausgehen musste, dass niemand unbeobachtet bis hierhin vordringen konnte.

Parceval schlich die Treppe hoch und unterdrückte seine Ungeduld. Wenn er den Ablauf dieser Operation richtig einschätzte, arbeitete die Zeit mittlerweile massiv gegen ihn. Walau war mit Sicherheit damit beschäftigt, seine Flucht vorzubereiten und ein weiteres Ablenkungsmanöver – die Brandsätze? – für die Polizei zu organisieren. Und wie lange würde er dafür brauchen? Nicht lange. Aber Parceval zwang sich, langsam zu gehen. Er konnte die Hand nicht vor Augen sehen, und Barans Handytaschenlampe wagte er nicht zu benutzen. Er böte ein zu leichtes Ziel. Und wenn er ausrutschte oder danebentrat und sich verletzte, war er erledigt – und Ksenia und die anderen zweihundert Geiseln ebenfalls.

Die Plaza lag im achten Stock. Er hatte das Treppenhaus im Erdgeschoss betreten. Auch ein Nottreppenhaus musste eine minimale Beschilderung haben, die einem sagte, wohin man gelangte, wenn man es verließ. Er würde also im achten Stock anhalten und sich neu orientieren, wissend, dass sein Ziel in einem der Stockwerke darüber liegen musste.

Im fünften, sechsten und siebten Stockwerk gab es keine Türen. Im achten Stock wagte er es, kurz das Handy anzuschalten. Dort erklärte das Hinweisschild wie erwartet, dass sich hier die Plaza und die Aussichtsterrassen befanden. Das Treppenhaus führte weiter nach oben. Parceval folgte ihm.

Das Schild im neunten Stock erklärte Parceval, dass sich hier ein Verwaltungsbereich und der Backstagebereich A befanden; im zehnten Stock dann der Backstagebereich B sowie im elften Stock der Backstagebereich C und ein Zugang zur Klimatechnik des Großen Konzertsaals. Außerdem endete das Treppenhaus hier. Parceval betrachtete es als ein Zeichen.

Parceval drückte die Türklinke herunter. Die Tür ließ sich öffnen. Er riss sie auf und warf sich gleichzeitig mit dem Rücken an die Wand neben der Tür, bereit, jeden anzugreifen, der draußen auf Lauer gelegen hatte.

Doch niemand stürzte sich auf ihn.

Parceval wartete ein paar Sekunden. Der Raum draußen war genauso dunkel wie das Treppenhaus. Er würde sich auch durch ihn hindurchtasten müssen. Vermutlich war es eine Art Vorraum, bevor sich dann ein Korridor zu den einzelnen Räumen des Backstagebereichs öffnete. Er holte Atem.

»Ich bringe den Kaffee«, sagte er halblaut. »Wer von euch wollte ihn in der sauberen Tasse?«

Keine Reaktion. Parceval war hinreichend überzeugt, dass sich dort draußen wirklich niemand versteckte. Er schob sich um die Tür herum und begann, sich an der Wand entlangzutasten.

Der gleißend helle Strahl einer Taschenlampe blendete ihn. Er riss die SAM7K hoch, feuerte blind drauflos und schwenkte den Lauf herum, aber für diese Situation war die langsame Schussgeschwindigkeit der Waffe eine Katastrophe. Noch bevor er einen zweiten Schuss abfeuern konnte, schlug jemand mit voller Wucht auf die Waffe und prellte sie ihm aus der Hand. Aus dem Dunkel jenseits des Lichts stürzten sich Gestalten auf ihn und nagelten ihn an der Wand fest. Zwei oder drei Angreifer begruben ihn unter sich, schlugen und traten und hüllten ihn in Schweißgeruch und schlechten Atem ein. Die Übermacht war zu groß. Parceval rutschte mit seinen Gegnern an der Wand nach unten; dann konnte er sich nicht mehr bewegen und stellte jede Gegenwehr ein. Sein Leib schmerzte von den wuchtigen Treffern, und der Atem stach in seiner Brust.

Das Licht leuchtete ihm direkt in die Augen, dann schwenkte es weg. Jemand stieß einen Befehl aus. Das Licht im Raum wurde eingeschaltet. Wie Parceval vermutet hatte, war es ein Vorraum, von dem zwei Türen wegführten, eine mit einem Lesegerät verriegelt, eine ohne Verriegelung.

Die Lampe wurde ausgeknipst. Zwischen gleißenden Ringen und bunten Nachbildern, die ihm vor den Augen tanzten, erkannte Parceval einen Mann, der die Taschenlampe sinken ließ und mit der anderen Hand ein Mobiltelefon ans Ohr hielt. Er murmelte leise etwas in das Telefon und senkte es dann. Parceval nahm an, dass er mit der Leitstelle gesprochen hatte, die auf seinen Befehl die Verdunkelung des Raums aufgehoben hatte.

Der Mann war Nils Walau. Er grinste Parceval an.

»Sie sind so leicht berechenbar wie ein Schuljunge, der denkt, er wäre besonders schlau«, sagte er. »Und langsam sind Sie auch. Ich warte hier schon seit zehn Minuten auf Sie.«

»Nicht meine Schuld, dass Ihr Timing so schlecht ist«, sagte Parceval.

49

Freitag, 11. Dezember
02:43 Uhr

Parceval wurde in die neunte Etage verfrachtet, in der Walau sein Hauptquartier eingerichtet hatte. Seine Bewacher sprangen so grob mit ihm um, wie es nur ging, aber ohne ihn ernsthaft zu verletzen. In einem Bürokorridor öffneten sie eine Tür, zwangen ihn in den Stuhl hinter einem der beiden dortigen Schreibtische, fesselten seine Handgelenke mit den unvermeidlichen Kabelbindern an die Armlehnen des Stuhls und seine Fußgelenke aneinander. Sie machten den Anfängerfehler, die Kabelbinder um seine Knöchel zu stramm zu ziehen. Ein kräftiger Ruck, und sie rissen entzwei, auch wenn sie tiefe Schnittwunden in der Haut hinterlassen würden. Bei den Handgelenken stellten sie sich schlauer an. Sie fesselten sie nicht auf, sondern unter die Armstützen, sodass Parceval ein Großteil der Hebelwirkung verloren ging, wenn er den Unterarm auf der Stütze aufgelegt hätte. Aber für einen Fluchtversuch waren hier ohnehin zu viele Terroristen anwesend. Parceval ließ sich seine Bestürzung nicht anmerken. Innerlich verfluchte er sich dafür, in die Falle getappt zu sein – wissend, dass er keine Alternative gehabt hatte, außer zu fliehen und Ksenia und die Geiseln ihrem Schicksal zu überlassen. Er kämpfte darum, die innere Ruhe zu finden, die er jetzt dringend brauchte, um die Situation noch zum Guten zu wenden. Es sah schlecht aus, das ließ sich nicht leugnen.

Walau hatte Parceval während der Fesselung seinen Männern überlassen. Jetzt betrat er das Büro in Begleitung seiner Frau und platzierte sich auf die Kante des Schreibtischs vor Parceval. Janine Walau setzte sich in den freien Bürostuhl vor dem gegenüberliegenden Schreibtisch. Sie zog nacheinander die Schubladen des Unterstellcontainers auf und fand schließlich ein Heftgerät, das sie vor sich auf die Schreibtischplatte stellte. Parceval ignorierte sie und sah zu Walau auf. Beide Männer musterten sich schweigend.

»Wie ist das jetzt?«, fragte Parceval. »Willst du anfangen? Soll ich?«

Walau gab Parceval eine Ohrfeige mit dem Handrücken. Sein Kopf wurde herumgerissen. Seine Wange wurde taub. Er schüttelte sich und sah wieder zu Walau auf. »Bevorzugst du wirklich Handarbeit, oder findest du nur Barans Zangen nicht?«

»Parceval«, seufzte Walau, »dich würde ich mit Vergnügen foltern, selbst wenn ich gar nichts von dir wissen wollte. Aber so wie die Dinge stehen, brauche ich tatsächlich Informationen von dir.«

Janine Walau stand auf und kam mit dem Heftgerät um den Tisch herum. Sie klappte es auf, presste das Klammermagazin auf Parcevals Oberschenkel und schlug mit aller Kraft darauf. Der Schmerz, den das kantige Magazin auslöste, war größer als die Heftklammer, die in Parcevals Fleisch gehämmert wurde. Janine Walau hob das Gerät hoch und betrachtete das Ergebnis ihrer Arbeit. Das Magazin hatte einen langen rechteckigen Abdruck auf dem Hosenbein hinterlassen. Der Stoff färbte sich dunkel. Es war nur wenig Blut, das austrat, und sowohl die Verletzung als auch der Schmerz waren zu vernachlässigen. Noch. Wie es aussah, wenn Janine Walau eine ganze Ladung Heftklammern in Parcevals Bein tackerte und dann nachlud, stand auf einem anderen Blatt. Parceval musste handeln, denn steckten erst einmal hundert Heftklammern in seinem Oberschenkel, war es um seine Kampfkraft geschehen. Eine sich bietende Chance, den Spieß umzudrehen, konnte er dann vielleicht nicht nutzen.

»Was willst du wissen?«, fragte er Walau.

»Du arbeitest nicht allein«, sagte Walau. »Wo steckt dein Partner?«

»Ich arbeite grundsätzlich allein«, sagte Parceval. »Das verkürzt die Kommunikationswege und hält die Hierarchie flach.«

Janine Walau jagte Parceval wortlos eine zweite Heftklammer ins Fleisch. Walau wandte sich an seine Frau. »Du könntest vielleicht kleine Zettel an seinem Bein befestigen, was meinst du?«

»Habt ihr Leute noch nie was von Post-its gehört?«, stöhnte Parceval.

Es brachte ihm eine dritte Büroklammer ein. Er beschloss, dass es jetzt genug war. Wenn er jetzt so tat, als würde er einknicken, dann war es glaubhafter, als wenn er gleich zu Beginn nachgegeben hätte.

»Also gut«, sagte und gab sich schmerzgepeinigter, als er sich fühlte. »Hört auf mit dem Mist. Ich rede ja.«

»Wo ist dein Partner?«, fragte Walau. »Der Typ, der dir auf der MELINA den Arsch gerettet hat.«

»Hier im Gebäude versteckt«, sagte Parceval gepresst. »Er arbeitet hier. So hat er mich auch ins Gebäude gebracht.«

»Er arbeitet hier? Wir haben alle zusammengetrieben, die hier arbeiten!«

»Ihn nicht. Er ist viel zu schlau. War einer meiner besten Schüler, bevor ich nach Afghanistan ging. War noch ein Teenager damals. Früh übt sich ...«

»Ein Bulle?«

»Ex. Die haben ihn entlassen. Ich habe wohl zu sehr auf ihn abgefärbt. Was macht ein Ex-Polizist, wenn er sonst nichts anderes vorzuweisen hat? Er geht in den privaten Security-Bereich.«

»Das heißt, dein Partner ist einer der Werkschutzmitarbeiter hier?«

»Die zahlen gut in der Elbphilharmonie. Für Parkplatzeinweisung gibt's manchmal ein fettes Trinkgeld.«

Walau schüttelte den Kopf. Sein Gesicht war verzerrt vor Verachtung. »Du erzählst mir hier den totalen Bockmist, Parceval«, stieß er hervor. »Ein abgelutschter Werkschutzfutzi soll zwei meiner Kämpfer auf der MELINA erschossen haben?«

»Dich hat er nur um Haaresbreite verfehlt«, sagte Parceval. »Lag wohl daran, dass du gerannt bist wie ein Hase.«

Janine Walau hob den Hefter, aber Walau war schneller. Erneut verpasste er Parceval einen Schlag mit dem Handrücken. Diesmal spürte Parceval Blut im Mund, und ein Taubheitsgefühl breitete sich über seine ganze rechte Gesichtshälfte aus.

»Er hat auch ein paar von deinen Leuten hier erledigt«, keuchte Parceval. »Ich will mich nicht mit fremden Federn schmücken.«

»Wie heißt der Mann?«, fragte Janine Walau plötzlich. Sie hatte eine unangenehme, gequetscht klingende Stimme.

»Ranko Horvat«, sagte Parceval und versuchte zu klingen wie jemand, der den letzten Widerstand aufgegeben hat.

Janine Walau wandte sich an ihren Mann. »Kannst du das nachprüfen?«

»Ja.« Walau stand auf und stapfte zur Tür. Er machte sie auf und rief einen Namen hinaus: »Chamsul?«

Ein junger Mann mit gegeltem Haar kam dazu, der in keinem Büro und auf keinem Campus der westlichen Welt aufgefallen wäre.

»Chamsul spricht Englisch«, sagte Walau zu Parceval. »Buchstabieren Sie ihm den Namen.«

Parceval buchstabierte. Walau gab Chamsul eine Anweisung auf Arabisch, die Parceval kaum verstand. Aber ihm war klar, was Chamsuls Aufgabe war – in den Datenbanken der Gebäudeverwaltung nachsehen, ob sich der Name dort finden ließ. Hätte man alle von Walaus Leuten, die Parceval bisher gesehen hatte, nebeneinander gestellt und Parceval aufgefordert, aus dieser Gruppe den IT-Spezialisten zu benennen, hätte er auf Chamsul getippt.

Chamsul kam nach fünf Minuten wieder zurück, die hier im Büro schweigsam verbracht worden waren. Chamsul nickte und sagte etwas auf Arabisch, aus dem Parceval Rankos Namen heraushörte. Walau schickte ihn weg und musterte Parceval dann mit schief gelegtem Kopf. »Wo ist der Kerl?«

»Ich bringe euch zu seinem Versteck«, sagte Parceval.

»Sag mir, wo es ist.«

»Gerne. Wenn du möchtest, dass Ranko einen nach dem anderen von euch wegpustet, der sich nähert.«

»Du bluffst.«

Parceval zuckte mit den Schultern. Er gab sich Mühe, erschöpft zu klingen, als er sagte: »Es gibt einen versteckten Lagerraum in der Pantry des Bistros. Hinter dem Kühlschrank. So 'ne Architektensache – plötzlich bleibt bei Planung etwas Raum übrig, und weil er nirgendwo richtig dazugehört, wird er vergessen. Der Typ, der das Bistro leitet, hat den Raum für seine kleinen Schwarzgeschäfte benutzt. Ranko wusste das natürlich. Jedenfalls, von diesem Raum aus kann man jeden unter Feuer nehmen, der das Bistro betritt. Und Ranko wird jeden unter Feuer nehmen, der nicht aussieht wie ich.«

»Dann wirst du vor uns hergehen, Parceval, oder nicht?«

Parceval zuckte erneut mit den Schultern. »Hör zu, Walau«, sagte er. »Ich hab die Nase voll von diesem Privatkrieg. Was kümmert es mich eigentlich, was du hier abziehst? Ich hab da draußen im Land keine Freunde. Wer mich erkennt, zeigt mich sofort bei der Polizei an. Ich bringe dich zu Rankos Versteck, überzeuge ihn, dass die Sache für uns gelaufen ist, und du lässt ihn und mich gehen. Das ist mein Vorschlag. Wer weiß – vielleicht werden wir noch dicke Kumpel, und ich komme mit dir nach Afghanistan? Ich hab dort genauso wichtiges Business wie du.«

»Du bist nicht in der Position, Vorschläge zu machen.«

»Dann lautet mein anderer Vorschlag, dass ihr versucht, Ranko auszuräuchern. Viel Vergnügen damit. Überleg dir schon mal die Grabinschriften für deine Leute.«

»Warum lassen wir Ranko nicht einfach dort, wo er ist, dann räuchert er sich von ganz allein aus, wenn hier alles hochgeht?«

»Wenn hier alles hochgeht, wird Ranko nicht in seinem Versteck bleiben, sondern das Chaos ausnutzen und Jagd auf dich und deine Leute machen, während ihr zu fliehen versucht.«

Janine und Nils Walau wechselten einen langen Blick. Am Ende zuckte Janine mit den Schultern und ging hinaus. Den Heftklammerapparat warf sie mit einer verächtlichen Geste in Parcevals Schoß.

»Du gehst mit ein paar von meinen Männern runter und überzeugst deinen Partner, sich zu ergeben. Dann sehen wir weiter.«

»Ich will eine Garantie, dass wir das Gebäude verlassen können.«

»Es gibt keine Garantie außer der, dass ich dich töten werde, wenn du mich verarschst.«

Parceval nickte. »Gott ist groß«, murmelte er.

50

Freitag, 11. Dezember
02:55 Uhr

Es dauerte eine Weile, dann kamen drei Männer in das Büro, andere als die Terroristen, die ihn hergebracht hatten. Einer gebärdete sich als Anführer. Anders als der verbissene Djamel wirkte er ruhig und wie jemand, der seine Aufgabe gefunden hat und weiß, dass er sie gut erfüllen wird. Er war es auch, der die Fesseln löste.

Parceval pickte sich die Büroklammern aus dem Bein und legte sie auf den Schreibtisch. Sie hinterließen dort kleine blutige Abdrücke.

»English?«, fragte er dann den Kommandeur. »Français? Español? Italiano? Paktho? Parsi?«

»Parsi«, grollte der Mann. Parceval nickte. Parsi – oder wie man im Westen sagte: Dari – war ein persischer Dialekt und galt in Afghanistan als zweite Landessprache. Parceval beherrschte Paschtu, Afghanistans offizielle Landessprache, besser, aber das Nötigste konnte er auch in Dari sagen.

»*Esme man Parceval ast*«, sagte er. »*Esme shoma chist*?«

Der Mann schnaubte, aber dann nickte er doch kurz zu Parcevals Vorstellung und nannte ihm seinen Nachnamen: »Zahid.« Ein Iraner siezte einen Fremden grundsätzlich und in jeder Situation.

Zahid und seine Männer führten Parceval aus dem Verwaltungstrakt. Zahid marschierte hinterdrein. Die anderen hatten Parceval in die Mitte genommen – einer direkt hinter ihm, die anderen beiden seitlich versetzt. Es war eine Anordnung, in der alle drei das Feuer auf Parceval eröffnen konnten, ohne sich gegenseitig zu treffen. Ihnen zu entkommen war unmöglich. Walau und seine Frau waren nirgends zu sehen.

Die Plaza erreichten sie über den Aufzug, dessen Türen sich in dem Mitteltrakt öffneten, in dem sich auch die Toiletten befanden, Parcevals erstes Versteck. Das Bistro lag gleich gegenüber. Parceval zögerte, aus der Deckung der Zwischenwände herauszutreten, wie es jeder getan hätte, der wusste, dass irgendwo dort vorn ein Schütze verborgen war und möglicherweise einen nervösen Zeigefinger besaß.

»Weitergehen«, sagte Zahid.

Parceval hob die Hände in die Schulterhöhe und trat ins Freie hinaus. »Nicht schießen!«, rief er laut. »Ranko! Nicht schießen! Ich bin's – Parceval. Wir müssen aufgeben. Nicht schießen!«

Zahids Männer drängten sich unwillkürlich näher zusammen und versuchten, hinter Parceval Deckung zu finden. Parceval hatte auf diese Reaktion gehofft. Er führte die Gruppe zum Eingang des Bistros und trat in den Gang zwischen den Sitzgruppen, die Pantry direkt vor sich. Wenn dort wirklich ein Schütze versteckt war, hätte er freies Schussfeld auf die vier Männer gehabt. Er ging noch ein paar Schritte weiter, über die knirschenden Glasscherben, an toten Bistroangestellten vorbei, bis er sicher sein konnte, dass auch dem sorglosesten seiner Bewacher aufging, wie sehr sie hier alle auf dem Präsentierteller serviert wurden. Dann blieb er stehen, als wäre er total verunsichert.

Er gab seiner Stimme einen nervösen Unterton. »Ranko? Jetzt sag was! Nicht schießen.« Er spannte seinen Körper an. »Ranko?« Und dann, auf Farsi: »Nein, Ranko, nicht! Nicht schießen!« Er stieß einen Schrei aus und ließ sich fallen.

Wie erwartet, eröffneten seine drei Bewacher nicht das Feuer. Parceval plötzlicher, gespielter Panikausbruch erschreckte sie so sehr, dass sie sich duckten und gleichzeitig voneinander wegsprangen, jeder auf der Suche nach Deckung hinter einer Sitzgruppe. Parceval fuhr noch in der Hocke herum, ließ sich nach hinten fallen, fing sich mit den Händen ab und führte einen Roundhouse-Kick gegen den Mann aus, der direkt hinter ihm gewesen war. Er trat ihm die Beine unter dem Leib weg. Der Mann fiel nach vorn, knallte mit dem Kinn ungebremst gegen eine Stuhlkante und blieb bewusstlos auf dem Boden liegen. Parceval schnappte sich seine Waffe und machte eine Hechtrolle auf Zahid zu, der auf ihn feuerte. Der Schuss ging über Parceval hinweg. Parceval prallte gegen Zahids Beine. Ein weiterer Schuss löste sich und bohrte eine Furche in einen Tisch. Zahid stolperte rückwärts. Parceval kam wieder auf die Beine, setzte nach und stieß Zahid mit dem erbeuteten Gewehr ins Gesicht. Zahid prallte gegen einen umgefallenen Stuhl und fiel rücklings über ihn. Parceval machte einen Schritt über den Stuhl, trat Zahid die Waffe aus der Hand, ließ sich mit den Knien voran auf Zahids Leib fallen, hörte den Iraner keuchen, als ihm der Aufprall die Luft aus der Lunge trieb, und feuerte im Herumwerfen dorthin, wo sich die beiden anderen Männer in Sicherheit gebracht hatten.

Die Waffe, die er mit dem ersten Angriff erbeutet hatte, war eine kroatische VHS-K, ein kompaktes Sturmgewehr mit einer Feuergeschwindigkeit von siebenhundertfünfzig Schuss pro Minute. Das Magazin mit dreißig Schuss würde in knapp drei Sekunden leer sein – und dort, wo die 5,56-Millimeter-Geschosse mit dieser Feuerrate einschlugen, wäre kein Leben mehr. Die Waffe war bereits geladen und entsichert. Parceval zog den Abzug durch.

KLICK.

Er versuchte es kein zweites Mal. Er wusste, dass es keine Ladehemmung war. Das Magazin war leer. Er richtete seinen Blick zur Pantry, in der sich vermeintlich Ranko Horvat versteckt gehalten hatte. Walau kam daraus hervor, eine Pistole im Anschlag, den Lauf ganz ruhig auf Parceval gerichtet. Er blieb vor dem echten Ranko Horvat stehen und stupste den Leichnam mit dem Fuß an. Dann sagte er ruhig zu Parceval: »Aufstehen.«

Parceval kam auf die Beine. Er legte die VHS-K auf einen Tisch und schaute auf Zahid hinunter, der sich zur Seite rollte und schwankend aufstand. Als er stand, musste er sich an der Glaswand abstützen. Er krümmte sich zusammen und warf Parceval einen hasserfüllten Blick zu. Quer über sein Gesicht zog sich eine blutunterlaufene Schramme. Ächzend bückte er sich, angelte seine Waffe unter der Sitzgruppe heraus, wohin Parceval sie getreten hatte, und richtete sie auf ihn. Er betätigte den Spannhebel in rascher Folge. Drei leergeschossene Hülsen wurden herauskatapultiert und dann eine volle Patrone. Zahid ließ den Spannhebel los und trat einen wackligen Schritt zurück, Parceval im Visier.

Parceval schaute zu Walau.

»Zahids Waffe war die einzige, die geladen war, stimmt's?«, fragte er.

Walau zuckte mit den Schultern, als wolle er fragen: *Was hast du denn erwartet?*

»Und selbst er hat drei leere Hülsen oben ins Magazin gesteckt, für den Fall, dass ich seine Waffe zu fassen kriegen sollte.«

»Vorsicht ist die Mutter der Porzellankiste«, sagte Walau.

»Schön zu sehen, welches Zutrauen du in meine Fähigkeiten hast«, sagte Parceval. »Gibst mir drei gestandene Kerle mit und musst trotzdem zu Tricks greifen, damit ich sie nicht ausschalte.«

Walau zuckte wieder mit den Schultern. »Ich bewerte mein Verhalten anhand der Ergebnisse, die ich damit erziele. Und das Ergebnis ist…« Er winkte mit der Pistole. Parceval hob widerwillig die Hände.

»Ich dachte, ich statte Ranko schon vorher einen Besuch ab«, sagte Walau. »Deine Geschichte kam mir von Anfang an nicht so wahnsinnig glaubwürdig vor, aber als Chamsul den Namen fand und alles so gut zusammenzupassen schien, hättest du mich fast überzeugt. Aber dann zeigte mir Chamsul ein Detail in der Akte deines Freundes Ranko, und das änderte alles. Komm mal her.«

Parceval folgte dem Wink mit der Pistole, auch Zahid stolperte hinter ihnen her. Von den anderen Männern schloss sich einer an und wechselte im Gehen das leere Magazin seiner Waffe gegen ein volles. Der andere blieb bei seinem bewusstlosen Kumpan und tätschelte ihm die Wange. Der Bewusstlose stöhnte.

Walau steckte die Pistole ein, als zwei Sturmgewehre auf Parceval zielten. Er holte stattdessen ein Schnappmesser aus der Tasche, ließ die Klinge herausspringen und schnitt damit das linke Bein von Ranko Horvats Uniformhose vom Knie bis zum Knöchel auf. Dann schob er den Stoff mit der Messerspitze auseinander.

Wo ein Unterschenkel hätte sein müssen, war nur eine Stahlkonstruktion, die in einem normalen Halbschuh endete. Walau blickte zu Parceval auf, dann stand er auf und wischte sich die Hände an seiner Hose ab. »Ranko Horvat hat 'ne Unterschenkelprothese. Motorradunfall, schätze ich. Deshalb war er hier auch nur für einfache Empfangsdienste zuständig, bei denen er keine großen Strecken zurücklegen musste. Er konnte gehen, aber nicht laufen. Und er konnte keineswegs dein Partner auf der MELINA gewesen sein oder ein Einzelkämpfer, der sich in der Pantry verschanzt hatte. Schlechte Recherche, Parceval.«

Parceval seufzte. »Du hättest mir das ruhig sagen dürfen, Ranko. Niemand ist vollkommen.«

»Haha, Parceval. Hast du auch Witze gerissen, als die Taliban damals in Kunduz deine Leute abgeschlachtet haben?«

»Nein«, sagte Parceval und sah Walau in die Augen. »Erst nachdem ich jeden einzelnen von den Kerlen fertiggemacht hatte.«

Walau hielt Parcevals Blick stand, aber man konnte sehen, dass es ihm nicht leichtfiel. Zahid erlöste seinen Anführer schließlich, indem er halblaut etwas auf Dari murmelte. Parceval verstand nicht alles, nur dass es eine Art Bitte war, Parceval erschießen zu dürfen.

Walau schüttelte den Kopf. Als Zahid nachdrücklicher wurde, hob Walau eine Hand und schenkte Zahid einen steinernen Blick. Zahid senkte den Kopf und trat zurück.

»Du hast verstanden, worum Zahid mich gebeten hat?«, fragte Walau.

Parceval schwieg.

»Er wollte dich auf der Stelle töten.«

Parceval schwieg.

»Schaffst du es bei allen Menschen, dich so schnell unbeliebt zu machen?«

Parceval schwieg.

Walau breitete die Arme aus. »Weißt du, was ich

glaube? Du hattest zwar auf dem Schiff jemanden zur Absicherung dabei, aber nicht hier drin. Wer immer dein Helfer auch ist, ich wette, er ist bei den Behörden nicht beliebter als du. Er wäre genauso wenig am heutigen Abend durch die Sicherheitsvorkehrungen gekommen wie du. Ich nehme an, du hast dich irgendwie untertags reingeschlichen und versteckt. Das geht für einen Mann, wenn man entsprechend risikobereit ist, aber nicht für zwei. Du bist hier ganz allein, Parceval. Kein Partner, kein Back-up, kein rettender Engel in letzter Sekunde.«

»Du bist leider so was von im Irrtum«, sagte Parceval. »Beschwer dich bloß nicht bei mir, ich hätte dich nicht gewarnt, wenn mein Partner dir plötzlich eine Kugel verpasst.«

»Leere Worte, Parceval. Du bist gut darin, einen zu verwirren und dauernd falsche Fährten auszulegen, aber mir machst du nichts vor. Weißt du, warum ich Zahids Bitte nicht entsprechen kann? Mir ist eingefallen, dass du mir auf andere Weise besser von Nutzen sein kannst, als wenn Zahid dir hier ganz unspektakulär die Lebenslichter auspustet. Ich hatte einen guten Plan für mein weiteres Vorgehen, aber jetzt habe ich einen noch viel besseren Plan. Und wenn dein imaginärer Partner mich dabei nicht aufhält, weiß ich endgültig, dass du allein auf weiter Flur bist. Und du hast die Gewissheit, dass du es absolut verkackt hast.«

»Das muss ja eine brillante Idee sein«, sagte Parceval. »Hattest du sie oder deine Frau? Ich meine nur, weil es nicht so wirkt, als hättest du in deiner Ehe die Hosen an.«

Walau lachte. Dann befahl er Zahid, Parceval in den Kleinen Konzertsaal zu bringen. Beim Hinausgehen bückte er sich, klopfte dem noch immer halb Besinnungslosen mit dem aufgeschlagenen Kinn kameradschaftlich auf die Schulter und verließ das Bistro. Parceval warf noch einen letzten Blick auf die Unterschenkelprothese Ranko Horvats, dann ließ er sich von Zahid und seinen Männern hinausführen.

51

Freitag, 11. Dezember
02:59 Uhr

Felix Straack hatte über fünfundvierzig Minuten gebraucht, um vom Präsidium zum Waltershofer Hafen zu gelangen – hauptsächlich, weil die HafenCity mittlerweile so weiträumig abgesperrt war, dass er nach der zweiten Personenkontrolle an einer Straßensperre der Bereitschaftspolizei freiwillig einen Umweg über die A5 und die A1 auf sich nahm. Er hatte sich nicht die Mühe gemacht, sich bei der Hafenaufsicht zu melden, sondern war mit seinem Wagen direkt auf den Kai gefahren, so weit es möglich war.

Das Schiff mit der Kennung der AUGUSTUS OF THE SEA lag in völliger Dunkelheit. Straack hatte die Deckung der Containerinseln genutzt, um das Schiff der gesamten Länge nach zu passieren und einen Blick auf sein Heck zu werfen.

Der Name des Schiffes lautete AUGUSTUS OF THE SEA; und darunter: Maritime Cargo Solutions.

Sein ganzes Gebäude aus Beobachtungen und Schlussfolgerungen war in sich zusammengestürzt. Er stand da wie jemand, der mit Schwung gegen einen Balken gelaufen ist und in dessen Kopf alle Kirchenglocken dröhnen.

Dann hatte er genauer hingesehen.

Der Schriftzug AUGUSTUS OF THE SEA glänzte so weiß und so rein, dass er selbst im Dunkel zu leuchten schien. Die darunterliegende Reederei-Bezeichnung war im Gegensatz dazu abgeblättert, verblasst und von Rostbahnen überzogen. Straack konnte in der Finsternis nicht erkennen, wie die Farbe unter den Buchstaben des Schiffsnamens beschaffen war, aber er nahm an, dass sie bei Licht besehen genauso neu wirken würde.

Der alte Name des Schiffs war überpinselt worden. Ein Kran, mit dem man eine Arbeitsplattform über das Heck hinausschwingen konnte, ein Kompressor, Lackierutensilien, Schablonen, eimerweise schnell trocknende Farbe und zwei, drei Stunden Zeit – mehr brauchte es nicht, um aus einer MELINA eine AUGUSTUS OF THE SEA zu machen. Wer einen Blick auf das Heck warf, konnte die Veränderung deutlich erkennen; aber keiner, der nicht die gesamte Geschichte der beiden Schiffe kannte, würde sich etwas dabei denken. Schiffe wurden ständig verkauft und umbenannt. Der alte Seemannsaberglaube, wonach die Änderung eines Schiffsnamens Unglück brachte, war schon damals unbegründet gewesen und heutzutage, in den Zeiten der kapitalistisch betriebenen Seefahrt, absolut überflüssig.

Dass es plötzlich zwei Schiffe mit dem gleichen Namenszug auf dem Heck gab, war ebenfalls kein Problem. Die tatsächliche AUGUSTUS OF THE SEA lag abseits im Hafen von Gwadar, ein paar tausend Kilometer von Hamburg entfernt.

Eine Dreiviertelstunde später machte Straack Inventur, welche weiteren Beobachtungen er gemacht hatte.

Die Schiffsmotoren liefen. Zwar auf niedriger Drehzahl, aber sie liefen. Die Schrauben drehten sich langsam und sorgten dafür, dass das Wasser hinter dem Heck kabbelig wurde. In den Zeiten allgemeinen Kostendrucks schalteten Kapitäne die Motoren erst ein, wenn das Ablegen kurz bevorstand. Hier jedoch lag die Sache anders: Sie liefen seit Straacks Ankunft. Er konnte nicht anders als an ein Fluchtauto denken, das bei einem Überfall mit laufendem Motor vor der Bank stand und sofort abfahrbereit war, wenn die Bankräuber hineinsprangen.

Die Besatzung war ungewöhnlich aktiv für diese Uhrzeit und für ein total abgedunkeltes Schiff. Außer den Positionslampen brannte kein einziges Licht an Bord, dennoch erkannte Straack ständig die undeutlichen Schatten der Besatzung und hörte Geräusche von Deck.

Die merkwürdigste Beobachtung war jedoch das altertümliche Löschboot, das sich nach einer Weile näherte und nicht einmal die Positionsleuchten eingeschaltet hatte. Straack konnte es eher erahnen als sehen, ein dunkler Schatten auf dem ölig-unruhigen Glitzern der Wasseroberfläche. Der Umriss war ihm trotzdem vertraut. Das Schiff war die *Feuerwehr IV*, ein fast hundert Jahre altes, längst ausgemustertes Löschboot, das im Wesentlichen als Museums- und Lehrschiff verwendet wurde, aber stets einsatzbereit war. In den Katastrophenplänen der Hafenbehörde war es mit einkalkuliert, nach dem Motto: Wenn ein Großbrand ausbrach, war jede Schaluppe recht, die ein bisschen Löschwasser verspritzen konnte. Normalerweise lag es um diese Zeit im Winterlager bei Blohm+Voss im Steinwerder Hafen, nicht weit vom Liegeplatz der MELINA entfernt. Straack hörte, wie es auf der vom Kai abgewandten Seite des Containerschiffs längsseits ging. Er bildete sich ein, dass jemand von der *Feuerwehr IV* an Bord der MELINA kam, aber er konnte nichts Genaues erkennen.

Straack zog sich etwas vom Schiff zurück und versuchte, im Dock von Blohm+Voss jemanden zu erreichen – um diese Uhrzeit natürlich erfolglos. Nach einigem Herumsuchen fand er die Nummer des Werkschutzes im Firmengelände und rief dort an.

Der Mitarbeiter, den er ans Telefon bekam, war überfordert. »Was soll ich nachschauen lassen?«, fragte er ungläubig.

»Ob die *Feuerwehr IV* noch in ihrem Winterlager liegt!«, stieß Straack ungeduldig hervor.

»Natürlich liegt sie da noch«, sagte der Werkschutzmitarbeiter. »Warum soll sie denn nicht mehr da liegen? Soll sie vielleicht jemand gestohlen haben?«

»Das bitte ich Sie ja zu überprüfen, verdammt noch mal«, erwiderte Straack.

»Jetzt werden Se mal nicht unverschämt unter Kollegen«, sagte der Werkschützer. »Wir sind auch nicht schlechter als ihr.«

»Das behaupte ich doch gar nicht. Ich will nur, dass Sie nachsehen, ob die *Feuerwehr IV* noch da ist.«

»Wenn jemand sie aus dem Winterlager geholt hätte, hätte ich irgendwo eine Meldung«, sagte der Werkschützer. »Wir dokumentieren alles fein säuberlich.«

»Aber wenn jemand sie gestohlen hat, hätte derjenige wohl keine Meldung gemacht!«

»Warum sollte jemand den alten Pott stehlen?«

»Ich habe«, sagte Straack ganz langsam und betont, weil seine Geduld am Ende war – er war seit fast vierundzwanzig Stunden auf den Beinen, lebte von schlechtem Kaffee und hatte das Gefühl, wie ein Idiot hierhin und dorthin zu rasen und nur immer weitere Rätsel zu entdecken – »den alten Pott hier im Waltershofer Hafen herumschippern sehen! Vor zehn Minuten!«

»Die *Feuerwehr IV*?«

»Sie hatte alle Positionslichter gelöscht, aber ich habe den Umriss erkannt.«

»Na ja«, sagte der Werkschützer mit einem Unterton, der Straack an seinen Vater erinnerte, wenn der junge Straack mal wieder hartnäckig etwas behauptet hatte, was nicht stimmen konnte, »wer fährt denn bei Nacht unbeleuchtet im Hafen herum? Und dann wollen Sie das Schiff auch noch erkannt haben? Vielleicht war's ein Wal?«

»Sie schicken jetzt sofort jemanden zum Liegeplatz

der *Feuerwehr IV*«, sagte Straack. »Sonst komme ich erstens vorbei und ziehe Ihnen die Hammelbeine so lang, dass Sie bei Flut auf dem Grund des Hafenbeckens stehen können, ohne zu ersaufen! Zweitens zeige ich Sie wegen Behinderung eines Kriminalbeamten und Störung polizeilicher Ermittlungen an. Drittens sorge ich dafür, dass Sie ab sofort als Wachmann in den Toilettenanlagen der Hafenarbeiter eingesetzt werden.«

»Ich werde eine Dienstaufsichtsbeschwerde gegen Sie einleiten«, sagte der Werkschützer beleidigt. »Wie war gleich noch mal Ihr Name?«

»Ich bin Polizeipräsident Hans Manuel Schmidt!«

Der Werkschutzmitarbeiter schwieg sekundenlang. »Nicht Ihr Ernst«, sagte er dann.

»Mein blutiger Ernst.«

»Bei wem kann ich mich dann über Sie beschweren? Bei Ihnen selbst?«

»Beim lieben Gott«, zischte Straack. »Und jetzt tun Sie, was ich Ihnen gesagt habe.«

»Na gut«, sagte der Werkschützer. »Rufen Sie mich in zehn Minuten wieder an. Aber für mich ist diese Sache noch nicht erledigt.« Er legte auf.

52

Freitag, 11. Dezember
03:02 Uhr

Die Luft im Kleinen Konzertsaal war entsetzlich – kaum Sauerstoff, dazu der Geruch nach Schweiß, Urin und Fäkalien, stickige Wärme und eine Atmosphäre ständiger Todesangst. Nur wenige von den Geiseln blickten auf, als Parceval hereingebracht wurde, und nur eine einzige schaute nicht sofort wieder weg: Ksenia. Zumindest von Weitem konnte Parceval keine Reaktion bei ihr feststellen, aber wahrscheinlich hätte er auch aus der Nähe keine ausgemacht. Speziell wenn sich die Dinge vom Schlechten zum Katastrophalen wandelten, ließ Ksenia Orian sich niemals anmerken, was sie fühlte. Parceval hätte ihr gern irgendeine Botschaft zukommen lassen. Er war trotz der Umstände froh, sie zu sehen.

Parceval wurde zu einem Stativ mit einer Ringleuchte geführt, in dem ein Smartphone eingeklemmt war. Zahid verließ nach kurzem Gespräch mit einem anderen offensichtlichen Kommandeur und einem

Kopfnicken Walaus den Saal – vermutlich, um sein letztes Gefecht zu organisieren. Walau sprach in sein Handy, dann strahlte er Parceval an.

»Ich habe Chamsul hierher gebeten«, sagte er. »Es wird Zeit für einen neuen Social-Media-Post, findest du nicht?« Er gab den Männern, die Parceval bewachten, einen Befehl. Parceval wurde an den Armen gepackt und festgehalten. Walau hob sein Handy, fummelte damit herum, hielt es auf Parceval gerichtet und senkte es nach ein paar Augenblicken wieder. Auf einen weiteren Befehl ließen die Männer Parceval wieder los.

»Du hast mich fotografiert«, sagte Parceval, äußerlich ruhig.

»Es gibt so wenig vorteilhafte Bilder von dir«, erwiderte Walau.

Parceval erwiderte nichts. Zum ersten Mal, seit er aus dem Gefängnis geflohen war, hatte er das Gefühl, dass eine Situation ihm vollends zu entgleiten drohte.

»Ich werde jetzt eine kleine Ansage aufnehmen«, sagte Walau und deutete auf die Ringleuchte. »Höflicherweise werde ich die Sendezeit mit dir teilen, oder besser gesagt mit deinem Konterfei. Chamsul wird nachher dein Fahndungsfoto und das Bild, das ich jetzt gemacht habe, nebeneinanderstellen und einen Teil des Videos damit unterlegen. Es ist wichtig, dass die Welt draußen erkennt, dass du es bist, um den es in diesem Video geht.«

»Ich war nicht gut genug geschminkt«, sagte Parceval.

»Keine Schminke der Welt könnte deine hässliche Fresse verschönern«, erklärte Walau mit plötzlich aufwallender Verachtung.

»Zahid hat mir vorhin verraten, dass deine Frau das auch immer über dich sagt.«

Walau schüttelte den Kopf. Dann hielt er mit einer abrupten Geste die Hand dicht vor Parcevals Augen. Er drehte mit dem Zeigefinger kleine Kreise. »Immer am Laufen, deine Gedankenmaschine, was? Immer macht es Klicketi-Klicketi-Klick dort drin.« Er tippte Parceval hart gegen die Stirn. »Immer bemüht, die anderen zu verunsichern und die Oberhand zu bekommen. Aber bei mir klappt das nicht, Parceval. Du hast es bis jetzt mit Amateuren zu tun gehabt. Die Taliban, die du in Afghanistan umgelegt hast? Lauter Steinzeitkrieger, die dem Islamischen Staat nichts entgegenzusetzen haben. Ich weiß nicht, wem du alles begegnet bist, seit du aus dem Knast abgehauen bist, aber ich kann dir versichern, dass es ebenfalls Waisenknaben waren. Jetzt hast du es mit mir zu tun, und ich kann dir nur sagen, du hast mich gewaltig unterschätzt.«

»Die Steinzeitkrieger haben dir und deinen Jungs ganz schön die Hosen runtergezogen, als ihr versucht habt, in Afghanistan einzumarschieren«, sagte Parceval. »Von daher bin ich nicht sonderlich beeindruckt.«

»Warten wir's ab«, sagte Walau. »Warten wir einfach ab, was du nach den nächsten Minuten sagst, und lass uns dann vergleichen, wer von uns mehr beeindruckt ist.«

Chamsul traf mit einem Laptop ein. Er stöpselte

Walaus Handy an den Rechner an und übertrug mit ein paar flinken Gesten die Daten, auf die Walau ihn hinwies. Wenige Minuten und einigen Klicks auf dem Touchpad des Laptops später bat Chamsul seinen Anführer halblaut, seine Arbeit zu begutachten. Walau nickte. Dann drehte er den Rechner so, dass Parceval auf den Monitor blicken konnte. Wie erwartet, sah er dort, auf einer Fotodatei zusammengefasst, eines seiner Fahndungsfotos und das Bild, das Walau vorhin aufgenommen hatte. Parceval hatte Mühe, seine innersten Gedanken nicht zu verraten. Mit all den Waffen, die auf ihn gerichtet waren, hatte er sich nicht so hilflos und bedroht gefühlt wie angesichts dieses Bildes.

Wenn er aus dieser ganzen Situation lebend herauskam, würde nichts mehr so sein wie in den letzten Monaten. Die Anonymität, die ihm der lange zeitliche Abstand zwischen der Anfertigung der Fahndungsfotos und der Gegenwart verliehen hatte, war dahin, sobald dieses Bild in die Welt hinausgesendet wurde. Danach würde es nicht mehr genügen, an öffentlichen Plätzen vorsichtig zu sein und den Kontakt zu Mitmenschen zu beschränken – jeder Spaziergang, jeder Mensch, der ihm begegnete, jeder öffentliche Platz mit einer Überwachungskamera konnten ihm dann zum Verhängnis werden.

Walau stellte sich vor die Handykamera und wartete, bis Chamsul ihm das Okay-Zeichen gab.

»Ich wende mich an die Einsatzleitung der Hamburger Polizei«, sagte er. »Zunächst beglückwünsche ich Sie dazu, einer meiner Forderungen nachgegeben zu haben. Sie haben dadurch vorerst das Leben einer Reihe von Geiseln gerettet. Ich möchte Sie aber warnen, jetzt unruhig zu werden oder irgendwelche Pläne hinsichtlich einer Erstürmung der Elbphilharmonie zu hegen. Ihnen ist vielleicht nicht ganz klar, wer sich meinem Kampf angeschlossen hat. Daher stelle ich Ihnen einen Verbündeten vor, der jeden Ihrer Pläne, Ihre Taktiken, Ihre Strategie, ja sogar die Gefühle und Gedanken Ihrer Einsatzkräfte aus dem Effeff kennt – denn er war einmal einer von Ihnen, bis die Ungerechtigkeit und Achtlosigkeit Ihrer Gesellschaft ihn an meine Seite gespült haben.«

Parceval war speiübel. Er erkannte, dass er Walau tatsächlich unterschätzt und noch bis vor wenigen Sekunden gehofft hatte, die Veröffentlichung seines aktuellen Fotos würde vielleicht doch nicht so schlimm sein. Er hatte gedacht, Walau würde mit seiner Gefangennahme prahlen. Aber dass er ihn der Welt als seinen Verbündeten präsentierte …

Was würde Polizeipräsident Schmidt sagen, wenn er in ein paar Minuten Walaus Video betrachtete? Was würde der Innensenator sagen? Nach der Ausstrahlung dieses Videos gab es für Parceval nur noch einen Weg – den Tod. In Deutschland würde er sich keinen Meter mehr frei bewegen können, und im europäischen Ausland würde es kaum besser aussehen. Er war zum Abschuss freigegeben. Mit ein paar Worten hatte Walau alle Pläne und Hoffnungen Parcevals zunichtegemacht. Die Befreiung Birgits und Mirays? Unmöglich. Und der erstbeste Polizist, der ihm über den Weg lief und ihn, statt ihn festzunehmen, erschoss, würde keine großen innerbehördlichen Ermittlungen zu befürchten haben. Und seine Nachbarn würden ihn als Helden feiern.

Man hätte es Parceval nicht angesehen, aber in diesen Augenblick schwankte er innerlich. Er stand stockstill, doch der Widerstand und die Entschlossenheit, die ihn seit seiner Flucht antrieben, bröckelten. Er hatte keine Chance mehr. *Rien ne va plus.* Es war immer ein Scheißspiel gewesen, aber jetzt war es zu Ende, und alle Jetons befanden sich im Besitz seines Gegenspielers.

Wie im Traum nahm er wahr, dass Walau ihm zuzwinkerte. Er hatte Walaus abschließende Worte nicht gehört, aber sie spielten ohnehin keine Rolle mehr. Er sah Chamsul zum Laptop eilen, wo er den direkt vom Smartphone auf den Rechner übertragenen Film bearbeitete. Er wusste, er würde Chamsul erreichen können. Das Überraschungsmoment war auf seiner Seite, und bevor Walaus Männer eingreifen konnten, hätte er Chamsuls Genick gebrochen. Es brauchte dazu nur eine ruckartige Bewegung und genügend Kraft. Aber Chamsuls Tod würde nichts ändern, und er, Parceval, wäre danach auf jeden Fall ein toter Mann.

Walau kam auf ihn zu. Parceval überlegte, ob es möglich wäre, ihn zu packen und ihm den Hals umzudrehen, bevor seine Männer ihn töteten. Es wäre genauso schnell gegangen wie bei Chamsul. Aber Walau schien zu ahnen, bis zu welchem Punkt er Parceval getrieben hatte. Bevor er in seine Reichweite gelangte, gab er seinen Männern einen Wink, und zwei von ihnen packten Parceval und drehten ihm die Arme auf den Rücken, sodass er sich nicht befreien konnte.

»Bei dem, was jetzt kommt, ist das Timing wichtig«, sagte Walau. »Hör mir deshalb genau zu. Gleich nachdem das Video online gegangen ist und von den Nachrichtensendern entdeckt wird, wirst du die Außenterrasse betreten. Ungefähr da, wo du Baran erschossen hast. Das ist ein guter Platz, schön öffentlich und von allen Kameras aller Sender gut einsehbar. Einer meiner Männer wird dich begleiten. Er wird wie üblich vermummt sein. Du wirst dagegen gut erkennbar sein. Du wirst eine Geisel hinausführen und sie vor aller Augen erschießen. Alles klar?«

»Weil du mich sonst umbringen lässt? Vergiss es«, sagte Parceval. »Mit der Drohung kannst du mich zu nichts zwingen.«

»Wie wäre es dann damit?«, fragte Walau. »Unter den Geiseln befinden sich insgesamt vier Kinder im Alter zwischen acht und vierzehn Jahren. Mit ihren Müttern sind das acht Menschen. Wenn du deine Geisel nicht erschießt, werde ich diese acht erschießen lassen. Ich werde sie gleich innerhalb der Windschutzwand aufreihen, damit du sie gut sehen kannst. Hast du deine Geisel nicht nach drei Sekunden erschossen, stirbt die erste von diesen acht. Nach fünf Sekunden sterben alle weiteren. Du hast die Wahl, Parceval. Wen willst du zum Tod verurteilen? Einen Menschen – oder acht?«

53

Freitag, 11. Dezember
03:06 Uhr

Der Werkschützer bei Blohm+Voss wartete nicht, bis Straack sich wieder bei ihm meldete. Er rief selbst zurück. Als Straack dranging, sagte er voller Hektik: »Den Polizeipräsidenten, bitte. Schnell!«

»Herrgott noch mal«, sagte Straack. »Erkennen Sie denn meine Stimme nicht? Sie haben vorhin mit mir gesprochen. Ich bin nicht der Polizeipräsident.«

»Was? Aber warum haben Sie dann …?«

»Was ist jetzt mit der *Feuerwehr IV*?«

Der Werkschützer schwieg. Straack erwartete fast, dass er ihm drohen würde, sich jetzt auch noch wegen Amtsanmaßung über Straack zu beschweren. Stattdessen sagte der Werkschützer nach einer Pause mit einer merkwürdigen Stimme: »Scheiße, Mann. Sie hatten recht.«

»Womit?«

»Jemand hat die *Feuerwehr IV* gestohlen!«

»Sind Sie sicher?«

»Ja. Der Liegeplatz ist leer.«

»Und wie konnte das passieren? Warum ist das niemandem aufgefallen?«

»Das konnte passieren«, sagte der Werkschützer mit einer Betonung, wie sie nur jemandem gelang, der sich mit letzter Kraft zusammenriss, »indem derjenige, der das Boot gestohlen hat, die zwei Kollegen von der Dockschicht umgebracht hat.«

Straack hörte ein seltsames Geräusch. Nach ein paar Augenblicken wurde ihm klar, dass der Werkschutzbeamte sich übergab.

»Wo sind Sie jetzt?«, fragte er ihn, nachdem die Würgegeräusche aufgehört hatten.

»In meinem Einsatzbüro«, sagte der Werkschützer matt.

»Bleiben Sie dort. Ich schicke ein paar Kollegen bei Ihnen vorbei. Rufen Sie nicht den Notruf, dort bleiben Sie heute nur in der Warteschleife hängen. Fast alles, was bei der Polizei aufrecht stehen kann, ist bei der Elbphilharmonie. Ich regle das für Sie.«

»Wie war noch gleich Ihr Name?«

»Ich bin Kriminaloberkommissar Felix Straack«, sagte Straack.

»Danke, Herr Kriminaloberkommissar. Ihre Leute sollen sich beeilen, bitte. Die Kollegen… die waren einfach… erschossen. In den Kopf. Von hinten.« Erneut musste er würgen.

Straack legte auf und rief in der Einsatzzentrale an – direkt beim Disponenten. Der Mann begann sofort zu brüllen.

»Felix, verdammter Mist! Was fällt dir ein! Einfach abzuhauen. Bist du wahnsinnig geworden?«

Straack unterbrach den Kollegen und schilderte ihm die Situation. Sein Gesprächspartner wurde sofort ruhig. »Ich schicke die nächste Streife hin«, sagte er. »Verdammt, verdammt, verdammt. Und das in einer Nacht wie heute!«

»Ich glaube nicht, dass das ein Zufall ist«, sagte Straack.

»Fährst du auch hin?«

»Nein«, sagte Straack und spähte aus seinem Versteck zur MELINA hinüber. »Bei Blohm+Voss wird sich nichts mehr tun. Ich glaube, ich kann hier mehr ausrichten. Die *Feuerwehr IV* hat vor ein paar Minuten wieder abgelegt. Ich weiß nicht, wohin sie gefahren ist. Aber ich weiß, dass ich mich mal auf der MELINA umsehen sollte.«

»Unternimm auf keinen Fall was allein. Warte auf Verstärkung.«

»Heute Nacht gibt es keine Verstärkung«, sagte Straack und unterbrach die Verbindung.

54

Freitag, 11. Dezember
03:07 Uhr

Ksenia konnte nicht hören, was Walau vorn in seinem improvisierten Aufnahmestudio zu Parceval sagte. Aber sie kannte Parceval so gut, wie nur irgendjemand außer ihm selbst ihn kennen konnte, und sie sah ihm an, dass er erschüttert war. Wobei das Attribut »erschüttert« noch tiefgestapelt schien. Wenn sie die kaum merkbaren Zeichen richtig interpretierte, sah Parceval keinen Ausweg. Diese Erkenntnis rüttelte wiederum an Ksenias Grundfesten. Ihre eigene Sicherheit und Findigkeit beruhten zum großen Teil auf ihrem Vertrauen, Parceval werde jede Situation früher oder später zu seinen Gunsten entscheiden; und dass er genauso darauf vertraute und daher niemals an sich zweifelte. Sie versuchte, gegen ihre eigene Verzweiflung anzukämpfen. Sie war schon schockiert und ratlos genug gewesen, als sie gesehen hatte, wie Parceval in den Kleinen Konzertsaal gebracht worden war.

Walau winkte drei seiner Männer zu sich. Zu viert

stapften sie zur Bühne. Die Geiseln, ohnehin schon eng zusammengedrängt, rückten noch dichter zusammen, als die Terroristen sich näherten. Walau stellte sich an den Rand der Bühne und musterte seine Gefangenen, als sei er auf der Suche nach jemand Bestimmtem. Dann deutete er in eine Richtung. Ksenia, die am Rand der Gruppe saß, konnte nicht erkennen, wen genau er meinte. Durch die Geiseln ging ein Stöhnen. Keiner wollte von Walau ausgesondert werden. Von den letzten vier Menschen, die er aus der Schar der Geiseln auserkoren hatte, war nur einer wieder zurückgekehrt, bleich und aufgewühlt und innerlich zerbrochen. Die Afghanen waren ebenfalls nicht mehr zurückgekommen. Ohne dass sie es genau wussten, spürten die Geiseln, dass es einem Todesurteil gleichkam, von Walau ausgewählt zu werden; es war wie der Instinkt von Schlachtvieh auf dem Weg in den Schlachthof. Hier konnte niemand fliehen. Aber die Menschen versuchten, sich wegzuducken, unsichtbar zu werden oder mit dem Boden zu verschmelzen.

Zwei von Walaus Männern wateten in die dicht an dicht sitzenden Menschen hinein, die vor ihnen zurückschraken und hastig eine Gasse freimachten. Ksenia traute ihren Augen nicht, als einer sich bückte und einen vielleicht zehnjährigen Jungen aus der Umarmung einer Frau – wahrscheinlich seine Mutter – in die Höhe zerrte. Der Junge begann zu schreien und zu zappeln. Die Mutter schrie ebenfalls, griff nach ihm und versuchte ihn wieder zurückzuzerren. Rundherum begannen andere Frauen zu schreien. Der Junge weinte und wand sich, und seine Mutter ließ ihn nicht los.

Sie schrie unablässig: »Nehmen Sie mich! Nehmen Sie mich!« Es war eine albtraumartige Szene, und Ksenia wurde durch und durch übel.

Sie fühlte einen Blick auf sich und dachte, es sei Parceval, doch der stand immer noch dort, wo Walau ihn unter Bewachung hatte stehen lassen, und starrte auf den Boden. Es war Klaus Leuterbach, der sie anstarrte. Ksenia sah, dass er dahockte wie jemand, der gleich aufspringen wird, und erkannte, dass genau das Leuterbachs Plan war. So ängstlich er war, gab es doch Umstände, die ihn seine Angst vergessen ließen. Alles, was ihn noch davon abhielt, einzugreifen – und für seine Mühe wahrscheinlich auf der Stelle erschossen zu werden –, war Ksenias Einverständnis. Ksenia wusste nicht, warum er glaubte, ihre Zustimmung zu brauchen, aber sie schüttelte den Kopf. Leuterbach war nicht der Richtige, diese Situation zu entschärfen. Niemand, der nicht mit einem halben Dutzend schwer bewaffneter Soldaten in den Saal stürmte, wäre der Richtige gewesen. Oder Parceval. Der stumme, reglose, vollkommen erschütterte Parceval.

Walaus Männer zerrten Mutter und Kind aus der Menge heraus. Ein Mann kroch ihnen hinterher, vermutlich der Vater. Er griff nach dem Knöchel eines der Terroristen und brachte ihn ins Stolpern. Der Terrorist fuhr herum und gab dem Vater einen wuchtigen Fußtritt, als würde er einen Ball wegkicken. Der Vater fiel auf den Rücken. Seine Frau schrie auf und streckte die Hand nach ihm aus. Der Terrorist brachte seine Waffe in Anschlag und warf Walau einen fragenden Blick zu.

Walau schüttelte den Kopf, woraufhin der Terrorist das Gewehr wieder absenkte und dem Vater einen weiteren Tritt verpasste, der ihn besinnungslos zurückließ. Mutter und Sohn wurden von der Bühne heruntergeschleift und gezwungen, sich dorthin zu setzen, wo sie weinend und aneinandergeklammert blieben.

Die Szene wiederholte sich noch dreimal auf ähnliche Weise. Am Ende saßen drei Jungen und ein Mädchen neben der Bühne, zusammen mit einem Vater und drei Müttern, die Gesichter grau vor Todesangst. Ksenia hatte einmal ein Video aus dem Vietnamkrieg gesehen; ein bekannter amerikanischer Kriegsberichterstatter hatte es angefertigt. Ein gefangener Vietcong war zu einem südvietnamesischen Offizier geschleppt worden, dem Kommandanten der Stadt, in der sich die Szene abspielte. Der Offizier war auf beiden Seiten des Konflikts ein bekannter Mann. Wenige Tage zuvor hatte der Vietcong einen Angriff auf einen Militärposten geführt, bei dem die Frau und der Sohn des Offiziers getötet worden waren. Der gefangene Vietcong wusste genau, was ihn erwartete, als er den Offizier sah. Der Offizier trat auf ihn zu, hielt ihm eine Pistole an die Schläfe und drückte ab. Der Vietcong sackte tot in sich zusammen, und das Blut spritzte aus dem Einschussloch wie aus einem defekten Gartenschlauch.

Der Journalist Eddy Adams, der im Reflex den Auslöser seiner Fotokamera drückte, als der Offizier schoss, wurde mit seinem Foto weltbekannt. Das Gesicht des todgeweihten Vietcongs hatte genauso ausgesehen wie die Gesichter der acht Menschen neben der Bühne.

Auf einen weiteren Wink Walaus wurde Parceval herangeführt und gezwungen, die Bühne zu betreten. Walau machte eine einladende Geste in Richtung der Geiseln. Ksenia versuchte zu verstehen, was er sagte. Es hörte sich an wie: »Such dir jemanden aus.« Eine Ahnung dämmerte in ihr, von der sie hoffte, dass sie nichts weiter als eine falsche Schlussfolgerung war.

Parceval schüttelte schweigend den Kopf. Walau lachte.

»Glaubst du, es ändert was, wenn du mich die Wahl treffen lässt?«, hörte Ksenia ihn sagen. »Du bist der, der abdrückt. Oder wenn nicht ...« Walau deutete grinsend auf die Gruppe aus Erwachsenen und Kindern. »Du triffst auf jeden Fall eine Wahl.«

Parceval schlurfte ein paar Schritte auf die Geiseln zu und blieb dann wieder stehen, den Blick auf den Boden gerichtet. Er war das Abbild eines Mannes, der einen schrecklichen Weg anzutreten hat, sich nicht dazu durchringen kann und dennoch weiß, dass er keine Wahl hat. Ksenia fühlte, wie sich die Hoffnungslosigkeit in ihr auszubreiten begann.

Parceval hob den Kopf, blickte mit leeren Augen über die Menge und senkte ihn wieder. Walau lachte erneut. Er wandte sich mit weit ausgebreiteten Armen den Geiseln zu. »Komm schon, Parceval!«, rief er. »Wenn du mich die Wahl treffen lässt, erwischt es vielleicht jemanden, der dir nicht passt!« Er blickte über die Schulter und strahlte Parceval an.

Die paar Sekunden, in denen Walau sich den Geiseln zugewendet hatte, nutzte Parceval und warf Ksenia stumm einen Blick zu. Er traf Ksenia wie ein elektrischer Schlag. Sie wusste, dass Parceval seine Verzweiflung nicht gespielt hatte, aber konnte auch erkennen, dass der Ex-Bundespolizist plötzlich wieder einen Ausweg sah. Er gab nur noch vor, sein Wille sei gebrochen.

»Ich mache das nicht«, hörte sie Parceval murmeln.

»Wir werden ja sehen, wenn du wirklich vor der Wahl stehst. Suchst du nun jemanden aus?«

Parceval schüttelte den Kopf. Walau zuckte mit den Schultern, wandte sich ab und trat einfach in die Menge hinein. Menschen duckten sich weg, einige schrien erschrocken auf. Parceval starrte wieder zu Ksenia. Er nickte kaum merklich zu ihr, dann zu Walau – und dann, als Walau einen älteren Herrn am Kragen packte und in die Höhe zerrte, nochmals zu dem Anführer der Terroristen.

Was bedeutete die Geste?

Der ältere Herr war in Begleitung einer älteren Frau, die zu stöhnen begann und seine Beine umklammerte. »Nein!«, stöhnte sie. »Nein, bitte nicht! Nein, nicht du!«

Der Mann schwankte und versuchte stehen zu bleiben. Walau fuhr mit einer Hand in seinen Hemdkragen, um ihn zu stabilisieren. Mit der anderen Hand pflückte er etwas Glitzerndes von seinem Revers und riss den Stoff dabei fast entzwei. »Was ist das denn?«, fragte er spöttisch. »Abzeichen vom Schwimmverein?«

Der ältere Mann schwieg, doch seine Frau rief: »Mein Mann hat das Bundesverdienstkreuz!«

»Oh, ein Held«, sagte Walau. »Was hast du denn

Heldenhaftes getan, Abu? Tausend Falschparker angezeigt? Den Rasen immer gleich hoch gemäht?«

Er wartete die Antwort nicht ab, sondern zerrte den alten Mann hinter sich her. Seine Frau ließ ihn nicht los. Sie begann zu schluchzen. »Bitte!«, rief sie. »Bitte!« Der alte Mann fiel beinahe zu Boden. Einer von Walaus Männern trat heran und hob die Waffe, um die alte Frau mit dem Kolben niederzuschlagen.

Ksenia wusste auf einmal, was Parceval ihr zu vermitteln versucht hatte. Es war das, was ihr Herz ihr ohnehin zu tun befahl und was sie auch getan hätte, wäre Parcevals Blick nicht gewesen. Der einzige Unterschied war, dass sie es mit einem Gefühl der Endgültigkeit getan hätte. Das selbst gewählte Todesurteil. Jetzt jedoch tat sie es mit dem Gefühl, dass sich ein Ausweg auftat.

Sie sprang auf und rief: »Halt!«

Walau drehte sich um. Ein anderer seiner Männer fuhr herum und zielte mit der Waffe auf sie.

»Nehmen Sie mich«, sagte Ksenia. »Lassen Sie den alten Herrn in Ruhe. Ich melde mich freiwillig.«

Der alte Herr kämpfte darum, das Gleichgewicht zu halten, und straffte sich. »Reden Sie keinen Unsinn, junge Frau«, sagte er würdevoll. »Setzen Sie sich wieder hin und beten Sie, dass Sie und alle anderen diese Nacht überleben.«

Ksenia ignorierte ihn. Sie bohrte ihre Blicke in die Walaus. Der Anführer der Terroristen musterte sie mit verengten Augen.

»Was soll das werden?«, fragte Walau. »Ist er dein Opa, oder warum willst du an seine Stelle treten?«

»Denken Sie nach«, sagte Ksenia. »Es geht Ihnen doch um die Wirkung auf die Öffentlichkeit. Was ist wirksamer? Das Gesicht einer jungen Frau oder das eines alten Mannes auf den Fernsehschirmen, mit vorgehaltener Waffe an der Schläfe?«

»Überschätzt du deine Attraktivität nicht ein bisschen?«, fragte Walau spöttisch. Er blinzelte plötzlich. »Moment, ich erinnere mich an dich. Wolltest du nicht, dass die Geiseln etwas zu trinken erhalten? Hast wohl ein Helfersyndrom. Baran hat mich auch schon auf dich aufmerksam gemacht. Er meinte …«

Walau winkte einen seiner Männer heran und übergab ihm den alten Herrn. Dann trat er nahe an Ksenia heran. Er hob eine Hand, als wolle er mit dem Daumen über ihre Narben streichen, aber dann senkte er sie, ohne Ksenia berührt zu haben.

»Nicht angeschnallt gewesen?«, fragte er leise.

»Ein Unfall mit dem Rührstab«, sagte Ksenia.

»Warum mischst du dich ein? Bist du verrückt? Hegst du heimlich einen Todeswunsch?«

Ksenia schüttelte den Kopf. »Ich will nur, dass Sie den alten Herrn verschonen.«

»Weil er das Verdienstkreuz trägt? Willst du es posthum verliehen bekommen?«

Ksenia schüttelte erneut den Kopf. Sie handelte nach Bauchgefühl, als sie ihr – wie sie hoffte – stärkstes Argument auspackte. »Sie wollen doch, dass die Öffentlichkeit und die Einsatzkräfte da draußen so beeindruckt wie möglich von Ihrer Macht sind, oder? Nehmen Sie mich. Ich bin der Beweis, dass nichts und niemand Sie aufhalten kann. Ich bin Undercoverpolizistin. Ich bin heute Abend hier eingesetzt worden, weil es Informationen gab, dass er sich hier möglicherweise einschleichen würde.« Sie wies auf Parceval. »Ralf Parceval. Es sieht so aus, als wäre er Ihnen in die Quere gekommen, aber Sie haben ihn geschnappt. Was immer Sie vorhaben, jetzt können Sie ihn und mich als Ihre Gefangenen der Öffentlichkeit präsentieren.«

»Ach herrje«, sagte Walau und begann zu grinsen. »Undercoverbulle? Baran hatte einen guten Riecher. Er hat mich gleich zu Anfang auf dich aufmerksam gemacht. Wie kann man jemanden mit diesem Gesicht als verdeckte Ermittlerin einsetzen? Doch du hast da was gründlich missverstanden. Es geht nicht darum, ihn und dich herumzuzeigen. Parceval hat die Wahl. Entweder er knallt dich vor aller Öffentlichkeit draußen auf der Aussichtsterrasse ab, oder ich lege die acht dort um. Das ist das, wofür du dich freiwillig gemeldet hast.« Walau zog amüsiert die Brauen hoch. »Würdest du gerne von deinem Angebot zurücktreten?«

»Nein«, sagte Ksenia, die die Konsequenzen zwar geahnt hatte, aber jetzt erst verstand, in welchem Dilemma Parceval sich befand. Zugleich war ihr nun endgültig bewusst, dass Walaus Flucht unmittelbar bevorstand. Diese Inszenierung diente nur dazu, die Aufmerksamkeit aller davon abzulenken, dass Walau und seine Getreuen sich absetzten. »Nein. Aber du wirst an dem Deal auch nicht lange Freude haben. Du bist derjenige, der am Ende alles verliert.«

55

Freitag, 11. Dezember
03:15 Uhr

Parceval konnte kein Wort mit Ksenia wechseln, doch sie hatte seinen Blick verstanden und entsprechend gehandelt, also nahm er an, dass sie auch weiterhin in stummem Einverständnis handeln würde. Die Idee, Ksenia auszuwählen, um die anderen acht zu retten, war ihm spontan gekommen. Er hatte nur ein paar Augenblicke mit sich gekämpft. Natürlich setzte er Ksenia damit unmittelbarer Todesgefahr aus. Andererseits waren sie und die anderen Geiseln ohnehin so gut wie tot. Wenn sein spontan zusammengeschusterter Plan funktionierte, besaß sie eine bessere Chance als hier mit den anderen Geiseln. Sie – und hoffentlich auch die anderen zweihundert Menschen im Kleinen Konzertsaal.

Walau handelte zwar ohne Hast, aber mit sichtbarer Eile. Für Parceval stand fest, dass er fliehen würde, noch während des Ablenkungsmanövers draußen auf der Außenterrasse. Das bedeutete, dass in wenigen

Minuten die Brandbomben im Großen Konzertsaal gezündet wurden. Es konnte gar nicht anders sein. Erneut dachte Parceval an Polizeipräsident Schmidt, dem er gesagt hatte, er würde sich gegebenenfalls wieder melden, um von den Sprengstoffexperten angeleitet zu werden. Auf dieses Telefonat würde der Präsident ewig warten müssen; stattdessen würde er sehen, wie Parceval ins Freie trat und einer Geisel die Pistole an den Kopf hielt. Würde er – nach einer Schrecksekunde und nachdem er sich gefragt hatte, wie er sich so hatte täuschen können – den Scharfschützen den Feuerbefehl geben? Nicht sofort. Nicht, solange die vermeintliche Geisel Gefahr lief, in die Schusslinie zu geraten. Oder würde ihm klar werden, dass alles, was sich dort auf der Außenterrasse abspielte, nicht zum Rest des Abends passte? Schmidt musste in Sekundenbruchteilen komplexe Entscheidungen treffen, für die man unter normalen Umständen Stunden brauchte. Zu welchen Schlüssen würde er kommen?

Und was würde der Innensenator tun? Mit Sicherheit darauf drängen, dass die Scharfschützen das Feuer eröffneten. Parcevals Auftritt auf der Außenterrasse sollte auch sein Todesurteil sein, das hatte Walau so kalkuliert. Und auch sein Bewacher war Kanonenfutter, mehr nicht. Ein Akteur in der Inszenierung, die Walaus Flucht decken sollte. Parceval bezweifelte, dass dem Terroristen die Sachlage klar war, aber es konnte durchaus sein, dass er es doch wusste und sich für einen Märtyrer hielt.

Die acht Kinder und Elternteile wurden aufgefordert, sich gleich hinter dem gläsernen Windschutz auf den Boden zu knien. Die Kinder und Frauen weinten, der Vater war totenblass und zitterte. Er hielt die Hand seiner Tochter so fest umklammert, dass seine Knöchel weiß hervortraten. Zwei von Walaus Männern stellten sich links und rechts direkt hinter ihnen auf und zielten mit ihren Automatikwaffen auf sie.

Parceval war übel, wenn er daran dachte, wie viel gegen den Erfolg seines hastig improvisierten Plans sprach. Und wie viele Leben unmittelbar davon abhingen. Aber alles war besser als die Minuten vorher, in denen er gedacht hatte, es wäre das endgültige Aus.

Walau baute sich vor Parceval auf. Er nickte zu Ksenia, die unter Bewachung abseitsstand. »Und?«, fragte er.

»Du versprichst, dass denen dort kein Haar gekrümmt wird, wenn ich tue, was du verlangst?«, erwiderte Parceval tonlos.

»Ja«, sagte Walau und gab sich keine große Mühe zu verbergen, dass er sich nicht an sein Versprechen gebunden fühlte. Parceval tat so, als würde er sich an den Strohhalm klammern und Walau glauben.

»Ich mache es«, sagte er.

Walau trat zu einem seiner Männer und zog ihm eine Pistole aus dem Hosenbund. Er nahm das Magazin heraus, lud die Waffe einmal durch, dass die Patrone im Lauf herausgehebelt wurde, und drückte ab. Dann steckte Walau das Magazin wieder hinein, klaubte die einzelne Patrone auf und ließ sie in seiner Hosentasche verschwinden. Die Pistole, entspannt und gesichert, reichte er Parceval.

»HS2000«, sagte er. »Kroatische Fertigung. Sehr beliebt bei der irakischen Polizei. Du kannst sicher damit umgehen. Laden und entsichern erst draußen, wenn ich bitten darf – und wenn du nicht hier und jetzt eine Kugel in den Kopf willst.« Walau deutete auf Ksenia. »Die Dame ist übrigens ein Undercoverbulle«, sagte er und tat vertraulich. »Rate mal, auf wen sie angesetzt war – auf dich. Falls dir das ein Trost sein sollte. Eigentlich mache ich es dir viel zu einfach, findest du nicht? Welche Gewissensbisse solltest du schon haben, einen Bullen umzulegen, der hinter dir her war?«

»Ich will ihr Gesicht nicht sehen. Sie soll sich die Hände davorhalten.«

»Aber ich will, dass die Bullen draußen sehen können, dass du eine der ihren tötest.«

»Eine verdeckte Ermittlerin?« Parceval schnaubte. »Was glaubst du, wer die kennt? Kein Schwein. Das ist ja der Sinn, wenn man Leute undercover einsetzt. Guten Morgen.«

Walau warf Ksenia aufgebracht einen Blick zu, aber dann winkte er ab. »Was soll's. Geh mit ihr raus und mach sie fertig, dann halte ich mein Wort.« Es war klar zu erkennen, dass er keine Zeit mehr verlieren wollte.

Parceval sagte zu Ksenia: »Es tut mir leid.«

»Rutsch mir den Buckel runter, du Bastard«, sagte Ksenia.

»Hände nach oben«, sagte Parceval. »Wir haben's gleich hinter uns.«

Er folgte dem Terroristen, den Walau für diese Aktion abgestellt hatte und der Ksenia vor sich hertrieb, hinaus auf die Außenterrasse. Nach einer Überraschungssekunde flammten auf den gegenüberliegenden Hausdächern die Scheinwerfer der Polizei auf und badeten alles in grelles Licht. Parceval hob die Hand, um nicht vollends geblendet zu werden. Mit zusammengekniffenen Augen sah er nach vorn, wo Ksenia jetzt am Geländer stehen blieb. Sie hatte die Hände immer noch vors Gesicht geschlagen. Für die Zuschauer an den Überwachungsmonitoren, hinter den TV-Kameras, den Feldstechern und am heimischen Fernseher oder Monitor musste es so aussehen wie eine Geste der totalen Verzweiflung.

Die erhobenen Hände waren Teil einer Choreografie, die so gut wie unmöglich durchzuführen war, wenn man sie miteinander hätte abstimmen können. So aber hatte nur Parceval sie im Kopf, und Ksenia konnte sie bestenfalls erahnen – innerhalb der ein, zwei kurzen Augenblicke, in denen er mit ihr kommunizieren konnte.

Eine Megafonstimme plärrte vom Platz herauf. Parceval blendete sie aus, genauso wie das Knattern von Hubschraubern, die über dem Hafen kreisten, und das Gebrumme der Boote der Wasserschutzpolizei, die im Hafenbecken kreuzten. Er blendete auch das Wissen aus, dass mindestens ein Dutzend Scharfschützen ihre Waffen auf die kleine Gruppe gerichtet hatten und es nur einer nervösen Überreaktion bedurfte, um ihn, Ksenia und den namenlosen Terroristen unter seiner Sturmhaube Geschichte werden zu lassen.

Parcevals Plan war nicht nur unsinnig, er war selbstmörderisch. Plötzlich kam es ihm vor, als hätten er und Ksenia größere Überlebenschancen gehabt, wenn sie Walau und seine Männer mit nassen Waschlappen angegriffen hätten.

Ksenias Bewacher trat zurück und winkte Parceval näher zu kommen. Parceval sah sich um. Das Gleißen des Scheinwerferlichts auf den Glaswänden machte es schwierig, in die Plaza hineinzusehen, aber er konnte erkennen, dass die acht Geiseln und die beiden IS-Kämpfer noch immer am selben Fleck ausharrten. Walau war nirgends zu sehen, er musste bereits gegangen sein. Walau war es im Grunde egal, wie das hier ausging. Es war nur ein Ablenkungsmanöver, weiter nichts.

Parceval trat zwischen Ksenia und ihren Bewacher. Der machte unwillkürlich einen Schritt zurück, dann rückte er aufgebracht wieder auf und presste Parceval den Lauf seiner SAM7K in die Seite. Die langsame Feuergeschwindigkeit der Waffe würde sich nun zu Parcevals Vorteil nutzen lassen – wenn sein Plan klappte.

Parceval lud die HS2000 durch. Der Druck des Gewehrlaufs in seine Flanke verstärkte sich.

»Immer mit der Ruhe«, sagte er auf Dari. »Ich bin ganz brav.«

»Beeil dich«, stieß der Mann hervor, kaum zu verstehen durch die Sturmhaube. Parceval hob die Pistole und drückte die Mündung ganz leicht gegen Ksenias Schläfe. Er spürte sie erschauern, aber sonst zeigte sie keine Reaktion. Parcevals Mund wurde trocken. Er hörte die Megafonstimme immer noch. Wer immer es bediente, schrie jetzt hinein. Für Parceval klang es dumpf und nebensächlich. Was er hauptsächlich hörte, war das Pochen des Bluts in seinen eigenen Ohren.

»Mach dich bereit, Miststück«, sagte er auf Dari und mehr für den Mann, der ihm die SAM7K in die Seite presste, als für Ksenia. Er legte den Sicherungshebel der Pistole um. Dann sagte er ganz ruhig auf Deutsch: »Nimm die Pistole. Du die zwei bei den Geiseln – ich ihn hier.«

Parceval spürte, wie der Gewehrlauf in seiner Seite zuckte, weil der Terrorist beim Klang der deutschen Worte eine überraschte Bewegung machte.

Ksenia reagierte genauso schnell. Mit den erhobenen Händen musste sie sich nur noch halb nach links drehen, dann konnte sie die Pistole ergreifen, die Parceval ihr förmlich in die Hand schob. Sie drehte sich weiter und ging gleichzeitig in die Hocke, während Parceval sich mitdrehte, einmal um die eigene Achse, den Lauf der SAM7K packte und ihn nach oben drückte. Der Finger des Terroristen krampfte sich um den Abzug, ein Schuss löste sich und streifte Parcevals rechte Schulter, die gleich darauf taub wurde.

Der Terrorist kam nicht dazu, einen zweiten Schuss abzugeben. Parceval wand ihm die Waffe mit einem Ruck aus der Hand, sodass ihm der Sicherungsrahmen des Abzugs den Finger brach. Er bekam einen Stoß in den Rücken, als Ksenia in Feuerposition ging, nutzte den Schwung des Stoßes und trat dem Terroristen in den Unterleib. Der Mann torkelte nach hinten.

Mit einem Schlag drang die ganze Kakofonie zu

Parceval durch: das hysterische Schreien der Megafonstimme, das Hubschraubergeknatter, das Dröhnen der Boote – und die beiden Schüsse, die Ksenia abgab.

BANG. BANG.

Er überprüfte nicht, ob sie getroffen hatte. Wenn sie die Terroristen verfehlt hatte, konnte er auch nichts mehr ändern. Jetzt folgte er einfach seinem Plan und seinem Instinkt.

Er wirbelte die SAM7K herum, legte sie auf den Terroristen an, drückte ab und ließ Finger auf dem Abzug.

Der Einschlag der ersten Kugel stieß den Terroristen nach hinten, die zweite flog über ihn hinweg. Für einen dritten Schuss nahm Parceval sich keine Zeit. Er warf das Gewehr weg, fuhr zu Ksenia herum, packte sie, riss sie hoch und stieß sie vor sich her zur Drehtür. Er fühlte förmlich mindestens ein Dutzend rote Lichter von Laserpointern der Scharfschützen über seinen Rücken tanzen und wappnete sich für das Unvermeidbare.

Ksenia stolperte in das Drehtürviertel hinein, griff aber noch halb im Fallen nach Parceval und zog ihn hinter sich her. Sie fielen auf der anderen Seite der Drehtür in ein Chaos aus Geschrei und Gekreisch. Parceval zog Ksenia an sich und krabbelte von der Glaswand weg, weg aus dem Schussfeld der Scharfschützen. Dann fiel ihm ein, dass er nicht wusste, ob Ksenia die beiden Bewacher der Geiseln ausgeschaltet hatte, und klaubte blindlings nach der Pistole in Ksenias Hand. Doch sie war schneller als er und hatte die Pistole bereits im Anschlag.

Die acht Geiseln waren am Leben. Sie hatten sich flach auf den Boden geworfen und schrien und kreischten. Die beiden Bewacher lagen hinter ihnen auf dem Rücken; einer rührte sich nicht mehr, der andere versuchte sich aufzurichten.

BANG.

Jetzt rührte sich keiner mehr. Ksenia feuerte kein zweites Mal auf den Mann, so wie Parceval es sich zur Angewohnheit gemacht hatte. Sie schoss und traf, eine zweite Kugel hielt sie für Materialverschwendung. Schon auf dem Schießstand war sie so präzise gewesen. Ksenia drehte sich zur Tür, immer noch auf einem Knie, und zielte nach draußen. Parceval folgte ihrem Blick und sah gerade noch, wie der Terrorist auf der Terrasse sich einmal um die eigene Achse drehte und zusammenbrach. Irgendjemand hatte den Scharfschützen endlich den Feuerbefehl erteilt. Sie hatten das Ziel ausgeschaltet, das ihnen am nächsten war.

Walaus drei Kämpfer waren tot, die acht herausgepickten Geiseln waren unverletzt.

Parceval hatte keine Zeit, Triumph darüber zu empfinden, dass sein selbstmörderischer Plan funktioniert hatte oder dass Ksenia so mitgespielt hatte, als hätten sie das Ganze stundenlang eingeübt. Es fühlte sich plötzlich so an, als habe ein Riese dem ganzen Gebäude einen Tritt gegeben: Glaswände barsten, Staub und Glassplitter wirbelten auf, etwas drang durch die Betondecken wie ein gutturales, reißendes »WA-A-AAPP!« und machte Parceval fast taub.

Walau hatte die Bomben gezündet.

56

Freitag, 11. Dezember
03:23 Uhr

»Sie haben es verbockt!«, schrie Innensenator Klose. Er fuchtelte mit seinem Handy vor Schmidts Gesicht herum. »Jetzt wissen wir überhaupt nicht mehr, was da drin los ist! Da – reden Sie mit ihr, damit Ihnen endlich klar wird, wem Sie da vertraut haben!«

Die Aufforderung betraf die ehemalige Mannheimer Polizeipräsidentin Karin Feldmann, die am anderen Ende der Leitung war. Klose hatte sie ohne Schmidts Wissen angerufen, nachdem Schmidt ihm von seinem Gespräch mit Parceval berichtet hatte, trotz der Unzeit. Als Klose sie darüber unterrichtet hatte, dass Ralf Parceval eine Rolle im Hamburger Geiseldrama spielte und dass Schmidt darauf vertraute, dass er auf ihrer Seite war, war Feldmann förmlich ausgetickt.

Schmidt war wie gelähmt. Als er mit angesehen hatte, wie Parceval zusammen mit einem vermummten Terroristen eine Geisel auf die Aussichtsterrasse geführt und ihr eine Pistole an den Kopf gehalten hatte, war es ihm vorgekommen, als hätte man ihm den Teppich unter den Füßen weggezogen. Er hatte nur mit weit geöffneten Augen auf den Monitor starren können, auf den eine der Kameras auf den Hausdächern gegenüber ein gestochen scharfes Bild der Ereignisse sendete. Er hatte plötzlich bemerkt, dass der Vermummte eine Waffe in Parcevals Seite presste ... dann hatte er gedacht, er sähe das nur, weil er sich wünschte, dass Parceval die Show da oben nicht freiwillig mitmachte ... und dann war die Situation blitzartig eskaliert. So schnell, dass er sich immer noch fragte, was eigentlich passiert war. Einige Sekunden lang war er wie paralysiert. Dann hatte er den Feuerbefehl erteilt. Sie hatten den Vermummten ausgeschaltet. Parceval und die Geisel ...

... hatte Parceval wirklich der Geisel die Pistole überlassen, die sich umgedreht und auf jemanden innerhalb der Plaza geschossen hatte?

Oder hatte er das Ganze nur fantasiert?

Er *musste* das Ganze fantasiert haben!

Parceval und die Geisel waren zeitgleich ins Innere des Gebäudes abgetaucht. Klose hatte gebrüllt, dass Schmidt zu lange gezögert habe. Der Anführer des PSK hatte gemeldet, dass es »keine klaren Ziele mehr« gebe. Über Kloses Handy hatte Schmidt dünn und blechern die Stimme von Karin Feldmann gehört, ohne zu verstehen, was sie rief.

»Ich nehme Ihren Rücktritt entgegen!«, hörte er Klose wie aus weiter Ferne schreien. »Jetzt sofort. Ich übernehme die alleinige Leitung des Einsatzes.«

Plötzlich tat sich etwas. Auf einem der Monitore, der

eine schwarz-weiße Totale der Elbphilharmonie zeigte, wirkte es, als breche auf dem Dach ein Vulkan aus. Ein Feuerregen stob nach oben, verlosch und machte einer Staub- und Trümmerwolke Platz. Die Lautsprecher übersteuerten und füllten das Kommandofahrzeug mit einem elektronischen Kreischen, bevor sie sich einpendelten und wie der Nachhall eines Donnergrollens klangen. Andere Lautsprecher übertrugen entsetzte Schreie.

Schmidt sprang auf, stieß den mit offenem Mund dastehenden Innensenator zur Seite und stürzte aus dem Kommandofahrzeug. Er warf den Kopf in den Nacken. Überall standen Einsatzbeamte, Journalisten, Rettungskräfte und Feuerwehrleute, im Entsetzen vereint, im Schock erstarrt, und gafften nach oben.

Über der Elbphilharmonie wallte eine riesige Staubwolke auf, ihre Unterseite rot beleuchtet von Feuerschein, ihre Umrisse aus der Dunkelheit gestanzt von den Polizeischeinwerfern. Es ähnelte tatsächlich einem Vulkanausbruch. Rund um die Wolke herum hing ein Glitzern in der Luft, als wäre Diamantstaub in die Höhe geblasen worden, rot und weiß und in allen Regenbogenfarben schillernd.

Glas, dachte Schmidt. Das ist das Glasdach. Weggesprengt.

Als gliche die Explosion nicht sowieso schon einem Vulkanausbruch, stoben jetzt mehrere Feuersäulen aus dem Dach und ließen die Staub- und Rauchwolke noch dämonischer wirken.

Parceval hatte recht behalten: Walau hatte Brandbomben gezündet. Wären es reine Sprengbomben gewesen, wären wahrscheinlich die oberen zwei, drei Stockwerke pulverisiert worden. Aber die Flanken der Elbphilharmonie waren intakt, einschließlich der abschließenden wellenförmigen Dachkanten. Es klaffte lediglich ein Loch mitten im Dach, durch das die Flammen jetzt in die Höhe schossen.

Das Glitzern der Millionen von Glasscherben fiel herab wie Regen, umgab den oberen Teil des Gebäudes.

Walau musste die Bomben in der Belüftungsanlage des Großen Konzertsaals deponiert haben, nur so hatten sie solch eine Wucht entwickeln können, das Dach aufzusprengen.

All diese Gedanken blitzten in Sekundenbruchteilen durch Schmidts Verstand, zusammenhanglos wie das Aufblinken der Glasscherben, die jetzt einen glitzernden Sternenhimmel über dem gesamten Areal bildeten, einen Sternenhimmel, der immer näher und näher kam.

Schmidts Verstand setzte wieder ein.

»Deckung suchen!«, brüllte er. »Alles in Deckung.«

Er wirbelte herum, sah Innensenator Klose direkt hinter sich stehen, der aus dem Kommandofahrzeug gekommen war und dastand wie sein eigener Geist, packte ihn am Kragen, stieß ihn rücklings ins Innere des Fahrzeugs und warf sich über ihn.

Der glitzernde Sternenhimmel, der Halo aus Funken und Regenbogenfarben, das abgesprengte und in Millionen Scherbenpartikel zersplitterte Glasdach der Elbphilharmonie stürzte auf sie herab wie ein Hagel aus rasiermesserscharfen Eiskristallen. Schmidt hörte ihn auf das Dach des Kommandofahrzeugs prasseln und auf das Pflaster des Platzes, auf andere Einsatzfahrzeuge, auf Polizisten in Einsatzmonturen, Feuerwehrleute in schwerer Schutzkleidung, Rettungskräfte in dicken Parkas, Kamerateams ohne jeden Schutz und Schaulustige, die zwar in größerer Entfernung dem Schauspiel beiwohnten, aber nicht weit genug. Er hörte Schreie und gebrüllte Befehle. Er hörte das metallische Scheppern, mit dem Rahmenteile und Betonbrocken auf das Pflaster prallten, abgestürzt aus hundertdreißig, hundertvierzig Metern, je nachdem, wie hoch der Explosionsdruck sie über das Dach der Elbphilharmonie hinaus gewirbelt hatte.

Schmidt erwiderte den Blick des Innensenators, dessen Mund sich lautlos bewegte. Klose hielt noch immer das Handy umklammert, aus dessen Lautsprecher dünn eine Frauenstimme klang und immer wieder sagte: »Großer Gott, großer Gott.«

Ein Schlag und ein stechender Schmerz am Unterschenkel rissen Schmidt weit genug aus seinem eigenen Schock, um weiter ins Innere des Kommandofahrzeugs zu kriechen und Klose mitzuziehen. Die Techniker überwanden ihre Erstarrung ebenfalls und halfen. Schmidt spürte, wie unter dem zerfetzten Stoff seiner Hose Blut aus einer Schnittwunde trat, und dachte voller Entsetzen an die Menschen draußen, die nur durch ihre Kleidung vor dem Splitterhagel und den herabfallenden Trümmern geschützt waren. Auf den Monitoren sah er die Elbphilharmonie aus verschiedenen Winkeln, getaucht in Scheinwerferlicht, die riesige Wolke darüber, die Feuersäulen, die aus dem Dach stachen, das Trümmerfeld auf dem Platz davor, Menschen, die sich in Gruppen zusammenduckten, Menschen, die rannten und andere mit sich schleppten, Menschen, die ganz still dalagen. Er dachte an die Bilder aus New York, die sich in das Gedächtnis einer ganzen Generation geprägt hatten: die brennenden Twin Towers des World Trade Centers und die riesigen Rauchfahnen. Wie die Gebäude in sich zusammensackten, zusammen mit der Staubwolke, die ganze Stadtteile einhüllte. Vielleicht war der Vergleich unpassend, aber er glaubte, dass es nun ein zweites Ereignis gab, dessen Bilder zur Ikone des Schreckens mutieren würden: die brennende Elbphilharmonie im nächtlichen Hamburger Hafen.

57

Freitag, 11. Dezember
03:25 Uhr

Felix Straack hatte es sich einfacher vorgestellt, sich an einem Schiffstau vom Kai aus an Bord zu hangeln. Bei *ASSASSINS CREED: BLACK FLAG* war es lediglich eine Frage des Geschicklichkeitslevels gewesen. In der Realität war es aber eine Frage von Kraft, Koordination, Schnelligkeit und der Tatsache, dass das Schiffstau ihm die Hände aufschürfte, wann immer er an Stellen gelangte, an denen es nicht von Teer verklebt oder von irgendwelchem Algenbelag schlüpfrig war. Aber es war die einzige Möglichkeit gewesen, an Bord zu gelangen. Die MELINA hatte keine Gangway ausgefahren.

Straack zog sich über die Reling und krabbelte in den Schatten einer Containerinsel, um wieder zu Atem zu kommen. Er hatte den Bug gewählt, um sich auf das Schiff zu schleichen. Dort verliehen ihm die Container, die zwischen Bug und Brücke aufgeschichtet waren, eine gute Deckung. Er war sich selbst nicht im Klaren, was er hier zu finden hoffte, aber die MELINA war definitiv in ein Verbrechen verwickelt, das zumindest bei Blohm+Voss zwei Todesopfer gefordert hatte. Straack hätte seine eigene Großmutter darauf verwettet, dass das Schiff auch irgendwie im Angriff auf die Elbphilharmonie mit drinhing. Der laufende Motor bedeutete, dass die MELINA jederzeit ablegen konnte.

Das Schiffsdeck schimmerte feucht von der Nachtluft. Straack rieb seine klebrigen, aufgeschundenen Handflächen darüber, bis er einen Großteil der Teerschicht losgeworden war, dann zog er seine Waffe, spannte sie und schlich durch die nächstliegende Containergasse in Richtung Brücke, bis er zu einer freien Fläche gelangte, die diese Containerinsel von der nächsten trennte.

Er presste sich an die Gassenwand und sammelte seinen Mut. Er konnte nicht einfach hinüberspazieren und drüben wieder im Schatten untertauchen, sondern musste feststellen, ob die Luft rein war oder ob sich dort irgendwelche Wachen befanden. Aber dazu musste er den Kopf aus der Gasse herausstrecken. Und wenn dann dort jemand stand, hätte er genauso gut mit einem lauten »Tataa!« aus der Gasse herausspringen können.

Am sichersten war wahrscheinlich die Froschperspektive. Wenn dort draußen jemand stand, würde er sich auf Bewegungen konzentrieren, die sich irgendwo zwischen Hüft- und Augenhöhe abspielten – alte Schnüfflerweisheit. Direkt auf den Boden schaute so gut wie nie jemand. Straack legte sich flach auf den Bauch und schob sich dann zur Öffnung der Gasse nach vorn. Er presste eine Wange aufs Deck. Langsam, ganz langsam und zentimeterweise streckte er dann den Kopf so weit vor, dass er hinausschauen konnte.

Sein Blick fiel auf ein paar Schuhe. Die Schuhspitzen waren so nahe an seinem Gesicht, dass er sie hätte anspucken können. Er schielte nach oben. Ein Mann schaute zu ihm herunter – zwei glitzernde Augen, die ein Licht von irgendwo einfingen, und ein komplett mattes Auge etwas darunter – die Mündung eines Schnellfeuergewehrs mit Schalldämpfer. Straack drehte sich auf den Rücken. Richtig. Auf der anderen Seite stand ein weiterer Wachposten und zielte ebenfalls auf ihn.

Straack seufzte und zuckte mit den Schultern. Einer der Männer grinste. Er machte eine herrische Bewegung mit der Waffe. Straack wollte es nicht, aber er sah keine andere Möglichkeit – er griff seine Walther P99 am Lauf und reichte sie dem Wachposten hinter ihm. Eine weitere Geste. Straack kam auf die Beine und stellte sich mit abgespreizten Armen hin. Er wurde grob gegen eine Containerwand gestoßen und am ganzen Körper nach weiteren Waffen abgetastet. Dienstmarke und -ausweis, die in einem kleinen Mäppchen waren, wurden begutachtet, mit einem weiteren Grinsen bedacht und eingesteckt. Dann durchsuchten sie seine Geldbörse und steckten sie zurück in seine Hosentasche. Schließlich war die Leibesvisitation zu Ende. Eine Hand berührte ihn an der Schulter, damit er sich umdrehte. Innerlich wappnete er sich bereits gegen den Schlag, der sicher gleich erfolgen würde.

Aber ihm wurde lediglich stumm bedeutet, dass er mitkommen solle. Einen der Wachposten vor sich und einen hinter sich, die harte Mündung des Schalldämpfers am unteren Rücken, stapfte er in den Schatten der folgenden Containergasse hinein, angestrengt und erfolglos bemüht, keine Angst zu empfinden.

Die Brücke ragte drei Stockwerke über Straack in die Höhe; als sie sie erreichten, wurde er nach rechts dirigiert, in einen Durchgang hinein und zu einer Metalltreppe, die, nur durch ein Geländer nach draußen abgesichert, zum nächsten Deck hinaufführte. Straack konnte die Lichter der HafenCity zwischen den Ladekränen von Waltershofer und Steinwerder Hafen glitzern sehen, die von den Scheinwerfern beleuchtete und wie entrückt über den zuckenden Blaulichtern stehende Elbphilharmonie, klein auf die Entfernung und dank des Scheinwerferlichts doch unübersehbar, und das Durcheinander Dutzender Positionslichter auf dem Wasser. Er wollte dem Mann, der vor ihm die Treppe hochstieg, eben auf dem Weg zum nächsthöheren Deck folgen, als über der Elbphilharmonie auf einmal eine Feuerlanze in die Höhe schoss. Straack zuckte zusammen und starrte fassungslos dorthin. Der Mann hinter ihm, der eben die letzte Treppenstufe heraufkam, gaffte ebenfalls hinüber. Straack sah eine Wolke über dem Gebäude aufquellen, zornig beleuchtet von Feuer und Scheinwerferlicht. Für einen Augenblick waren seine beiden Bewacher abgelenkt.

Straack trat dem Mann hinter sich die Beine weg und riss ihm gleichzeitig die Waffe aus den Händen.

Der Mann prallte gegen die Kanten der Treppenstufen und keuchte auf. Straack wirbelte herum, um die Waffe auf den anderen Mann anzulegen.

Er sah die Mündung, die direkt auf ihn zielte, sah den Mündungsblitz und hörte das Husten der schallgedämpften Waffe. Er spürte den unfassbar wuchtigen Schlag, als die aus nächster Nähe auf ihn abgefeuerte Kugel in seinen Körper eindrang, spürte sich schweben und dann hart auf den metallenen Boden prallen, und dann …

… nichts mehr.

58

Freitag, 11. Dezember
03:26 Uhr

Die Kinder schrien, die Mütter schrien, der einzelne Vater schrie nicht, war aber geschockt und genauso wenig zu gebrauchen. Der Explosionslärm war von einem Toben und Ächzen abgelöst worden, das das gesamte Gebäude ergriffen hatte. Parceval sah Millionen von Glassplittern wie Regen draußen herabfallen, dazwischen Betonbrocken, verbogene Stahlteile und brennende Gebäudeisolierung, die nicht brennbar sein sollte, aber sich angesichts der ungeheuren Temperaturen der Brandbomben trotzdem entzündet hatte. Flammend, wie Vögel mit brennenden Flügeln, regneten auch diese Teile hinunter, ins Hafenbecken, auf die Zufahrten und vor allem auf den Platz vor dem Eingangsbereich, auf dem die Polizei ihre Hundertschaften aufgefahren hatte. Parceval fragte sich voller Entsetzen, wie viele Menschen dort unten von den herabstürzenden Trümmern getroffen worden waren.

Es würde eine halbe Ewigkeit dauern, bis wieder

Ordnung in die schockierten Reihen der Einsatzkräfte eingekehrt war, dass sie die nächsten Schritte unternehmen konnten – und dann würde erst recht Chaos herrschen, wenn schwer bewaffnete Polizisten versuchten, in das Gebäude einzudringen. Wenn die als Rückendeckung zurückgebliebenen Terroristen dann auch noch das Feuer eröffneten… Walau hätte das Tohuwabohu, um von seiner Flucht abzulenken, nicht besser planen können. Parceval war schockiert von der absoluten Menschenverachtung Walaus. Ihm wurde klar, dass er im Grunde seines Herzens gehofft hatte, die Bomben dienten ihm bloß als Druckmittel.

Siedend heiß fiel ihm der zweite Wachposten auf der anderen Gebäudeseite ein. Er riss Ksenia die Pistole aus der Hand und rannte über die Plaza zur gegenüberliegenden Windschutzwand, glitt durch die Drehtür und ließ sich aus ihr heraus auf den Rücken fallen, die Pistole im Anschlag. Vor dem Terrassenausblick flatterten brennende Teile herunter, es regnete immer noch Trümmer. Parceval drehte sich einmal um sich selbst, jeden Moment erwartend, den Einschlag einer Kugel zu spüren. Doch hier war niemand mehr. Walau musste den Mann abgezogen haben.

Parceval kehrte ins Innere des Gebäudes zurück. Sein ganzer Rücken brannte von zahllosen Wunden, die die vom Wind auf die Terrasse gewirbelten Glasscherben verursacht hatten und auf die er sich hatte fallen lassen.

Ksenia versuchte die Geiseln zu beruhigen. Parceval gab ihr die Waffe zurück. »Draußen alles sauber«, sagte er rau. Er trat zu den beiden erschossenen Terroristen und nahm ihre Waffen an sich sowie alle Magazine, die er in ihren Taschen finden konnte.

»Es wird gleich jemand nachschauen kommen, wo die hier bleiben«, sagte er zu Ksenia und deutete in Richtung des Treppenaufgangs zum Kleinen Konzertsaal.

»Ich weiß«, sagte Ksenia. »Weiteres Vorgehen?«

Parceval musterte sie über die Rücken der Geiseln hinweg. »Dir danken.«

»Wofür?«

»Für einfach alles«, sagte Parceval.

Ksenia nickte. »Genug Sülze«, stieß sie dann hervor. »Wenn wir das hier überstanden haben, kannst du mich ja zu einer Hafenrundfahrt einladen.«

»Wir haben jetzt ein paar Minuten Handlungsspielraum«, sagte Parceval. »Die Einsatzkräfte draußen müssen sich neu formieren und die Verletzten aus der Gefahrenzone schaffen. Walau ist mit ein paar handverlesenen Getreuen und sicher auch den afghanischen Geiseln auf dem Weg aus dem Gebäude. Die Terroristen, die seine Flucht decken, warten darauf, dass die Polizei das Haus stürmt.«

»Dann nutzen wir den Spielraum«, sagte Ksenia und nahm Parceval eine der Waffen ab. »Mit so viel Handlung wie möglich.«

»Wir müssen uns aufteilen. Ich versuche, Walau aufzuhalten. Ich habe eine Ahnung, wie er versuchen könnte, aus dem Gebäude abzuhauen. Er wird eine böse Überraschung erleben, die mir hoffentlich genügend Zeit verschafft, ihn abzufangen.«

»Eine böse Überraschung?«

»Er wird feststellen, dass die Zuverlässigkeit deutscher Automobile auch nicht mehr das ist, was sie mal war.«

Ksenia zuckte mit den Schultern. »Dann bringe ich die Geiseln raus? Wir müssen sie aus dem Gebäude schaffen, bevor uns allen das Dach auf den Kopf fällt. Im wahrsten Sinn des Wortes. Und brennend.«

»Über den Haupteingang kommst du nicht raus. Da sind Walaus Leute postiert, um jeden abzuknallen, der versucht, das Gebäude zu stürmen…«

»Die Terroristen dort denken, sie haben die ganze Elbphilharmonie unter Kontrolle. Warum sollten sie also über ihre Schulter blicken?«

»Du willst sie von hinten angreifen? Du allein?«

»Da du ja auf Großwildjagd gehst… nein, ich werde mir ein paar Helfer suchen. Unter den Geiseln.«

»Du kannst ihnen keine Waffen in die Hände drücken und sie mitkämpfen lassen!«

»Warum nicht? In Lebensgefahr sind sie so oder so. Ich denke, die Lebensgefahr verringert sich, wenn sie sich wehren können.«

»Du willst nicht, dass sie sich verteidigen, du willst, dass sie angreifen?«

»Angriff *ist* die beste Verteidigung. Hör auf zu quatschen, Parceval. Du ziehst dein Ding durch, ich meins.«

Parceval nickte. »Aber die hier…«, er wies auf die acht Geiseln, die sich nach und nach beruhigten, »…müssen wir in Sicherheit bringen. Kinder gehören aus der Kampfzone geschafft, die Elternteile gleich mit.«

»Richtig. Vorschlag?«

Parceval rüttelte die Erwachsenen an den Schultern. Eine Frau beruhigte sich so weit, dass sie zuhören konnte. »Verstecken Sie sich im Bistro!«, sagte Parceval. »Es hat eine kleine Pantry. Drängen Sie sich darin zusammen, halten Sie die Köpfe unten und seien Sie still, dann sind Sie vor einer Entdeckung durch die verbliebenen Terroristen sicher. Versuchen Sie den Hotelbereich und den Treppenaufgang zum Großen Konzertsaal im Auge zu behalten. Wenn das Feuer sich nach unten durchfrisst, dann kommt es dort herunter.«

»O Gott, wir werden alle verbrennen«, stöhnte die Frau.

»Nein«, sagte Parceval scharf. »Sie werden alle hier rauskommen. Sie sind alle aus den Privatwohnungen, oder?«

Die Frau nickte.

»Dann kennen Sie das Gebäude besser als die Konzertbesucher. Sie haben einen Vorteil. Sie wissen, dass es so konstruiert ist, dass es auch in einem Fall wie diesem so lange wie möglich Sicherheit bietet.«

Die Frau nickte hektisch.

»Im Bistro werden Sie auf Leichen stoßen«, sagte Parceval. »Sie und die anderen müssen die Zähne zusammenbeißen und sie ignorieren. Die Toten tun keinem mehr was. Wenn Sie sich vernünftig verhalten, schaffen Sie es unversehrt nach draußen. Dann sind diese Leute nicht umsonst gestorben.«

»O Gott«, stöhnte die Frau wieder. »O Gott.«

»Parceval, uns läuft die Zeit davon«, sagte Ksenia. Sie kniete neben den toten Terroristen und zielte mit der erbeuteten Waffe auf die Treppe zum Kleinen Konzertsaal. Das Gebäude bebte ab und zu, und das Tosen aus den oberen Stockwerken war nach wie vor so laut wie ein heftiger Sturm, aber sonst merkte man nicht, dass vor wenigen Augenblicken der Großteil des Dachs weggesprengt worden war und dort oben alles in Flammen stand.

»Wie heißen Sie?«, fragte Parceval die Frau.

»Angelika«, stotterte sie.

»Angelika – Sie und ihr Kind und alle Ihre Leidensgenossen werden es hier raus schaffen. Ich verspreche es.«

»Mein Mann ist im Konzertsaal«, schluchzte Angelika.

»Auch er wird es schaffen. Sie müssen nur tun, was ich Ihnen sage: Bleiben Sie in der Pantry, ziehen Sie die Köpfe ein und verlassen Sie das Versteck nur unter einer Bedingung: Wenn Sie sehen, dass das Feuer die Plaza erreicht. Ansonsten warten Sie, bis die Polizei das Gebäude stürmt und alle hier rausholt ... was eher passieren wird, als dass das Feuer Sie erreicht.«

»Wird die Polizei das Gebäude wirklich stürmen?«, fragte der einzige Vater.

»Ja«, sagte Parceval. »Verlassen Sie sich drauf.«

»Wer sind Sie?«, fragte Angelika.

»Wir sind vom Facility-Management«, sagte Ksenia. »Sternberg und Dietrich. Jetzt tun Sie, was er sagt.«

Parceval hörte die Kinder entsetzt aufschreien, als

sie mit ihren Elternteilen im Bistro verschwanden und auf die Leichen stießen. Er blendete sie aus.

»Sternberg und Dietrich?«, fragte er Ksenia und konnte ein Grinsen nicht unterdrücken. »Wie in: Marlene Dietrich?«

»Und Josef von Sternberg«, sagte Ksenia. »Nicht nur du kannst mit den Namen von alten UFA-Stars um dich werfen. Wie geht es jetzt weiter?«

»Jetzt befreien wir die Geiseln im Konzertsaal, und dann mache ich mich auf den Weg zu Walau.«

»Wolltest du nicht Walau nachsetzen?«

»Du brauchst Hilfe, wenn du die Bewacher der Geiseln ausschalten willst. Wie war das gleich noch mal? Du ziehst dein Ding durch, und ich ziehe mein Ding durch? Aber erst nachdem ich dir geholfen habe, deins durchzuziehen.«

Ksenia nickte. Sie schenkte Parceval einen Blick, der einen Ticken länger dauerte als der zwischen zwei Kampfgefährten, die sich davon überzeugten, dass der jeweils andere bereit war. Dann sprang sie auf und lief auf die Treppe zu, in drei Schritten Abstand gefolgt von Parceval. Beide liefen mit der Waffe im Anschlag, Parceval mit einer AK-63 und Ksenia mit einer AMD-65, beide aus ungarischer Produktion, sechshundert Schuss pro Minute, jeder drei Magazine mit jeweils vierzig Patronen. Zum ersten Mal, seit er in Walaus Falle getappt war, fühlte Parceval wieder Zuversicht.

59

Freitag, 11. Dezember
03:29 Uhr

Auf der Treppe rannten sie in zwei Terroristen hinein, die ihnen genau in der Kurve entgegenkamen. Man konnte sich anscheinend immer darauf verlassen, dass Walaus Leute dem militärischen Basisdrill gehorchten, den sie in einem der IS-Ausbildungscamps erhalten hatten. Erkundungen führte niemals nur ein Mann allein durch; und der zweite Mann lief hinter dem ersten und sicherte ihn ab.

Ksenia nutzte das Überraschungsmoment und erschoss den ersten, als er eben sein Gewehr hob. Der zweite Mann wurde von Parceval getroffen, noch bevor der Terrorist seine Waffe anlegen konnte. Beide Männer rollten ein paar Treppenstufen hinunter und blieben dann liegen, die Gliedmaßen so verrenkt, wie es nur im Tod möglich war. Ksenia und Parceval nahmen ihre Waffen an sich, schnappten sich hastig die zusätzlichen Magazine, die sie auf Anhieb finden konnten, und eilten weiter die Treppe hinauf. Es stand zwar nicht zu befürchten, dass die übrigen Terroristen im Saal die Schüsse gehört hatten, dazu war der Kleine Konzertsaal zu gut nach außen gedämmt; und es waren wohl auch keine Wachen mehr vor dem Saal, sonst wären sie ihnen schon entgegengekommen – dennoch war bei einer solchen Aktion Eile das oberste Gebot. Ein zögerlicher Angreifer verlor das Momentum und wandelte sich im Handumdrehen zu einem Verteidiger auf verlorenem Posten.

»Wie sind die Wachen im Saal verteilt?«, stieß Parceval hervor. Er hatte es sich nicht merken können, und jetzt fühlte er sich schlecht, weil er seinen aufgewühlten Gefühlen so sehr nachgegeben hatte, dass ihm ein solcher Lapsus unterlaufen konnte.

»Sicherlich nicht mehr so wie vorhin«, sagte Ksenia.

»Wie viele?«

»Sicherlich nicht mehr so viele wie vorhin«, sagte Ksenia und schenkte Parceval ein Grinsen.

Die Türen zum Konzertsaal waren geschlossen. Parceval langte an Ksenia vorbei und riss eine davon auf. Ksenia duckte sich unter seinem Arm hindurch und betrat den Saal.

Die Wachen waren zu fünft. Sie hatten sich darauf eingestellt, den Saal gegen die Polizei zu verteidigen, aber offensichtlich nicht jetzt schon mit einer Erstürmung gerechnet. Drei lungerten gleich hinter den Türflügeln herum, zwei waren auf der Bühne, links und rechts der Geiseln, die allesamt auf dem Boden lagen. Die Aufgabenverteilung war klar. Die drei an der Tür nahmen die herankommenden Einsatzkräfte unter

Feuer, die zwei auf der Bühne schossen auf die wehrlos vor ihnen liegenden Gefangenen. Es war angesichts der erwarteten Umstände taktisch sinnvoll, doch aufgrund der geänderten Umstände bedeutete es ihren Untergang.

Ksenia rannte los, an der Dreiergruppe vorbei, die viel zu spät reagierte und vor allem nicht darauf achtete, dass Parceval hinter Ksenia herlief.

Parceval konnte das Risiko nicht eingehen, er musste alle drei im ersten Anlauf außer Gefecht setzen. Statt seiner üblichen zwei Schuss pro Zielobjekt drückte er einfach auf den Abzug und bewegte den Lauf seiner Waffe wie eine Sense von rechts nach links und zurück.

Die drei Terroristen standen so dicht beisammen, dass kaum eine Kugel ihr Ziel verfehlte. Die drei Terroristen vollführten einen sekundenlangen, grotesken Tanz und fielen dann leblos in sich zusammen. Parceval rannte los, sprang über einen von ihnen hinweg, noch während er auf dem Boden zur Ruhe kam, und eilte Ksenia hinterher.

Sie brauchte Parcevals Unterstützung nicht. Die beiden Terroristen lagen bei den Geiseln, die sie hatten ermorden sollen. Einer hatte nahe an der Rückwand der Bühne gestanden. Ksenias Kugeln, die durch ihn hindurchgegangen waren, hatten dort ein Muster aus roten Spritzern und zerstörter Schalldämmung hinterlassen. Ksenia sprang bereits auf die Bühne und sicherte die Lage. Parceval folgte ihr ein paar Augenblicke später. Erst jetzt vernahm er das panische Geschrei der

Geiseln, die sich wie eine riesige, ineinander verknäuelte Masse aus Angst und Panik auf der Bühne wanden, in Todesfurcht bemüht, sich irgendwie zu schützen. Er merkte, dass er nicht mehr ausgeatmet hatte, seit er den Konzertsaal betreten hatte, und stieß die Luft nun heftig aus. Ksenia tat es ihm gleich.

»Man atmet immer ruhig weiter«, keuchte sie. »Egal in welcher Situation man steckt. Erste Regel im Kampf.«

»Wie viele erste Regeln für das richtige Verhalten im Kampf gibt es eigentlich?«, fragte Parceval, ebenso außer Atem.

Ksenia schüttelte den Kopf und schnaubte. Sie vergewisserte sich, dass die beiden Terroristen auf der Bühne tot waren. Parceval sah ihr dabei zu, ohne etwas zu unternehmen. Er fühlte das altbekannte Zittern, das ihn nach so einer Situation stets befiel und er nur loswurde, indem er ihm die Gelegenheit gab, sich auszutoben. Es war nur das Adrenalin, das nach überstandenem Megastress absank und diese Reaktion hervorrief. Mit den Geiseln zu sprechen war im Moment sinnlos. Zweihundert Menschen in Todesangst waren weder durch Vernunft noch durch Gebrüll dazu zu bringen, einem zuzuhören.

»Kriegst du das hier in den Griff?«, fragte Parceval, als Ksenia wieder neben ihm stand.

»Ja«, sagte Ksenia.

»Denkst du an die Leute im Bistro?«

»Sammle ich auf dem Weg nach draußen ein.«

Parceval gab ihr eine der erbeuteten Waffen. Er selbst

behielt die AK-63. Die SAM7K, seine erste Beutewaffe, hatte ihm zwar in mehreren Situationen geholfen, aber er war froh, endlich etwas mit einer Feuergeschwindigkeit zu haben, bei der man nicht zwischen den einzelnen Schüssen ganze Balladen aufsagen konnte.

»Wo treffen wir uns?«, rief Ksenia ihm hinterher.

»Wo wir uns immer treffen«, erwiderte Parceval und rannte aus der Tür.

»Mitten im größten Chaos?«, hörte er Ksenia noch rufen, aber er gab ihr keine Antwort mehr darauf.

60

Freitag, 11. Dezember
03:32 Uhr

Parceval rannte die Treppe zur Plaza hinunter, die AK-63 im Anschlag. Er war zwar sicher, dass der verbliebene Rest von Walaus Leuten in der Gebäudeleitstelle und unten beim Eingang war, um die Polizei so lange wie möglich bei der Erstürmung zu hindern, aber man konnte nie wissen. Er gelangte unbehelligt bis zu der verspiegelten Tür, die von der Plaza in den Privatbereich führte. Der Trümmerregen vom Dach der Elbphilharmonie hatte aufgehört, aber immer wieder taumelten brennende Planen herab wie riesige Motten, die dem Licht zu nahe gekommen waren: Schallschutzdämmungen, Wärmedämmmatten, Wandverkleidungen.

Bevor Parceval die Tür öffnete, fasste er gewohnheitsmäßig an seine Hosentasche, dann zog er die Hand mit einem ärgerlichen Schnauben zurück. Wie schnell man sich an ein bequemes Hilfsmittel gewöhnte, in dem Fall an Barans Handy! Er hatte Polizeipräsident

Schmidt anrufen wollen und gehofft, dass er weiterhin bereit war, Parceval zuzuhören. Aber Barans Handy hatte Walau ihm abgenommen.

Parceval war auf die Unterstützung Schmidts angewiesen. Und Schmidt brauchte die Informationen, die Parceval für ihn hatte. Dass die Bewacher der Geiseln ausgeschaltet waren. Dass die Geiseln jetzt bewaffnet waren und sich wehren konnten und versuchen wollten, sich den Weg aus der brennenden Elbphilharmonie zur Not freizukämpfen. Dass die Terroristen von zwei Seiten unter Beschuss stünden, wenn Schmidt jetzt den Sturm auf das Gebäude einläutete. Dass Schmidt die Elbphilharmonie unter diesen Umständen schnell und mit möglichst geringen Verlusten befreien und dieses Drama beenden könne.

Wenn alles so lief wie erhofft, würden die zweihundert Geiseln in einer Stunde in Sicherheit sein und Ksenia wieder im Hintergrund untergetaucht. Und Parceval wäre wie üblich der Staatsfeind Nummer eins.

Von ihm hing es nun ab, Walau aufzuhalten. Er hatte Schmidt berichten wollen, was er sich bezüglich Walaus Fluchtplan zusammengereimt hatte: Dass der Terrorist mit ein paar wenigen Getreuen und den afghanischen Politikern in dem Rettungswagen fliehen wollte, den er in der Tiefgarage bereitgestellt hatte. Auch wenn Parceval die übergelaufene Sanitäterin und ihren Freund Martin ausgeschaltet hatte, würde sich unter Walaus Leuten jemand finden, der den RTW fahren konnte. Fünf Afghanen, Walau, seine Frau … blieb noch Platz für mindestens fünf weitere Terroristen.

Die restlichen Geiselnehmer beschäftigten die Polizei in der Elbphilharmonie und sorgten mit ihrem aufopferungsvollen Widerstand dafür, dass die Kräfte der Polizei gebunden wurden.

Ganz so einfach würde es allerdings nicht sein. Dafür hatte Parceval gesorgt. Dennoch musste er sich beeilen, um Walau und seine Truppe in der Tiefgarage abzufangen. Und er musste irgendeinen Weg finden, sich mit Schmidt in Verbindung zu setzen.

So, wie Parceval es sah, hatte er nur eine Möglichkeit: Er musste Schmidt auf einem Handy aus Walaus Truppe anrufen, sobald er sie überwältigt hatte. Wie groß die Chance war, dass Walau oder einer seiner Konsorten ihm den Zugangscode verriet, darüber wollte er lieber nicht nachdenken. Nachdenken musste er jedoch darüber, wie er Walau und seine Truppe besiegen konnte.

Er überschlug die Aufgabe im Kopf, während er sich auf den Weg durch den Privatbereich in die Tiefgarage machte. Die fünf Afghanen würden Parceval nicht angreifen. Blieben Nils Walau, Janine Walau und höchstwahrscheinlich fünf weitere Terroristen. Sieben zu allem entschlossene Gegner. In den Bergen außerhalb von Kunduz hatte Parceval es mit dreizehn schwer bewaffneten Kämpfern aufgenommen. In Berlin und Mannheim hatten die Chancen auch nicht besser gestanden. Aber in Afghanistan war die siegessichere Überheblichkeit seiner Gegner auf seiner Seite gewesen, und in Berlin und Mannheim das Überraschungsmoment, psychologische Kriegsführung und List.

Parceval bewegte sich voran, ohne vorher zu prüfen, ob die Luft vor ihm rein war. Er vertraute darauf, dass Walau nicht an jeder Ecke einen Posten zurückgelassen hatte, um seinen Rückzug zu sichern. Dass seine Vermutung richtig gewesen war und er sich auf dem Weg befand, den auch Walau genommen hatte, bewies die Beleuchtung. Als er mit Paul Weisemann hier gewesen war, hatte alles im Dunkeln gelegen. Jetzt hatten die Männer in der Gebäudeleitstelle zumindest hier das Licht wieder eingeschaltet, damit ihr Boss sich auf seinem Rückzug nicht mit Taschenlampen vorwärtstasten musste. Niemand hatte sich die Mühe gemacht, es wieder abzuschalten. Wozu auch? In der Gebäudeleitstelle bereitete man sich jetzt auf das letzte Gefecht vor.

Als er sich dem Aufzugsraum im achten Stock näherte, den Paul Weisemann ihm gezeigt hatte, wurde Parceval doch etwas vorsichtiger. Das letzte Dutzend Schritte legte er lautlos zurück. Er presste sich an die Wand, rutschte auf Kniehöhe herab und spähte um die Ecke.

Wie erwartet, befand sich dort ein Wachposten. Im Moment war er allerdings nicht wachsam, sondern kauerte auf dem Boden und verneigte sich immer wieder. Er betete. Die Schuhe hatte er abgestreift, sein Gewehr lehnte an der Wand. Jetzt war nicht die Zeit für eines der vorgeschriebenen fünf Gebete eines gläubigen Muslims – der Mann bereitete sich auf den Tod vor, auf den Eintritt ins Paradies als Märtyrer.

Parceval musterte den Aufzugsraum. Die Kontrolltafeln des Aufzugs waren zerstört, sodass Parceval das

Treppenhaus nehmen musste. Aber auch dieses ließ sich nur über den Aufzugsvorraum erreichen, in dem der Wachposten betete. Parceval wechselte den Griff an seiner AK-63, doch er wusste jetzt schon, dass er es nicht übers Herz bringen würde, den Mann zu erschießen. Es war eines, einen Trupp Terroristen hinterrücks zu überfallen, um sie an der Flucht zu hindern. Und etwas ganz anderes, einen einzelnen Mann zu ermorden, der seine Waffe für ein letztes Gebet weggelegt hatte. Parceval hatte viel zu großen Respekt vor all den aufrechten, tiefgläubigen und friedvollen Muslimen, die er kennengelernt hatte, um so einen Frevel zu begehen. Der Wachposten dort war zwar dem falschen Pfad gefolgt und hatte den echten Islam gegen eine Religion aus Neid, Gewissenlosigkeit und Gewalt eingetauscht. Dennoch sah sich Parceval nicht als jemanden, der einen Betenden einfach über den Haufen schoss; auch wenn dieser Betende dem Befehl, in eine Kirche Andersgläubiger zu stürmen und dort alle zu erschießen, die er vor die Flinte bekam, sicherlich ohne Weiteres nachgekommen wäre.

Andererseits hatte er keine Zeit mehr zu verlieren. Er hob die Waffe, trat um die Ecke und sagte: »*Marhaban*, mein Freund.«

Der Wachposten reagierte auf das arabische »Hallo!« und sah irritiert auf. Eine halbe Sekunde lang schien er Parceval für einen seiner Kumpane zu halten, dann fiel ihm auf, dass er den Mann mit der Waffe in der Hand nicht kannte. Er zuckte zusammen und blickte unwillkürlich zu seinem Gewehr.

»M-m«, machte Parceval und schüttelte den Kopf.

Der Wachposten warf sich dennoch zur Seite und griff nach seiner Waffe. Parceval seufzte und feuerte drei Schuss mit einem Geräusch auf den Terroristen ab, das sich wie ein lautes Räuspern anhörte. Der Wachposten wurde gegen die Aufzugstüren geschleudert und war tot, noch bevor er zu Boden rutschte.

Parceval trat über den Toten, nahm dessen SAM7K an sich und fand noch drei Ersatzmagazine in den Jackentaschen des Toten, aber nirgendwo ein Handy. Er hatte nicht in Verbindung zur Gebäudeleitstelle, seinen Kumpanen anderswo im Gebäude oder zu Walau gestanden. Er hatte Walaus Flucht schützen sollen, war nicht mehr als ein Bauernopfer, als ein Brocken, den man einem herankommenden Fahrzeug in den Weg rollt und sich nicht weiter darum kümmert.

Parceval öffnete die Tür zum Treppenhaus, stellte fest, dass es ebenfalls beleuchtet war – vermutlich hingen die Aufzugsräume und die Treppen am selben Stromverteiler – und lief nach unten.

61

Freitag, 11. Dezember
03:36 Uhr

Diesmal arbeitete sich Parceval schneller durch die Tiefgarage vor als mit dem verletzten Paul Weisemann. Auch waren die Lichter eingeschaltet. Parceval bewegte sich so lautlos wie möglich. Auf dem Weg das Treppenhaus herunter hatte er ein neues, volles Magazin in die AK-63 eingesetzt. Das Magazin der SAM7K war ebenfalls voll. Parceval hoffte, dass er das langsame Gewehr nicht brauchen würde. Vierzig Schuss für unter zehn Gegner im Magazin der AK-63 mussten ausreichen, wenn Parceval schnell genug war.

Als er sich der Ecke näherte, hinter der sich das Tor der Privatgarage befand, wurde er wieder langsamer. Diesmal befand sich jedoch kein Wachposten vor Ort. Der Bereich zwischen der Ecke und dem Tor war frei.

Die Mannschleuse stand offen. Parceval lief so leichtfüßig er konnte zum Tor, trat hindurch und schlich weiter zur nächsten Ecke, wo die Rampe sich schon zur Kehre hinabsenkte. Er hörte bereits im Näherkommen diverse Geräusche: metallisches Scheppern, frustriertes Stöhnen, hektisches Keuchen – alles Laute der Panik und Musik in Parcevals Ohren. Walau und seine Leute mussten den Schock ihres Lebens bekommen haben, als sie ihr Fluchtfahrzeug erreicht hatten.

Nicht nur dass die Fahrerin verschwunden war und ihr Freund tot neben dem Fahrzeug lag. Der Rettungswagen stand auch noch auf vier Plattfüßen. Bevor Parceval zu Weisemann und dem Tesla seines Bruders zurückgekehrt war, hatte er mit dem von Mouloud erbeuteten Schnappmesser alle Reifen durchstochen.

Vorsichtig schob Parceval sich vor und spähte um die Ecke. Die Situation, die sich ihm darbot, überraschte ihn und demonstrierte, dass er am Ende doch verloren hatte. Walau war die ganze Zeit über schlauer gewesen als er.

Nur eine einzige Person befand sich beim Rettungswagen. Sie allerdings zeigte alle Anzeichen der Panik, wie Parceval sie erwartet hatte: hilfloses Herumzerren an den platten Reifen, sinnloses Gekurbel am Wagenheber, Tritte gegen ein Rad, das abmontiert worden war, und dazwischen Stöhnen und verzweifeltes Haareraufen. Die Person war jedoch weder Walau noch seine Frau noch einer von Walaus Kämpfern, sondern der IT-Experte. Chamsul Bakomet, der Yuppie-Nerd. Sein gegeltes Haar stand ihm in allen Richtungen vom Schädel ab wie eine zerzauste, fettige Krone.

Parceval setzte er sich in Bewegung und lief zur Kehre hinunter, das Gewehr im Anschlag.

Chamsul hörte ihn erst, als er nur noch eine Armlänge von ihm entfernt war. Der IT-Experte fuhr herum. Parceval sah jetzt eine Waffe neben ihm auf dem Boden liegen. Chamsul dachte nicht einmal daran, nach ihr zu greifen oder aus der Hocke aufzuspringen. Sein Gesicht verzerrte sich vor Angst, als er Parceval vor sich sah. Dann war Parceval schon bei ihm und verpasste ihm einen Tritt vor die Brust. Chamsul flog nach hinten, über das abmontierte Rad hinweg, und prallte mit dem Rücken hart auf den Betonboden. Parceval setzte ihm nach und stellte sich breitbeinig über ihn, die AK-63 auf Chamsuls Gesicht gerichtet. Chamsul, der vom Aufprall nach Luft schnappte, hob die Hände schützend vor seine Augen und begann zu wimmern.

»Ich weiß, du sprichst Englisch«, sagte Parceval. »Kannst du auch Deutsch?«

»Englisch! Englisch!«, stotterte Chamsul. »Bitte nicht schießen. Nicht schießen.«

»Weißt du, wer ich bin?«

»Ja.«

»Dann weißt du auch, dass dein Leben jetzt weniger wert ist als ein Maiskorn in einer Schar Hühner.«

»Bitte nicht schießen ...«

»Wo sind die anderen? Walau? Abu Nidal? Seine Frau? Und die Afghanen?«

»Auf dem Boot!«, stöhnte Chamsul.

»Was für ein Boot?«

»Das Feuerlöschboot. Das alte Teil. Das Museumsboot. Bitte nicht schießen ...!«

»Rede in ganzen Sätzen, sonst ...« Parceval schwenkte den Lauf der AK-63 herum und senkte die Mündung auf

Chamsuls Knie. Chamsul begann zu kreischen. Parceval zog den Spannhebel der Waffe zurück, eine martialische Geste, die immer Eindruck machte. Die Patrone, die in der Kammer gewesen war, flog heraus und rollte klingend über den Betonboden.

»Bitte!«, schrie Chamsul. »Bitte! Ganze Sätze. Ja. Abu Nihad bringt die Afghanen mit einem alten Feuerlöschboot weg. Es fährt ihn und die anderen direkt zur MELINA. Bitte. Nicht schießen!«

Parceval starrte den panischen IT-Experten an, von dessen überheblicher Selbstsicherheit nichts mehr übrig war. Er strömte Todesangst aus wie einen schlechten Geruch. Aber was er sagte, leuchtete ein und war mit Sicherheit nicht gelogen.

Walau hatte ein altes Feuerlöschboot gekapert. Es würde, auch wenn es alt war, nicht auffallen zwischen den anderen Feuerwehrschiffen, die jetzt um die Elbphilharmonie herumschipperten wie ein Schwarm Fische. Einen alten Museumskahn zu stehlen war genial. An ein modernes Boot aus der Einsatzflotte der Hafenfeuerwehr wären Walau und seine Leute nie herangekommen. Aber ein Museumsboot, das wahrscheinlich für die Wintermonate in einem Dock festgemacht war ... wahrscheinlich vermisste es noch nicht einmal jemand. Wie der gesamte Plan war auch der Teil mit Walaus Flucht ein Beispiel von Tollkühnheit, Rücksichtslosigkeit, exaktem Timing und genauer Kenntnis der menschlichen Psychologie. Walau war ein Stratege erster Klasse.

Parceval war jetzt endlich auch klar, welche Rolle

das Schiff spielte, auf das er vorgestern Nacht gelockt worden war. Es hatte Walau und seine Leute heimlich nach Hamburg gebracht, und es war Walaus Weg aus der Hansestadt heraus. Wenn er nicht noch auf der Flucht geschnappt werden wollte, musste er dafür sorgen, dass er auf einem Schiff war, auf das nicht der allergeringste Verdacht fiel. Parceval war sich sicher, dass Walau entsprechende Vorkehrungen getroffen hatte.

»Haben sie schon abgelegt?«, fragte Parceval, obwohl er die Antwort wusste.

»Ja.«

»Wie viele Leute hat Walau auf der MELINA?«

»Ich weiß nicht. Was ich mitbekommen habe, fünf oder sechs. So viele nötig waren, um die Crew während der Zeit hier in Schach zu halten. Die Schiffsbesatzung gehört nicht zum IS.«

»Warst du nicht auf dem Schiff?«

»Nein, ich bin über Land angereist. Ganz normal. Ich stehe auf keiner Fahndungsliste.«

»Und deshalb fährst du auch nicht mit Walau und seinen Leuten zurück.«

»Ich gehöre auch nicht zu denen. Abu Nihad hat mich nur angeheuert. Weil ich die IT beherrsche. Ich habe immer mal wieder für den IS gearbeitet. Die zahlen gut. Und haben die gleichen Feinde wie wir in Tschetschenien.«

»Dein größter Feind bin ich«, sagte Parceval. In seinem Kopf begann ein Plan zu reifen, der ebenso tollkühn war wie alles, was Walau sich ausgedacht hatte, nur mit deutlich geringeren Erfolgsaussichten. Aber er hatte keine Wahl, als es zu versuchen. Er fragte sich, wie es Ksenia ging bei ihrem Versuch, die Geiseln zu retten, und wann die Polizei das Gebäude stürmen würde. Vermutlich innerhalb der nächsten Minuten. Sie würde es sicherlich auch über die Tiefgarage versuchen, selbst wenn sie eine Todesfalle sein konnte. Doch die Explosion und das Feuer ließen Schmidt keine Wahl, er musste stürmen und versuchen, so viele Geiseln wie möglich zu retten. »Doch vielleicht hast du Glück, und ich lasse dich laufen. Bis dahin tust du genau, was ich dir sage. Hast du ein Handy?«

»Ja, aber das geht hier unten nicht. Zu viel Beton.«

»Nirgendwo in der Tiefgarage?«

»Oben, wo es auf den Ausgang zugeht – da funktioniert es.«

Parceval streckte die Hand aus. »Gib mir das Telefon. Und hol mir ein paar Sachen aus dem Rettungswagen. Dann bist du zumindest jetzt mein Freund.«

62

Freitag, 11. Dezember
03:32 Uhr

Ksenia suchte in der Menge nach Klaus Leuterbach. Sie fand ihn bei den beiden Frauen, deren Männer Walau für die erste Hinrichtungsprozedur ausgewählt hatte. Leuterbach schien in der ganzen Tragödie den Mann in sich gefunden zu haben. Er suchte nicht Schutz bei den beiden Frauen, sondern hatte sich so über sie gebeugt, dass er sie schützte. Ksenia rüttelte ihn.

»Helfen Sie mir, die Leute zu beruhigen«, sagte sie. »Es geht um Minuten.«

»Ich dachte, Sie wären …«, stotterte Leuterbach. »Die hätten Sie …«

»Sie haben's versucht«, sagte Ksenia.

»Ich hatte doch recht – Sie *sind* eine Polizistin.«

»Nein«, sagte Ksenia. »Ich habe die Kerle angelogen.«

»Aber warum? Damit sie Sie erschießen lassen statt jemand anderen?«

»Jeder hat mal seine heldenhaften fünf Minuten.

Jetzt sind Ihre gekommen. Wissen Sie, wie man so ein Ding bedient?« Sie reichte Leuterbach eine der Waffen und machte es ihm gleich selbst vor. »Hier spannen – hier ist der Sicherungshebel. Hier ist der Feuerwahlhebel, den lassen Sie auf Einzelfeuer. So klinkt man das Magazin aus und wieder ein …«

»Äh …«, sagte Leuterbach mit Panik in der Stimme.

Ksenia ignorierte ihn. »Der eine Teil der Terroristen ist abgehauen. Der andere Teil deckt ihren Rückzug und wird versuchen, ein Massaker unter den Einsatzkräften zu veranstalten, wenn die das Gebäude stürmen. Der große Konzertsaal ist zerstört, das Dach der Elbphilharmonie brennt. Dass wir alle hier frei sind, ist den Terroristen nicht klar. Wir haben die Wahl – entweder geraten wir zwischen die Fronten, oder wir sorgen dafür, dass die Terroristen zwischen die Fronten geraten – von außen die Polizei, von innen wir.«

»Aber …«, sagte Leuterbach, der die Waffe hielt wie einen Prügel.

»Gehen Sie durch die Reihen. Sagen Sie das den Leuten. Wir haben insgesamt acht Schusswaffen. Ich brauche sieben Männer oder Frauen, die sich trauen, damit umzugehen und zumindest in die Richtung zu zielen, in der sich die Terroristen aufhalten. Ich erwarte von keinem, dass er dazu in der Lage ist, kaltblütig jemanden zu erschießen, aber ich brauche Leute, die den Mistkerlen die Kugeln um die Ohren fliegen lassen – und die nicht aus lauter Panik auf die Polizisten ballern und am Ende noch unter *friendly fire* geraten.«

»Dazu gehöre ich nicht«, sagte Leuterbach.

»Sie täuschen sich«, sagte Ksenia und schlug ihm gegen den Oberarm. »Helfen Sie mir, dann dürfen Sie mir, wenn das alles vorbei ist, auch gern den Prosecco spendieren.«

»Sie sind total irre«, stöhnte Leuterbach, aber er stolperte davon. Ksenia sah ihm hinterher.

»So ist es also, wenn man das von jemandem gesagt bekommt«, murmelte sie.

»Sie … Sie waren doch … auf der Plaza«, flüsterte eine der beiden Frauen, um die Leuterbach sich gekümmert hatte. »Mein Mann. War mein Mann irgendwo da draußen?«

Ksenia hasste es, sie anzulügen, aber sie hasste es noch mehr, ihr zu sagen, dass ihr Mann tot war, also flüchtete sie sich in eine Ausrede. »Ich habe ihn nirgends gesehen«, sagte sie. »Tut mir leid.«

Die Frau begann zu weinen. Ihre Leidensgenossin, eine Mittvierzigerin mit verwischter Schminke und zerrauften dunklen Haaren, räusperte sich.

»Sie sind tot, oder?«, fragte sie mit rauer Stimme. »Alle drei … die drei, die die Terroristen zuerst mitgenommen haben … sie sind tot.« Auch ihr liefen jetzt die Tränen über die Wangen.

»Wie auch immer, Sie sind am Leben«, sagte Ksenia. »Das ist das Einzige, was im Moment zählt. Über alles andere können Sie nachdenken, wenn wir Sie und die anderen hier rausgeschafft haben.«

Die Frau stand auf und streckte Ksenia eine Hand hin. »Ich heiße Samira«, sagte sie. »Ich habe meinen

Mann in meiner Heimat kennengelernt – im Iran. Ich bin ihm vor zwanzig Jahren nach Deutschland gefolgt. Im Iran war ich in der Armee. Ich weiß, wie man eine Waffe bedient.«

»Tut mir leid, dass wir uns so kennenlernen müssen«, sagte Ksenia. »Helfen Sie mir und Herrn Leuterbach, die Menschen hier zu mobilisieren.«

Ein paar Minuten später hatte Ksenia ihre Truppe beisammen: Leuterbach, Samira, drei weitere Männer und zwei weitere Frauen. Eine der Frauen war Unteroffizier bei der Bundeswehr gewesen, eine wirkte derart entschlossen, als würde sie es mit den Terroristen ganz allein aufnehmen, wenn man ihr nur eine Chance dazu gab. Unter den drei Männern waren zwei Feuerwehrleute und der Besitzer eines der Appartements der Elbphilharmonie. Ksenia hielt ihn für einen Mafioso, der es zu Reichtum gebracht hatte, aber sie fragte nicht nach. Sie hätte selbst Hannibal Lecter eine Waffe in die Hand gedrückt, wenn er sich zu ihrer Truppe gesellt hätte.

Ksenia war vor allem froh über die Anwesenheit Samiras und der ehemaligen Bundeswehrsoldatin. Sie beauftragte die beiden, eine Sicherungsstrategie für die Plaza zu entwerfen, was ihr die Möglichkeit gab, wieder mehr in den Hintergrund zu rücken. Sie hatte keinerlei Absicht, zusammen mit den anderen Geiseln von den Einsatzkräften in Sicherheit gebracht zu werden. Ihre Anonymität wäre dahin gewesen und mit ihr jede Möglichkeit, auch in Zukunft Parceval heimlich beizustehen. Es war schon schwierig genug, so wie es war. Die überwiegende Mehrzahl der Geiseln würde bei späteren Befragungen angesichts der Situation widersprüchliche Angaben machen, einzig Klaus Leuterbach würde eine eindeutige Beschreibung von ihr abgeben können. Mit ihm hatte sie den intensivsten Kontakt gehabt.

Wie sie mit Leuterbach verfahren sollte… keine Ahnung. Sie hoffte, dass ihr noch etwas einfallen würde.

Die Strategie der beiden Frauen war simpel: Von den Treppen zu den beiden Konzertsälen drohte keine Gefahr – im Kleinen Konzertsaal befanden sich nur tote Terroristen, und der Große Konzertsaal stand in Flammen. Die oberen Stockwerke waren alle zerstört oder brannten, sowohl im Hotel als auch im Privatbereich. Dort würden sich höchstwahrscheinlich keine Terroristen mehr aufhalten, die aus dem Nichts auftauchen konnten. Gefahr bestand nur aus Richtung der Treppen und Aufzüge, die aus den unteren Stockwerken kamen – von der Gastronomie sowie der Gebäudeleitstelle. Ksenia meldete sich freiwillig, um diese Bereiche zu sichern.

»Es gab einen Grund, warum ihr alle noch immer bewacht wurdet«, sagte sie halblaut zu Samira und der Ex-Soldatin, sodass niemand von den anderen Geiseln sie hören konnte. »Fünf Bewacher – die wären als Verteidiger unten im Erdgeschoss eine wertvolle Ressource gewesen. Euch hätte man einfach auch nur im Kleinen Konzertsaal einsperren können. Ich glaube, dass geplant war, im Fall eines Angriffs alle Geiseln mit Waffengewalt aus dem Konzertsaal zu treiben und über die Rolltreppen hinunter zum Eingang, direkt in die Erstürmungsbemühungen der Polizei hinein. Das Durcheinander wäre unbeschreiblich gewesen. Die Polizisten hätten nicht mehr gewagt, ihre Schusswaffen einzusetzen, und die Verteidiger hätten fröhlich auf alles geschossen, was sich bewegt.«

»Lebende Schutzschilde«, sagte die Ex-Soldatin mit aufkeimender Wut. »Wie niederträchtig und feige!«

»Ich denke, dass einer der Terroristen aus der Gebäudeleitstelle nachsehen kommen wird, warum sich niemand hier oben meldet. Diese Leute müssen ausgeschaltet werden, sonst fallen sie euch in den Rücken. Und deshalb bleibe ich hier und erledige sie, wenn sie es versuchen.«

Und weil ich mich so am einfachsten unerkannt absetzen kann, sobald den Geiseln keine Gefahr mehr droht, dachte sie bei sich. Den Ruhm für die Befreiung der Geiseln sollten ruhig Samira und die Ex-Soldatin ernten.

»Ich habe meinen Mann nirgends gefunden«, sagte Samira leise, nachdem die Ex-Soldatin weggegangen war, um sich eines Problems anzunehmen. »Er ist tot, oder? Sie wissen es. Sagen Sie es mir.«

»Die Gefahr besteht wohl ...«, sagte Ksenia.

Samira versuchte, ihre Tränen zurückzudrängen. »Ich werde ihn noch nachträglich stolz auf mich machen«, sagte sie mit erstickter Stimme.

»Ich bin sicher, er war immer stolz auf Sie«, sagte Ksenia.

Die übrigen Geiseln wurden in die Toilettenräume

gebracht, mit Posten an den Türen, mit denen Ksenia, die auf der Plaza patrouillierte, auf Zuruf kommunizieren konnte. Es war knalleng für die Leute, aber dort waren die Geiseln am sichersten, wenn es auf der Plaza zu einem Gefecht kam, und von dort konnten sie auch am schnellsten den Ausgang erreichen, wenn das Feuer eine vorzeitige Flucht nötig machen sollte. Die acht Geiseln aus der Pantry des Bistros gesellten sich zu den anderen. Ksenia brach es das Herz, als sie die Hoffnung in den Augen Samiras wieder aufkeimen sah – wenn diese acht von den Terroristen auserwählten Geiseln noch am Leben waren, dann war es ihr Mann womöglich auch noch?

Ksenia suchte nach einer Stelle, von der aus sie die gefährlichen Treppenaufgänge im Auge behalten und unter Feuer nehmen konnte, ohne dass man sie gleich entdeckte, und entschied sich für die Pantry des Bistros. Sie hatte schon Parceval und den acht Geiseln Deckung verschafft. Sie würde auch für Ksenia reichen. Sie überprüfte ihre Magazine, lud ihre Waffe einmal durch, fing die aus der Kammer katapultierte Patrone mit der hohlen Hand auf und steckte sie in die Tasche.

Die anderen postierten sich am Anfang der Rolltreppe, die vom Eingang heraufführte. Sie würden so lange in Deckung bleiben, bis die Polizei mit dem Sturm auf das Gebäude begonnen hatte. Dann würden sie den Terroristen in den Rücken fallen.

Das entsprechende Signal zur Erstürmung ließ nicht lange auf sich warten. Mehrere dumpfe Explosionen mit Lichtblitzen, die bis herauf zur Plaza irrlichterten.

Blendgranaten. Die Tränengasgranaten blieben aus – die vorrückenden Einsatzkräfte brauchten volles Sichtfeld und konnten sich nicht halb blind durch die Gasschwaden vorantasten.

Samira und die Bundeswehrsoldatin verständigten sich mit Blicken, dann schlichen sie in zwei Kolonnen die Rolltreppe hinunter. Sie drehten sich schon nicht mehr zu Ksenia um. Diese Aktion stand jetzt unter ihrem Kommando. Nur Klaus Leuterbach warf Ksenia einen ratlosen Blick über die Schulter zu. Ksenia zwinkerte ihm aufmunternd zu, dann wandte sie sich ab und eilte in ihr Versteck.

63

Freitag, 11. Dezember
03:40 Uhr

Polizeipräsident Hans Manuel Schmidt befand sich in den letzten Vorbereitungen für den Sturm auf die Elbphilharmonie, für den er jeden Moment den Einsatzbefehl erteilen würde. Er hielt gleichzeitig Funkkontakt mit den Leitern aller Hundertschaften, den Hafenbehörden, der Wasserschutzpolizei, dem Anführer des PSK und den Disponenten der Rettungsdienste und Feuerwehren. Selbst von dem Architekturbüro, das maßgeblich für die Konzeption der Elbphilharmonie verantwortlich gewesen war, und der Baufirma waren Vertreter zugeschaltet, die das Gebäude mit seinen Stärken und Schwächen wie ihre eigene Westentasche kannten.

Der Konflikt, der zwischen Schmidt und dem Innensenator wegen Parceval ausgebrochen war, ruhte. Die Verantwortung für den polizeilichen Zugriff lag allein bei Schmidt, und Klose machte sie ihm nicht streitig. Schmidt fürchtete, dass der Zwist nachher wieder ausbrechen würde, auf dem politischen Parkett und in der medialen Öffentlichkeit, und seiner Karriere ein Ende setzen würde. Nicht dass der Gedanke, nach diesem Einsatz nie wieder Polizeiarbeit leisten zu müssen, nicht etwas Angenehmes gehabt hätte! So, wie er sich derzeit fühlte, war es eher wahrscheinlich, dass er einer unehrenhaften Entlassung aus dem Dienst zuvorkam und mit dem Abschlussbericht dieser Operation auch gleich seinen Rücktritt einreichen würde.

Einer der Techniker beugte sich zu ihm herüber und klopfte auf das kleine Klapptischchen. Schmidt schreckte auf. Er schob eine Hörmuschel seines Kopfhörers vom Ohr. Der Techniker sagte: »Ihr Handy, Herr Polizeipräsident.«

Schmidt starrte sein Mobiltelefon an. Er hatte es auf einer Konsole neben seinem Platz abgelegt, jetzt vibrierte und blinkte es. Jemand rief ihn an.

Einen Augenblick lang wateten Schmidts Gedanken wie durch Schlamm. Klose? Nein, der stand draußen vor dem Kommandofahrzeug; der Innensenator würde einfach die Tür aufreißen, wenn er etwas von Schmidt wollte. Mit den Anführern der Hundertschaften und der anderen Einsatzzüge stand er per Funk in Verbindung. Seine Frau? Nein, Dienst ging vor, und erst recht in einer Nacht wie heute. Was immer auch passierte: Sie würde es allein regeln und ihn informieren, wenn er den Kopf wieder frei hatte.

Blieben – wenn man die Situation und die Uhrzeit in Betracht zog – nur zwei Leute. Einer davon war Nils Walau.

Schmidt schnappte sich das Handy. Die Nummer des Anrufers war unterdrückt. Egal. Er nahm den Anruf an. »Schmidt!«, bellte er ins Telefon.

»Legen Sie nicht wieder auf«, sagte Parceval am anderen Ende, und auch wenn Schmidt dieses Gefühl jedem anderen gegenüber geleugnet hatte, war es doch da: Erleichterung. »Walau wollte mich zwingen, eine Geisel zu erschießen, sonst hätte er acht andere erschossen. Das ist es, was Sie auf der Aussichtsterrasse mit angesehen haben. Die Frau, die ich hätte erschießen sollen, war so besonnen, mir zu helfen und die Terroristen um mich herum auszuschalten. Weder ihr noch den anderen Geiseln ist etwas geschehen. Glauben Sie mir das?«

»Ja«, sagte Schmidt schlicht. »Wie konnte Walau Sie erwischen?«

»Er hat mir eine Falle gestellt, als ich versuchte, zu den Bomben zu gelangen.«

»Aber Sie konnten entkommen?«

»Im Moment kann ich mich frei bewegen. Walau hat sich sofort nach Zündung der Bomben abgesetzt. Er hat eine Mannschaft von Verteidigern zurückgelassen, die seine Flucht decken sollen.«

»Custers letztes Gefecht, nur ohne Custer«, sagte Schmidt sarkastisch.

»Es dürften zwanzig bis dreißig Mann sein. Höchstens. Sie halten meiner Ansicht nach den Haupteingang besetzt und die Gebäudeleitstelle, von wo aus sie Ihnen mithilfe der Gebäudetechnik Schwierigkeiten machen können in den Bereichen, in denen die Technik noch funktioniert. Tore schließen, die Sie offen brauchen, Lichter einschalten, wo Ihre Leute es dunkel bräuchten und so weiter.«

»Wir haben die Unterstützung der Baufirma und des Architekturbüros. Wir können entsprechend reagieren.«

»Gut. Ich kann hier drin nicht erkennen, wie schlimm der Brand ist. Wie sieht es von außen aus?«

»Übel«, sagte Schmidt.

»Haben Sie Kollegen verloren, als die Bomben hochgingen und es Trümmer regnete?«

Schmidt registrierte, dass Parceval nicht sagte: Haben Sie *Beamte* verloren. Oder: Haben Sie einige *von Ihren* Kollegen verloren? »Nein«, sagte er. »Es gab Verletzte, auch ein paar Schwerverletzte, aber nichts Lebensbedrohliches. Wir hatten Glück. Sind Sie verletzt?«

»Nur mein Stolz ist angekratzt. Ich dachte, ich könnte Walau ausmanövrieren, dabei war er mir die ganze Zeit einen Schritt voraus. Hören Sie zu. Ich habe ein Geschenk für Sie. Einen Überläufer. Er ist verletzt. Es ist Walaus IT-Genie. Walau wollte ihn opfern. Er kann Ihnen sicher ein paar Details verraten, aber er ist übel dran und bewusstlos. Bringen Sie ihn so schnell wie möglich in einen Krankenwagen und versuchen Sie ihn aufzuwecken – etwas Adrenalin oder was weiß ich wirkt sicher Wunder. Er müsste wissen, was Walau als Nächstes vorhat.«

»Haben Sie ihn so zugerichtet?«

»Nein. Walau hat versucht, ihn abzuknallen, aber wohl nicht gut genug gezielt.«

»Wo ist der Mann?«

»Beim Eingang zur Tiefgarage. Über die können Sie übrigens in das Gebäude eindringen. Walau hat dort keine Leute postiert. Die Verteidigungslinie ist beim Haupteingang. Sie müssen sich allerdings durch den Privatbereich in die Plaza vorarbeiten. Ich habe dort vor einigen Minuten nur einen Wachposten gefunden, und den habe ich ausgeschaltet. Das mag jetzt aber schon ganz anders aussehen. Ein Hindernislauf für Ihre Leute wird es aber auf jeden Fall.«

»Die Feuerwehr braucht den direkten Zugang – über die Haupttreppe.«

»Ich weiß. Aber Sie haben Unterstützung von hinter den Linien. Die Geiseln.« Ungläubig hörte Schmidt, dass die Geiseln im Konzertsaal frei waren und sich bewaffnet hatten. Er wollte auffahren und Parceval einen Wahnsinnigen schelten, weil er zugelassen hatte, dass ein Haufen Konzertbesucher es mit Terroristen aufzunehmen versuchte. Dann wurde ihm klar, dass die ganze Situation von Beginn an ein Wahnsinn gewesen war und dass durch Parcevals Hilfe für zweihundert todgeweihte Geiseln wieder Hoffnung bestand, die sich wehrten und der Polizei halfen.

»Sind denn Leute unter den Geiseln, die wissen, wie man sich in so einer Situation verhält?«, fragte er.

»Sie kennen doch die Statistik. Es ist immer mindestens einer dabei, hinter dem mehr steckt, als der Anschein vermuten lässt.«

»Diese Statistik kenne ich nicht.«

»Es ist, wie es ist«, sagte Parceval. »Machen Sie das Beste draus.«

»Und Sie? Wo sind Sie?«

»Ich bin auf der Suche nach Walau. Irgendwo muss er sich verstecken.«

»Walau muss verhaftet werden! Sagen Sie jetzt bloß nicht irgend so einen martialischen Satz wie: Er gehört mir.«

»Ich bin nicht John Rambo«, sagte Parceval. »Aber wenn ich ihn finde, wird er es nicht überleben.«

»Parceval, hören Sie …«, sagte Schmidt.

»Ich hoffe, Sie und ich begegnen uns niemals«, unterbrach Parceval. »Aber nur weil Sie mich in diesem Fall verhaften müssten. Schicken Sie Ihre Leute in die Tiefgarage und lassen Sie den IT-Heini aufsammeln. Weidmannsheil, Herr Schmidt!«

»Es ist schade, dass Sie sind, was Sie sind«, sagte Schmidt, bevor er den Satz hinunterschlucken konnte.

»Wäre ich es nicht, wären Sie heute hier auf sich allein gestellt gewesen. Leben Sie wohl.«

64

Freitag, 11. Dezember
03:44 Uhr

Die Hundertschaft, die in die Tiefgarage eindrang, tat es mit gemischten Gefühlen. Starke Scheinwerfer leuchteten von außen in die dunkle Öffnung und ermöglichten es, bis zu der Stelle zu sehen, wo die Rampe sich zur Kehre im Untergeschoss absenkte. Alles dahinter war ein schwarzer Abgrund, in dem Dutzende Bewaffneter auf die Beamten warten konnten, die mit dem Scheinwerferlicht im Rücken beweglichen Zielscheiben auf einem gut ausgeleuchteten Schießstand glichen. Woher nahm die Einsatzleitung die Gewissheit, dass die Luft rein war? Es konnte nur eine taktische Annahme sein, mehr nicht, und wenn sie falsch war, würden sie, die Fußtruppen, die Rechnung dafür bezahlen. Jeder von ihnen war gewillt, sein Leben zu riskieren, um die Geiseln aus dem Gebäude zu befreien und dieser Tragödie ein Ende zu setzen; doch sie alle wünschten sich, dass sie dabei nicht sinnlos geopfert wurden und ihre Anführer wussten, was sie taten.

Die Männer und Frauen folgten ihren eigenen Schatten, die lang und verzerrt vor ihnen über den Betonboden fielen, an den Einfahrschranken vorbei, den Ticketautomaten, dem kleinen Häuschen mit der Notfallausrüstung. Dahinter lag eine Gestalt, vermutlich der verwundete Überläufer, auf den sie hingewiesen worden waren. Einer der Truppführer machte ein Zeichen. Drei Beamte scherten aus und kauerten neben dem Verwundeten nieder, die anderen schlossen die Lücken und gingen weiter vor, gebückt, ihre Haenel CR 223 im Anschlag, gespannt und entsichert, die Zeigefinger auf dem Abzugsrahmen, die Hände um die Griffe gekrampft.

Der Verwundete wurde auf den Rücken gedreht. Er stöhnte leise. Sein Brillenglas war gesprungen, das Gestell verbogen, sein Gesicht war voller Blut, so wie die Vorderseite seines dunklen Hemds und seines Sakkos. Eine Hand war krampfhaft zur Faust geballt. Die Beamten konnten nicht feststellen, wo der Mann getroffen worden war, aber das war auch nicht ihre Aufgabe. Das Blut war nicht mehr frisch, so viel war sicher. Er musste schon einige Zeit hier gelegen haben.

Die Beamten funkten zu den Rettungskräften, die draußen gewartet hatten. Zwei Sanitäter hasteten mit einer Notfalltrage herein, wälzten den Verletzten darauf, hoben sie hoch, ließen das Fahrwerk ausklappen und eilten wieder nach draußen. Sie hatten Anweisung, wegen Eigenschutz keine Erste-Hilfe-Maßnahmen vor Ort vorzunehmen, sondern sollten sich erst um den Verletzten kümmern, sobald er im Rettungswagen war.

Die drei Polizeibeamten schlossen sich wieder ihrer Hundertschaft an und nahmen andere Positionen ein, in die sie sich einfügten nach den Regeln einer tausendmal geübten Choreografie. Als die Gruppe dem dunklen Schlund immer näher kam, zog sie sich nach links und rechts auseinander.

Sie erreichten den Punkt, an dem die Rampe nach unten abfiel. Mobile Scheinwerfer mit starken Batterien wurden herangeschafft und aufgestellt. Die Akkus würden nicht lange halten, fünf, sechs Minuten, aber das reichte aus, um die Kehre auszuleuchten, vorzurücken und sich neu zu positionieren. Falls es nicht zu einem Schusswechsel kam. Aber in diesem Fall entschied sowieso der Augenblick.

Die Rampe war bis zur Kehre frei. Die Polizisten rückten weiter vor, die Waffen immer noch im Anschlag, schwitzend unter den Einsatzmonturen, die sie nun schon über zehn Stunden am Körper trugen, die Armmuskeln schmerzend vom Gewicht der Maschinenpistolen und die Körper verkrampft von der gebückten Haltung.

Hinter der Kehre stand ein Rettungswagen auf vier platten Reifen. Die Türen zur Fahrerkabine standen offen, ebenso die Hecktüren. Eine Person lag weiter oben, wo die Rampe zum anderen Ende der Kehre hin anstieg. Sie war offensichtlich tot – mehrere Blutspuren zogen sich von ihr zum Rettungswagen, durch die mehrmals jemand gelaufen sein musste. Das Blut war mittlerweile eingetrocknet und an mehreren Stellen verwischt.

Die Einsatzkräfte an der Spitze zögerten. Gemurmelte Informationen wurden über die Schulterfunkgeräte ausgetauscht. Schließlich rückten sechs Beamte in einer Zangenbewegung auf den Rettungswagen vor. Ihre Kameraden gaben ihnen Feuerschutz. Befand sich jemand im Rettungswagen? Man riskierte lieber nichts. Einer der Truppführer aktivierte den Lautsprecher seines Funkgeräts. Seine Stimme hallte, elektronisch verstärkt, durch die Tiefgarage und klang wie die eines Roboters.

»Sie in dem Rettungswagen. Kommen Sie mit erhobenen Händen heraus. Sie haben keine Chance.« Der Truppführer zögerte und wiederholte die Anweisung dann in holprigem Englisch.

Der Rettungswagen wackelte leicht, und was nur eine Sicherheitsvorkehrung gewesen war, erwies sich jetzt als richtige Entscheidung: Es befand sich tatsächlich jemand im Inneren des Rettungswagens. Die sechs Beamten, die vorgerückt waren, gingen in Stellung.

»Kommen Sie aus dem Fahrzeug«, sagte die Roboterstimme des Truppführers. »Jetzt. Oder wir eröffnen das Feuer.«

Ein Mann kletterte langsam aus dem Fahrzeug. Die Einsatzbeamten nahmen alle Details gleichzeitig auf: Über dem Gesicht trug er eine Sturmhaube, auf dem Oberkörper nur ein Feinrippunterhemd, und in den Händen ein Schnellfeuergewehr.

»Lassen Sie die Waffe fallen!«, gellte die Stimme des Truppführers. »Sofort.«

Der Mann schüttelte den Kopf. Er gab erstickte

Geräusche von sich und hob das Gewehr. Es sah aus, als wolle er den Beamten drohen. Im nächsten Augenblick würde er auf sie schießen.

Der Truppführer wartete nicht ab, bis der erste Schuss auf seine Leute abgefeuert wurde. Dazu war heute Nacht schon zu viel geschehen.

»Person ausschalten!«, rief er.

Die sechs Beamten, die die Vorhut gebildet hatten, schossen gleichzeitig. Der vermummte Mann taumelte rückwärts und prallte gegen den Rettungswagen, in den die Kugeln der Polizisten rot gesprenkelte Löcher stanzten. Er rutschte daran herunter, seine Waffe noch immer umklammernd, kam im Sitzen zur Ruhe, sein Kopf fiel zur Seite, seine Arme sanken herab. Selbst in dieser Lage hielt er sein Gewehr noch fest.

Zwei Beamten liefen mit den Maschinenpistolen im Anschlag auf ihn zu. Einer schob die Sturmhaube hoch, um den Puls des Mannes zu fühlen. Der andere versuchte, mit dem Fuß das Gewehr wegzuschieben, doch vergeblich. Die beiden Beamten starrten überrascht auf die Hände des Mannes.

»Was zum Geier…?«, sagte der eine, der den Puls fühlte.

»Lagebericht!«, rief die Roboterstimme des Truppführers.

»Zielperson ist tot!«, rief der Polizeibeamte über die Schulter. »Das müsst ihr euch ansehen!«

Er zog dem Toten die Sturmhaube vom Kopf und rief erneut: »Was zum Geier…?«

Der Tote trug ein Band Panzertape über den Mund

geklebt. Mit seiner Waffe verhielt es sich ähnlich. Sie war mit hautfarbenen Pflasterstreifen an seine Hände geklebt, die von Weitem gar nicht aufgefallen waren. Er hätte seine Waffe gar nicht fallen lassen können. Der Truppführer beugte sich vor und zog das Magazin aus der Waffe. Es war leer. Selbst wenn der Mann seinen rechten Zeigefinger, der am Abzugsrahmen festgeklebt war, hätte lösen und den Abzug betätigen können, wäre nichts geschehen.

»Was für ein Bockmist ist das hier?«, murmelte der Truppführer.

Sie legten den Toten auf die Seite.

»Irgendwas ist auf seinen Rücken geschrieben«, sagte eine Polizeibeamtin.

Sie drehten den Toten auf den Bauch. Auf die freie Hautstelle zwischen den Trägern des Unterhemdes hatte jemand mit Edding geschrieben:

> GESTATTEN: CHAMSUL BAKOMET, DIE
> IT HINTER DEM ANSCHLAG. WEITERES
> VORDRINGEN DURCH DIE TIEFGARAGE
> GEFAHRLOS.
> ALLES GUTE, RP.

»Was zum Geier …?«, sagte der eine Polizeibeamte zum dritten Mal.

65

Freitag, 11. Dezember
03:46 Uhr

Die Rettungssanitäter schoben ihren blutverschmierten Schützling so schnell es ging über das Kopfsteinpflaster auf dem Vorplatz. Ihren Ängsten zum Trotz, und obwohl es ein Slalomparcours zwischen herabgefallenen Trümmern und immer noch schwelenden Wandverkleidungen war, erreichten sie ihren Rettungswagen unversehrt. Das Blaulicht auf seinem Dach zuckte bereits in seinem hektischen Rhythmus, und der Motor lief. Sie hatten die Order, den Verletzten ohne Rücksicht auf Verluste aus seiner Bewusstlosigkeit zu holen, obwohl ein nicht auszuschließendes Risiko für den Mann bestand. Aber nach den Geschehnissen der heutigen Nacht hatten sie kein Mitgefühl mehr. In dem Moment, in dem der Polizeipräsident oder wer auch immer den Mann befragt hatte und aus dem Rettungswagen gestiegen war, würden sie ihn in Eppendorf abliefern und zurückkehren.

Sie schoben die Krankentrage in den Wagen und kletterten beide hinterher.

»Hast du schon gesehen, wo es ihn erwischt hat?«, fragte der eine.

»Nein«, sagte der andere. »Komische Wunde, die man bei so viel Blut nicht sofort sieht. Aber das Blut muss ja wo herkommen, oder?«

»Ich kümmere mich um ihn«, sagte der eine Sanitäter. »Du gehst nach vorn und verständigst die Einsatzleitung. Ich bereite die Injektionen vor.«

Doch der vorgeblich Bewusstlose richtete sich plötzlich auf und griff nach dem einen der beiden Sanitäter. Er zog ihn dicht zu sich heran, und ein klickendes Geräusch erklang, als würde die Klinge eines Schnappmessers herausfahren.

»Tut mir leid, Jungs«, sagte der Verletzte. »Ihr habt so was nicht verdient. Aber ich brauche euren RTW.«

66

Freitag, 11. Dezember
03:55 Uhr

Die ungebetenen Besucher, auf die Ksenia gewartet hatte, trafen nicht über das Versorgungstreppenhaus ein, sondern durch die verspiegelte Tür gegenüber dem Bistro. Es waren auch keine Terroristen, sondern Polizisten in vollen Einsatzmonturen. Die ersten Beamten kamen im Laufschritt heraus, verteilten sich sofort in Form eines Fächers, gingen auf die Knie und sicherten mit ihren Waffen den gesamten Raum vor der Tür. Erst dann folgten nach und nach und mit einer Mischung aus Vorsicht und Eile die Kollegen.

Ksenia reagierte schnell. Sie sicherte ihre Waffe, streckte die Hand nach einem der erschossenen Bistromitarbeiter aus, fuhr damit unter seinen Körper und beschmierte sie mit halb geronnenem Blut. Sie rieb es sich über die linke Gesichtshälfte. Es schüttelte sie vor Ekel, aber es war nötig. Das Blut verdeckte ihre Narben – ein unverkennbares Merkmal, mit dessen Hilfe sie wiedererkannt werden konnte. Dann holte sie Atem und rief so laut sie konnte: »Hier bin ich! Hilfe! Ich brauche Hilfe!«

Als die Einsatzkräfte ins Bistro vorrückten – drei Mann, einer vorweg, der von den anderen beiden gesichert wurde –, kniete Ksenia bereits im Eingang zur Pantry, die Hände hoch erhoben, die Waffe außer Reichweite vor sich liegen. »Gott sei Dank!«, rief sie und tat so, als würden Tränen ihre Stimme ersticken. »Gott sei Dank sind Sie da!«

»Sind Sie allein?«, fragte der Anführer. Sein Gesicht war nicht zu erkennen, aber die Stimme, dumpf durch die Schutzmaske, war die einer Frau.

»Ja. Ich wollte den anderen den Rücken decken …« Ksenia sprudelte so schnell sie konnte einen Lagebericht herunter. Sie hoffte, dass den Polizisten in der Hektik nicht auffiel, wie präzise und ohne jeden überflüssigen Schnickschnack ihre Angaben ausfielen. Eine verängstigte Geisel wäre zu so einer dezidierten Darstellung niemals in der Lage. Aber das Risiko musste sie eingehen. Sie durfte Samira und die anderen, denen die Einsatzkräfte jetzt die Rolltreppe hinunter folgten, nicht in Gefahr bringen. Unpräzise Informationen bedeuteten in einer Lage wie dieser jedoch Lebensgefahr.

Sie erwartete, ihre Angaben für den Truppführer wiederholen zu müssen, aber die Polizisten waren auf Zack. Noch während sie aus dem Bistro geführt wurde, informierten ihre Begleiter den Leiter der Hundertschaft über die Lage, und noch während Ksenia erklärte, dass das Blut nicht ihres und sie nicht verletzt war und keine sofortige ärztliche Hilfe benötigte, schwärmten die Beamten die Rolltreppe hinunter. Ein halbes Dutzend blieb in strategischen Positionen zurück, um die Plaza zu sichern. Wenn jetzt wirklich noch Terroristen heraufkamen, um nach den Geiseln zu sehen, wartete auf sie eine gewaltsame Begrüßung.

Ksenia gesellte sich zu den anderen Geiseln, um die sich zwei Beamte mit medizinischer Ausbildung kümmerten. Sie versuchte, sich zu entspannen. Der Kampf um die Elbphilharmonie war so gut wie vorüber. Die überlebenden Geiseln waren gerettet. Als Nächstes würden Feuerwehrtrupps im Gebäude ausschwärmen und versuchen, das Feuer in den oberen Stockwerken unter Kontrolle zu bringen. Vielleicht war die Elbphilharmonie ja noch zu retten.

Aber die Erleichterung stellte sich nur zum Teil ein. Sie hatte keine Ahnung, was aus Parceval geworden war. War er der Hundertschaft in die Hände gelaufen? Sie konnte nur hoffen, dass es nicht der Fall war. Sie verfluchte sich, schon wieder nicht an seiner Seite zu kämpfen. Es war nicht viel anders als damals in den Bergen, nur dass sie dieses Mal nicht anders konnte, als ihn allein losziehen zu lassen. Es machte die Sache nicht besser.

Ihr wurde auf einmal klar, dass sie die sechs Jahre, in denen Parceval im Gefängnis gesessen hatte und sie ihr ziviles Leben aufgebaut hatte, in einer Art Wartestellung verbracht hatte. Irgendwie war alles halb unwirklich gewesen, als hätte erst Parceval die Realität in ihr Leben gebracht, und jetzt war er ihr entglitten. Fast schockiert erkannte sie, dass sie, sollte man Parceval geschnappt haben, nicht in ihr altes Leben zurück konnte. Diese Leere würde sie kein zweites Mal ertragen.

Und was bedeutete das? Was, wenn man versuchte, ihre Gefühle für Parceval mit einem einzigen Wort zu beschreiben?

Sie weigerte sich, ihren Gedanken dorthin zu folgen. Als zwei Polizisten von einem lahmgelegten Rettungswagen sprachen, erinnerte sie sich, dass Parceval etwas in der Art gesagt hatte, dass deutsche Automobile nicht mehr so zuverlässig waren wie früher.

Der Rettungswagen. Parceval hatte den Rettungswagen offenbar unbrauchbar gemacht, sodass Walau nicht mehr damit fliehen konnte. Der Anführer der Terroristen musste daher eine andere Fluchtmöglichkeit gefunden haben, sonst wäre er geschnappt worden oder wieder zur Plaza zurückgekehrt.

Je mehr Ksenia darüber nachdachte, desto mehr wurde ihr bewusst, dass Parceval sich geirrt haben musste. Welchem Zweck auch immer der Rettungswagen in der Tiefgarage gedient hatte, er war nicht als Fluchtfahrzeug für Nils Walau vorgesehen. Der Terrorist musste planmäßig auf einem anderen Weg entkommen sein.

Und dafür blieb nur eine Möglichkeit, wenn man die Lage der Elbphilharmonie bedachte: über das Wasser. Dort herrschte das gleiche Chaos wie auf den Straßen rund um das Gebäude. Wenn es Walau gelungen war, unbemerkt ein Boot zu kapern, das halbwegs wie ein Einsatzboot aussah – eine Rettungsbarkasse, ein Löschboot, irgendetwas –, würde man ihn damit genauso wenig behelligen wie in einem Rettungswagen.

Weit käme er mit einem solchen Vehikel allerdings nicht. Musste er auch nicht. Denn im Waltershofer Hafen lag ein Schiff, auf dem Walau sich so heimisch fühlte, dass er versucht hatte, Parceval dort in eine Falle zu locken. Die MELINA.

Als sie hörte, dass es bei dem Schusswechsel im Eingangsbereich Verletzte gegeben hatte, sprang sie auf. Sie hatte in Sekundenschnelle einen Entschluss gefasst.

Sie wandte sich an einen der Polizisten und bat, Erste Hilfe leisten zu dürfen. Der Beamte beachtete sie kaum, sondern sagte nur: »Passen Sie auf sich auf!«, und wies zur Rolltreppe. Ksenia rannte in die Pantry des Bistros und riss den Erste-Hilfe-Kasten von der Wand. Sie klappte ihn auf – Pflaster, Binden, Rettungsdecken, Kompressen, Kühlspray … und eine medizinische Schutzmaske, die sie sich überstreifte. Mit dem Kasten unter dem Arm eilte sie die Rolltreppe hinunter. Wenn sie es erst aus dem Gebäude geschafft hatte, würde sie auch einen Weg finden, wie sie zur MELINA gelangen konnte.

Sie lief an Samira und den Geiseln vorbei, die ihre Waffen mittlerweile der Polizei übergeben hatten und von Beamten umringt waren. Samira stand abseits und weinte. Die anderen redeten mit glühenden Gesichtern durcheinander und mit den Polizeibeamten. Niemand achtete auf Ksenia, als sie an ihnen vorbeirannte und immer wieder rief: »Ich bin Ärztin. Lasst mich durch!«

67

Freitag, 11. Dezember
04:01 Uhr

Eine so eiskalte Taubheit, dass sie einem kaum zu ertragenden Schmerz gleichkam, war das Erste, was Kriminaloberkommissar Felix Straack fühlte. Er dachte, seine rechte Seite würde in einem Schraubstock aus Eis stecken. Seine Augen waren verklebt, und er hatte Mühe, sie zu öffnen. Straack befand sich in einem Raum mit einer trüben gelben Kellerbeleuchtung. Als er versuchte, sich zu bewegen und vor Schmerz keuchte, hörte er den Widerhall davon. Die Wände dieses Raums mussten aus Metall sein.

»Ich glaube, der Polizist ist wach, Mama«, sagte eine dünne, ängstliche Kinderstimme. Straack brauchte einige Augenblicke, um zu verstehen, dass das Kind deutsch sprach – mit ausgeprägtem hanseatischen Dialekt.

Das Gesicht einer Frau schob sich in sein Blickfeld. Er sah von ihr nicht viel außer strähnigem Haar und dem Widerschein der Deckenlampe in ihren Augen.

»Was ist passiert?«, fragte er.

»Sie wurden angeschossen. Wie fühlen Sie sich?«

»Wie einer, der angeschossen wurde – mit einer Kanone. Ist es schlimm?«

»Ich weiß es nicht.«

»Wo sind wir hier?«

»In einem Container auf der MELINA.«

»Auf der MELINA … Sie wissen, dass dies nicht die AUGUSTUS OF THE SEA ist?«

Die Frau nickte. »Sie haben den Namen überpinselt, nehme ich an.«

»Ich glaube, ich muss mich jetzt mal vorstellen«, sagte Straack nach einer Pause, in der er sich bemüht hatte, nicht ohnmächtig zu werden. »Bevor ich wegkippe. Ich bin …«

»Kriminaloberkommissar Felix Straack.« Die Frau hielt das Mäppchen hoch, in dem Straack seinen Dienstausweis und die Kripomarke mit sich führte. »Das haben die mit Ihnen zusammen hier reingeschleppt.«

»Und Sie sind …?«

»Ich bin Heike Uhl. Das hier ist meine Tochter Isabell. Meinem Mann gehört die Reederei, die das Schiff betreibt.«

Straack starrte die Frau ungläubig an. Für einen Moment vergaß er sogar die Schmerzen. »Ihr Mann ist … Lukas Uhl? Der Reeder? *Maritime Cargo Solutions*?«

Heike Uhl nickte.

»Wie kommen Sie auf die MELINA?«

»Nicht freiwillig, das dürfen Sie mir glauben.«

»Und wie lange sind Sie schon hier … Sie und Isabell?«

»Seit die MELINA hier angelegt hat.«

Straack antwortete nicht, weil Heike Uhls Gesicht auf einmal von ihm wegrückte und von allen Seiten seines Sichtfeldes wabernde Dunkelheit auf ihn einströmte. Er merkte, dass er diesmal den Kampf gegen die Ohnmacht verlieren würde. Ihm wurde schwindlig, er spürte den Schmerz nicht mehr, und er atmete stoßweise, was in seinen Ohren wie das Auf- und Abschwellen eines riesigen Blasebalgs klang.

Dann war Heike Uhls Gesicht wieder dicht vor ihm. Ihre Augen glitzerten.

»Wie lange war ich weg?«, fragte er mit schwerer Zunge.

»Eine Minute vielleicht. Sie brauchen dringend einen Arzt. An Bord haben sie einen Sanitäter, der hat Sie anscheinend notdürftig versorgt, aber auf die Dauer reicht das nicht.«

»Wo hat es mich denn erwischt?«

»Spüren Sie das nicht?«

»Wenn ich das anhand meiner Schmerzen beantworten würde, würde ich sagen: Selbst meine Haarspitzen wurden noch getroffen.«

»Rechte Schulter«, sagte Heike Uhl. »Unterhalb des Schlüsselbeins.«

Straack nickte und gab es gleich wieder auf. Jede Bewegung war die Hölle.

»Sind Sie unverletzt? Und Isabell?«

»Uns ist nichts geschehen«, sagte Heike Uhl. »Isabell fürchtet sich nur vor all dem Blut. Sie ist erst neun.«

»Ich bin fast zehn«, piepste die dünne, ängstliche Kinderstimme. Straack hätte gern den Kopf gehoben, um nach dem Mädchen zu sehen, aber er wagte es nicht.

»Wo ist Ihr Mann?«, flüsterte er.

»Ich weiß es nicht«, sagte Heike Uhl.

»Die haben Papa mitgenommen«, sagte Isabell und begann zu weinen.

»Dein Papa ist sicher in Ordnung, keine Sorge«, sagte Straack hilflos.

Isabell weinte weiter, mit dem lauten, unverstellten Schluchzen eines unglücklichen Kindes. Straack wechselte einen Blick mit Heike Uhl.

»Wissen Sie mehr?«, fragte sie und beugte sich über ihn. Kaum hörbar flüsterte sie: »Sie haben doch hier ermittelt, oder? Sind Sie den Schweinen auf die Spur gekommen? Konnten Sie meinen Mann befreien? Wo sind Ihre Kollegen?«

»Ich bin allein«, flüsterte Straack zurück. »Ich habe auf eigene Faust ermittelt, als mir wegen der MELINA einige Ungereimtheiten auffielen.«

»Warum ermitteln Sie allein?«

»Wissen Sie denn nicht, was heute Nacht passiert ist?«, fragte Straack fassungslos.

»Nein!«, rief Heike Uhl. Isabell weinte noch lauter. Heike Uhl verschwand aus Straacks Sichtfeld, und er hörte, wie sie das Kind tröstete. »Komm mit, wir setzen uns zu Herrn Straack«, hörte er sie sagen. »Er ist nett.«

»Nein, da ist so viel Blut!«, rief Isabell. »Ich will hierbleiben.«

Heike Uhl kam nach kurzer Zeit zurück. »Was ist denn passiert?«, fragte sie leise.

»Die Mistkerle haben die Elbphilharmonie überfallen. Meinen letzten Informationen zufolge haben sie zweihundert Geiseln genommen und«, er senkte die Stimme noch weiter, »eine unbekannte Anzahl Menschen bei der Erstürmung des Gebäudes getötet.«

»Gütiger Himmel«, sagte Heike Uhl tonlos. »Das war es, was sie vorhatten? Ich dachte, es ginge um Drogen. Oder Waffen. Wozu? Ist das ein Terrorakt?«

»Sieht so aus. Wenn mich nicht alles täuscht, haben sie eine Bombe gezündet. Bevor ich angeschossen wurde, sah ich nur noch, wie bei der Elbphilharmonie etwas hochging.«

»Gütiger Himmel.«

»Erzählen Sie mir von Anfang an«, drängte Straack. »Solange ich noch zuhören kann.«

»Vor einem halben Jahr wurden zwei Schiffe meines Mannes gechartert. Die MELINA und die AUGUSTUS OF THE SEA. Die Kunden waren eine afghanische Regierungsstelle und eine Firma im Irak.«

»Ich schätze, das waren nur Strohmänner«, sagte Straack. »Beide Schiffe wurden von Anfang an von einer einzigen Kommandozentrale aus befehligt.«

»Sie wissen das mit Gwadar? Dem Transpondertausch?«

»Ich habe es mir zusammengereimt.«

»Mein Mann auch. Aber da war es schon zu spät.

Vor knapp einer Woche kam mein Mann früh aus dem Büro nach Hause, drei Männer im Schlepptau. Ich war überrascht, weil er normalerweise nie Kunden nach Hause bringt. Die Männer trugen Waffen und trieben uns in einem Raum zusammen. Wir waren Gefangene im eigenen Haus. Ich wurde gezwungen, Isabell von der Schule abzumelden. Mein Mann musste alle seine Termine absagen. Sie überwachten die Schifffahrtsrouten vom Rechner meines Mannes aus. Wir erfuhren nichts, aber mein Mann hatte da schon den Verdacht, dass die Sache mit der MELINA und der AUGUSTUS in Zusammenhang stehen könnte.«

»Diese drei Männer … wer waren die?«

»Einer von ihnen war ein Deutscher. Noch jung … keine fünfundzwanzig. Er nannte sich Martin. Er ging immer am Morgen weg und kam abends wieder, als ginge er einer geregelten Arbeit nach. Wenn er bei uns im Haus war, telefonierte er oft – ich glaube, mit seiner Freundin oder Frau, ich weiß es nicht genau, aber es hörte sich vertraut an. Bei einem dieser Gespräche schnappte ich etwas auf, das sich danach anhörte, als würde er im Krematorium arbeiten. Aber vielleicht war das nur ein geschmackloser Scherz.«

»Im Krematorium?«, fragte Straack. Bei ihm klingelte irgendwas, eine polizeiliche Meldung mit dem Öjendorfer Krematorium, aber an mehr erinnerte er sich nicht.

»Dann nahmen sie meinen Mann mit. Martin sagte, sie bräuchten ihn, damit er etwas mit den Hafenbehörden regle. Seine Beziehungen spielen lasse und so …«

»Die MELINA liegt abseits vor Anker und wurde von der Hafenaufsicht weitestgehend ignoriert. Das war für ihre Manöver wichtig. Und das konnte nur Ihr Mann einfädeln. Er hat bestimmt ein paar Leute von der Behörde in der Tasche, oder?«

»Ich weiß nicht, was Sie meinen«, sagte Heike Uhl steif.

Straack seufzte. Jetzt war nicht der richtige Zeitpunkt, auf Lukas Uhls zweifelhaftem Ansehen bei der Polizei herumzureiten. »Wie ging es weiter?«

»Einen Tag später brachten sie mich und Isabell hierher. Bei Nacht. Wir wurden in diesen Container gesperrt und sind seitdem ohne jeden Kontakt zur Außenwelt. Bis man Sie hier hereinbrachte.«

»Zu wievielt sind die? Ich habe zwei gesehen.«

»Ich habe insgesamt fünf verschiedene Gesichter erkannt. Vielleicht gibt es noch einen sechsten, der sie befehligt, aber mehr dürften es nicht sein. Der Sanitäter, der Sie erstversorgt hat, gehört zur Crew. Die sind Gefangene, so wie wir, und halten sich nur im Inneren des Schiffs auf.«

»Ihr Mann?«

»Ich habe nichts von ihm gehört, seit sie ihn weggebracht haben.«

»Sie halten ihn wahrscheinlich irgendwo anders gefangen, damit er nicht mit Ihnen kommunizieren kann«, sagte Straack. »Vielleicht sogar in einem anderen Container auf diesem Schiff.« Im Stillen ahnte er, dass Lukas Uhl längst tot war. Er war getötet worden, sobald er den Terroristen nicht mehr von Nutzen war. Und das war gewesen, als er den letzten Faden seines Netzwerks gezupft und dafür gesorgt hatte, dass die MELINA nicht behelligt wurde.

»Was haben diese Leute jetzt vor?«, murmelte Heike Uhl. »Wenn sie die Elbphilharmonie gesprengt haben … wie wollen die von hier wegkommen?« Sie gab sich selbst die Antwort. »Mit der MELINA«, sagte sie. »Die von aller Welt für die AUGUSTUS OF THE SEA gehalten wird, sodass sie völlig unverdächtig den Hafen verlassen kann, selbst wenn jemand die Verbindung zwischen den Terroristen und der MELINA hergestellt haben sollte.«

»So sehe ich es auch.«

»Und was passiert dann mit uns?«

»Uns lassen sie frei, sobald sie internationale Gewässer erreicht haben«, log Straack. In seinem Inneren bäumte sich bereits die verzweifelte Hoffnung, dass alles gut ausgehen würde, gegen die Gewissheit auf, dass die Terroristen ihn, Heike Uhl und Isabell töten würden, noch bevor die MELINA ablegte. Sie warteten nur noch auf die endgültigen Befehle ihres Anführers.

Nur ein Mensch konnte wissen, wo Straack war – der Disponent in der Notrufzentrale des Präsidiums. Würde er sich bei all dem Stress der heutigen Nacht daran erinnern, schon länger nichts mehr von Straack gehört zu haben? Falls er es nicht tat, konnte nur noch ein Wunder die drei Gefangenen im Container auf der MELINA retten.

Von draußen, durch die Stahlwände des Containers kaum gedämpft, erklang plötzlich das Hupen eines

Autos. Gleich danach sprang ein Martinshorn an und orgelte für ein paar Sekunden seine gellende Melodie, wie ein Signal.

»Ein Krankenwagen«, sagte Heike Uhl überrascht.

»Nein«, sagte Straack. »Rettungsdienst und Feuerwehr haben Presslufthörner. Die Polizei hat ein elektronisches Signalhorn. Der Unterschied ist nicht groß, aber man kann ihn hören. Und das da draußen – war das Signalhorn eines Polizeifahrzeugs.«

Auf dem Schiff waren schnelle Schritte zu hören und kurze Kommandos.

»Sind das Ihre Kollegen?«, fragte Heike Uhl voller Hoffnung.

Die Containertür wurde aufgerissen. Einer der Terroristen erschien in der Öffnung, umrahmt vom Widerschein eines zuckenden Blaulichts. Isabell schrie auf. Der Terrorist zischte ein kaum verständliches »*Silence*!«, legte einen Finger auf die Lippen und zielte gleichzeitig in Isabells Richtung. Heike Uhl eilte zu ihrer Tochter, zog sie an sich und drückte das Gesicht des Kindes an ihre Brust. Der Terrorist wiederholte seinen Befehl, dann verließ er den Container wieder und schloss die Tür hinter sich.

In Felix Straack machte die plötzlich aufgekeimte Hoffnung einem deprimierten Gefühl Platz. Ihm wurde klar, was passiert war. Der Disponent in der Notrufzentrale hatte ihn nicht vergessen. Und er hatte einen Streifenwagen herbeordert, als Straack sich nicht mehr gemeldet hatte. Es hatte eine Weile gedauert, bis ein Wagen frei geworden war, aber jetzt waren die Kollegen draußen am Kai, hatten keine Gangway gefunden und versucht, die Schiffsbesatzung mit der Hupe und dem Signalhorn auf sich aufmerksam zu machen.

Straack hatte den Gedanken kaum zu Ende gedacht, als er schon das abgehackte Stottern von Automatikwaffen hörte.

68

Freitag, 11. Dezember
04:03 Uhr

Der Raubüberfall auf das Winterdock der *Feuerwehr IV* war weitergemeldet worden, aber trotz des damit verbundenen Tötungsdelikts ging die Meldung im Tohuwabohu unter. Sie erreichte einige Stellen, andere nicht. Von den Stellen, die sie erreichte, meldeten nicht alle die Angelegenheit an die nächsttieferen Organisationsstufen weiter. Bei anderen kam sie nur bruchstückhaft an, sodass die Beamten sich fragten, was am Diebstahl eines alten Museumsboots so wichtig war, wenn die Elbphilharmonie in Flammen stand und Terroristen die Hansestadt angriffen.

Nach außen hin wirkten die Manöver der *Feuerwehr IV* schlüssig. Sie legte mit sprühenden Wasserkanonen bei der Elbphilharmonie an und verbreitete auf diese Weise einen im Widerschein von Feuer und Strahlern schimmernden Nebel, der es schwierig machte zu sehen, was bei ihr vorging. Wer sich die Mühe machte, genauer hinzusehen, konnte erkennen, dass eine kleine

Gruppe an Bord ging – wohl gerettete Geiseln aus der brennenden Elbphilharmonie. Die *Feuerwehr IV* legte gleich darauf ab und fuhr in einem Zickzackkurs durch das Getümmel an Booten, die bis zu den Landungsbrücken das Hafenwasser aufwühlten. Niemand hielt das grellrote Löschboot an. Es wurde einmal angefunkt, weshalb es sich aus der Brandbekämpfung zurückziehe, worauf Nils Walau, der das Steuer übernommen hatte, mit atemloser Stimme antwortete, er müsse verletzte Geiseln an Land bringen, bevor er sich wieder an den Löscharbeiten beteiligte. Kurze Zeit später setzte er einen allgemeinen Ruf ab, dass die Pumpen versagt hatten und die *Feuerwehr IV* sich zu Reparaturarbeiten zurückziehen müsse. Auch das brachte er mit künstlicher Aufregung in der Stimme hervor und vergaß nicht, sich als Mitglied der Hamburger Feuerwehrhistoriker abzumelden – des Vereins, der die Pflege und Wartung des alten Museumsboots übernommen hatte – und den anderen viel Glück zu wünschen.

»Martin und Tanja haben dich wirklich gut gebrieft«, sagte Janine zu ihrem Mann, als er das Funkgerät ausschaltete.

»Immer gut, Leute vor Ort zu haben«, erwiderte Walau. »Wünschen wir ihnen, dass sie es schaffen zu entkommen.«

»Einen Rettungswagen lässt heute jeder durch. Du hast das exzellent vorbereitet.«

»Schade, dass sie sich uns in Afghanistan nicht anschließen. Martin hat Fantasie und Unerschrockenheit bewiesen. Es war seine Idee, die Leiche von Uhl im

Krematorium zu entsorgen. Quasi unter aller Augen und doch unbemerkt.« Walau grinste. »Was für Talente in manchen Leuten schlummern …«

»Hast du nicht gesagt, Martin und Tanja wären überzeugt von unseren Zielen?«

»Zu überzeugt«, sagte Walau. »Sie planen, sich nach Syrien abzusetzen und dort mitzuhelfen, den IS wiederauferstehen zu lassen.«

Er lenkte die *Feuerwehr IV* in einem engen Bogen um den Kai mit den Verladekränen, der in die Einfahrt zum Parkhafen ragte.

»Da vorn ist die MELINA …«, sagte er zu Janina und deutete auf den massigen Schatten des am äußersten Ende des Waltershofer Hafens vertäuten Schiffs. Seine Stimme erstarb, und sein Gesicht verzerrte sich vor Unglauben und Wut. Dann drückte er den Gashebel der *Feuerwehr IV* nach vorn.

Janina Walau beugte sich vor und starrte durch die verkratzte Scheibe im Ruderhaus. »Das Schiff mit der Bullenkarre am Kai? Auf dem geschossen wird?«

69

Freitag, 11. Dezember
04:04 Uhr

Parceval jagte mit eingeschaltetem Blaulicht, aber ohne Martinshorn am Waltershofer Kai entlang – links die Containerinsel, rechts die Verladekräne. An einem normalen Morgen um vier Uhr früh wäre ziemlich viel los gewesen und seine Fahrt ein mühsamer Slalom. Aber die Ereignisse rund um die Elbphilharmonie hatten die Hafenarbeiten mittlerweile fast zum Erliegen gebracht.

Aus dem Augenwinkel sah er, dass die zu verladenden Schiffe hell erleuchtet waren und ihre Besatzungsmitglieder alle an Deck standen, um sich das Spektakel des hell erleuchteten Nachthimmels über der HafenCity anzuschauen. Gruppen von Dockarbeitern bevölkerten die Lücken zwischen den Schiffen und spähten ebenfalls in Richtung Osten. Die Verladekräne bewegten sich nicht. Niemand achtete auf etwas anderes als die brennende Elbphilharmonie in der Ferne. Parceval hatte beide Hände am Steuer und konzentrierte sich darauf, in letzter Minute einem Hindernis ausweichen zu müssen. Sein Gesicht spannte an all den Stellen, an denen es ihm nicht gelungen war, mit dem Mineralwasser der Sanitäter das Blut vollständig abzuwaschen. Seine Hände fühlten sich klebrig an.

Zwischen dem letzten regulären Frachtschiff und der MELINA klaffte eine Lücke von bestimmt fünfhundert Metern. Parceval gab Gas. Er sah das Flackern von Blaulicht vorn bei der MELINA und erkannte, dass dort ein Einsatzfahrzeug der Polizei stand. Er sah das Aufblitzen entlang der Reling des Schiffs, als stünden dort mehrere Presseleute und würden zu dem Polizeifahrzeug hinüberfotografieren. Aber das waren keine Kamerablitze. Jemand schoss von dem Schiff herunter auf die Polizisten. Noch näher heran, machte er zwei Uniformierte aus, die hinter dem Einsatzfahrzeug in Deckung lagen. Sie erwiderten das Feuer nicht, ein schlechtes Zeichen. Sie mussten beide verletzt sein – oder tot. Der Streifenwagen, ein Mercedes-Benz S212, bot keinen sicheren Schutz vor Kugeln.

Parceval fuhr so lange Vollgas, wie es ging. Dann stieg er auf die Bremse. Der Rettungswagen versuchte auszubrechen, aber das ABS hielt ihn halbwegs in der Spur. Er ging von der Bremse und stieg dann noch einmal mit aller Kraft auf das Pedal. Jetzt blockierten die Räder. Der Rettungswagen rutschte mit kreischenden und qualmenden Pneus die letzten Meter, bevor er zwischen dem Einsatzfahrzeug und dem Schiff zu stehen kam. Vor Verblüffung stellten die Männer auf der MELINA das Feuer ein – lange genug, damit sich Parceval aus der Fahrerkabine fallen lassen konnte.

Er rannte um das Polizeifahrzeug herum, dessen Scheiben sowie die Reifen rechts alle zerschossen waren. Kühlflüssigkeit und Benzin sammelten sich in einer Lache unter dem Fahrzeug. Scherben lagen überall herum. In die blau-gelb-silberne VESBA-Beklebung waren Löcher von den Kugeleinschlägen gestanzt. Nun schlugen weitere Kugeln in den Rettungswagen ein.

Von den Polizisten waren beide getroffen, einer reagierte nicht. Der Beamte, der noch bei Bewusstsein war, rollte sich herum. Er hielt eine Maschinenpistole fest. »Wir brauchen Hilfe…«, keuchte er. »Er hier… zuerst.« Er deutete auf seinen Kollegen und erstarrte noch in der Bewegung, als er sah, dass er es nicht mit einem Rettungssanitäter zu tun hatte. Er hob seine Waffe, konnte sie aber nicht oben halten und ließ sie wieder sinken.

»Ich bin auf Ihrer Seite«, stieß Parceval hervor. »Welche Einsatzmittel haben Sie an Bord?«

»Die üblichen. Zweite Maschinenpistole. Nagelgurte. Schutzwesten…«

»Reizgas?«

»Keine Granaten. Nur… Sprühgerät. Wer sind Sie?«

»Der Polizeipräsident schickt mich«, sagte Parceval.

»Warum kommen Sie… im RTW?«

»Lange Geschichte«, sagte Parceval. Er untersuchte den Polizisten hastig. Er hatte zwei Treffer abbekommen – keine lebenswichtigen Organe, wie es aussah, aber er brauchte dennoch dringend notärztliche Versorgung. Seinem Kollegen fühlte er den Puls, sein Herz schlug schwach, aber stetig. Parceval tätschelte dem

Bewusstlosen die Schulter. Wie es aussah, hatte er mehr Glück gehabt als sein Kollege und »nur« einen Streifschuss an der Stirn davongetragen. Für ihn musste es sich angefühlt haben, als hätte man ihm mit einem Vorschlaghammer gegen den Schädel gedonnert.

Die Terroristen hatten den Beschuss von Deck eingestellt. Parceval hörte jemanden rufen: »Hey!«, und gleich danach in kaum verständlichem Englisch: »Hey, ihr da drüben. Polizei. Noch am Leben?« Jemand anders lachte.

»Wie komme ich aufs Schiff?«, fragte Parceval.

Der Polizist stieß hervor: »Aufs Schiff? Verrückt geworden?«

»Ich muss da rüber.«

»Keine Gangway. Deshalb ... haben wir versucht, uns bemerkbar zu machen. Die Vollpfosten haben ohne Vorwarnung geballert!«, ächzte der Polizist.

Vom Schiff kam erneut der Ruf: »Hey, Polizei. Schon tot?«

»Ist Ihre Pistole einsatzbereit? Die Walther ...?«

Der Polizist schielte auf die Pistole an seinem Gürtel. »Ja, aber ...«

»Können Sie schießen? Grob in eine Richtung? Ohne groß zu zielen?«, fragte Parceval.

»Solange ich dabei nichts treffen muss.« Der Beamte versuchte über seinen müden Scherz zu lachen und stöhnte gleich darauf.

Parceval holte Atem. Er brauchte eine Gangway. Und er wusste, wie er die Männer auf der MELINA dazu bringen konnte, eine für ihn bereitzustellen.

»Nicht schießen!«, schrie er auf Englisch zurück. »Ich bin der Sanitäter. Nicht schießen! Ich bin verletzt!«

»Was ist mit Polizei?«, erklang es vom Schiff.

»Legen Sie sich flach auf den Bauch«, sagte Parceval zu dem Polizeibeamten. »Nehmen Sie die Walther und schießen Sie unter den Fahrzeugen durch. Die werden gleich rüberkommen. Vielleicht können Sie ihnen ein paar Zehennägel abschießen. Auf jeden Fall wird es sie verwirren.«

»Die kommen rüber?«, stieß der Beamte alarmiert hervor.

»Ja«, sagte Parceval. »Weil ich sie einladen werde.«

»Die sollen das Schiff verlassen?«

»Sie können nicht ewig einen auf Belagerung machen. Irgendwann fällt den Arbeitern vorn am Dock auf, was hier los ist. Sie müssen die Situation schnellstens beenden. Und deshalb müssen sie vom Schiff runter und zu uns kommen.«

»Sind Sie wahnsinnig?«

»Nein«, sagte Parceval. »Kriegen Sie das hin, unter dem Wagen durchzuschießen?«

Der Polizist ließ sich zur Seite fallen und wälzte sich auf den Bauch. »Gott«, stöhnte er. »Was für ein Mist.« Er streckte die Arme und zielte zittrig unter dem Streifenwagen hindurch. »Ich glaube, wir sind beide wahnsinnig, oder? Warum mit der Walther? Was ist mit der Haenel?«

»Hey, Polizei?«, rief ein Terrorist vom Schiff. Eine Waffe hustete, und Kugeln schlugen in den Rettungswagen ein. »Was ist jetzt?« Erneutes Gelächter.

»Die Haenel bekommt eine andere Aufgabe«, sagte Parceval, bevor er zum Schiff hinüberbrüllte: »Nicht schießen. Die Polizisten sind tot.«

»Steh auf!«, rief einer der Terroristen vom Schiff. »Komm hinter den Fahrzeugen heraus.«

»Ich bin verletzt!«, rief Parceval. »Ich kann nicht gehen.«

»Komm hinter den Wagen hervor!«

»Sie«, Parceval nickte zu dem Polizisten, »hören nur für einen Moment auf zu schießen – wenn Sie mir die Haenel rüberschieben. Haben Sie ein Ersatzmagazin?«

»Ja, hier. Wann soll ich mit dem Beschuss anfangen?«

»Wenn Sie mich den Namen Abu Nihad sagen hören.«

»Das ist doch der Anführer der …«

»Ja. Zwei, drei Schüsse, dann schieben Sie mir die Maschinenpistole rüber, dann ballern Sie weiter. Alles klar?«

»Hey!«, schrie die Stimme vom Schiff. »Komm hinter Fahrzeugen raus. Jetzt.«

»Ich komme!«, rief Parceval zurück. »Ich versuch's.«

Er kroch auf allen vieren aus der Deckung heraus, bis er zum Schiff hinüberblicken konnte. Vier Mann standen an der Reling. Die Läufe ihrer Waffen richteten sich alle auf Parceval, als er in Sichtweite kam. Seine Kopfhaut prickelte. Er musste ihnen etwas geben, das sie davon abhielt, einfach abzudrücken. Er ließ sich zusammensinken. Von Weitem musste es so aussehen, als habe ihn die Kraft verlassen.

»Baran Merzani«, stieß er hervor. »Im Krankenwagen. Baran Merzani.« Und auf Arabisch: »Gott ist groß!«

Die Terroristen wechselten überraschte Blicke. »Baran?«, rief ihr Wortführer.

»Er ist verletzt. Ich habe ihn hergebracht. Ich gehöre zu euch. Warum schießt ihr auf mich?«, fragte er jetzt auf Paschtu.

»Wir haben auf Polizisten geschossen.«

»Ihr habt mich getroffen! Und vielleicht auch Baran Merzani.«

Der Wortführer der Terroristen fluchte. Dann machte er ein paar herrische Handbewegungen. Sie schoben eine Behelfsgangway, nicht viel breiter als eine Planke, über die Reling. Drei Mann schwangen sich auf die Gangway. Lehrbuchmäßig. Zwei, um im Rettungswagen nachzusehen, der Dritte, um sich um Parceval zu kümmern. Die Gangway wackelte und schepperte, als die drei darübertrampelten.

»Wie wollt ihr das eurem Chef erklären?«, rief Parceval. »Abu Nihad?«

Das scharfe Bellen einer Walther P99 ertönte fast im gleichen Augenblick. Parceval hörte die Kugeln auf die metallene Schiffswand prallen. Ein Querschläger jaulte davon. Die Terroristen auf der Gangway schrien auf.

Die Haenel CR 223 schlitterte direkt in seine Hände, dann feuerte der Polizist weiter mit seiner Walther. Die Männer auf der Gangway duckten sich und versuchten, aufs Schiff zurückzukehren. Einer begann mit den Armen zu rudern, als er das Gleichgewicht verlor.

Parceval warf sich nach vorn, die Haenel schon schussbereit. Er hatte ein volles Magazin, und die Terroristen standen keine fünfzehn Meter entfernt dicht gedrängt auf einer schmalen Gangway.

Der Terrorist, der um sein Gleichgewicht kämpfte, fiel von der Gangway zwischen Kai und Schiffsrumpf ins Wasser. Parceval hörte seinen Schrei, der abrupt abriss, als der Terrorist ins Wasser platschte.

Die anderen beiden zuckten und tanzten unter dem Feuerhagel, den Parceval auf sie losließ. Zwei Sekunden, zwanzig Schuss. Zwei Drittel seines Magazins waren verschossen, als Parceval den Finger vom Abzug nahm. Die Terroristen kippten links und rechts von der Gangway und folgten ihrem Kumpan ins eiskalte Wasser. Parceval sprang auf. Er sah, wie der Wortführer der Männer, der auf dem Schiff geblieben war, auf ihn schoss, aber die Kugeln gingen weit daneben. Plötzlich zuckte der letzte verbliebene Terrorist zurück, als habe ihn jemand gestoßen. Eine der Kugeln des Polizisten hatte getroffen. Parceval, der die Haenel bereits an der Wange hatte und zielte, drückte einmal kurz auf den Abzug. Zwei Schuss lösten sich, die im Schädel des Terroristen einschlugen und ihn platzen ließen.

Der Polizeibeamte stellte das Feuer ein. Die plötzliche Stille ließ Parceval fühlen, als sei er unvermittelt taub geworden. Er sprintete los, über die Gangway, wartete die ganze Zeit auf den tödlichen Schlag, den ein Treffer ihm versetzen würde, riss im Laufen das fast leere Magazin heraus und steckte es in die Tasche, schob das volle Ersatzmagazin ein, sprang von der

Gangway auf das Deck des Schiffs und tauchte sofort in die Deckung der nächsten Containerinsel. Es war kein weiterer Schuss gefallen. Sein Herz hämmerte von dem kurzen Lauf, als wäre er einen Berg hochgesprintet.

Auch jetzt schoss niemand auf ihn. Es war unwahrscheinlich, dass irgendwo hier noch weitere Terroristen auf Lauer lagen, aber das Feuer nicht eröffnet hatten. Entweder hatte er Walaus Wachmannschaft auf der MELINA komplett ausgeschaltet, oder der Rest seiner Leute befand sich im Inneren des Schiffs. Es war das wahrscheinlichere Szenario. Walau hatte die Crew gebraucht, um die MELINA zu steuern, und nachdem er das Schiff in seine Gewalt gebracht hatte, musste die Crew bewacht werden, solange das Schiff am Kai lag und auf Walaus Rückkehr wartete. Und dort, bei der Crew, würden die restlichen Terroristen sein. Er musste sie nur finden und ausschalten, dann würde er auf einen Schlag ein Dutzend Verbündete haben.

Um die Polizisten am Kai konnte er sich jetzt nicht mehr kümmern, aber eins war klar: In zwanzig Minuten würde hier alles vor Einsatzkräften wimmeln. Parcevals Zeitgefühl sagte ihm, dass Walau noch vorher hier eintreffen musste. Er hatte keine Zeit mehr.

Er wollte sich auf den Weg zum Schiffsaufbau machen, als er die Klopfgeräusche und gedämpften Schreie hörte. Sie mussten aus einem Container stammen. Es waren eine Frauen- und eine Kinderstimme. Sie schrien: »Lasst uns raus!«

70

Freitag, 11. Dezember
04:05 Uhr

Es war so einfach, dass es Ksenia fast zum Lachen zumute war. In gewisser Weise hatte Nils Walau die Idee vorgegeben. Zwischen all den Einsatzfahrzeugen stand ein Notarztwagen mit offenen Türen und Kofferraum. Sämtliche Ausrüstungsgegenstände hatten Fahrer und Notarzt aus dem Fahrzeug geholt. Fehlte der Wagen, schadete es niemandem. Mit ihm konnte nicht einmal ein Verletzter transportiert werden.

Der Motor des Notarztwagens lief. Ksenia stieg ein, ohne dass jemand sie aufhielt. Sie wendete den Wagen, tippte einmal kurz auf den Schalter für den elektronischen Signalton und wurde von einer Reihe ungeduldiger Einsatzkräfte durchgewunken. Mit blitzenden Warnlichtern und eingeschaltetem Signalhorn fuhr sie über die Brücke, durch die Absperrungen am Sandtorkai und in Richtung A4, ohne zu wissen, dass Parceval vor ihr schon die gleiche Idee gehabt hatte – nur die Umsetzung hatte sich ungleich komplizierter gestaltet.

71

Freitag, 11. Dezember
04:09 Uhr

Eine Frau, ein Kind und ein Mann befanden sich in dem Container, den Parceval nach kurzem Suchen gefunden und geöffnet hatte. Die Frau und das Kind schreckten zurück, als er mit der Waffe ins Innere des Containers zielte. Der Mann winkte nur schwach mit einer Hand.

Das Containerinnere war so ausgestattet, dass man darin hausen konnte. Matratzen, Klappstühle, ein Klapptisch, trübe elektrische Beleuchtung.

»Wer sind Sie?«, stieß er hervor.

»Ich bin Polizist, Kommissar Felix Straack«, sagte der Mann heiser. »Wer sind Sie?«

Parceval zögerte keine Sekunde. »Interpol«, sagte er. »Wir stürmen das Schiff. Sind Sie Gefangene?«

»Ja«, sagte die Frau und begann zu weinen. »O Gott, bitte holen Sie uns hier raus. Der Kommissar ist verletzt.«

»Nur noch ein paar Minuten«, sagte Parceval. »Bleiben Sie hier drin. Wir holen Sie raus, wenn es sicher ist.«

»Nein, bitte, jetzt!«, rief das Kind panisch.

»Wie viele Terroristen sind an Bord?«, fragte Parceval. »Wissen Sie das?«

»Ich glaube, es sind fünf«, sagte die Frau.

»Halten Sie noch durch?«, wandte sich Parceval an Straack.

»Wenn ihr nicht zwischendurch eine Pause einlegt…«, erwiderte er. »Wissen Sie, ob meine Dienststelle…«

»Keine Zeit«, sagte Parceval und schlug die Tür wieder zu. Er hörte die schrillen Proteste der Frau und des Kindes, aber er ignorierte sie und rannte durch die nächstgelegene Containergasse zum Deckshaus.

Die MELINA war kein Riesenschiff, bei dem die Deckaufbauten schon einmal zehn Stockwerke in die Luft ragen konnten. Die Kommandobrücke lag im dritten Stock, und die Treppen führten im Zickzack auf der dem Kai abgewandten Seite nach oben. Parceval fragte sich, wo die Schiffsmannschaft bewacht würde, und am logischsten erschien ihm die Messe. Sie bot Platz genug für alle, man konnte die Gefangenen verpflegen, und selbst die Toiletten konnten benutzt werden, ohne dass man die Geiseln vorher lange durch das Schiff führen musste.

Ein Schott führte ins Innere des Deckshauses. Parceval versuchte es zu öffnen. Verschlossen. Wenn wirklich nur ein Terrorist zur Bewachung der Crew in der Messe geblieben war, hatte er mitbekommen, dass etwas nicht stimmte, und sich verbarrikadiert. Würde er auch den Außenzugang auf dem Deck darüber verschlossen haben? Wohl kaum, dazu hätte er die Messe verlassen müssen. Parceval rannte die Außentreppe hinauf. Auf dem Wasser sah er ein Boot ohne Positionslampen näher kommen, ein schwarzer Schatten, von dem eigentlich nur das unruhige Kielwasser im Widerschein des Lichts sichtbar war. War das Walau? Wahrscheinlich. Wenn er es war, würde das Boot in ein paar Minuten bei der MELINA anlegen. Bis dahin musste Parceval das Schiff unter Kontrolle gebracht haben. Dann wären Parcevals und Walaus Rollen vertauscht. Parceval beschleunigte und nahm drei Treppenstufen auf einmal.

Der Zugang zum darüber liegenden Deck war frei. Parceval trat in einen Gang ein, von dem Kabinentüren links und rechts wegführten. Weiter hinten sah er die Öffnung einer Wendeltreppe, die durch alle Decks zu führen schien. Er rannte zu ihr und spähte vorsichtig durch die Öffnung zum Deck unter ihm. Niemand zu sehen.

Am verwundbarsten war er, wenn er die Wendeltreppe hinunterrannte. Ein Schütze dort unten brauchte nur abzudrücken, sobald Parceval sichtbar wurde. Aber es half nichts, er musste es riskieren, selbst wenn die Frau sich geirrt hatte und es mehr als fünf Terroristen waren.

Er stürzte die Wendeltreppe so schnell hinunter, dass er sich unten an einer Wand abfangen musste. Die Messe war ausgeschildert, ein kurzer Gang zu einer

Tür. Sie war zu und wahrscheinlich von innen verschlossen.

Wie konnte er sich bemerkbar machen, ohne die Geiseln zu gefährden? Parceval drückte sich ein paar Schritte von der Tür entfernt an die Wand und jagte einen Feuerstoß ganz oben in das Türblatt. Die Holzverkleidung splitterte ab, darunter kam Stahl zum Vorschein. Aufbrechen würde Parceval diese Tür nicht können, das stand fest. Der Vorteil war, dass auch niemand durch die Tür auf ihn schießen konnte. Er trat wieder in die Mitte des Gangs.

Von drinnen erklang eine Stimme. Selbst durch die Schalldämmung der Tür hindurch hörte Parceval, wie schrill sie war. Er nickte. Dort war wahrscheinlich tatsächlich nur noch ein Terrorist, und er war gestresst. Er hatte Arabisch gesprochen. Parceval hatte kein Wort verstanden. Er trat nah an die Tür heran und rief auf Englisch und dann aufs Geratewohl auf Paschtu durch Türblatt und Zarge hindurch: »Ergeben Sie sich! Interpol. Das Schiff ist in unserer Gewalt. Sie haben keine Chance.«

Die Antwort war eine schrille Beschimpfung auf Englisch, vermischt mit Arabisch. Wenigstens brauchte Parceval sich nicht mehr mit Paschtu abzumühen.

»Ich will mit dem Kapitän sprechen!«, rief er.

Erneute Flüche.

»Den Kapitän«, wiederholte Parceval. »Jetzt.«

Nach einer Sekunde meldete sich eine andere Stimme, wieder auf Englisch. »Ich bin Kapitän Kmytryk. Sind Sie wirklich von Interpol?«

»Woher kommen Sie, Kapitän?«

»Aus Polen.«

Parceval wechselte auf Deutsch. »Verstehen Sie mich?«

»Ja.«

Die sich überschlagende Stimme des Terroristen schaltete sich ein. »In English, in English!«, schrie er.

»Antworten Sie schnell«, fuhr Parceval auf Deutsch fort. »Gibt es einen Notschalter für die Messetür?«

»In English!«

»Steuerbordwand, schwarzer Kippschalter, zwei Meter vor der...« Der Kapitän brach abrupt ab, dann waren Protestschreie von den anderen Gefangenen in der Messe und wieder die Flüche des Terroristen zu hören.

Parceval hoffte, dass das Stresslevel des Terroristen hoch genug war, um sich von ihm manipulieren zu lassen. Er holte Atem, begann unartikuliert zu brüllen und jagte einen langen, sinnlosen Feuerstoß in das Türblatt. Holzsplitter flogen herum, Staub wirbelte auf, im Stahl unter der Holzverkleidung erschienen die Pockennarben der einschlagenden Kugeln, Querschläger jaulten davon. Von der anderen Seite der Tür musste es sich anhören, als würde sie jeden Moment aus den Angeln fliegen. Es geschah, was Parceval gehofft hatte. Panik und Stress legten einen Hebel im Hirn des Terroristen um. Er schoss zurück. Es waren einzelne Schüsse, hastig hintereinander abgefeuert. Er musste nur mit einer Pistole bewaffnet sein. Parceval konnte das Klicken nicht hören, mit dem der letzte Bolzenschlag auf eine leere Kammer traf und der Schlitten der Pistole zurückfuhr, aber das abrupte Ende der Schüsse von drinnen reichte ihm. Er betätigte den Notschalter.

Die Tür schwang nach außen auf. Direkt hinter ihr standen zwei Männer – der Kapitän, halb bewusstlos und gestützt von dem Terroristen, der hinter ihm Deckung suchte. Er zielte mit der nutzlosen Pistole auf Parceval und betätigte krampfhaft den Abzug, der sich nicht mehr bewegen ließ. Dem Kapitän lief Blut übers Gesicht von einer Platzwunde auf der Stirn.

»Lass den Mann los!«, befahl Parceval auf Englisch. »Es ist vorbei.«

Der Terrorist stöhnte. Er bewegte sich rückwärts, den Kapitän mit sich schleifend. Parceval hob die Waffe. Der Terrorist machte ein Geräusch zwischen einem Stöhnen und einem Wimmern und hob die Pistole, als wolle er sie erneut als Schlagwaffe benutzen. Parceval überlegte, ob er versuchen sollte, dem Terroristen in die Hand zu schießen, aber er hatte kein freies Schussfeld. Sein Ziel bewegte sich durch die Gefangenen, die zurückwichen und eine schmale Gasse frei machten, aber wenn Parceval danebenschoss, bestand für sie immer noch Gefahr.

Ein Mann trat aus der Gruppe der Gefangenen heraus. Er trug keine Arbeitskleidung und keine Schiffsuniform, sondern einen zerknitterten schwarzen Anzug mit einem dunklen Hemd darunter. Seine Bewegungen wirkten ganz natürlich und ohne Hast. Er trat auf den Terroristen zu, der sich rückwärts auf ihn zubewegte, griff mit der rechten Hand dessen Kinn, mit der linken den Hinterkopf, machte mit beiden

Armen eine scherenförmige Bewegung – und brach dem Terroristen das Genick.

Der Kapitän, seiner Stütze beraubt, taumelte und fiel auf die Knie. Parceval starrte den Mann mit dem schwarzen Anzug an, der die Pattsituation so geschmeidig ein Ende gesetzt hatte. Der Mann starrte zurück. Die Gefangenen erwachten wie aus einer Erstarrung und stürzten zu ihrem Kapitän.

»Passewah«, sagte der Mann im schwarzen Anzug ungläubig und rief damit bei Parceval schlagartig die Erinnerung an seinen ermordeten Schwager Saïf wach. Saïf, der wie die meisten Afghanen Schwierigkeiten mit Parcevals Namen gehabt hatte und nur ein »Passewah« herausgebracht hatte. Parceval blinzelte. Auf dem Gesicht des Mannes im schwarzen Anzug begann sich ein Lächeln auszubreiten.

»Ich glaub es nicht«, sagte Parceval auf Paschtu. »Ustad Lahauri.«

Noch bevor Ustad antworten konnte, dröhnte ein dumpfer Laut durch das Schiff. Niemand musste Parceval sagen, was er bedeutete. Nils Walau hatte an der MELINA festgemacht.

72

Freitag, 11. Dezember
04:15 Uhr

Ustad Lahauri bewies seinen Wert als Kampfgefährte, indem er keine überflüssigen Fragen stellte. »Was sollen wir tun?« Weitere Schläge hallten durch das Schiff. Das Feuerlöschboot hatte offensichtlich Schwierigkeiten, an der MELINA anzudocken.

»Wie lange braucht es, bis Walaus Leute auf der MELINA sind?«

Ein Mann in Offiziersuniform blickte vom benommenen Kapitän auf. »Drei, vier Minuten«, sagte er mit starkem polnischen Akzent. »Das Anlegen am Schiff dauert länger, wenn man es ganz allein machen muss und nicht von Bord her unterstützt wird. Aber nicht mehr.«

»Sind Sie der Erste Offizier?«

Der Pole nickte.

»Bringen Sie alle Ihre Leute und den Kapitän an Land. Sofort.«

Der Erste Offizier zögerte einen winzigen Augenblick, dann erteilte er seiner Crew die nötigen Befehle auf Englisch. Die Schiffsbesatzung war international, Englisch anscheinend die Lingua franca an Bord.

»Ich bleibe hier, Passewah«, sagte Ustad auf Paschtu. »Das ist auch mein Kampf. Gouverneur Majib ist mein Schützling.«

»Gut. Darauf hatte ich gehofft. Nimm die Haenel und such dir eine Stelle, von der aus du Walaus Boot unter Feuer nehmen kannst. Du hast vielleicht noch zwanzig Schuss.«

»Und du?«

Parceval bückte sich und hob die Pistole des toten Terroristen auf. Es war eine alte Beretta 92 Compact mit acht Kammern im Magazin. Das Magazin war leer. Parceval klopfte hastig die Taschen des Toten ab und fand ein volles Ersatzmagazin. Der Terrorist war so im Stress gewesen, dass er nicht einmal daran gedacht hatte nachzuladen. Parceval dachte an die Performance der anderen vier Männer, die es ihm leicht gemacht hatten, sie auszuschalten. Offensichtlich hatte Walau die schlechtesten seiner Kämpfer auf der MELINA gelassen. Schon die alten Römer hatten die Angewohnheit gehabt, ihren Tross nur von verletzten oder kranken Legionären beschützen zu lassen, die in der Schlacht nicht gebraucht werden konnten. Was logisch schien, erwies sich als Katastrophe, wenn der Feind es schaffte, den Tross zu überfallen.

»Die haben noch eine ganze Menge Waffen, irgendwo in einem Lager«, sagte Ustad.

»Keine Zeit. Los, such dir deine Position. Ich sehe zu, dass die Crew von Bord geht.«

Die Männer rannten unter Führung des Ersten Offiziers hinaus aufs Deck. Zwei Mann trugen den Kapitän, der protestierte und allein gehen wollte. Sie rannten durch die Containergasse zu der Stelle, an der die Gangway zum Kai hinüberführte. Zwei Matrosen liefen sofort hinüber und kauerten sich am Ende der Gangway nieder, um sie zu sichern. Zwei taten das Gleiche auf der Schiffsseite. Parceval war beeindruckt. Der Kapitän marschierte stur und schwankend als Letzter von Bord. Parceval dachte an die drei Menschen im Container – die Frau, das Kind und Kommissar Straack. Er fand es sicherer, sie dort zu lassen, wo sie waren. Als alle drüben am Kai waren, rief Parceval ihnen zu, die Gangway an Land zu ziehen. Damit entfiel der schnelle Fluchtweg über den Kai und ließ für den Fall, dass Parceval Walau nicht ausschalten konnte, nur den mühsamen Rückzug im Museumsboot als Fluchtmöglichkeit.

»Da sind zwei verletzte Polizisten!«, rief Parceval dem Ersten Offizier zu. »Ihr Schiffsarzt soll sich um sie kümmern, Notfallausrüstung ist im Rettungswagen.«

Er rannte zur anderen Seite des Schiffs, vorbei an dem Container mit den drei Gefangenen darin. Er hörte sie klopfen und rufen. Er konnte sich jetzt nicht um sie kümmern.

Noch bevor er die Reling erreichte, hörte er die Schüsse der Haenel. Er rutschte die letzten zwei Meter auf den Knien zur Reling und spähte dann darüber.

Walaus Boot, ein altertümlich aussehendes knallrotes Feuerlöschboot, lag zwischen der letzten Containerinsel und den Decksaufbauten, von wo ein Fallreep über Bord ging. Parceval fluchte. Er hatte es übersehen, sonst hätte er es ins Wasser geworfen, sodass Walau gezwungen war, das Schiff mit Wurfseilen zu entern.

Zwei Männer waren auf dem Fallreep und kletterten hastig nach unten. Parceval sah das Mündungsfeuer der Haenel CR 223 weiter oben am Deckshaus aufblitzen. Ustad Lahauri schien sich dort weit über die Reling des umlaufenden Außenbereichs zu lehnen, damit er die Männer unter Feuer nehmen konnte, aber der Winkel war ungünstig. Anscheinend hatte die Zeit nicht gereicht, sich eine bessere Position zu suchen. Er landete keinen Treffer, aber er zwang die zwei Männer immerhin, zurück auf das Feuerlöschboot zu klettern. Als Ustad den Steuerstand unter Beschuss nahm und die ersten Scheiben splitterten, grollte der Motor auf, und das Boot schipperte ins Hafenbecken hinaus, möglichst weit weg vom Schützen und in den Schutz der Dunkelheit.

Parceval wünschte sich, dass die zwei Männer die Vorhut gewesen wären und dass alle, einschließlich Walau, sich noch an Bord des Bootes befanden. Aber der Wunsch war eitel. Parceval hatte gesehen, dass mindestens einer oben über die Reling geklettert war. Wie viele hatten es auf die MELINA geschafft?

Es war unmöglich zu schätzen, mit wie vielen Gegnern Parceval und Ustad es zu tun hatten. Im besten Fall hielt er sie davon ab, die Decksaufbauten zu betreten. Im Deckshaus würde ein Katz-und-Maus-Spiel beginnen, bei dem die Terroristen alle Trümpfe in der Hand hielten, weil sie das Schiff in- und auswendig kannten.

Ustad hatte aufgehört zu feuern. Entweder ihm war die Munition ausgegangen, oder er hob sie sich für einen sinnvolleren Moment auf. Parceval bewegte sich durch die Containergasse auf das Deckshaus zu, halb rennend, die Pistole im Anschlag. Noch in der Gasse hörte er, wie das Schott am untersten Oberdeck zufiel. Es hallte wie ein Schuss zwischen den Containerwänden. Er war zu langsam gewesen, die Terroristen waren in das Deckshaus vorgedrungen.

Beinahe wäre er ins Freie gerannt. In letzter Sekunde bremste er ab und warf sich mit dem Rücken gegen eine Containerwand. Dann spähte er vorsichtig um eine Containerecke. Niemand war zu sehen. Das Schott war so heftig zugeknallt worden, dass es wieder aufgesprungen war und jetzt einen Fußbreit offen stand. Parceval hörte, wie sich Schritte vom Schott entfernten, dann einen, dann zwei Schüsse. War Ustad schon wieder nach unten gekommen und wurde jetzt angegriffen? Parceval holte Atem und rannte aus seiner Deckung hinaus, die Pistole mit zwei Händen vor dem Gesicht haltend und über den Lauf zielend. Er zerrte am Schott, um es so weit aufzuziehen, dass er hindurchschlüpfen konnte.

Zwei Kugeleinschläge dicht hintereinander neben seinem Kopf ließen ihn erstarren. Das Aufprallgeräusch war genauso laut wie der Knall der Waffe.

»Lass die Pistole fallen, Parceval«, sagte Nils Walau hinter ihm.

Parceval schloss die Augen. Einen Augenblick spielte er mit dem Gedanken, einfach herumzuwirbeln, sich dabei auf die Knie fallen zu lassen und das Feuer in die Richtung zu eröffnen, aus der Walau ihn angesprochen hatte. Bei einem anderen Gegner als Walau und mit einer anderen Waffe als der antiken Beretta hätte er es vielleicht gewagt, aber so schloss er diese Option aus.

Er hatte immer noch Trümpfe im Ärmel. Walau konnte nicht wissen, wie die Lage auf dem Schiff aussah, und mit Sicherheit wusste er noch nicht, dass sich die Crew samt und sonders an Land gerettet hatte.

Parceval ließ die Schultern sinken. Die Beretta polterte aufs Deck. Er drehte sich langsam um, obwohl ihn niemand dazu aufgefordert hatte. Walau ließ es geschehen. Er stand breitbeinig auf dem Dach eines Containers, eine AMD-65 in den Händen. Neben ihm kniete seine Frau und zielte mit einer langläufigen Waffe auf Parceval, die wie eine Dragunow SVD aussah, ein russisches Gewehr. Die beiden mussten sofort nach Betreten des Schiffs auf die Container geklettert sein und sich dort oben auf die Lauer gelegt haben.

Hinter ihm öffnete sich das Schott weiter, und ein grinsender Mann kam heraus, der ebenfalls eine AMD-65 trug. Er hatte als Köder fungiert, das Schott lautstark geöffnet, war ins Deckshaus gerannt und hatte dort zwei Löcher in die Luft geschossen, um Parceval in die Irre zu führen. Parceval war darauf hereingefallen.

»Wenn die Belohnung auf deinen Kopf höher wäre, würde ich dich glatt ausliefern«, sagte Walau. »Aber vielleicht bekomme ich ja was, wenn ich buchstäblich nur deinen Kopf abliefere? Du bist ein toter Mann, Parceval.«

Der Terrorist aus dem Deckshaus schob Parceval vor sich her, bis er auf der freien Fläche zwischen den Containern und den Aufbauten stehen blieb. Der Mann trat ein paar kleine Schritte zurück und legte dann seine AMD-65 auf Parceval an. Die Beretta hatte er in die Hosentasche gesteckt.

Es tauchte kein weiterer Terrorist mehr auf. Mehr hatten es offensichtlich nicht an Bord geschafft, dank Ustads Intervention. Parceval hörte das Feuerlöschboot in einiger Entfernung auf dem Wasser rumoren. Es hielt dort anscheinend Position und wartete auf eine Freigabe vonseiten der MELINA, wieder anzulegen.

»Du hast verloren, Walau«, sagte Parceval. »Die Geiseln in der Elbphilharmonie sind alle in Sicherheit, dein Feuerchen hat die Feuerwehr bald ausgepustet, die MELINA wird den Hafen nie verlassen, und mit deinem Museumsschiffchen kommst du nicht weit.«

Walau hängte sich die Waffe über die Schultern und kletterte geschickt vom Container herunter. Erst als er auf dem Deck stand, legte Janine die Waffe beiseite. Die Dragunow war ein reines Scharfschützengewehr, lang und unhandlich. Auf kurzer Distanz war sie vollkommen nutzlos. Janine ließ sich von ihrem Mann nach unten helfen. Sie kraxelte nicht ganz so geschickt wie er hinunter, offensichtlich war sie eingerostet vom Gefängnisaufenthalt. Als sie auf dem Deck stand, wechselte sie einen Blick mit Walau, dann trat sie zu dem Terroristen, der Parceval bedrohte, zog die Beretta aus dessen Hosentasche und drückte die Mündung gegen Parcevals Stirn. Sie warf Walau erneut einen Blick zu.

Ihr Ehemann schüttelte leicht den Kopf. Der Druck der Mündung verringerte sich, doch Janine wich nicht zurück. Ihr ausdruckslos-starres Gesicht veränderte sich nicht. Der Blick in ihren Augen war so unlesbar wie der einer Schlange und blieb unverwandt auf Parceval gerichtet.

»Du stirbst nicht sofort«, sagte sie, »aber in Kürze.«

»Weil dein Mann mich noch fragen will, wo ich überall Alarm geschlagen habe, damit er sich auf die Situation einstellen kann.«

»Genau«, sagte Walau. »Denn anders, als du denkst, habe ich viele Optionen. Ich habe noch immer Geiseln – die Afghanen, die Schiffsbesatzung …«

»Die Schiffsbesatzung hat sich einen Landgang genehmigt«, sagte Parceval. »Du hast nur noch die Provinzgouverneure.«

»Die reichen völlig«, sagte Walau nach einer kurzen Pause, in der er sich auf die neue Information eingestellt hatte.

»Die werden sich auch gut am Steuer der MELINA machen. Und im Maschinenraum. Vielleicht kocht sogar einer für euch auf der Überfahrt.«

Janine Walaus Lider zuckten, dann rammte sie Parceval das Knie zwischen die Beine. Parceval hatte es kommen sehen und versucht, das Becken zur Seite zu kippen. Damit fing er die größte Wucht des Stoßes ab, aber es tat noch weh genug. Parceval krümmte sich zusammen.

»Würdest du die Intimitäten bitte auf deinen Gatten beschränken?«, fragte er Janine ächzend.

»Ich brauche die MELINA nicht mehr«, stieß Walau hervor. »Mit den Gouverneuren als Geiseln kann ich mich ausfliegen lassen. Die deutschen Behörden werden nichts riskieren, wenn sie erfahren, dass sie die Geiselnahme in der Elbphilharmonie überlebt haben.«

»Du hast versagt, Walau«, sagte Parceval und richtete sich mühsam auf. »Du redest dir das Ende schön. Es wird aber nichts anderes sein als: das Ende. Kein Flug nach Afghanistan, keine Neuformierung des IS dort, keine Übernahme der Drogengeschäfte oder was auch immer du vorhattest. Alles, was dir bleibt, ist mit deinen letzten Atemzügen das Deck hier anzustarren, weil ich dich nämlich an Bord der MELINA töten werde, und da ist nichts, was du dagegen machen kannst.«

»Du neigst zu heroischen Monologen, Parceval«, sagte Walau. Er wandte sich an seine Frau. »Dir gebührt die Ehre. Knall ihn ab.«

Janine nickte. Der Terrorist, der es mit den beiden an Bord geschafft hatte, trat hinter Parceval und zwang ihn auf die Knie. Janine stellte sich an Parcevals Seite und presste die Beretta an seine Schläfe. Parceval fühlte, wie seine Beine weich zu werden drohten. Er hatte geblufft und nicht den Hauch einer Ahnung, wie er der Situation entkommen sollte. Er biss die Zähne zusammen und dachte an die vielen wehrlosen Journalisten, Zivilhelfer und Kriegsgefangenen, die die IS-Henker öffentlich hingerichtet hatten.

»Ranko Horvat«, sagte er.

Walau lachte. »Den du mir als deinen Partner verkaufen wolltest? Das Hinkebein von der Security?«

»Ich meine den echten Ranko Horvat. Wer glaubst du hat deine restlichen Leute am Betreten des Schiffs gehindert?«

Parceval konnte Walau ansehen, dass er im Augenblick des Triumphs nicht bedacht hatte, dass es außer Parceval noch jemanden an Bord geben musste, der ihm nicht wohlgesinnt war. Er fing sich wie üblich sehr schnell.

»Ach ja?«, sagte er. »Wer ist es diesmal? Der einarmige Küchenhelfer aus der Kombüse?«

»Die Waffen weg und die Hände hoch«, bellte Ustad Lahauri auf Paschtu vom Deckshaus her. Parceval wagte es, über die Schulter zu blicken. Ustad kauerte auf der Treppe, die vom B-Deck aufs A-Deck führte, und zielte mit der Haenel zwischen den stählernen Trittbrettern hindurch.

»Küchenhelfer?«, wiederholte Parceval. »Nein. Aber er war mal Polizist. Ich habe ihn ausgebildet. Er war mein Musterschüler.«

Walaus Gesicht verzerrte sich. Der Terrorist, der es mit an Bord geschafft hatte, fuhr herum und hob die Waffe. Noch bevor er sie weit genug oben hatte, spuckte Ustads Haenel zwei Schuss aus, die den Körper des Mannes durchschlugen. Der Mann machte eine halbe Pirouette und fiel auf die Knie, dann auf die Seite, wo er sich lautlos wand.

Janine Walau packte Parceval, bevor dieser reagieren konnte. Sie schlang von hinten die Arme um seinen Hals und die Beine um seine Hüfte und riss ihn nach hinten um. Er kam auf ihr zu liegen. Der Aufprall presste ihr die Luft aus der Lunge, aber sie ließ nicht locker. Sie rammte ihm die Pistolenmündung unterhalb des rechten Jochbeins ins Gesicht. Parceval fühlte, wie die Innenseite seiner Wange gegen seine Zähne gedrückt wurde und aufriss. Er hörte Janine Walau keuchen. Dass sie nicht abdrückte, lag nur daran, dass Parceval nur lebend als Schutzschild von Wert war. Wenn sie ihn erschoss, nützte er ihr nichts mehr.

Ustad – erschieß Walau!, dachte Parceval drängend. Doch von Ustad Lahauri kam nichts mehr, stattdessen feuerte Walau aufs Deckshaus. Er stand ohne Deckung da und setzte kurze Feuerstöße ab, unerschrocken wie auf einer Schießbahn. Parceval hörte die Kugeln auf das Metall des Deckshauses prallen und dazwischen die Geräusche, mit denen Ustad die Stahlstufen hinuntersprang und sich in Sicherheit zu bringen versuchte. Dass er nach den ersten beiden Schüssen nicht mehr gefeuert hatte, konnte nur einen Grund haben: Es waren seine letzten beiden Patronen gewesen. Ustad hatte offensichtlich der alten Soldatenweisheit gehorcht, nach der man sich immer mindestens einen Schuss für Notfälle aufhob. Ustad hatte sich zwei aufgehoben, den Notfall erkannt und Parceval buchstäblich mit der letzten Patrone gerettet. Vorerst.

Parceval bäumte sich auf und ließ sich mit aller Kraft zurückfallen. Janine Walau keuchte. Die Beretta rutschte ab. Janines Instinkt, Parceval als Schutzschild auf sich zu ziehen, war zwar richtig – aber nur, wenn sie einen hilflosen Zivilisten als Geisel genommen hätte. Parceval warf sich nach links, um den Unterarmgriff um seine Kehle zu lockern. Ihre Hand rutschte ab. Sie riss ihm dabei ein Büschel Haare aus. Parceval ignorierte es. Er rollte sich ganz herum, lag für einen Augenblick auf ihr und zwischen ihren gespreizten Beinen wie ein Liebhaber, schüttelte sich vor Ekel und ließ seinen Kopf nach vorn schnappen. Kopfstoß. Er traf zwar nicht ihr Nasenbein, aber es reichte, dass sie einen Augenblick benommen war. Die Klammer um Parcevals Hüften löste sich. Er sprang auf, zerrte Janine am Kragen ihres T-Shirts mit in die Höhe und schwang sie herum wie ein Tänzer, zwischen sich und Walau, der eben herumgefahren war und auf Parceval schießen wollte. Mit einem Aufschrei riss er den Lauf seiner Waffe in die Höhe, konnte den Schuss aber nicht mehr verhindern. Ein Feuerstoß schnurrte in den Nachthimmel, gefolgt von einem Klicken. Das Magazin war leer.

Parceval wartete nicht ab, ob Walau ein Ersatzmagazin besaß. Sein Gegner war eine Frau, die einen Kopf kleiner war als er, aber die ihn hatte töten wollen und immer noch eine Waffe in der Hand hielt. Er konnte keine Rücksicht nehmen. Er zog Janine Walau zu sich heran und ließ gleichzeitig ein Knie hochschnappen, dann bedachte er sie mit Schlägen und Tritten, bis sie taumelte und die Beretta fallen ließ. Parceval machte einen Schritt zurück und trat ihr vor die Brust. Sie hob ab und flog nach hinten, prallte mit dem Rücken aufs Deck und landete vor den Füßen ihres Mannes, hustend und spuckend und kampfunfähig.

Parceval und Walau starrten sich an. Walau hielt noch immer die AMD-65, doch er lud nicht nach. Er hatte kein zweites Magazin. Sein Blick fiel auf die Beretta. Parceval sah sie auch. Und er sah aus dem Augenwinkel, wie der von Ustad angeschossene Terrorist schwankend auf die Knie kam und versuchte, seine Waffe anzuheben.

Walau machte einen Satz auf die Beretta zu, doch Parceval war näher dran. Walau registrierte es und warf sich herum, die Pistole aufgebend. Er schleuderte die leergeschossene AMD-65 in Parcevals Richtung und rannte in die Containergasse hinein. Parceval duckte sich. Die AMD-65 verfehlte ihn und schlitterte übers Deck.

»Knall ihn ab!«, rief Walau im Weglaufen.

Der angeschossene Terrorist schwankte wie ein Schilfrohr im Wind, doch er brachte seine Waffe in Anschlag. Sein Blick war stier. Aus seinem Mund lief Blut.

Ustad fiel mehr, als er rannte, die letzte Treppe vom A-Deck herunter und lief brüllend auf den Terroristen zu, seine leergeschossene Haenel wie einen Baseballschläger haltend. Der verletzte Terrorist fuhr herum und drückte ab. Parceval sah, wie Ustad zur Seite geworfen wurde und die Waffe fallen ließ, dann prallte er in den Verletzten hinein. Beide rollten, ineinander verkeilt, über das Deck.

Parceval nahm die Verfolgung von Walau auf. Auch er ignorierte die Beretta. Etwas in ihm wollte nicht, dass er Walau erschoss. Es wollte ihn mit schierer Körperkraft überwältigen, zu Boden ringen, ihn auf dem Deck festnageln und ihm das Herz bei lebendigem Leib herausreißen. Er rannte auf der anderen Seite der Containergasse auf die Freifläche, von der aus die Gangway auf den Kai hinübergeführt hatte.

Walau stand mittig darauf und starrte zum Kai hinüber. Dort stand die Schiffsbesatzung und starrte zurück. Anscheinend hatte Walau auf der vom Kai abgewandten Seite zur Reling laufen und sich dort seinen Kumpanen auf dem Feuerlöschboot bemerkbar machen wollen – dann hatte er die Männer dort drüben gesehen, und ihm war klar geworden, dass Parceval die Wahrheit gesagt hatte, was die Crew betraf ... und seine Fluchtmöglichkeiten. Er fuhr herum, als er Parceval kommen hörte. Brüllend wie ein Tier, die Hände zu Klauen gekrümmt, rannte er auf ihn zu.

Parceval erkannte in Walau dieselbe Wut, die auch ihn hierher getrieben hatte. Die Wut, die einen Mann alle Kampftaktiken vergessen und nur noch den Wunsch übrig ließ, dem Gegner die Augen aus dem Gesicht zu krallen und sein Blut zu schmecken. Es war die Wut eines tollwütigen Wolfs, eines aufs Blut gereizten Stiers, eines Berserkers. Der Anblick machte Parceval schlagartig nüchtern.

Er wich Walaus Angriff mit einem Schritt nach links aus, wehrte seinen Schlag mit einem Unterarmblock ab, ließ ihn rechts an sich vorbeistolpern und trat ihm im Vorbeilaufen von hinten in die rechte Kniekehle. Walau knickte ein und versuchte noch, sich herumzuwerfen, doch Parceval war schon da und trat ihm zwischen die Schulterblätter. Walau flog nach vorn, Parceval setzte nach und warf sich auf seinen Rücken.

Walaus Arme knickten ein, seine Stirn knallte auf den Boden. Parceval griff ihm in die Haare und schlug seinen Schädel mehrfach gegen das Deck. Walaus Widerstand erlahmte. Parceval fasste seinen Kopf wie Ustad Lahauri wenige Minuten zuvor in der Messe bei dem Terroristen, der den Kapitän in seiner Gewalt gehabt hatte. Er wollte Walau das Genick brechen.

Sein Instinkt ließ ihn aufblicken. Janine Walau taumelte aus der Containergasse, die Beretta in beiden Händen. Sie zielte auf Parceval und feuerte. Parceval warf sich nach hinten, fühlte keinen Einschlag. Die Kugel musste fehlgegangen sein. Dann rollte er sich hastig zur Seite.

Janine Walau kam nicht dazu, einen zweiten Schuss abzugeben. In dem einen Moment war da noch ihr blasses, selbst jetzt noch starres Gesicht, aus dessen Nase etwas Blut lief und in dem nur der verzerrte, zähneblekende Mund eine Gefühlsregung verriet. Im nächsten Augenblick platzte es auf in einer Explosion aus Blut und nassen Klumpen und Knochenfragmenten. Ihr Gesicht war verschwunden. Die Beretta flog davon. Janine Walaus Körper fiel an Ort und Stelle in sich zusammen.

Nils Walau, mehr als halb benommen, aber nicht bewusstlos, starrte seine tote Frau an. Ein Geräusch wie das eines kranken Tiers kam aus seiner Kehle.

Parceval sah Ustad durch die Gasse kommen, aber er konnte nicht geschossen haben. Er hinkte und konnte sich kaum auf den Beinen halten. Mit beiden Händen umklammerte er seinen linken Oberschenkel. Parceval warf sich herum.

Zwischen der MELINA-Besatzung am Kai stand Ksenia Orian. Sie trug eine medizinische Schutzmaske vor dem Gesicht, aber Parceval hätte sie selbst in einem Raumanzug wiedererkannt, sie hielt eine Haenel CR 223 in den Händen und ließ sie jetzt langsam sinken.

Ksenia nickte Parceval zu. Um sie herum waren die Seeleute der MELINA von ihr abgerückt. Einer beugte sich plötzlich nach vorn und erbrach sich zwischen Schiffsrumpf und Kai ins Wasser.

Nils Walau hatte sich auf Hände und Knie aufgerichtet und versuchte, zu seiner Frau zu kriechen. Parceval packte ihn im Genick und drückte ihn zu Boden. Er sah Ustad Lahauri an, der neben ihm mit schmerzverzerrtem Gesicht aufs Deck sank.

»Schlimm?«, fragte Parceval.

»Ich weiß es nicht«, ächzte Ustad. »Tut jedenfalls höllisch weh.«

»Du wirst gleich versorgt werden.«

Ustad starrte die tote Janine Walau an. »Wie …?«, begann er.

Parceval nickte zum Kai. Ustad starrte mit zusammengekniffenen Augen hinüber, aber sein Gesicht verriet Ratlosigkeit. Er erkannte Ksenia offensichtlich nicht. Dann wurde ihm doch klar, wer die Frau mit der Maske vor dem Gesicht war. »Gott ist groß«, sagte er. »Und ich bin nicht überrascht. Sie ist dort, wo sie sein muss.«

»Wo denn? Dort, wo sie mir den Hals im letzten Moment aus der Schlinge ziehen kann?«

Ustad antwortete nicht sofort. Stattdessen deutete er

auf Walau, der sich aus Parcevals Griff herauszuwinden suchte und zu seiner Frau kriechen wollte. »Er gehört dir, Passewah.«

Parceval starrte von Ustad zu Walau und von ihm zu Janine Walau. Er dachte an den Anblick, den die beiden in ihren letzten Augenblicken geboten hatten: die Zähne gefletscht, in den Augen nichts als nackte Mordlust. Er dachte daran, dass er auch nicht viel anders ausgesehen haben mochte, als er aus der Containergasse gekommen war.

Er schüttelte den Kopf.

»Du kannst ihn verhaften, Ustad«, sagte er. »In einem der Container hier findest du einen verletzten Kripobeamten, drüben am Kai zwei ebenfalls verletzte Streifenpolizisten. Walau gehört der Prozess gemacht. Ihn auf die gleiche Art und Weise abzuschlachten, wie er und seinesgleichen es getan haben, ist nicht mein Stil. Ich schrecke nicht davor zurück, jemanden auszuschalten, der es dringend nötig hat zu sterben. Aber nicht diesmal. Einer wie er gehört vor die gerechte Justiz jenes Systems gestellt, das er und seine Fanatiker bekämpfen, und ich hoffe, er bekommt den besten Verteidiger, der sich finden lässt, und dass die ganze Welt den Prozess verfolgt.«

Ustad nickte. Er kroch zu Walau. »Wir sollten ihn fesseln«, sagte er.

Parceval kam auf die Beine. Er klopfte Ustad auf die Schulter. »Es reicht, wenn du ihn festhältst. Der flieht nirgendwo mehr hin.«

»Danke, Passewah«, sagte Ustad.

»Eigentlich hatte ich vor, mich bei dir zu bedanken. Dafür, dass du versuchst herauszufinden, wo sich Birgit und Miray befinden. Sie waren zuletzt in einem Bergdorf in Badakhshan.«

»Ich tue mein Bestes. Wie erreiche ich dich?«

»Ich rufe dich an, Ustad. Ich rufe dich an.« Parceval begann plötzlich zu kichern, ein Drang, den er nicht unterdrücken konnte. »Ich hoffe, diesmal gehst du selber ran.«

»Passewah?«

Parceval winkte ab. Er stapfte zur Reling, über die gerade die Gangway geschoben wurde. Die Besatzung der MELINA kehrte auf ihr Schiff zurück. Parceval wartete ab, bis sie alle an Bord gekommen waren, dann betrat er die Gangway und ging zum Kai hinüber, wo Ksenia wartete. Sie zog die Maske herunter.

»Danke«, sagte Parceval.

Ksenia nickte.

»Die Polizisten?« Parceval wies auf den durchlöcherten Streifenwagen. Neben ihm und dem Rettungswagen, den Parceval gefahren hatte, stand jetzt ein Notarztwagen mit laufendem Motor und blinkenden Signallichtern.

»Sind im Rettungswagen. Der Schiffsarzt hat sie versorgt. Sie kommen durch.«

»Wie hast du es hierher geschafft? Bist du mit dem Notarzt mitgefahren?«

»Ich *war* der Notarzt. Und jetzt steig ein. Da vorn kommen schon die Dockarbeiter, die haben endlich auch mitgekriegt, dass hier was im Gange ist. Die Polizei wird auch nicht mehr lange auf sich warten lassen. Wir stellen das NEF irgendwo ab und verkriechen uns erst mal.«

»Wir haben keine Unterkunft mehr.«

Ksenia lächelte schwach. »Womit habe ich wohl die Zeit verbracht, während ich vor der Elbphilharmonie auf Einlass gewartet habe? Wir haben zwei getrennte Appartements. Ich habe sie unter Decknamen gebucht, die meine Firma für verdeckte Ermittlungen verwendet.«

»Ich würde dich bewundern, wenn mir nicht alles wehtun würde«, sagte Parceval. Dann korrigierte er sich, weil er fühlte, dass seine Schnoddrigkeit fehl am Platz war. »Entschuldige. Du bist die Beste, und das meine ich ehrlich.«

Er stieg in den Notarztwagen. Ksenia setzte sich ans Steuer. Sie wendete und fuhr den Waltershofer Kai zurück in Richtung Dockanlagen. Die Hafenarbeiter, die zu Dutzenden herangelaufen kamen, wichen ihr aus, ohne dem Wagen und seinen Insassen mehr als einen beiläufig-neugierigen Blick zu gönnen.

»Du hast Walau am Leben gelassen. Du wirst alt«, sagte Ksenia nach einem kurzen Seitenblick.

Parceval ließ sich im Sitz zusammensinken. »Nein«, sagte er. »Nur weise.«

73

Samstag, 12. Dezember
22:02 Uhr

Polizeipräsident Schmidt lehnte sich in seinem Bürostuhl zurück und schloss die Augen. Sie brannten. Er war so müde, dass er wusste, er würde nicht einschlafen können, wenn er sich hinlegte. Es gab einen Erschöpfungszustand, bei dem schaltete der Körper in den Panikmodus und hielt ihn am Laufen, bis man unfreiwillig zusammenklappte.

Er schaute auf die Uhr. Seine Familie wartete zu Hause auf ihn, aber er hatte es nicht geschafft, aus seinem Büro herauszukommen. Telefonate, Telefonate, Gespräche, Telefonate… Er hatte heute mit dem Bundespräsidenten, der Bundeskanzlerin, dem Innenminister, dem afghanischen Botschafter, einem Interpol-Direktor, dem Hamburger Bürgermeister und mit allen Medien gesprochen, die es geschafft hatten, zu ihm durchzudringen. Er hätte sich nicht gewundert, wenn sich auch ein paar Blogger daruntergeschummelt hätten.

Das Telefon klingelte. Schmidt seufzte und nahm ab.

Seine Sekretärin, die heute den ganzen Tag mit ihm ausgeharrt hatte und vor Müdigkeit schon undeutlich redete, meinte: »Der Innensenator für Sie.«

»Stellen Sie ihn durch.«

Die Leitung klickte. Schmidt hörte das Atmen am anderen Ende der Leitung.

»Udo?«, fragte er.

»Hans?«, fragte der Innensenator zurück. Sie hatten beschlossen, die formelle Anrede fallen zu lassen, als sie gemeinsam die langen Minuten im Kommandofahrzeug verbracht hatten, die zwischen dem Beginn des Sturms auf die Elbphilharmonie und der Erfolgsmeldung gelegen hatten. »Warum bist du noch im Büro?«

»Damit du mich von deinem Büro aus anrufen kannst.«

»Wir sollten nach Hause gehen, wir beide«, sagte der Innensenator.

»Soll das eine Aufforderung zum Rücktritt sein?«

»Bist du verrückt? Wir sind beide berühmt. In ein paar Jahren bist du der Innenminister und ich Bundeskanzler.«

»Oder andersrum.«

Klose lachte. »Und selbst wenn es wahr wird«, sagte er dann leise, »werde ich mir jeden Tag wünschen, die Sache wäre nie passiert. So viele Tote. So viel Kummer.«

»Lass uns zu unseren Familien gehen, Udo«, sagte Schmidt. »Und wenn wir uns ausgeschlafen haben, setzen wir uns zusammen und trinken Flens, bis wir wieder umfallen. Ich habe eine komfortable Bar im Keller.«

»Ich habe eine in der Garage«, sagte Klose. »Beheizt.«

Damit legten sie auf. Schmidt starrte ins Leere. Die Freundschaft, die hier im Entstehen begriffen war, überraschte ihn und freute ihn. Zugleich fühlte er Wehmut, weil er sich wünschte, Freundschaft zu einem anderen Menschen zu knüpfen – mit dem Mann, dem sie alle es zu verdanken hatten, dass die Sache gut ausgegangen war und der weiterhin von allen Behörden quer durch Deutschland verfolgt wurde.

Wie wäre es, sich mit Ralf Parceval auf ein paar Flens zusammenzusetzen und ihn über Afghanistan berichten zu lassen? Schmidt schüttelte den Kopf. Er erinnerte sich daran, was ihm herausgerutscht war: *Wenn Sie nicht wären, was Sie sind…*

Er nahm sich vor, Parcevals Akten im Polizeiarchiv einzusehen. Vielleicht konnte er jetzt, nach ihrem ersten Kennenlernen, besser verstehen, was damals in Afghanistan geschehen war.

Das Telefon klingelte erneut. Schmidt nahm ab. Wahrscheinlich seine Frau, die ihn sanft ermahnte, jetzt endlich nach Hause zu kommen. Er nahm sich vor, der Aufforderung sofort zu folgen.

»Eine Karin Feldmann für Sie«, begann seine Sekretärin. »Sie sagt, sie wäre…«

»Die frühere Polizeipräsidentin von Mannheim«, sagte Schmidt überrascht. »Stellen Sie sie durch.«

Klicken. »Frau Kollegin?«, fragte Schmidt.

»Sparen Sie sich das, Schmidt«, sagte eine Frauenstimme, der ihr schwäbischer Dialekt keinen Funken Leichtigkeit verlieh. »Ich bin in Zwangsrente, und das wissen Sie genau.«

»Ich wollte nur höflich sein.«

»Haben Sie Parceval geschnappt?«

»Wie soll ich diese Frage verstehen?«

»Reden wir nicht um den heißen Brei herum. Sie wissen, dass ich weiß, dass Parceval in die Elbphilharmonie-Sache verwickelt war.«

»Ich weiß nichts dergleichen.«

»Haben Sie sich von ihm helfen lassen? Ihr geheimer Killer hinter den feindlichen Linien?«

»Es ist spät«, sagte Schmidt. »Wir sollten dieses Gespräch zu einem anderen Zeitpunkt führen.«

»Ich habe mir von ihm helfen lassen ... vor ein paar Monaten. Ich gab ihm sogar ein Ehrenwort, und er mir seins. Er hat mich ins offene Messer laufen lassen. Sein Ehrenwort war nichts wert. Hat er Sie nicht reingelegt? Dann haben Sie Glück gehabt. Oder das dicke Ende kommt noch. Parceval ist ein Fluch, Schmidt. Es wäre am besten gewesen, wenn ihn damals in Afghanistan der sechzehnte Taliban umgelegt hätte. Aber leider waren da nur fünfzehn, und die hat alle er gekillt.«

»Gute Nacht, Frau Feldmann«, sagte Schmidt. »Ich bin zu müde, um dieses Gespräch noch weiterzuführen. Tut mir leid.«

»Wenn Sie ihn irgendwie schützen, werde ich das rausfinden«, sagte Karin Feldmann. »Ich bin zwangspensioniert, aber ich habe noch viele Verbindungen.

Ich werde Parceval zur Strecke bringen, koste es, was es wolle. Und wenn es die Karriere eines Polizisten kostet, der seine Hand über ihn hält, dann wird mich das froh stimmen. Habe ich mich klar ausgedrückt?«

»Drohen Sie mir, Frau Feldmann?«

»Nein, ich drohe Ralf Parceval. Und wenn Sie ein Mann von Recht und Gesetz sind, müssten Sie das in Ordnung finden. Gute Nacht, Herr Schmidt. Ich melde mich wieder, wenn ich Ralf Parceval in Handschellen vor mir habe.«

»In Handschellen – oder tot?«, fragte Schmidt unwillkürlich.

»Zuerst das eine, dann das andere«, sagte Feldmann und legte auf.

74

Samstag, 12. Dezember
22:36 Uhr

Wahrscheinlich wären bei einem Wetter wie diesem sonst selbst die hartgesottenen Hamburger zu Hause geblieben. Ein kalter Wind wehte vom Hafen her und peitschte Sprühregen gegen die Sankt-Pauli-Landungsbrücken und die Menschen, die hier ausharrten. Es herrschte ein Gedränge wie untertags. Jeder Schaulustige starrte zur zerstörten Elbphilharmonie hinüber, die in ihrem beschädigten Zustand mit dem aufgesprengten Dach und den zerbrochenen Glasfassaden trotzig und größer als vorher wirkte. Starke Scheinwerfer erleuchteten sie taghell und ließen sie glitzern wie einen gigantischen Diamanten. Kräne wuchsen um sie herum in die Höhe wie ein stützendes Gitterwerk, die Arbeiten wurden auch jetzt, nur einen Tag nach der Katastrophe, selbst um diese Zeit noch fortgesetzt. Wahrscheinlich würden bereits kommendes Jahr im Advent wieder Konzerte stattfinden können.

Parceval, der etwas abseits des Gedränges stand und

mit tief in die Stirn gezogener Wollmütze und den Schal um die untere Gesichtshälfte gewickelt genauso eingemummelt war wie die meisten Gaffer, fühlte sich an eine ikonische Fotografie erinnert – die St Paul's Cathedral in London nach einem deutschen Bombenangriff im Zweiten Weltkrieg, ihre Kuppel hoch aufragend in einen Himmel aus Flammen und Rauch, schwer beschädigt und doch trutzend, ein Mahnmal des Widerstands. Die Leute um Parceval herum fotografierten unablässig zur Elbphilharmonie hinüber. Vielleicht würde eines der Fotos, die dabei entstanden, in fünfzig Jahren eine ähnlich ikonische Bedeutung haben wie das Bild der Londoner Kathedrale.

»Wenn du nicht auffallen willst«, sagte Ksenia, die plötzlich neben ihm stand, »genügt es nicht, wie alle anderen auszusehen. Du musst dich auch so verhalten.«

»Du bist zu spät«, sagte Parceval. »Wir hatten halb elf vereinbart.«

»Und du stehst da mit den Händen in den Jackentaschen und starrst ins Leere, anstatt den Speicher deines Handys mit schlechten Fotos von der Elbphilharmonie vollzumüllen – wie der Rest der Menschheit um dich herum.«

»Ich habe kein Handy mehr«, sagte Parceval.

»Was ist mit dem, das ich dir für das Gespräch mit Ustad gegeben habe?«

»Du hast gesagt, ich soll es zerlegen und an mindestens zehn verschiedenen Orten entsorgen. Es bestand aber nur aus drei Teilen. Ich hatte ziemlichen Stress deswegen.«

Ksenia grinste und reichte Parceval eine schmale Schachtel. »Hier ist ein neues Handy, ich hab es schon betriebsfertig gemacht für dich. Los, mach ein Foto.«

Parceval steckte den Karton in die Tasche seines Parkas, ohne ihn zu öffnen. »Danke, Ksenia.«

»Was hast du von Ustad erfahren?«

Parceval seufzte. »Noch nichts. Aber er hat zugesagt, dass Gouverneur Majib sich der Sache persönlich annehmen wird. Wenn Birgit und Miray noch in Badakhshan sind, wird er dafür sorgen, dass sie freikommen.«

»Was wird Majib mit all den anderen Sklaven machen, auf die er dabei stößt?«

Parceval erwiderte Ksenias Blick. »Du kennst Afghanistan so gut wie ich. Er fühlt sich nur mir verpflichtet, nicht den Angehörigen der anderen. Vielleicht kann Ustad in diesen Fällen etwas bewirken, aber viel wird das auch nicht sein.«

»Fühlst du dich schuldig deswegen?«

»Ich fühle mich schuldig, dich damals nicht mitgenommen zu haben. Zu zweit hätten wir sicherlich mehr erreicht.«

Ksenia legte Parceval die Hand auf den Arm und hielt ihn fest. Sie wandten sich ab, als ein neuer Windstoß einen eiskalten Regenschleier herantrieb.

»Nicht gerade wie die Sternennächte in Afghanistan«, sagte Ksenia.

»Die in den Bergen? Du, ich, zwei Schlafsäcke, ein Lagerfeuer …«

»… und eine Million Skorpione. Ja, die meine ich.«

»Stimmt«, sagte Parceval. »Die waren ganz anders.« Er warf Ksenia einen Seitenblick zu. »Aber ich finde die hier auch ganz in Ordnung.«

»Weil du überlebt hast?«

»Weil *wir* überlebt haben. Und weil wir hier stehen und drüber reden können.«

»Worüber willst du denn reden? Darüber, dass Ustad und der Besatzung der MELINA der Ruhm zugefallen ist, Walau und seine Bande in letzter Minute an der Flucht gehindert zu haben? Dass Walaus Leute auf dem Museumsboot aufgegeben haben, ohne den afghanischen Politikern ein Haar zu krümmen? Dass es die Behörden geschafft haben, alle Zeugenaussagen, die nicht zu dieser Version passen, aus den Medien herauszuhalten, und dass aus deiner Mär vom verdeckt arbeitenden Interpol-Agenten mittlerweile die offizielle Wahrheit geworden ist?«

»Ich denke, die Behörden wissen mittlerweile ziemlich genau über meine Rolle Bescheid.«

»Ja, und sie werden dafür sorgen, dass es außer denen, die es jetzt schon wissen, niemals jemand erfahren wird. Deutschlands meistgesuchter Verbrecher wird weiterhin Deutschlands meistgesuchter Verbrecher bleiben. Keine mildernden Umstände für Parceval.«

»Glaubst du, du hast anonym bleiben können?«

»Das wird sich zeigen. Aber ich bin guter Hoffnung. Ich habe genügend Nebelkerzen gezündet, hoffe ich. Solange niemand bei Frau Niehoff auftaucht und ihr Fotos von dir und mir vorlegt …«

»Von dir gibt es gar keine Fotos«, sagte Parceval. Er klopfte auf den Karton in seiner Tasche. »Ich sollte eines machen – für mein persönliches Archiv.«

»Den Teufel wirst du tun.«

Sie schwiegen, weil es über die letzten zwei Tage so viel zu sagen gegeben hätte, dass keiner von ihnen wusste, wo er anfangen sollte.

»Die meisten IS-Kämpfer, die in der Elbphilharmonie zurückgelassen wurden, haben sich ergeben«, sagte Parceval schließlich. »Ein paar haben Asyl in Deutschland beantragt.«

Ksenia schüttelte fassungslos den Kopf. »Hast du das von Ustad?«

»Ja.«

Sie schwiegen erneut. Parceval wandte sich Ksenia zu und schaute ihr in die Augen. Sie erwiderte seinen Blick. Ihm fiel auf, dass sie ihre Hand noch immer auf seinem Arm gehabt hatte. Sie ließ sie sinken. Er ergriff sie und hielt sie fest.

»Du hast kalte Hände«, sagte Ksenia.

»Die hab ich seit der Rückkehr aus Afghanistan.«

Ksenia machte sich los und räusperte sich. »Weißt du was?«, sagte sie. »Wir sind zwei Trauerklöße. Wir haben den dritten Weltkrieg fast allein gewonnen. Ich hole uns jetzt was zu trinken. Da drüben ist das Hard Rock Cafe. Es ist Zeit für einen von deren Riesencocktails.«

»Nichts dagegen«, sagte Parceval. »Diesmal bezahlst du.«

»Geht alles aufs Spesenkonto.« Ksenia wandte sich

ab und marschierte zu der Brücke, die den Fähranleger mit dem Kai verband. Parceval blickte ihr hinterher. Auf halbem Weg drehte Ksenia sich zu ihm um. Er war so überrascht, dass er ihr zuwinkte wie ein Idiot. Sie lachte, winkte zurück und schien dann selbst über ihre Reaktion erstaunt.

Parceval wandte sich um und schaute zur Elbphilharmonie hinüber. Wahrscheinlich war der Anblick während der letzten Monate der Bauphase auch nicht viel anders gewesen. Walaus Überfall hatte das Rad der Zeit noch einmal zurückgedreht, das war alles. Würde es in all den Ländern, in denen er und seinesgleichen vom Islamischen Staat ihre Terrorherrschaft ausgeübt hatten, auch einmal so sein – dass der Terror die Menschen nur auf einen früheren Punkt ihrer Entwicklung zurückgesetzt, aber nicht besiegt hatte? Wie würde Afghanistan aussehen, wenn eines Tages wirklich die Taliban verschwunden sein sollten? Und wie würde es sich für die Menschen darstellen, die wie Birgit und Miray aus ihrem Leben gerissen worden waren, um ein Leben in Unfreiheit und Sklaverei zu führen? Würden auch sie wieder von vorn anfangen können?

Ihm fiel auf, dass Ksenia ziemlich lange für die Drinks brauchte. Das Hard Rock Cafe war nicht so weit entfernt, und um diese Zeit würde sie auch keinen Besucherandrang mehr abwarten müssen. Eine Ahnung stieg in ihm auf. Er nestelte den Karton mit dem Handy aus der Tasche und holte das Gerät heraus – ein Klapphandy für Senioren. Die Frage, ob es ein Scherz Ksenias war oder ob sie festgestellt hatte, dass diese Art von

Mobiltelefon am sichersten war, konnte er nicht beantworten. Parceval klappte das Telefon auf. Eine SMS wurde angezeigt. Sie war keine zehn Minuten alt.

Er rief die Nachricht ab. Er kannte die Nummer des Absenders auswendig. Es war die Nummer, unter der er mit Ksenia Verbindung hielt. Sie hatte nur ein Wort geschrieben: *Sorry.*

Parceval klappte das Handy wieder zu. Er zögerte, dann ließ er den Fähranleger und die Menschenmenge hinter sich und stapfte über die Verbindungsbrücke an Land.

Innerhalb von Minuten war Ralf Parceval in der Nacht verschwunden.

Fortsetzung folgt …